Superstición diabólica

R. L. Stine

Superstición diabólica

Traducción de
Silvia Komet

CÍRCULO DE LECTORES

Para Brandon, Robert y Joan,
con gratitud.
Para Jane y Marty,
con amor.

PRÓLOGO

Charlotte Wilson mira fijamente hacia arriba. La luz amarillo pálido de la calle se filtra por la persiana y proyecta rayas sobre el techo.

«Barrotes –piensa Charlotte–. Barrotes de la cárcel.»

El hombre que está a su lado se revuelve. Ella oye un eructo ahogado.

«El eructo de después de cenar –piensa Charlotte con amargura–. Yo he sido la cena.»

La persiana vibra con una ráfaga de aire que pasa por encima de la cama. Charlotte suspira. El apartamento huele a rancio, cebollas fritas, humo.

–¿Fumas? –le pregunta Charlotte mientras mira los barrotes de sombra y el aire fresco le eriza la piel húmeda.

–No, es sólo vapor que me sale de las orejas –bromea él–. Has estado fantástica –añade.

«Tú no –piensa ella–. Me pesabas. Creía que ibas a aplastarme. ¿Y qué eran esos gritos ridículos de morsa al final?»

Él le pasa la mano lentamente sobre el estómago desnudo. Ella echa una mirada y ve la marca blanca del anillo de boda que él se ha quitado.

«¿Casado? ¿Por qué no? –piensa–. ¿Me sorprende? No.»

«¿Cómo ha dicho que se llamaba? ¿John?»

Baja más las manos.

–¿De qué te ríes? –pregunta él.

–Pensaba en algo –responde ella.

Charlotte levanta una rodilla, se rasca el muslo y se da cuenta de que está pegajosa. «Necesito un buen baño, con mucho vapor. Una nube de vapor. Una nube detrás de la cual esconderme.»

Recorre la pequeña habitación con los ojos. La chaqueta del traje y los pantalones están en el suelo contra la pared. La camisa blanca, arrugada sobre un cajón abierto de la cómoda.

La ropa de ella está cuidadosamente plegada sobre la silla junto a la puerta. La falda sobre el asiento. El jersey sobre el respaldo. Las medias bien enrolladas al lado de la falda. Todo tan calculado, tan desapasionado... «¿Por qué estoy aquí?», piensa Charlotte.

–Esta semana he empezado un nuevo trabajo –le dice. «¿Y a él qué le importa? ¿Para qué se lo cuento?»

–¿Ah sí? –responde él mientras la acaricia.

«¿Ni siquiera puede fingir que le interesa?»

La persiana vibra. Los barrotes de sombra se mueven en el techo.

–¿Trabajas en la universidad? –El hombre aparta las manos y se pone de lado con el codo apoyado en la almohada. Sus ojos se topan con los de ella. Unos ojos oscuros, saltones. Un mechón de pelo húmedo le cae sobre la frente.

«¿Me dobla en edad?», se pregunta Charlotte. Él le sonríe y se le marcan unas arrugas alrededor de los ojos. «Es guapo –piensa Charlotte–. No estoy totalmente loca.»

–He conseguido trabajo con un profesor. De secretaria. No es un mal trabajo. Es un hombre famoso o algo así. Quiero decir que los demás lo tratan con mucho respeto.

Profesor Liam O'Connor. Repite el nombre en silencio. Le gusta como suena. Liam. Parece tan extranjero, tan interesante... Sabe que nunca lo llamará Liam, sino doctor O'Connor. Tiene ojos pardos, una cara expresiva, inteligente. ¿«John» le recuerda a Liam? ¿Por eso está aquí en su habitación? No, en absoluto.

–¿Así que le llevas café y le mecanografías las cartas? –bromea él tontamente.

Ella le quita la mano del pecho. Tiembla. Ahora tiene la piel fría. La persiana vibra y se sacude.

–Es un hombre muy interesante. Es irlandés.

¿Ha sonado muy idiota? Mucho. En realidad no quiere seguir hablando con John. En el bar Pitcher, y con unas cervezas, tenían mucho de que hablar. ¿O era en la cervecería de Mike? «¿Por qué voy a esos bares del campus después del trabajo? ¿Por qué me dejo ligar por estos tíos?» «Buenas preguntas, Charlotte. Ahora siéntate, abre tu libreta y escribe un trabajo de trescientas palabras sobre autoestima.» «No, trabajos no. Y basta ya de reñirme. A partir de ahora voy a dejar de joderme. Empleo nuevo. Apartamento nuevo. Compañera de casa nueva... Tengo que irme a casa.»

Los muelles de la cama chirrían cuando se levanta y apoya los pies en el suelo. Unas sombras se deslizan sobre la alfombra oriental desteñida. El maletín negro de él está a un lado de la cómoda.

–¿A qué te dedicas? –le pregunta ella. Recuerda habérselo preguntado en el bar, pero él no respondió.

–¿De qué trabajo?

–Sí.

–De varias cosas. De esto, de lo otro, hago de todo.

El maletín negro lo pone en evidencia.

–¿Eres vendedor?

–A veces vendo, a veces compro. De todo.

Muy misterioso. «John» no suelta prenda.

Estira los brazos para cogerla. Charlotte siente sus manos ásperas y calientes sobre la piel fría de la cintura.

–Ven, es temprano.

–Tengo que irme –replica ella poniéndose de pie–. Ha sido fantástico, de veras. –Se echa el pelo rubio y húmedo hacia atrás con las dos manos. Se agacha, recoge la corbata y examina las rayas oscuras–. John, eres muy conservador.

Él ríe. Una carcajada seca, más bien una especie de tos.

–El traje, la corbata... Es sólo un disfraz. Todos llevamos disfraces, ¿no?

«Yo en cambio creo que estoy desnuda», piensa Charlotte y tira la corbata. Camina por las sombras y cruza la habitación hacia la silla donde tiene la ropa. Está tentada de abrir la puerta del armario para ver qué ropa tiene su mujer.

Coge las bragas de la silla. ¿Por qué había elegido esas bragas negras de satén aquella mañana? ¿Sabía que acabaría en la cama con alguien? ¿En la cama de alguien sin disfraz?

Mientras levanta una pierna y se sube los panties por los muslos, nota la mirada de él. «Adelante, John, mira. Supongo que para eso he venido.»

–Eh... Charlotte.

Se ajusta la braga coge las medias negras pulcramente plegadas al lado de la minifalda.

–¿Charlotte?

Se da la vuelta. John se ha puesto todas las almohadas detrás y tiene la cabeza apoyada sobre las manos y los codos extendidos. Sonríe. «Bonita sonrisa, pero sonrisa de vendedor. Bueno... a mí me lo ha vendido.»

–Eh, Charlotte. Antes de que te vayas... Eh...

Ella se baja las medias.

–¿Sí?

–Antes de que te vayas... ¿qué te parece una mamadita?

«¡Y yo que creía que me quería por mi inteligencia!»

–Creo que no, John. Tengo los labios agrietados.

Los dos ríen. Ja, ja. Qué gracioso.

Se termina de vestir y sale en menos de un minuto. Se siente pegajosa. Le tiemblan las piernas. Le arde la cara. De repente tiene hambre. «¿Me detengo en alguna parte a comprar un bocadillo? No, tengo que irme a casa, meterme en la bañera.»

Recuerda que tiene comida china fría en la nevera. Sobras que puede calentar en el microondas. ¡Un festín! ¿Estará Kelli en casa? ¿O es la noche en que le da clases a ese chico del instituto en la otra punta de la ciudad?

El viento agita los árboles. Murmullos alrededor. Las hojas bajan volando y se arrastran por las aceras en una danza de otoño. Las luces de las ventanas parpadean a sus espaldas. El viejo edificio de apartamentos de ladrillo ocupa toda la manzana. El toldo largo de la entrada se agita al viento. Charlotte levanta la mirada hacia la ventana de John. ¿Era en el tercero o en el cuarto piso? No hay luz.

Cruza Dale Street y se encamina hacia High, la calle de los chistes idiotas de estudiantes. «¿Quieres pillar un colocón en High?» Se cuentan muchos chistes sobre la esquina de Merry y High[1].

Gira por High y el viento gira con ella. Se cambia el bolso de lona al hombro izquierdo y empieza a correr agachada para protegerse del viento.

Afloja el paso cuando oye el cric cric que se acerca rápidamente por detrás. Se vuelve y ve a dos chicos con patines que balancean los brazos. Tienen expresiones serias, jerséis de la Universidad Estatal Moore rojos y grises por encima de tejanos holgados y gorras de béisbol con la visera hacia atrás.

Cric cric.

Pasan veloces a su lado. Ni siquiera la miran. Se dan prisa para volver a los dormitorios de la universidad, imagina Charlotte. De repente se siente vieja a los veintiséis años. «Debería probar los patines. ¿Por qué no lo he hecho? A lo mejor cambia mi vida.»

Para en la esquina y deja pasar una ruidosa camioneta. Un perro grande, una especie de pastor alemán, asoma la cabeza por la ventanilla trasera y le ladra. Tres ladridos

1. Juego de palabras entre *High Street* (calle Alta) y *to get high* (colocarse, estar ciego, estar pasado); y entre *merry* (feliz) y *high* (pasado). *(N. de la T.)*

fuertes y enfadados. El animal, satisfecho por haberle expresado su humor, vuelve a meterse en el vehículo.

La siguiente es la avenida Yale, donde empieza el campus de la Universidad Estatal Moore. «Vaya broma –piensa Charlotte–; construir una universidad insignificante en una calle llamada Yale. ¿Cómo va a estar esa institución a la altura del nombre de la calle?»

Se quita una enorme hoja marrón que le ha caído en la cabeza y se cambia el bolso al hombro derecho. Recorre con la mirada los familiares edificios del campus. La luz plateada de la luna ilumina el edificio bajo de granito blanco de la administración y hace brillar el techo abovedado de color verde claro.

Los viejos árboles del campus se inclinan susurrantes. Detrás del aparcamiento principal asoma el edificio del departamento de Literatura cubierto de hiedra, con su campanario negro que se recorta contra el cielo rojizo de la noche.

La primera vez que Charlotte vio el edificio, a los diecisiete años, nada más ingresar en la universidad, lo confundió con una iglesia. Poco después se había enterado de que en los primeros tiempos había sido una capilla. Durante sus cuatro años de estudios asistió a algunas clases tras esas paredes estrechas y agrietadas.

Y ahora da la casualidad de que trabaja en ese viejo edificio, en el último piso, donde están las oficinas, justo debajo del campanario vacío.

Pensar en el trabajo le hace desviar la mirada hacia la otra manzana de la avenida Yale. Allí, detrás de unos sauces nudosos, se alza la casa grande e irregular a la que acaba de mudarse su nuevo jefe.

Liam.

Vuelve a ver sus ojos pardos, tan grandes y cálidos. La hendidura sutil de la barbilla. La curva blanca de los dientes cuando sonríe. El suave deje irlandés cuando le dice: «Buenos días, Charlotte». «Vaya, ¿por qué pienso en él de esta manera? ¿Estoy completamente chiflada?»

De pie en medio de la calle, entrecierra los ojos en la oscuridad. «¿Estará en casa?» No alcanza a ver al otro lado de los árboles. «¿Vive solo? ¿Está casado? ¿Es heterosexual?» Se da cuenta de que no sabe nada de él: el hombre misterioso. «Bueno, necesito un poco de tiempo, hace sólo dos semanas que he empezado a trabajar.»

Los faros de un vehículo que se acerca la arrancan de sus pensamientos. Charlotte cruza la calle corriendo. El coche pasa a su lado, se oye música country por la ventanilla abierta.

Charlotte sigue el sendero de adoquines que lleva al otro lado del edificio de la administración y cruza el prado rodeado de árboles, llamado el Círculo. La insignia de la universidad, una M roja sobre fondo gris, tironea de la cuerda del mástil como si intentara soltarse. La bandera que ondea y el ruido de sus pasos sobre los adoquines son los únicos sonidos.

Vuelve a pensar en las sobras de comida china y en un baño caliente.

Unas farolas bajas bordean el sendero que discurre entre los árboles. Una de ellas se ha apagado. «Está tan oscuro», piensa, mientras una figura aparece delante de ella. Una mancha roja con cabeza y brazos.

–¿Qué...? –suelta un grito de asombro.

La bolsa de lona se le cae de la mano mientras la mancha oscura la coge con fuerza por el cabello y la saca a rastras del sendero.

–¡Eh... suéltame!

¿Qué es ese ruido como de algo que se desgarra? El agudo dolor le baja por los hombros y la espalda. Las piernas ceden. Cae de rodillas. Sabe que le han arrancado el cuero cabelludo. El cuero cabelludo y el pelo. Se lo han arrancado de la cabeza. Da un último manotazo sin fuerzas.

¡No!

Ve los dedos que se acercan a sus ojos. No puede moverse, presa de remolinos de dolor.

–Ay, ay, ay... –grita débilmente.

Los dedos penetran con fuerza. Se oye un suave plop mientras le arrancan los globos oculares.

–Ay, ay, ay...

Sólo ve rojo. Siente el rojo. Se lleva las manos a la cabeza. Palpa el hueso mojado de sangre. La coronilla está blanda, pulposa, como una toalla de papel. ¿Dónde está su cabello?

Le corre sangre por la cara.

–Ay, ay, ay...

«¿Soy yo?»

Escucha otro gruñido quedo mientras la levantan del suelo. La levantan y la doblan.

La doblan hacia atrás, hacia atrás.

–Ay, ay...

El último sonido que Charlotte escucha es el crac de su columna.

PRIMERA PARTE

I

Sara Morgan partió una pata de cangrejo con los dedos y sacó un trozo de carne blanca.

–Me gusta este lugar –dijo mientras echaba un vistazo al concurrido restaurante.

«Muy casero –pensó–, muy sencillo.» Paredes de ladrillo, mesas cuadradas de madera, manteles de papel, el menú escrito con tiza en una pizarra encima de la ventana de la cocina, camareras con delantal blanco con una langosta estampada en la pechera.

Sobre la barra, un rótulo hecho a mano con letras de molde anunciaba el nombre del lugar: SPINNAKER.

Sara metió la carne de cangrejo en el cuenco de loza blanca con salsa de mantequilla y luego se la llevó cuidadosamente a la boca.

Mary Beth Logan pinchó con el tenedor el filete de pez espada asado que tenía en el plato.

–En Ohio, cuando era niña, no había marisco ni pescado –explicó–. Allí nadie sabía nada de frutos del mar. ¿Sabes lo único que había? Barras de cangrejo congeladas. Muy exótico, ¿verdad?

Sara rió. Se limpió la mantequilla de los labios con la servilleta y volvió a ponérsela sobre la falda.

–No vi un langostino hasta los veinte años –continuó Mary Beth–, y no sabía por qué punta se comían.

Sara probó la ensalada de col fresca. Muy dulce.

–¿No sabías comer un langostino? Mary Beth, yo soy de Indiana y hasta nosotros sabíamos cómo comerlos.

Los ojos verdes de Mary Beth brillaron.

–Yo vengo del huerto.

–¿Qué? –Sara dejó el tenedor–. ¿Desde cuándo Shaker Heights es el huerto?

Mary Beth echó atrás la cabeza y rió. Sara la había visto hacerlo un millón de veces. «He visto todas sus expresiones un millón de veces», pensó. Salvo por las mechas rubio platino y el pelo corto, Mary Beth no había cambiado nada. «Podríamos ser estudiantes de primero sentadas en Daley hablando de chicos, chicos y más chicos, mientras tomamos una taza de café americano tras otra.»

–No puedo creer que esté aquí –murmuró Sara–. No puedo creer que tú y yo...

–Te has ensuciado el jersey con mantequilla –exclamó Mary Beth señalándola con el dedo.

Sara se miró la mancha, mojó la servilleta en el vaso de agua y se la frotó.

Mary Beth tragó un trozo de pez espada.

–¿De qué color es ese jersey? Te queda precioso.

–Arándano.

Sara se acomodó la capucha. Le gustaban los jerséis holgados y largos dentro de los cuales podía ocultarse. Éste le llegaba casi hasta las rodillas y lo llevaba sobre unas mallas negras.

–¿Dónde lo compraste?

–Lo compré por el catálogo de venta por correo de J. Crew.

Mary Beth entrecerró los ojos acusadoramente.

–¿Vives en Nueva York y compras la ropa por catálogo?

–Es más fácil –Sara se encogió de hombros–. Sabes que no me gusta ir de compras.

Aborrecía comprarse ropa. Adornarse a una misma, admirarse en grandes espejos, preguntar a dependientas desconocidas cómo le quedaba este modelo o aquel otro le parecía una actividad muy superficial. Llamar la atención sobre una misma. Sara no era tímida, y sabía que era atractiva. Simplemente no le interesaba llamar la atención.

–Me gusta mucho tu vestido, Mary Beth –comentó dándole la vuelta a la conversación–. Te da un aire de mujer triunfadora. Es de cachemira, ¿no?

Mary Beth se tocó una manga gris.

–¿Con mi sueldo? No, querida, sólo es algodón. –Suspiró–. Es raro tener que ir todos los días con vestido, pero mi jefe no permite tejanos en la oficina.

–¿Tu jefe? Pensaba que eras directora de prensa.

Mary Beth volvió a apuntar el tenedor hacia Sara.

–¿No sabes nada de universidades? Todo el mundo tiene un jefe. Si hay un director de prensa de la universidad, tiene que haber directores de los directores de prensa. O un rector de los directores de los directores.

Rieron. «Como en los viejos tiempos», pensó Sara alegremente. Sentía que empezaba a relajarse.

–Espero que no tengas planeado ir a comprar ropa aquí en Freewood, Sara –comentó Mary Beth mientras ponía queso fresco sobre una patata asada–. Lo único que se encuentra son Levi's holgados y sudaderas con una M grande delante.

–Yo puedo ponerme esas cosas. Me hacen más joven. ¡Me siento tan vieja! –repuso Sara.

Mary Beth asintió.

–Veinticuatro años son muchos para estar en un campus universitario. Pero tú todavía aparentas dieciocho. Tendrías que haber sido modelo, Sara, con esos pómulos y esos labios tan perfectos... Aunque, claro, hoy en día con veinticuatro años una ya es muy mayor para ser modelo. Hay que aceptarlo: se nos ha pasado la hora.

Ambas echaron una rápida mirada al restaurante. La mayoría eran estudiantes universitarios y había dos parejas de mediana edad en una mesa cerca de la barra, con aspecto de profesores. «Todos los demás son auténticas criaturas», pensó Sara.

–A veces soy aquí la mayor –se quejó Mary Beth–. Pero no hablemos de eso –añadió con expresión resplandeciente–. ¡Estás aquí y eso es estupendo! ¿Qué tal el apartamento?

Sara partió otra pata de cangrejo.

–Acogedor.

–¿Significa que es demasiado pequeño? ¿Que no te gusta?

Sara rió.

–No. Significa que es acogedor. –Se apartó el pelo negro y lacio sobre el hombro. Tenía un flequillo partido al medio que le llegaba casi hasta las cejas oscuras.

–Si de verdad no te gusta, te ayudaré a buscar otro. ¿Quieres venir a vivir conmigo? Pensaba que te gustaría un lugar para ti sola. Me refiero a que en Nueva York probablemente...

–Estoy bien, de veras –insistió Sara–. Lamento haber dicho que era acogedor. Quería decir que estaba bien, maravilloso. Me gusta.

Mary Beth sacudió la cabeza y la luz se reflejó sobre sus mechas rubias.

–No, no te gusta. Lo siento. –Pinchó la patata con el tenedor–. Por lo menos está bien ubicado, a dos manzanas del campus. Por eso lo alquilé. Pero debí darme cuenta de que seguramente querrías un lugar más grande. Para recibir amigos y...

–¿Amigos? –Sara levantó la mirada–. Mary Beth... ¡tú eres la única persona que conozco aquí! Eres la única amiga que tengo en este lugar.

Sara vio volverse a la gente de la mesa contigua. Había hablado demasiado alto, y se sintió ruborizar. Bajó la mirada a su plato y esperó a que los desconocidos dejaran de mirar y volvieran a sus propias conversaciones.

–Bueno, aún estás contenta de haber venido... ¿no? –Los ojos verdes de Mary Beth la estudiaban.

Sara echó una mirada a la puerta en el momento en que entraban tres personas. Un hombre atractivo de cabello oscuro, de estilo académico, con jersey beige y una americana informal de tweed con parches en los codos, y una mujer de aspecto agradable con una gabardina colgada del brazo, acompañados de un grandullón de cara rubicunda con una mata de pelo blanco ondulado que parecía recién salido de un huracán.

Sara se volvió y vio que Mary Beth acercaba una cerilla encendida a un cigarrillo que tenía entre los labios.

–¿Todavía fumas? –preguntó con una mueca de censura.

Mary Beth apagó la cerilla.

–No, lo he dejado –Inhaló profundamente y expulsó el humo con lentitud.

–¿Qué? ¿Mary Beth?

–Lo he dejado.

–Pero estás fumando.

–Ya lo sé. Pero lo he dejado. –Dio otra calada y apoyó el cigarrillo sobre el borde del plato–. Ay, estos restaurantes, ya no ponen ceniceros.

Sara giró sus ojos pardos.

–Debes de ser la última fumadora de Estados Unidos.

–Para nada –protestó su amiga–. Mira alrededor. Los universitarios fuman todos. Tienen un club de fans de Camel en los dormitorios. De veras. Piensan que son inmortales.

–Eh, yo también soy otra vez estudiante –repuso Sara–. A lo mejor soy inmortal.

Mary Beth meneó la cabeza y exhaló una nube de humo por la nariz.

–Los estudiantes de posgrado están condenados.

–Mary Beth, aún sigues siendo una mujer rara.

–Y tú lo contrario de rara. Tú eres... *antirrara*. –Apagó el cigarrillo a medio fumar en el borde del plato–. ¿Ves?, acabo de dejarlo.

La camarera retiró los platos de la mesa y pidieron café. Unas sonoras carcajadas estallaron en la mesa de la otra punta. Cuatro jóvenes levantaban botellas de cerveza y las entrechocaban en un ruidoso brindis.

–Igual que Nueva York, ¿no? –ironizó Mary Beth. Se puso erguida y se acomodó las mangas–. Vamos, Sara, quiero que me cuentes algunas historias. Quiero saber qué pasa en el elegante mundo editorial, qué tal la vida nocturna. Háblame de toda la gente famosa que has conocido, de Chip y...

–¿Y tú qué? –interrumpió Sara mientras estrujaba la servilleta que tenía en la falda–. ¿Qué ha pasado con Donny? La última vez que hablé contigo, Donny y tú...

–Ya sé, ya sé... –Mary Beth levantó las manos como si se rindiera–. Estaba loca por Donny. Donny lo era todo para mí. Donny era Dios. Él también estaba loco por mí, ¿sabes? Solíamos pelearnos por quién estaba más loco por quién.

–¿Y?

Mary Beth suspiró con amargura.

–Me vi obligada a romper con él, a romperle el corazón. –Tamborileó los dedos sobre la mesa. Sara vio que se comía las uñas.

–¿Por qué? Venga, suéltalo de una vez.

Mary Beth dudó. Al fin se inclinó sobre la mesa, se acercó a Sara y le susurró:

–Estaba colgado como un hámster.

–¿Qué? ¿De qué hablas?

–Y la tenía diminuta. –Mary Beth extendió los dos índices y los acercó entre sí.

Sara no pudo aguantar la risa y se tapó la boca con una mano.

–Había noches en que teníamos que coger una linterna y buscarla –se burló Mary Beth.

Sara sacudió la cabeza y rió más fuerte. Mary Beth se inclinó más sobre la mesa y la cogió del brazo.

–¿Has visto a esos expertos de la televisión que dicen que el tamaño no importa? Están locos. Importa. Tendrían que preguntarme a mí.

–Pero... pero... –farfulló Sara. Mary Beth siempre podía hacerla reír hasta las lágrimas, y generalmente con los temas más serios–. ¡Pero estabas enamorada de él! –logró decir al fin.

Mary Beth le soltó el brazo y se encogió de hombros.

–¡El amor es duro!

La camarera les trajo café. Sara le echó un poco de leche al suyo y Mary Beth lo tomó solo. Sara cogió la taza de loza blanca con ambas manos e inhaló el aroma.

–¿Así que ahora no sales con nadie?

Mary Beth apretó los labios e hizo una mueca de niña enfurruñada. Otra expresión familiar.

–Bua bua –fingió llorar.

Sara bebió un sorbo de café. Aún estaba demasiado caliente. Cogió la jarra de leche.

–Ahora te toca a ti –anunció Mary Beth–. Cuéntamelo todo. Venga. Es lo que corresponde; te he rescatado.

–No hay mucho que contar –replicó Sara mirando la taza de café–, o mejor dicho, demasiado que contar.

–Háblame de Nueva York –insistió Mary Beth–. Explícame cosas de tu magnífico apartamento en aquel rascacielos fabuloso. Háblame de la editorial Concord, de los escritores famosos que has conocido.

Sara suspiró.

–Todo eso es historia. –Se echó el pelo hacia atrás y se acomodó el flequillo.

Mary Beth tamborileó impaciente sobre la mesa.

–Bueno, por lo menos háblame de Chip. Cuando te llamé en primavera ibas muy en serio con el chico. ¿Qué pasó? ¿Por qué rompisteis?

–Pues... –Sara inclinó la cabeza a un lado, como solía hacer cuando pensaba seriamente en algo.

–Venga, Sara, ¿por qué lo plantaste?

Sara suspiró, respiró hondo y empezó a responder. Pero la interrumpió una lluvia de sal que cayó sobre su cabello y los hombros del jersey color arándano.

¿Sal?

Se volvió rápidamente y su mirada se encontró con los ojos marrones del hombre de la mesa de al lado, que también se había girado con el salero en la mano.

Sara se sacudió los cristales blancos del jersey.

–¿Has tirado sal por encima del hombro? –le preguntó.

El hombre, de rostro atractivo, se ruborizó.

–Lo siento mucho. Es una de mis pequeñas supersticiones.

2

–La arrojé para que trajera suerte. No sabía que estabas sentada detrás. Debí haber mirado antes.

Tenía un ligero acento extranjero. «No es inglés –pensó Sara–. ¿Irlandés? Sí, seguro que es irlandés.»

Sara miró fijamente aquellos ojos marrones, unos ojos cautivadores que se arrugaban en el rabillo y le devolvían la mirada detrás de unas pestañas espesas.

–No importa. Me asusté por... porque... –¿Por qué tartamudeaba?

Antes de que Sara terminara la frase, el hombre ya estaba de pie. Era más alto de lo que ella se había imaginado. Se mesó el pelo castaño ondulado, apartó la silla y se acercó a ella.

Apoyó una mano –suave, cálida– sobre su cabello y empezó a sacudirle la sal.

–Lo siento. Por favor, perdóname. –La manga de lana de la chaqueta le rozaba la frente.

–No importa, de veras –dijo Sara.

El corazón le palpitaba. El contacto de aquella mano le

erizaba el vello de la nuca. El hombre tenía los ojos fijos en los de ella. Al final bajó la cabeza y se concentró en su cabello.

Sara sintió la tibieza de su piel, bajó la vista y vio a otras dos personas sentadas a la mesa del hombre. Las había visto entrar en el restaurante. Una mujer de aspecto agradable, de unos treinta y cinco años, pelo corto, rubio platino y oscuro en las raíces, con una bonita sonrisa. Y frente a ella, aquel hombre corpulento que había visto en la puerta, de cara roja y tupida melena blanca completamente despeinada, que se acababa una cerveza. Sostenía la jarra con una manaza mientras observaba a Sara con unos ojos oscuros por encima del borde del vaso.

–Bueno, creo que ya te la he quitado toda. Qué vergüenza haber ensuciado un cabello tan bonito. –Todavía tenía la mirada puesta en ella y sonrió por primera vez.

«Una sonrisa cálida», pensó Sara.

–Ay, mira –exclamó levantando la palma–. Un cabello tuyo. –Se acercó a ella–. Cógelo, rápido. Mójate el pulgar y el índice.

Sara vaciló. ¿De qué hablaba?

–Liam... –Llamó en voz baja la mujer de la mesa–. Liam... siéntate.

Liam no se dio por enterado.

–Mójate el pulgar y el índice. –Le tendió a Sara el cabello negro.

Ella se sorprendió obedeciendo. Se chupó el índice y el pulgar.

–Ahora tira. Si el pelo se riza, serás rica. Si se queda lacio, pobre.

–Me temo que sé la respuesta –bromeó Sara.

Había acertado: el pelo se quedó lacio.

Liam se inclinó hacia ella.

–Qué lástima. –Parecía auténticamente dolido, como si aceptara el veredicto con toda seriedad.

–¡Liam, deja tranquila a la chica! –gruñó el grandullón con voz ronca y áspera.

–De acuerdo, de acuerdo –Liam se encogió de hombros y sonrió a Sara. Empezó a darse la vuelta y de pronto se detuvo. Su expresión cambió y miró a Mary Beth–. ¡Nos conocemos! –exclamó.

–¿Qué tal, profesor O'Connor? –sonrió Mary Beth.

Liam le devolvió la sonrisa.

–Eres la chica de la cámara de vídeo. –Se volvió hacia sus dos compañeros de mesa–. La semana pasada hizo un vídeo sobre mí caminando por el campus. «¿Puede caminar y hablar al mismo tiempo?», me pidió. Nunca me había pedido nadie algo así.

El grandullón y la mujer rieron.

–No es tan fácil como parece –continuó Liam volviéndose hacia Mary Beth–. Tropecé dos veces.

–Estuviste muy bien –lo corrigió Mary Beth.

–¿Un vídeo sobre ti? –se burló el grandullón con su vozarrón–. ¿Qué era? ¿Una película sobre los personajes extravagantes que hay que evitar en el campus?

Todos rieron. La rubia golpeó el brazo del grandullón con familiaridad.

–Era un vídeo de bienvenida –explicó Mary Beth a Sara–. Se lo pasamos a todos los alumnos nuevos en el curso de orientación. En Moore no solemos recibir a profesores visitantes tan famosos.

–Infames, querrás decir –broméo el grandullón. Levantó la jarra para llevársela a la boca, pero a medio camino se dio cuenta de que estaba vacía–. ¡Camarera! ¡Señorita!

Sara, que sentía la tibieza de la mano del hombre en su cabello, miró al profesor O'Connor con renovado interés. Había visto un artículo en la portada del periódico del campus sobre el famoso profesor de folclore, autor de varios libros, invitado habitual de las tertulias de televisión, que iba a dar un seminario de posgrado durante ese año en la universidad. Pero sólo había leído los primeros párrafos. El folclore no era exactamente lo suyo. «Es un hombre muy guapo», pensó. Le gustaba la manera como se apartaba el pelo negro y tupido que le caía sobre la frente. Se preguntó cómo sería pasarle la mano por el cabello igual que había hecho él.

De pronto se dio cuenta de que Mary Beth había pronunciado su nombre para presentarla al profesor O'Connor, que le cogió la mano y se la sacudió dos veces. Un apretón suave. Tenía una mano tibia. ¿Por qué la suya estaba de repente tan fría?

–Encantada de conocerlo, doctor O'Connor. –«¿Es ésta mi voz? ¿Por qué parezco tan tensa, tan nerviosa», se preguntó.

–Liam, por favor –la corrigió sin soltarle la mano–. Llámame Liam. –Los ojos marrones le sonrieron.

«¿Qué edad tendrá? ¿Treinta y cinco quizá? –se preguntó–. Es difícil adivinarlo.» Le gustaba ese deje irlandés tan agradable, tan encantador. Imaginó unos duendecillos bailando bajo unas setas sobre un prado verde esmeralda.

Liam le soltó la mano y se dirigió a su mesa.

–Sara, mi hermana Margaret. –La mujer saludó con la cabeza a Sara y Mary Beth–. Y mi nuevo amigo y colega Milton Cohn. –Milton las saludó levantando la jarra de cerveza vacía y con una sonrisa de lado que ablandaba su cara roja. El pelo blanco parecía nata montada sobre gelatina de cereza.

«¿Colega? –pensó Sara–. Más bien parece un luchador profesional.» Vio que la mano era demasiado grande hasta para la jarra de cerveza.

–Creo que ahora llega nuestra comida –dijo Liam al ver que la camarera se acercaba con una bandeja de metal con tres platos–. ¿Qué tal estaban las patas de cangrejo? –le preguntó a Sara mientras volvía a sentarse a la mesa.

«Vio lo que comía», pensó Sara, y se ruborizó.

–Muy buenas –respondió, y supo instantáneamente que era una respuesta tonta, ni elocuente ni interesante–. Muy tiernas.

Liam sonrió. La camarera tuvo que maniobrar alrededor de él para servir los platos.

–Cerca de Samoa hay una isla muy pequeña –le dijo Liam por encima del hombro de la camarera– donde la gente entierra el caparazón de los cangrejos en la arena después de comerse la carne. ¿Sabes para qué? Para que los cangrejos muertos no los busquen por la noche para vengarse de ellos.

–¡Qué interesante! –exclamó Sara con torpeza.

–¡Qué estupidez! –replicó Milton en voz alta mientras echaba pimienta sobre sus chuletas–. No creas ni una palabra de lo que te diga. Liam se inventa la mitad.

–Milton, Liam es un erudito –defendió Margaret a su hermano fingiendo tono de indignación.

–Es un bocazas. –Milton desvió su atención a la comida y atacó la carne sin miramientos.

–Bueno, las patas de cangrejo son muy buenas en este restaurante –insistió Sara–. Para mí, un auténtico lujo que raramente puedo permitirme. –Se dio cuenta de que trataba de prolongar la conversación, de evitar que Liam se volviera.

–Eh... ¿estás buscando trabajo? –Milton levantó la mirada del plato y señaló a Sara con el cuchillo mientras masticaba.

–¿Cómo dice? –Sara no estaba segura de haber oído bien.

Milton tragó y la nuez se le movió en medio de aquel grueso cuello. «De jugador de rugby, de Frankenstein», pensó Sara.

–¿Estás buscando un trabajo de media jornada?

–Pues... sí –respondió Sara, insegura. «¿Tengo aspecto de estar arruinada? ¿Por eso me lo ha preguntado?»

–No tiene un céntimo –explicó Mary Beth.

«Gracias, Mary Beth. ¿Por qué no pasas mi talonario de cheques por la mesa y así pueden mirarlo todos?» Decidió que su amiga sólo trataba de ayudarla.

Milton se echó a un lado para que Liam no lo tapara.

–Mi asistenta está embarazada y no puede hacer mucho. Sólo viene dos veces por semana –explicó con voz ronca. Se puso una mano carnosa sobre la boca para ahogar un eructo y se manchó el dorso con salsa–. Podría emplear a alguien los otros tres días.

–Pues... puede que me interese –respondió Sara vacilante. «Me está mirando las tetas. ¿Por qué me mira las tetas?»–. Si no coincide con mis horas de clase –añadió–. Voy a empezar un curso de posgrado de psicología.

Liam se volvió.

–Qué interesante. ¿Ya te han presentado a Geraldine Foyer?

Sara meneó la cabeza.

–No, las clases empezaron la semana pasada. Todavía no conozco a mucha gente del departamento.

–Tendré que presentarte –replicó Liam.

Sara vio a Margaret lanzar una mirada inquisitiva a su hermano.

–¿Qué hace falta saber para el trabajo? –preguntó Sara a Milton.

–¿Sabes caminar y hablar al mismo tiempo? –dijo Milton lanzándole aquella sonrisa torcida a Mary Beth–. Eso es lo único que hace falta. Sólo consiste en archivar y atender el teléfono. Un trabajo de mierda por un sueldo de mierda.

–¡Milton... estamos comiendo! –exclamó Margaret con severidad.

Sara rió.

–Exactamente el trabajo que estoy buscando. ¿A qué se dedica usted? –preguntó bruscamente.

La pregunta pareció sorprender a Milton, que paró de masticar.

–Soy el jefe de estudios –respondió.

«¡Es lo último que me hubiera imaginado –pensó Sara–. Entrenador de fútbol, quizá. O jefe de seguridad. Pero jefe de estudios... jamás.»

Estaba a punto de disculparse por no saberlo, pero Milton se puso de pie, se limpió la boca con la servilleta, la arrojó sobre la silla y se acercó a Sara.

–Voy a presentarme como corresponde.

Dio un paso.

Sonaron dos disparos.

Se cogió el pecho con un jadeo ahogado, se le pusieron los ojos en blanco y empezó a desplomarse.

3

Liam rodeó la mesa rápidamente y cogió al grandullón antes de que terminara de caer.

–Milton... tienes un sentido del humor de estudiante de primero –le dijo.

Milton abrió los ojos, volvió a ponerse de pie y soltó una risotada.

–Por eso todavía estoy en la universidad. –Se volvió hacia Sara y le sonrió–. Creo que te he engañado.

–Es verdad –respondió ésta mientras tragaba con dificultad.

Milton señaló la barra. Dos estallidos fuertes volvieron a sonar por encima del ruido y de las voces del restaurante.

–Coscorrones –le explicó Mary Beth–. El Spinnaker es famoso por sus coscorrones.

Sara observó cómo el barman dejaba con brusquedad dos vasos pequeños en el mármol de la barra y sonaban como otros dos disparos. Dos jóvenes con tejanos desteñidos y sudaderas se llevaban los vasitos a la boca y los vaciaban de un trago. Sara se volvió y se encontró a Milton inclinado sobre ella apretándole el hombro.

–Siento haberte asustado. Tengo un sentido del humor espantoso.

–Espantoso no, asqueroso –se rió Liam de espaldas a Sara.

Sara movió el hombro; la mano de Milton la incomodaba. «¿Se está disculpando o me está metiendo mano?»

El hombre retiró la mano como si le hubiera leído el pensamiento.

–Si de verdad te interesa el trabajo, ven a verme mañana por la tarde al edificio de la administración –dijo–. ¿Cómo te llamabas?

–Sara. Sara Morgan.

Milton asintió con seriedad, como memorizándolo, y volvió a su silla.

A Sara le dolía el hombro. Se dio cuenta de que Milton no era consciente de su propia fuerza.

Margaret se inclinó sobre la mesa y se puso a hablar con Liam. Sara se volvió hacia Mary Beth, que rebuscaba en su billetero de cuero marrón para pagar la cuenta.

–Paguemos a medias –insistió Sara mientras cogía su bolso.

–Ni hablar –se opuso Mary Beth levantando la mano–. Esta noche invito yo. –Sacó tres billetes de veinte–. Tú puedes invitarme cuando cobres tu primer sueldo. –Se acercó a ella y le susurró–: Un encuentro afortunado, ¿no?

Sara no pensó en Milton sino en Liam.

–Sí –murmuró.

–Parece un pistolero –continuó Mary Beth en voz baja–. Pero todo el mundo habla muy bien de él. Empezó a trabajar a finales del año pasado. Al ex jefe de estudios lo pillaron desnudo en la parte trasera de una furgoneta, no con una sino con dos estudiantes. –Rió entre dientes–. Creía que había que estrechar lazos con los estudiantes.

–¡Milton no cabría en una furgoneta! –murmuró Sara mirando atrás para asegurarse de que no la oyera, pero el individuo estaba ocupado en acabar lo que le quedaba del filete–. ¿Está casado?

–¿Milton? No creo. –Mary Beth la miró con los ojos entrecerrados–. ¿Por qué lo preguntas?

Sara miró hacia arriba.

–Milton no, Liam.

–¿Liam? No, no está casado –rió Mary Beth.

–¿Es gay?

–¿Y cómo quieres que lo sepa? Lo entrevisté durante media hora. Vive con su hermana, es lo único que sé. La universidad les ha dado el viejo caserón. Ya sabes, esa casa blanca al otro lado de Yale.

Sara se mordió el labio.

–Creo que ya sé cuál es. Cuando éramos estudiantes, ¿no vivían allí Jessica Goldblatt y una chica pelirroja, esa tan alta?

Mary Beth frunció el ceño.

–No me acuerdo. –La camarera cogió el dinero y la cuenta–. Es bastante atractivo –comentó Mary Beth poniéndose de pie.

–¿Bastante? –exclamó Sara–. ¿Sabes a quién me recuerda? A Daniel Day-Lewis. Hace unas semanas alquilé *La edad de la inocencia* y la vi veinte veces. Y compré *El último mohicano.*

–Estás loca –murmuró Mary Beth mientras se colgaba el bolso del hombro–. No; eres una romántica terrible, Sara, y eso es peor aún.

–¿No crees que se le parece? –insistió Sara con un cuchicheo.

Mary Beth sacudió la cabeza y se acomodó la falda.

–¿Daniel Day-Lewis? Ni soñando.

Sara cogió el bolso, se puso de pie y estornudó. Liam se volvió instantáneamente.

–¡Jesús!

–Gracias. –Sara se ruborizó.

–¿Qué día es hoy? –le preguntó Liam mirándola con aquellos ojos marrones y brillantes.

–¿Por qué? –Sara buscó un pañuelo en el bolso.

–Porque hay una vieja rima de Lancashire... –Liam miró al techo tratando de recordar–. «Estornudo en lunes, peligro seguro. Estornudo en martes, te besa un extraño.» Hoy es martes, ¿no? –bromeó acercando la cara.

«Intenta seducirme. Definitivamente intenta seducirme», pensó Sara.

–¿Y qué pasa con el resto de la semana, doctor O'Connor?

–Liam.

–No lo animes –terció con rudeza Milton–. Si empieza con las rimas de su tierra estaremos aquí toda la noche.

–Ehhh... veamos. –Liam ignoró a su colega sin apartar la mirada de Sara–. Estornudo en miércoles, una carta viene. Estornudo en jueves, mejora tu suerte. –Hizo una pausa tratando de recordar el resto–. Estornudo en viernes, infortunio tienes. Estornudo en sábado, un viaje presente. Estornudo en domingo, busca protección, ya que el diablo ronda toda la semana como un moscardón.

Sara sintió un escalofrío con el último verso.

–Liam, ¿todas tus rimas acaban con advertencias tan aterradoras?

Su sonrisa se desvaneció.

–Sí. Me temo que sí.

4

–¿Cómo están las chuletas de cerdo, detective Montgomery?

Angela se deslizó detrás de él y lo rodeó suavemente con los brazos. Olía a naranjas y cebolla.

–Están bien. ¿Y las tuyas? –Apoyó la cara sobre la manga de su mujer.

–Todavía no las he probado.

Angela se apartó y cruzó la habitación hasta el bebé. Martin se movía feliz en su silla alta de comer mientras metía los deditos en el plato de fideos y se los llevaba a la boca. El grado de éxito, por lo que Garrett veía, era del cincuenta por ciento. No estaba tan mal para un niño de un año.

El detective Garrett Montgomery siempre encontraba nuevos motivos para estar orgulloso de su hijo. Aquella mañana, Angela le había confesado mientras tomaban café que no esperaba que fuera semejante padrazo. «¡Hasta presumes de lo que babea!», le había dicho.

Garrett tenía que admitir que él también estaba sorprendido. La idea de tener a Martin había sido de Angela. Garrett quería esperar hasta que pudieran permitirse un hijo, hasta que su situación laboral fuera estable y tuviera idea de lo que les depararía el futuro.

Pero ahora, por las mañanas, se le veía ansioso por levantarse para ver qué le reservaba Marty de nuevo. Y por la tarde volvía enseguida de la comisaría de Freewood, deseoso de ver cuánto había crecido su hijo durante el día. «Tener una criatura en casa es apasionante –pensó Garrett–, más apasionante que mirar a Walter limpiarse los dientes con un clip en la otra punta de la habitación.»

Angela trajinaba con Martin. Cogía los fideos de la mesilla de la silla alta y se los ponía en la boca. Los deditos morenos de la criatura aplastaban la pasta y la tiraban al suelo.

«Un buen brazo de lanzador de béisbol –pensó Garrett–, va a ser deportista, como yo.» Garrett había sido un buen atleta en el instituto hasta que se fastidió la rodilla. También había probado el baloncesto, pero lo de encestar se le daba muy mal. Y lo había pasado fatal intentando esquivar y correr al mismo tiempo. «Que uno sea negro y alto no significa que sea Michael Jordan.»

Garrett seguía haciendo ejercicio todas las mañanas. Se daba cuenta de que había engordado un poco –pesaba ochenta y siete kilos–, pero aún corría rápido. Y no porque en ese pueblo hiciera falta que un poli fuera demasiado veloz.

Por lo menos sabía que nunca tendría el aspecto de Walter, que con sólo veintinueve años la tripa ya lo mantenía a unos treinta centímetros del escritorio.

Se acordó de la caja de donuts sobre el escritorio de Walter, y de éste con todo el uniforme azul marino manchado de azúcar de pastelería. Vaya pinta. Garrett no pudo menos que reírse.

Miró a Angela al otro lado de la mesa. Tenía manchas en la parte delantera del holgado jersey azul. Manchas de bebé.

–¿No vas a sentarte a comer?

Ella se agachó para recoger los fideos desparramados por el suelo.

–Primero quiero darle otro plato. Tu hijo es un gran comilón.

–Por supuesto –coincidió Garrett. Cogió un poco de puré de patatas con el tenedor y cortó un trozo de chuleta de cerdo–. La otra carne blanca –murmuró.

–¿Qué? –le respondió Angela desde la cocina–. ¿Qué dices de la carne blanca?

–¿Has visto el anuncio de carne de cerdo de la tele? –explicó Garrett–. Dicen que la carne de cerdo es buena porque es blanca.

Angela sirvió unos fideos en el plato del niño y sacudió la cabeza.

–No me gusta que hables de carne blanca.

–Tienes una mente muy sucia –bromeó Garrett.

–Y a ti te encanta. ¿Ésa es tu pistola o es que estás contento de verme?

Era una de las bromas de los dos.

«Esto es el matrimonio –pensó él con alegría–. Compartir bromas.»

Martin golpeó impaciente la mesa con los puños.

–¡Daaaa! ¡Daaaa! –exclamó.

–¡Daaaa! ¡Daaaa! –lo imitó Garrett y también golpeó la mesa.

Martin rió.

–Dos bebés –murmuró Angela. Puso el plato delante del niño, que lo cogió con ambas manos, y se sentó en la silla delante de Garrett.

«Es tan grácil y suave –pensó él–. Con ese jersey holgado parece una chiquilla. Desde que nos conocimos, a los dieciséis años, no ha cambiado nada.»

Su mujer cogió una chuleta y se la sirvió con gesto enfurruñado.

–¿Tienes que ir? ¿Por qué esta noche no les das asueto a los delincuentes?

¿Delincuentes? Qué gracioso. El teléfono, en esa pequeña comisaría de una sola planta detrás de correos, apenas sonaba.

–Tengo que ir a hacerle compañía a Walter –respondió él.

–Pero este mes no te toca la guardia nocturna. ¿Walter no puede arreglarse solo?

–¿Ese paleto? ¡Si no sabe ni comer un emparedado!

–¿Dónde está Harvey?

–Ha llevado a su mujer a una obra de teatro, a Harper Falls. Su primo es el director o algo así.

–¿Harvey ha llevado a su mujer al teatro? –exclamó Angela frunciendo el ceño.

–Dormirá durante toda la obra.

–¿Y tú por qué no me llevas? ¿Cuándo fue la última vez que me llevaste al teatro o al cine? –preguntó ella con tono de broma.

–Martin es más divertido que cualquier espectáculo.

–Es verdad –comentó ella sonriéndole al niño. Cogió una servilleta y le limpió la carita.

El crío le apartó la mano, levantó los bracitos y se deslizó hacia abajo aterrizando en el suelo de costado.

–¡Eh... no sabía que podía bajar solo de la silla! –proclamó Garrett orgulloso.

–Es un niño muy listo.

Martin se esforzó por ponerse de pie. Una mano se le

enredó en el babero que le colgaba del cuello. Garrett leyó la etiqueta del mono rojo del niño: «OshKosh B'Gosh».

–¿Estás mojado? –preguntó Angela a Martin–. ¿Tenemos que cambiarte?

Martin se puso de pie y dio unos pasos vacilantes hacia la puerta de la cocina. Angela se levantó de un salto. Garrett le hizo señas de que volviera a sentarse.

–Tú come, cariño, que yo lo cuido.

–No dejes que se acerque a la cocina; todavía está caliente. –Cogió una cucharada de puré de patatas y la tragó deprisa. Con una criatura de un año estaban acostumbrados a comer rápido.

Los ojos de Garrett recorrieron la pequeña cocina abarrotada de cosas en busca de otros peligros. El grifo del fregadero goteaba. La encimera de formica estaba rajada. Sólo funcionaban dos fogones de la cocina.

«Demasiado pequeño. No es mal sitio, pero demasiado pequeño –pensó–. Todas las superficies están ocupadas, todos los estantes repletos. No hay ni un rincón libre para una cacerola o una taza.»

El padre de Angela era médico. Ella era una chica de clase media. Ver esa cocina le erizó a Garrett el vello de la nuca. En cierto modo, cada vez que contemplaba la casa tenía la sensación de que había hecho bajar el nivel de vida de Angela.

Los dos trabajaban pero todavía no habían conseguido acceder a una casa tan bonita como en la que ella había crecido. Si tuviera más tiempo para hacer algunas reparaciones, pensó, quizá para darle una mano de pintura a toda la vivienda...

–He pensado en lo que me dijo mi hermano –comentó Garrett.

Angela estaba rebañando el plato con un trozo de pan, pero no se lo llevó a la boca.

–Pues deja de pensar en ello. De verdad no quiero trasladarme a Atlanta. Me gusta este lugar.

–Si acepto el trabajo de mi hermano, podríamos comprarnos una casa con jardín. Ya sabes, un lugar donde Martin pueda jugar.

Angela dejó el pan en el plato.

–Detective Montgomery, sé lo que es un jardín.

Garrett rió. Le gustaba que ella lo llamara detective Montgomery. No sabía muy bien por qué.

–Hablo en serio, Angela. Viviríamos mejor. Tendríamos una casa bonita y hasta ahorraríamos para que Martin fuera a la universidad.

Aquellos bellos ojos verdes de gata se posaron en los de él. Siguió jugueteando con el trozo de pan.

–Te olvidas de algo.

–¿Eh? ¿De qué?

–De que te gusta ser policía, de que te fastidiaría tener que vender muebles y que consideras que tu hermano es un pelmazo.

–No sería vendedor durante mucho tiempo, ascendería a jefe de ventas o encontraría otra cosa. Pero aquí no puedo ganar dinero y tampoco soy un policía de verdad. Me refiero a que esto no es una ciudad, sino sólo unas casas dispersas y algunas tiendas alrededor de un campus universitario. Soy un policía de campus, una especie de vigilante. Debería ir en bici en lugar de en coche patrulla. Un pequeño departamento cochambroso de seis policías para evitar que los chicos crucen imprudentemente las calles o se fumen unos porros en los partidos de fútbol.

–Este discurso me suena –replicó Angela con una mueca.

–Y lo volverás a oír una y otra vez –la amenazó Garrett– hasta que accedas a que nos marchemos de aquí.

Angela se rascó la frente, aquella frente amplia. Él la quería por esa frente y por aquellos felinos ojos verdes.

–Pero a mí me gusta mi trabajo, Garrett, y estoy a punto de que me asciendan, ¿recuerdas? Y me gustan los amigos que tengo. De acuerdo, de acuerdo, no vivimos en un palacio, pero vamos tirando.

–Tu padre siempre pensó que yo no era lo suficientemente bueno para ti. ¡Y estoy seguro de que todavía lo piensa!

«¿De dónde demonios ha salido eso?»

No lo pensaba de veras, ¿por qué había soltado esas palabras entonces? ¿Habían estado en algún rincón oscuro de su cerebro al acecho todo el tiempo, esperando el momento para saltar y asustarlos a los dos?

Angela se quedó boquiabierta. Frunció sus ojos verdes.

–Garrett, vete a trabajar. Nos va bien. Deja a mi padre en paz. Yo nunca pienso en todo esto y tú deberías hacer lo mismo.

Garrett cogió la chaqueta del uniforme.

–Lo siento. Me...

Angela distendió su expresión. Cogió a Martin y lo levantó a la altura de Garrett.

–Dile adiós a papi.

Martin agitó una manita morena y regordeta. Garrett le devolvió el saludo y se volvió hacia Angela.

–Te llamaré más tarde. –Y se encaminó hacia la puerta con la chaqueta al hombro.

Pero ella pasó delante de él y le bloqueó el paso. Se cambió al niño de hombro y se puso de puntillas para besar a Garrett en la mejilla.

–¿Sabes lo que necesitas? Una buena ola de delitos. Te levantará el ánimo.

–Ojalá. Voy a cruzar los dedos –rió Garrett.

–¡Reba... espera!

–No, sigue corriendo. ¡No te pares!

Las dos chicas cruzaban corriendo la avenida Yale. El cabello oscuro les ondeaba como banderines al viento y las mochilas azules se zarandeaban pesadamente.

–Tengo una punzada, no puedo seguir corriendo.

Reba Graham se dio la vuelta con la respiración entrecortada y apoyó las manos en las rodillas.

–Nos van a dejar fuera. El dormitorio probablemente ya estará cerrado.

Suzanne Schwartz se cogía el costado con una mueca de dolor.

–¿Por qué les hemos hecho caso a esos chicos?

–No han sido los chicos sino los porros. Todavía estoy un poco colocada.

–Jared me cayó bien.

–Un poco atrevido para mi gusto. No paró de frotarme la manga del jersey, como si nunca hubiera tocado lana. Creo que ya estaba colocado antes de que llegáramos. –Tiró de la manga de la chaqueta de Suzanne–. Venga, o tendremos que dormir fuera.

Suzanne le dirigió una mirada llena de malicia y la luz de la farola se reflejó en sus ojos oscuros.

–Podríamos volver al apartamento.

Reba sacudió la cabeza.

–Qué mala eres. Vamos, date prisa.

Suzanne se cambió la mochila de hombro, se apartó el pelo de la frente sudada y echó a correr tras su amiga. Tenía ganas de reír. Tenía ganas de cantar a gritos la canción *Oklahoma!* La primavera anterior, en el instituto, había participado en la producción de la obra y aún la recordaba de memoria palabra por palabra.

Giraron para entrar en el campus. Cruzaron a través del Círculo. Unas nubecillas negras pasaban bajo la luna. Reba iba varios metros delante.

–¡Eh, espera! –gritó Suzanne. Reba era la atleta, aunque estuviera pesada. Suzanne era una patosa–. ¡Espera, Reba! ¡No puedo correr tan aprisa!

Para su sorpresa, Reba se detuvo de golpe y levantó la pierna derecha.

–Ay... –chilló con fuerza.

Suzanne se esforzó por ver en la semipenumbra.

–Reba... ¿qué pasa? –«¿Tendrá un calambre, un tirón en la pierna?»

–Puaj... He pisado algo.

Suzanne fue la primera en ver a la chica despatarrada en el suelo. Al principio pensó que era un maniquí. Los miembros estaban todos retorcidos, en extraña posición. Pero después vio la sangre oscura, el hueso allí donde le habían arrancado la piel, las tripas que se escapaban del estómago desgarrado. Y se dio cuenta.

–¿Qué es esto? –Reba se sacudió algo del zapato–. ¿Una salchicha? Ay... ¡Dios mío!

Reba vio el cadáver retorcido a sus pies.

No era una salchicha sino un trozo de intestino. Lo soltó con un grito, y la víscera hizo un ruido seco al caer en el sendero. Se le encogió el estómago y lanzó un agudo chillido. Imaginó que si gritaba lo suficientemente fuerte quizá podría borrar esa escena repugnante.

5

Liam se agachó contra el marco de la ventana y empujó los postigos con ambas manos. Se asomó para mirar la calle. Las sombras grises y verde oliva jugueteaban sobre el terreno mientras unas nubes serpenteantes pasaban bajo la media luna brumosa.

Se volvió hacia el interior de la habitación y observó cómo Margaret se quitaba la gabardina y la plegaba.

–¿Una taza de té? ¿O quieres algo más fuerte? ¿Whisky con algún refresco, quizá? ¿Un Bailey's?

Margaret hizo una mueca.

–Liam, sabes que me repugna, tiene gusto a chocolate con leche.

–Eh, bueno... Nunca hay que insultar al buen whisky irlandés –se burló de ella.

–¿Es una de tus supersticiones? –replicó ella con un suspiro.

–¡Es una regla de oro!

Margaret no rió con él. Puso la gabardina sobre el respaldo alto y recto de un sillón. Echó una mirada a la habitación. Todavía no sabía muy bien dónde estaban las cosas. ¿Llegaría alguna vez a parecer un hogar aquella casa vieja y llena de corrientes de aire? Por lo menos las habitaciones de ella del primer piso eran acogedoras y cálidas.

Liam sacudió la cabeza mirándola.

–Una cena larga, ¿no? Sé que te molesta estar sentada quieta tanto tiempo.

Encendió la lámpara de pie. Esa pantalla roja tenía que desaparecer, pensó. Iluminaba el suelo pero no la habitación.

Margaret bostezó y se soltó el pelo con ambas manos.

–¿Qué piensas de Milton? –preguntó a su hermano. Pero no esperaba una respuesta–. Parece bastante alegre, pero me hace sentir incómoda.

Liam cruzó la habitación. Le apoyó una mano en el hombro y le frotó la manga del jersey como si tratara de calentarla.

–¿Porque es demasiado corpulento?

–Corpulento y bruto. Me recuerda a un macho cabrío gigante.

Liam rió con ganas. A Margaret siempre se le ocurrían imágenes sorprendentes.

–¿Un macho cabrío?

–Si, a Billy *el Bruto Macho Cabrío.* Debes de conocer el cuento.

–Es escandinavo –Liam se frotó la barbilla y se dirigió hasta el viejo sillón gris de piel, sobre el que se dejó caer con elegancia. Sus ojos marrones brillaban y la miraban con cierta picardía divertida–. ¿Sabías que las cabras pueden traer buena suerte? Aquí tienes una rima del siglo diecinueve. –Cerró los ojos y comenzó a recitar–. «Hay quien dice que es pura fábula, pero yo digo que soy el doctor del corral y mi ojo ahuyenta el mal.»

–Y el mal y la enfermedad se prolongan –dijo Margaret sacudiendo la cabeza.

–La burla es la peor forma de humor –replicó Liam con un respingo.

–Si te vas a quedar ahí declamando viejos poemas de granja, también puedes aguantar una pequeña burla maliciosa –dijo Margaret mientras se acercaba a la ventana–. Hace frío aquí. Oye cómo vibran las ventanas. En invierno probablemente cogeremos una pulmonía. ¿Cómo haces para recordar todos esos poemas?

Liam se inclinó sobre la mesilla de café que había delante del sofá. Sacó el tapón de una botella y se sirvió un vaso de whisky. Una sonrisa ligera apareció en su rostro a la débil luz de la lámpara de pantalla roja.

–Es mi trabajo. El trabajo de la familia.

Margaret frunció el entrecejo. Apartó las pesadas cortinas de terciopelo y miró la calle. Dos chicas corrían por la acera con unas mochilas que les rebotaban sobre la espalda.

«Llegan muy tarde –pensó Margaret mientras observaba como se daban prisa hacia el campus–. Tendrán problemas serios si viven en los dormitorios de estudiantes.»

–¿Tenían hora de cierre los dormitorios de Chicago? –le preguntó a Liam–. No lo recuerdo.

–No, pero estos pueblos pequeños de Pensilvania... no cambian nunca. El tiempo está detenido –le respondió agitando el whisky.

–Estábamos hablando de Milton –dijo ella sin dejar de mirar la noche brumosa.

–Milton *el Macho Cabrío.* –Liam cruzó la habitación con el vaso en la mano.

–Esas manazas... parecen un jamón.

Liam rió entre dientes.

–No se puede hacer jamón de cabra. ¿Y por qué mirabas las manos de Milton?

–¡Cómo no se las iba a mirar! Pensé que iba a aplastar esa jarra de cerveza –replicó Margaret apartándose de la ventana.

Liam dejó el vaso junto a la jaula del conejo. Margaret observó cómo le pasaba una zanahoria a través de los barrotes.

–Milton me cae bien. Me parece un hombre interesante.

–¿Interesante? Te vi bostezar durante la interminable descripción de su colección de cuchillos. Lo siento, pero me asusta. No sé por qué. Quizá por el hecho de que alguien tan grande y fuerte, y con esas manos, tenga una colección de cuchillos.

–Bueno, con esas manos no va a coleccionar dedales, ¿no?

Los dos rieron.

Liam acercó la zanahoria a la cara del conejo.

–Vamos, *Febe,* come. Venga, come. –Miró a Margaret–. Este conejo seguro que acabará en un estofado irlandés. Mira, prefiere comerse sus propias bolitas que una zanahoria fresca y jugosa.

Margaret se estremeció.

–Liam, ¿para qué tienes ese conejo asqueroso?

Liam hizo una pausa antes de responder.

–Cuatro patas de conejo. Necesito toda la suerte que sea posible.

Al poco rato, un fuerte golpe en la puerta los sobresaltó. Liam metió la zanahoria en la jaula y luego se dirigió hacia la puerta.

–¿Quién puede ser tan tarde?

–Milton, quizá –sonrió Margaret–, que viene en busca de una caja de pienso para cabras.

Liam se detuvo y se miró en el espejo que había sobre la chimenea.

–Margaret, qué malvada eres, de veras.

Se oyó otro golpe fuerte y tres más suaves.

–¡Ya voy! –exclamó Liam mientras abría la puerta. Tardó un momento en reconocer a la mujer que estaba en el umbral. Vio el pelo rojo naranja completamente despeinado y revuelto que le caía sobre un ojo, y después los labios pintados de rojo brillante–. ¡Andrea!

–Hola, profesor. Espero no molestar. –Se apartó el cabello de los ojos y sonrió.

«Una sonrisa sensual», pensó él, y le devolvió la sonrisa.

–No, en absoluto. Adelante. –Dio un paso atrás para que pasara.

Una ráfaga de aire fresco acompañó a Andrea DeHaven hasta la sala. Liam se volvió y vio los ojos de ella demorarse en él con cierta intensidad. Llevaba un largo jersey púrpura, que combinaba con el color del pelo y el pintalabios, y unas mallas debajo. Los pendientes largos de vidrio negro y el collar de cuentas pesadas a juego, sobre unos pechos firmes, se agitaban al ritmo de su paso mientras entraba en la sala.

Liam inhaló aquella fragancia dulce y penetrante. Margaret probablemente reconocería el perfume, pensó. Era tan fuerte. «¿Qué hacía? ¿Se bañaba en él?»

–Margaret, ¿recuerdas a Andrea DeHaven, nuestra querida casera? –dijo con una sonrisa y exagerada formalidad.

–Claro, naturalmente –respondió Margaret desde el centro de la estancia con una sonrisa forzada.

Andrea se volvió y, por primera vez, reparó en Margaret.

–Encantada de volver a verla –saludó con indiferencia y volvió a posar sus ojos azules en Liam.

«¿Qué edad tiene? –se preguntó éste–. ¿Cuarenta quizá?» Trató de no mirar fijamente los pechos que se proyectaban debajo del jersey púrpura. «Sería más sensual si no pusiera tanto empeño en serlo.»

«No; mírala. Es sexy.»

Era una mujer sólida, de muslos grandes. Liam recordaba que el día que le había enseñado la casa, en agosto, llevaba unos pantalones verdes, gastados y ceñidos. Recordaba esos pantalones. Ella lo había tocado mientras recorrían las habitaciones; le había tocado la mano y apretado el brazo, amistosamente, y el cabello le había rozado la mejilla. ¿Cuántas veces había mencionado que era viuda? Al menos una docena. Con tanta tristeza, ahí mismo, visible en esos ojazos azules que no se separaban de los suyos, como si quisiera comunicar algún mensaje secreto.

–Estaba aquí al lado, en casa de un viejo amigo –les dijo Andrea–. Pasé por delante de la casa y vi luz. Así que se me ocurrió entrar a saludar un momento y ver cómo estaban.

–Muy amable de su parte –respondió Margaret con voz distante.

Andrea miró a Liam.

–No estamos acostumbrados a tener una casera tan atenta –comentó Liam con tono sugerente.

–Ésta es una pequeña ciudad universitaria, todo el mundo es atento –replicó Andrea. Bajó la mirada y se pasó la lengua por los labios–. Deseaba tanto que les gustara la casa que cruzaba los dedos. –Levantó ambas manos con los dedos cruzados y las uñas, largas, rojas y cuidadas.

Liam estiró el brazo y le cogió suavemente la mano derecha con los dedos aún cruzados.

–Bueno, me alegra mucho volver a verla, Andrea. ¿Sabe por qué se cruzan los dedos? –Le sostuvo la mano. Tenía la piel húmeda y tibia, suave como un melocotón maduro–. La cruz es un signo de perfecta unidad –explicó pasándole la mano sobre los dedos cruzados–. El hueco que se forma al cruzar dos dedos es el sitio perfecto para guardar un deseo.

–No lo sabía –respondió ella.

A Liam le pareció que Andrea temblaba. «Es demasiado fácil», pensó mientras le soltaba la mano y bajaba la vista.

–Tiene dedos largos y muy bonitos –añadió él–, símbolo de buena cuna y larga vida.

La mujer sonrió.

–Liam... –terció Margaret desde algún oscuro confín del sistema solar–. Andrea no ha venido a que le leas la mano.

–No le estaba adivinando el porvenir –respondió sin apartar los ojos de la casera–, sólo le explicaba algunas creencias antiguas. Sabe, los chinos dan mucha importancia al largo de las uñas. Si uno se corta las uñas demasiado, está acortándose la vida.

–Qué interesante –dijo Andrea echando una mirada a sus uñas rojas–. Las mías son postizas. –Rió. Al parecer había despertado del trance inducido por Liam–. Bueno, tengo que irme. –Se volvió a apartar el pelo mientras recorría la sala con la mirada–. ¿Todo en orden?

–Sí, estamos muy cómodos –respondió Liam–. Todo nos resulta un poco extraño todavía, pero empezamos a sentirnos en casa.

–El grifo de mi cuarto de baño, el de arriba, no va bien –le dijo Margaret mientras se apoyaba en el respaldo del sofá–. Gotea todo el tiempo y no consigo cerrarlo.

–Tendremos que llamar a un fontanero. –Andrea no pareció muy interesada en el problema de Margaret. Levantó la mirada hacia Liam. ¿Hubo un guiño? ¿Un parpadeo?–. ¿Su parte de la casa está bien, Liam? ¿Puedo llamarlo Liam?

–Sí. Está todo en perfectas condiciones, Andrea.

–¿Y qué tal su cuarto? ¿Lo disfruta?

Liam contuvo la risa. No había más que buscar la palabra «obvio» en el diccionario para encontrar una descripción de Andrea DeHaven.

–Los albañiles han hecho un trabajo excelente. Con la ventana nueva ya no hay problemas de corrientes –respondió.

Ella asintió con la cabeza y el pelo volvió a cubrirle un ojo.

«Muy sensual», pensó Liam mientras su mirada volvía a recorrer las protuberancias del jersey.

–Me alegra que le guste la casa. Bueno, creo que ya es hora de despedirme. –Miró a Margaret y se dirigió hacia la puerta.

Liam la siguió por el pasillo. «Sé lo que me va a decir», pensó. Y ella lo dijo, palabra por palabra.

–Si puedo ayudarlo en algo, por favor no dude en llamarme. –Y le echó una última mirada significativa.

Él le cogió la mano una vez más e inhaló su perfume penetrante. «Soy humano, nada más.» Era todo muy obvio, pero funcionaba. Liam se excitó.

–Chicago es una ciudad muy fría. Me alegra estar en un lugar cálido y amistoso. –«Yo también puedo ser obvio»–. Buenas noches, Andrea. –Y retiró suavemente la mano de la de ella.

La miró bajar la escalera y alejarse por la acera. Una mancha ondulante roja y púrpura bajo la luz blanquecina y brumosa de las farolas. No pudo evitar pensar en sus bien torneados muslos debajo de las medias púrpura. El perfume flotaba en el recibidor.

–Pensé que iba a quitarse ese jersey espantoso y saltar sobre ti aquí mismo –bromeó Margaret–. Me la imaginaba encima de ti, sujetándote con fuerza y llenándote la cara de pintalabios.

–Tienes una imaginación muy gráfica –sonrió Liam.

Margaret carraspeó.

–No hacía falta mucha imaginación.

–Margaret, si no hubieras estado aquí me habría considerado afortunado.

–¿Cómo dices? ¿Afortunado? –Lo miró con los ojos entrecerrados, sacudió la cabeza y se acercó a la chimenea–. Hemos olvidado preguntarle si funciona el hogar.

–Estoy seguro de que volverá muy pronto –dijo Liam frotándose la barbilla.

–¿De veras te gusta esa vaca? –Margaret lo examinó con ceño.

–Las vacas tienen algunas cualidades muy agradables. Hay un cuento galés sobre la mujer de un granjero que se convirtió en vaca...

–¡Basta ya, Liam! Te he hecho una pregunta en serio. Deja los cuentos folclóricos para otra persona que no los conozca.

–Sólo bromeaba, Margaret.

–Yo no. ¿Te gusta? ¿Te gusta Andrea? ¿Crees que podrías...?

Liam sacudió la mano desechando aquella sugerencia. Se sentó en el apoyabrazos del sofá. El cuero crujió ligeramente bajo su peso.

–No. Me temo que la pobre Andrea no tendrá suerte conmigo. –Levantó la mirada hacia Margaret y vaciló–. Creo que estoy enamorado –dijo en voz baja.

–¿Bromeas?

Liam meneó la cabeza con expresión pensativa.

–No, no bromeo. En absoluto.

Margaret abrió la boca sorprendida. Retiró la mano de la repisa de la chimenea, se rascó el hombro y volvió a apoyarla. Se inclinó y estudió a su hermano.

–¿La morena del restaurante? ¿La guapa?

Liam asintió; no sonreía. Margaret le clavó la mirada.

–¿Cómo se llamaba? ¿Sara? Es demasiado joven.

–No estoy de acuerdo.

–¿No crees que es muy joven?

–No, creo que está muy bien –respondió Liam con una leve sonrisa.

Margaret suspiró. Tenía el rostro encendido.

–Pues buena suerte, Liam. –Apretó el puño y tocó madera tres veces sobre el estante de la chimenea.

SEGUNDA PARTE

6

El mal humor acompañó a Garrett hasta la noche. «¿Qué quiero ser de mayor?» Repitió la pregunta en su mente hasta que se convirtió en una letanía inquietante y fastidiosa. «¿Qué quiero ser? ¿Qué? ¿Qué?» «Esto, no.»

No recordaba el viaje hasta comisaría, ni dónde había aparcado. Probablemente en el sitio de siempre, junto a correos, pero no lo recordaba. Y ahora Walter le decía algo, pero Garrett no lo escuchaba. Sus grises escritorios de metal estaban uno frente a otro en el centro de la pequeña habitación cuadrada. Garrett se inclinó hacia delante mirando a Walter y trató de concentrarse en lo que le decía. Walter Granger, su compañero albino. Era tan blanco, tan claro, tan brillante. Una piel nívea como harina, casi transparente, fantasmagórica. Coronada por un cabello lacio, rubio incoloro, tan fino y ligero como hebras de hilo. Los dientes torcidos y salientes, también blancos. Hasta sus ojos eran pálidos, grises, casi plateados. Walter no tenía color, pensó Garrett. Era el anticolor. Sólo luz. Y ahora lo miraba como si mirara una luz, como si estuviera pegado al resplandor de Walter para evitar caer de nuevo en la negrura de su humor.

–¿Qué tal va todo, Walter?

–Tranquilo. –Walter se acabó el café, estrujó el vaso de cartón y lo arrojó a la papelera detrás del escritorio–. En realidad un poco aburrido.

«Un poco.» Garrett toqueteó las carpetas sobre su escritorio. Todas cosas viejas.

–¿No ha pasado nada esta tarde?

Walter gruñó y puso los pies sobre el escritorio. Tenía un agujero en la suela del zapato izquierdo.

–Ethan tuvo un siete cuarenta y dos.

Garrett frunció el entrecejo con impaciencia.

–No me digas los números, tío. Sabes que no puedo recordar los malditos números. ¿Qué pasó?

Walter levantó las manos en gesto de rendición.

–De acuerdo, de acuerdo. Lo siento. No hace falta que me mates. Atropellaron a un perro.

–¿Un perro? ¿Dónde?

–En Highlands, frente a la tienda Stop. Un dálmata. Lo chafaron por el medio. Le quedó la cabeza y el rabo, pero el lomo resultó completamente aplastado.

Garrett puso cara de asco.

–¿Quién lo atropelló?

Walter se encogió de hombros.

–Si lo supiera sería un siete cuarenta y uno, pero es un siete cuarenta y dos: atropello de perro y fuga.

–Venga –murmuró Garrett entornando los ojos–, te estás inventando los números, ¿no es cierto? No tenemos ningún número para atropello de perro y fuga, ¿verdad?

Walter ladeó la cara. Parecía realmente dolido.

–Claro que sí. Tenemos números para todo. Pregúntaselo a Ethan. Es su caso y cree que fue un camión. Probablemente uno grande. No cree que un coche pueda aplastar a un perro de esa manera. Dijo que las tripas estaban completamente pegadas al pavimento, no hay forma de poder despegarlas.

Garrett revolvía los legajos al azar, sólo para mantener las manos ocupadas.

–Ethan siempre exagera. ¿Ésa ha sido la única llamada del día?

–Sí, a menos que contemos la de la señora Flaherty.

–No, ésa no la cuento –suspiró Garrett.

La señora Flaherty llamaba al menos dos veces por semana para denunciar que su marido la pegaba. Garrett y sus compañeros se tomaron en serio las primeras llamadas, pero resultó que la señora Flaherty no tenía marido.

–Tendríamos que empezar una colecta –dijo Garrett cogiendo el periódico y echando un vistazo a la última página.

–¿Qué clase de colecta?

–Ya sabes, hacer que la gente contribuya y recaudar bastante dinero para traer algunos delincuentes a la ciudad. Así tú y yo no tendríamos que pasar todo el rato sentados aquí mirándonos las caras.

Walter caviló sobre la ironía; se había tomado el comentario en serio.

–A mí me gusta que sea tranquilo.

–Sí, a mí también –asintió Garrett pensativo. Encontró el pasatiempo que buscaba en el periódico. Abrió el cajón del escritorio y sacó un lápiz–. ¿Crees que Harvey se lo está pasando bien?

–¿Dónde está? ¿En un concierto o algo así?

–Su mujer lo ha llevado al teatro.

Walter sacudió la cabeza.

–A Harvey le gustan más los conciertos que el teatro. Dice que cuando va a ver una obra, los actores hablan tan alto en el escenario que no lo dejan dormir.

Garrett rió y miró a su compañero. ¿Era un chiste o sólo repetía algo que había dicho Harvey? Lo segundo, decidió Garrett. Hacía dos años que conocía a Walter y nunca lo había visto hacer un chiste ni nada parecido. ¿Dos años? ¿Hacía tanto tiempo que Angela y él vivían en aquel pueblucho? En noviembre haría dos años, advirtió Garrett mientras miraba los pasatiempos del periódico. Bueno, no se arrepentía de haberse marchado de Detroit. No lamentaba haber dejado a los padres de Angela a trescientos kilómetros. ¿Estaba bastante lejos?

–¿Quién patrulla esta noche? ¿Duke o Jimmy?

Walter se rascó la nuca.

–Los dos, creo. Ambos están de guardia. Pero no han llamado.

Garrett imaginó a Duke y Jimmy aparcados delante del Krispy Kreme con el heavy metal resonando por los altavoces de la radio del coche patrulla, tomando café, mirando por la ventanilla, vigilando a los estudiantes.

Luego se obligó a centrarse en la sopa de letras. La primera palabra era difícil. A veces podía resolverlas de un vistazo. Pero ésa no estaba tan clara. ¿Por qué le gustaba tanto la sopa de letras? Resolvía todos los días la que aparecía en el periódico. Era parte de su rutina. Le daba la sensación del deber cumplido. Iba tomando notas en los márgenes del periódico hasta que daba con la solución. La sopa de letras, se dio cuenta, era el pasatiempo perfecto para un poli. Había que coger algo mezclado, revuelto y acomodarlo, aclararlo. Ordenar el caos.

Empezaba a reordenar las letras en el margen cuando sonó el teléfono.

–Comisaría de policía –respondió Walter.

Garrett bajó el lápiz y observó cómo Walter se quedaba boquiabierto y abría los ojos de par en par.

–No puede ser, no puede ser... –dijo Walter irguiéndose en la silla.

–Eh... ¿qué pasa?

–No puede ser, Duke. Dios mío...

–¿Es Duke? ¿Qué pasa?

Walter pareció no oírlo. Garrett se puso de pie de un brinco y se inclinó sobre el escritorio.

–¿Qué ha pasado? –preguntó.

–No lo puedo creer, no lo puedo creer... De acuerdo. No toques nada. Vamos para allá.

El auricular le resbaló de la mano y cayó sobre el escritorio. Walter se preocupó de ponerlo en su sitio. Miró a Garrett y tragó saliva.

–¿Y bien? –preguntó éste.

–Tenemos un a... asesinato.

Garrett sintió erizarse la nuca. Walter se pasó los dedos por el cuello de la camisa; sus dedos gordos buscaban el botón de arriba para abrochárselo.

–No me lo puedo creer. Un asesinato... Debemos ir.

–¿Dónde? –preguntó Garrett. ¿Era la primera pregunta que había que hacer? En los dos años que llevaba habían tenido un robo a mano armada, pero un asesinato... eso exigía preguntas muy diferentes.

Walter dejó lo del botón del cuello y se dio la vuelta para descolgar la chaqueta negra del uniforme de la percha de la pared.

–En el campus, en el Círculo, detrás de unos arbustos. Lo descubrieron dos chicas.

Con el corazón palpitante, Garrett abrió el cajón inferior del escritorio y sacó la pistola de servicio dentro de la pesada funda de cuero marrón. Se la puso y sintió una pequeña oleada de culpabilidad. «Lo deseaba... Deseaba un crimen. Deseaba tener algo que hacer, algo que pusiera fin al aburrimiento. Es culpa mía. Ahora tengo lo que quería.» Sabía que eran pensamientos alocados, pero ahí estaban.

–¿Cómo está Duke?

–Parecía muy alterado, como a punto de llorar o algo así.

Garrett sabía que Duke era delicado. El muchacho no quería ser poli. Había ingresado en el cuerpo porque la lavandería de su padre había quebrado y no se le ocurría ninguna otra cosa mejor para hacer.

Garrett cogió la chaqueta. Encendió el contestador automático y siguió a Walter a la puerta.

Salieron a la noche fresca y húmeda. No hacían falta las chaquetas. Garrett sentía la pistola contra la cadera, el corazón le latía con fuerza y tenía las manos frías.

–Es una chica –dijo Walter mientras cerraba la puerta del pasajero–. Una estudiante, quizá. Duke no está seguro.

Garrett encendió la sirena y la luz del techo. El agudo ulular le hizo dar un respingo; hacía tiempo que no lo oía. Salió en marcha atrás y giró rápidamente. Los neumáticos chirriaron y mordieron el bordillo, y el coche enfiló con fuerza la calle vacía.

–¿Estaba seguro de que era un asesinato?

Walter emitió un ruido extraño y que él nunca le había oído, un gemido ahogado en la garganta.

–Sí, estaba seguro.

La cara de la chica estaba cubierta de alquitrán negro y pegajoso.

Eso fue lo que Garrett pensó a primera vista, y apenas pudo mirar antes de apartar los ojos. Le temblaba todo el cuerpo. Aquello era real, una chica real, una muerte real. No sabía muy bien si estaba preparado para eso. ¿Alquitrán espeso en la cara? No. Era sangre. Roja y negra. Sangre roja y negra... El terreno, los arbustos, sus caras, todo parpadeaba a la luz giratoria de los coches patrulla. Rojo y negro. Rojo y negro.

Duke, con su cuerpo de palillo extrañamente recto, se movía con torpeza mientras la nuez le subía y bajaba por el cuello. El pelo, negro y corto, parecía erizado en las puntas. Cuando Garrett y Walter llegaron, señaló los arbustos y a continuación dio un paso atrás, como si se retirara.

–¿Dónde está Jimmy?

–Ahora viene. Tuvo un pinchazo en Stowe Street. Está en camino.

–Una linterna –murmuró Garrett mientras recorría con la mirada el Círculo vacío y los edificios del campus que se alzaban alrededor, como testigos oscuros y silenciosos–. ¿Hemos traído una linterna?

–¡Mierda, me la he olvidado! –exclamó Walter golpeándose la frente.

–Aquí tengo una –murmuró Duke.

La luz blanca se derramaba sobre el césped como un río brillante y los obligó a fruncir los ojos. Garrett cogió la linterna de manos de Duke; necesitaba agarrarse a algo.

Alquitrán sobre la cara... Demasiada sangre.

–Se llamaba Charlotte –sonó la voz de Duke detrás de ellos lejana y débil–. Charlotte Wilson. Encontré el carnet de la universidad en su monedero.

Garrett se detuvo delante de un arbusto bajo, inmóvil en esa noche sin viento.

–¿Estudiante? –preguntó Garrett a Duke, una silueta delgada delante de los faros del coche patrulla.

–No, empleada.

–¿La robaron?

–No, tenía veinte dólares en el monedero y una tarjeta MasterCard.

–¿La violaron?

–No creo, todavía lleva los panties puestos.

«Muy profesional, Duke», pensó Garrett.

Rojo y después negro. Rojo y después negro.

Garrett inspiró profundamente, contuvo la respiración y dio la vuelta al arbusto apretando el mango de la linterna con tanta fuerza que le dolió la mano.

–¿No deberíamos tomar notas o algo así? –dijo la vocecilla sorprendentemente temblorosa de Walter.

Garrett cerró los ojos por un momento, pero seguía viendo aquel resplandor rojo y negro a través de los párpados.

–Escribiremos más tarde. Primero vamos a mirar, ¿de acuerdo? Después... –Se le cortó la respiración. No estaba preparado para nada semejante.

La cara negra cubierta de asfalto. Sabía que era sangre. Se había coagulado en las cuencas vacías de los ojos, en los orificios de la nariz. No le veía la boca. ¿Dónde estaba la boca? El haz de luz tembló como si se sacudiera el terreno. Se le doblaron las rodillas. ¿Salía de su garganta ese grito ahogado? Frunció los ojos en dirección a la luz. Se obligó a no parpadear.

La chica tenía un brazo doblado detrás del cuello. ¿Se doblan así los brazos? La falda corta estaba por encima de la cintura y se veía la costura de los panties. Las piernas separadas. El estómago abierto. Desgarrado. Todo desparramado... Y la espalda. ¿Partida en dos? ¿Doblada? No era posible, mierda. Una ilusión óptica. Le fallaba la vista.

Rojo y negro. Rojo y negro.

Tragó una vez, dos. Se obligó a apartarse. Duke y Walter estaban justo detrás de él. La cara de Duke estaba pálida, los ojos desorbitados. Sólo movía la nuez del cuello. Walter estaba pálido y descolorido incluso a esa luz, tenía los ojos entrecerrados, una mano regordeta en la culata del revólver, mientras la otra colgaba impotente mientras abría y cerraba el puño.

Garrett se obligó a retroceder.

Un charco de sangre oscura rodeaba el cuerpo destrozado de la chica. Como una sombra muerta. Qué caos. Un rompecabezas que no podía reordenarse, pensó Garrett. La chica. Charlotte Wilson. Imposible reacomodarla, arreglarla, volver a ponerla en orden.

–Menuda carnicería, joder.

La luz temblorosa se posó en algo que había sobre la hierba. Garrett se agachó a recogerlo, se sentía mareado. La luz no lo ayudaba a que comprendiera qué era. Algo no encajaba, algo terriblemente espantoso.

–Dios mío, ¿qué es esto?

Una cosa blanda en la mano caliente de Garrett. La apretó y la levantó. La agitó.

–¿Una peluca? –preguntó con voz tensa y hueca–. ¿Llevaba peluca?

No, no era una peluca. Lo vio al acercársela. No era una peluca sino su pelo, todavía unido al cuero cabelludo... un cuero cabelludo dorado a la luz brillante, arrancado de la cabeza y arrojado por ahí como un papel arrugado.

–Qué horror...

La cabellera se le cayó de la mano y la linterna también.

Garrett se inclinó sobre el arbusto y vomitó la cena.

7

Sara tiró la revista *People* al suelo.

–¿Y a mí qué me importan los problemas de Keanu Reeves? Mary Beth, ¿por qué estás suscrita a esta revista?

–Mi vida no es lo suficientemente espantosa.

Sara estaba repantigada sobre el sofá verde de cuero, con la cabeza apoyada en el apoyabrazos y las rodillas levantadas. Estiró los brazos por encima de la cabeza.

–Necesito un poco de ejercicio. ¿Quieres venir a hacer un poco de *footing* conmigo?

Mary Beth estaba sentada con las piernas cruzadas sobre la alfombra oriental, con la espalda apoyada contra la mesilla de café.

–Ni hablar –respondió sacudiendo la cabeza–, yo no corro por el campus de noche. –Estiró las piernas y cogió la revista–. ¿Qué dice Keanu Reeves?

Sara miró la telaraña de grietas que había en el techo bajo y blanco.

–¿No has visto lo de esa chica en las noticias? Es espantoso. Ni siquiera puedo pasar por ese lugar, ya sabes, por donde la mataron. La policía ha puesto cinta amarilla alrededor de los arbustos para cercar el sitio. Ayer vi a dos estudiantes con cámaras haciendo fotos allí.

–Qué asco –murmuró Mary Beth. Enrolló la revista pero no la abrió–. No lo comprendo. Jamás pasan esas cosas en Freewood.

–Es lo que no paran de decir en las noticias locales.

–Nunca miro las noticias locales –replicó Mary Beth reclinándose sobre el borde de la mesilla. Bostezó–. ¿Por qué estoy siempre tan cansada? Supongo que porque tengo que trabajar para ganarme la vida.

–Asesinaron a esa pobre mujer hace tres días y la policía no tiene ni una pista. Es tétrico, ¿no te parece? Todas las mañanas tengo que pasar por allí y me da escalofríos cada vez.

–¿Y quieres ir a hacer *footing* por la noche? –Mary Beth se golpeó las rodillas de los tejanos desteñidos con la revista enrollada–. Es más seguro quedarse dentro, engordar y ponerse flácida.

–Claro. –Sara frunció el entrecejo.

Se estremeció al recordar las espantosas imágenes de la televisión local que no se le iban de la mente. Vio la bolsa de plástico con el cadáver dentro cuando lo sacaban del Círculo en una camilla y la cara hosca del policía que se negó a responder preguntas.

–¿Cómo van tus clases? ¿Te gustan?

La pregunta de Mary Beth la arrancó de sus pensamientos.

–Adivina a quién tengo en el seminario –dijo Sara.

–No sé, no conozco a nadie del departamento de psicología.

–Aburrido.

–¿Cómo dices?

–Profesor Aburrido; dirige un seminario.

Mary Beth rió.

–¿De veras se llama así?

Sara se incorporó y apoyó los pies en el suelo.

–¿Te imaginas? Si tú te llamaras Aburrido y decidieras ser profesora, ¿no te cambiarías el apellido? ¿Sabes lo difícil que me resulta quedarme seria cada vez que tengo que llamarlo profesor Aburrido?

Mary Beth se quitó un pasador del pelo.

–Yo tenía una ayudante de botánica que se llamaba Planta, Greta Planta. Siempre pensamos que se había inventado el apellido.

Sara rió.

–Tendría que haberse llamado Helecho de nombre. ¿Por qué estudiaste botánica?

–Pensé que sería fácil. –Mary Beth jugueteó con el pasador y cambió de expresión–. Me conoces –dijo mirando la alfombra–, siempre me han gustado las cosas fáciles. Supongo que por eso me he quedado aquí en Freewood. Tú al menos te arriesgaste y te fuiste a Nueva York. Intentaste algo difícil.

Sara soltó una risa amarga.

–Lo intenté y fracasé. Tengo la sensación de haber tomado las decisiones siempre en función de algún hombre. –Se puso de pie y se dirigió a la cocina–. Voy a buscar una Coca-Cola Diet, ¿quieres una?

–No, gracias.

Momentos después, Sara regresó y se llevó la lata roja y blanca a los labios.

–Vine a estudiar a Moore por Michael. Después de la universidad me fui de Freewood por Rick. Y ahora he vuelto por Chip. –Lo dijo sin pasión, como si hiciera un inventario.

–¡Pero yo nunca he salido! –se quejó Mary Beth–. Mira este apartamento. Es como si todavía fuera estudiante.

Señaló los pósters colgados sobre el sofá. Uno de Jim Morrison y los Doors en el Fillmore, en 1967, de color naranja y rojo fosforescente. Y al lado Keith Haring, y tres de sus atrevidas y primitivas figuras bailando sobre un fondo amarillo.

Los ojos de Sara recorrieron la habitación. Además del sofá de piel y la mesilla de café, donación de los padres de Mary Beth cuando redecoraron la casa de Shaker Heights, los únicos muebles eran dos futones beige sobre el suelo. Sobre una estantería blanca había un televisor de doce pulgadas, la cadena de música, un montón de discos compactos, libros en rústica y pilas de revistas.

Sara no pudo menos que reírse.

–Sí que se parece un poco a nuestra vieja habitación de la universidad –admitió–, o a aquel apartamento que alquilamos en High Street cuando estábamos en el último curso. ¿Dónde está la cama de agua?

Mary Beth apoyó la barbilla entre las manos con un mohín.

–Se pinchó y tuve que nadar para no ahogarme; de lo contrario probablemente aún la tendría. ¡Todavía escucho a Pink Floyd, Dios mío! ¡Es como si estuviera decidida a no crecer!

Sara se apartó el cabello negro moviendo la cabeza.

–Pero al menos tienes trabajo, Mary Beth. Yo soy estudiante otra vez.

Sara trató de cambiar de tema. Con toda la excitación del regreso al campus y de ver de nuevo a Mary Beth, había olvidado la capacidad de su amiga de autocompadecerse. Sabía que Mary Beth nunca había estado tan mal como decía; era sólo una manera de mantener la conversación centrada en ella. Le gustaba la compasión de los amigos. La amistad entre ambas en la universidad se había basado, en gran parte, en que Sara, práctica y con los pies en la tierra, cuidaba de la intensa y apasionada Mary Beth. Pero ahora Sara se daba cuenta de que en cierto modo sus respectivas situaciones se habían invertido. Ella era la que estaba en crisis, necesitada de que la cuidaran, y Mary Beth se había portado como una verdadera amiga. Pero seguramente le había costado mucho. Ambas sabían que, aunque fuera fantástico estar juntas otra vez, la relación había cambiado y ninguna había descubierto todavía cuáles eran sus nuevos papeles.

–Hablando de trabajo... –Mary Beth estiró el brazo y cogió la lata de refresco de manos de Sara, bebió un trago y se la devolvió–, ¿has pasado por la oficina de Cohn?

–Fui el otro día –respondió Sara–, después del seminario, pero él no estaba. Su secretaria me dijo que había tenido que salir de viaje inesperadamente. Supongo que volverá dentro de unos días.

–¿Volverás a pasar?

–Sí; un trabajo de tres días a la semana es perfecto y el dinero me vendrá muy bien. –Hizo un gesto con la mano libre–. Y hablando de sentirse otra vez estudiante... ¡ni siquiera puedo permitirme un futón!

Mary Beth sonrió.

–Sabes –continuó Sara, reclinándose en el sofá–, cuando salía del edificio de la administración oí a dos chicos en el pasillo hablar de él. Lo llamaban Milton *el Monstruo.* –Rió entre dientes.

–Pobre, qué malos –dijo Mary Beth sacudiendo la cabeza.

–Bueno, parece una especie de monstruo de película, ¿no? Es tan grande y tiene una pinta tan amenazadora... y con ese pelo blanco tan raro, todo en punta, como si estuviera recibiendo una descarga eléctrica.

–Probablemente sea artritis –comentó Mary Beth.

Sara tomó un buen trago de la lata.

–Los chicos pueden ser muy crueles –dijo.

–Me han dicho que es buena persona. Se rumorea que ha estado casado tres veces –suspiró–. ¿Te crees que en la oficina no tenemos nada mejor que hacer que cotillear sobre Milton Cohn?

–Qué triste –coincidió Sara mientras hacía girar la lata entre sus manos–. ¿A que no adivinas con quién me encontré en la escalera de la biblioteca? Con Liam. Ya sabes, el profesor O'Connor.

–¿Lo llamas Liam? –Los ojos verdes de Mary Beth brillaron.

Sara rió. Sintió que le ardía la cara y supo que se ruborizaba.

–¡Bueno, me dijo que lo llamara así!

–¿Saludaste a Liam? ¿Se acordaba de ti? –Mary Beth se inclinó hacia delante, interesada.

Sara asintió con la cabeza.

–Sí, y me extrañó. Se acordaba de mi nombre. Me... me dijo que significaba suerte, porque quiere decir mañana.

–¿Sara quiere decir mañana?

–No; Morgan, el apellido. Dijo que era algo así como un nuevo comienzo. –Sara bajó los ojos–. Creo que estaba coqueteando conmigo.

–Vaya... –murmuró Mary Beth.

Sara lamentó haberlo mencionado. En cierto modo se sintió vulnerable. ¿Mary Beth le adivinaba el pensamiento? ¿Se daba cuenta de que había pensado mucho en Liam? No quería que le tomaran el pelo con él. No era algo para tomárselo a broma. Había pensado mucho en Liam, y vuelto a sentir la mano que le acariciaba el cabello y la calidez de aquellos ojos marrones... ¿Y qué?

–La otra noche en el restaurante intentaba seducirte –comentó Mary Beth cambiando de posición en el suelo y cogiéndose las rodillas con las manos.

–¿Tú crees? –preguntó Sara haciéndose la inocente, aunque seguía ruborizada.

–Pero lo intenta con todo el mundo.

–¿Cómo lo sabes? –replicó Sara poniéndose a la defensiva.

–Bueno, también coqueteó conmigo cuando hice aquel vídeo. Tiene ese encanto irlandés, mucha labia, o lo que sea.

«Tiene razón –admitió Sara para sí–. He pensado en él toda la semana, en la forma en que me miró, en aquella vieja rima que me recitó, en cómo me cogió la mano... Pura labia. Puro encanto irlandés. Es así con todo el mundo. ¿Qué me hizo pensar que me encontraba tan especial?» Se apartó el cabello como si se sacudiera los pensamientos. «La jovencita soy yo, no Mary Beth. Yo soy la colegiala tonta que a los veinticuatro años aún se enamora del profesor guapo.»

Mary Beth se sentó recta y puso cara seria.

–¿Qué pasó con Chip?

–¿Eh? –Sara todavía pensaba en Liam, se lo imaginaba en la escalera de la biblioteca con aquellos ojos marrones brillantes que la miraban y el cabello oscuro al viento.

–Ibas a contarme toda la historia. ¿Qué pasó con Chip? –insistió Mary Beth dejando a un lado la revista *People*–. Venga, Sara, deja ya de mantener el suspense. ¿Por qué dejaste a Chip?

Sara tragó saliva.

–Pues... porque trató de matarme.

8

Una sombra cayó sobre el escritorio de Sara. Terminó de teclear la frase y se apartó del ordenador. Levantó la mirada hacia Eliot Glazer, que ocupaba la estrecha entrada al cubículo de paredes bajas.

Eliot Glazer, editor ejecutivo, editorial Concord.

Llevaba su escaso pelo gris pulcramente peinado hacia atrás. Unos ojos grises inyectados en sangre asomaban debajo de unas gafas de montura plateada que le resbalaban por la nariz. Siempre tenía dos círculos rojos en las mejillas, como si estuviera ruborizado. O excitado. Llevaba camisas blancas de poliéster. Jamás se molestaba en abrocharse los botones del cuello. La tripa le sobresalía por encima del cinturón de los pantalones de sus trajes azules.

–Hola, Eliot. Estaba poniendo al día todo este montón de cartas sensibleras –lo saludó Sara señalando la pila de manuscritos rechazados.

Su trabajo de asistente editorial, entre otras cosas, consistía en leerlos, al menos una o dos páginas, y devolverlos antes de que se convirtieran en un riesgo de incendio. No era la parte más estimulante de su tarea. ¿Acaso la gente no sabía lo mal que escribía?

Eliot apoyó toda su corpulencia contra la pared del cubículo.

–Sara, ¿sabes por qué las llaman cartas sensibleras?

–No; ¿por qué?

–¿Las escribes y no lo sabes?

Eliot esperó que ella riera. Así era su humor: tan sutil que no hacía gracia. De todas formas, Sara rió.

–Hoy he leído algunos manuscritos increíbles. Acabo de terminar uno llamado *Yo, el marciano.* Es una autobiografía.

–¿Y lo has devuelto a Marte?

–No, a Wisconsin.

Eliot sonrió y la miró por encima de las gafas.

–Conozco Wisconsin.

Sara esperó que continuara, pero no lo hizo, sino que echó un vistazo al reloj que había en el estante. Cuatro y media de la tarde del viernes. ¿Eliot le traía trabajo para el fin de semana?

«Por favor, no. Por favor.»

Se volvió y Sara le vio un juego de galeradas en la mano.

–Sara, llegan con retraso. ¿Podrías leerlas durante el fin de semana?

–Pues...

Le pasó la abultada pila de hojas. No se lo pedía, sino que le decía que las corrigiera durante el fin de semana.

–Están bastante bien. No te llevará mucho tiempo.

Sara miró la primera página.

–¿De qué va? ¿De fútbol?

–Una novela sobre fútbol –asintió Eliot–. ¿Qué te parece? Vamos retrasados y todo el mundo está crispado. Ya sabes, el eterno drama del mundo editorial. Trabajamos con un año de antelación, pero todo tiene que hacerse deprisa y corriendo. –Tenía las mejillas encendidas.

Sara elevó los ojos al techo y hojeó las galeradas.

–Qué interesante, una novela de fútbol de cuatro mil páginas.

Una sonrisa torcida mostró los dientes manchados de nicotina de Eliot.

–Parecen cuatro mil pero en realidad son menos. –Se dio la vuelta y su estómago salió del cubículo antes que él–. Todo el mundo está muy tenso, de verdad. Creo que es la fusión.

–¿Te has enterado de algo? –preguntó Sara.

–¿Ves? Tú también estás tensa. ¿Qué te importa si nos fusionamos o no? ¿Crees que te quitarán tus acciones?

–Qué tonterías dices, Eliot.

Sara, como asistente editorial, tenía un salario inferior a los veinticinco mil dólares al año. Jamás le habían mencionado la posibilidad de opciones de acciones, ni primas, ni una cuenta de gastos para comidas elegantes, ni más de dos semanas de vacaciones.

–Que pases un buen fin de semana –se despidió él.

Sara se quedó mirando el espacio que Eliot había dejado vacío y puso las galeradas en un sobre. Las dejó sobre el escritorio y volvió a la carta que tenía en el ordenador. «Lamento comunicarle que el manuscrito sobre su infancia en Marte no encaja en nuestros planes editoriales...»

«Deberíamos tener una carta tipo para extraterrestres», pensó. Un fuerte carraspeo la obligó a girarse.

–¡Chip!

El joven entró sonriendo en el cubículo y se sentó en el borde del escritorio, encima de unos manuscritos. Cogió el pisapapeles, una bola transparente de vidrio, y empezó a pasárselo de una mano a la otra.

«Sí, entra sin pedir permiso y llévate lo que quieras.»

El pelo rubio oscuro le cayó sobre la frente mientras él se agachaba para besarla en los labios. Los tenía ásperos y secos.

«Llévate lo que quieras.» A Sara le hubiera gustado que el beso durara un poco más, pero fue ella la primera en apartarse. Casi todos sus compañeros se habían marchado, pero Eliot todavía rondaba por los pasillos.

«¿Y qué pasa si me ve besándome con Chip?», se preguntó. Era poco profesional. Apartó a Chip con una mano y se alisó el chaleco de lino crudo que llevaba sobre el jersey de algodón beige.

–Chip, ¿qué haces aquí?

El joven levantó la bola de vidrio con ambas manos y entrecerró los ojos para mirar dentro.

–Veamos lo que predice la bola de cristal... Veo agua y arena. Sol. Veo una casa en Southampton. Un largo fin de semana.

–¿Ves a tu padre en la casa?

Chip bajó la bola.

–No. Se ha ido a Los Ángeles esta mañana. Tiene algunos problemas en la cadena de televisión, problemas de producción, algo serio. –Su sonrisa se ensanchó y mostró una dentadura perfecta.

«¿Cómo hace para estar siempre tan bronceado, si pasa tan poco tiempo al sol y hasta juega al tenis en pista cubierta?», se preguntó Sara.

–Mi padre no estará, sólo nosotros. –Se metió la mano en el bolsillo, sacó las llaves del Porsche y las hizo tintinear delante de la cara de Sara–. Por eso he venido, para sacarte de todo esto.

Sara echó una mirada al reloj.

–Son las cinco, pillaremos la hora punta del viernes. El tráfico...

Chip se inclinó otra vez y le acarició el rostro tiernamente con el índice.

–Estaremos juntos durante la hora punta y no tenemos que preocuparnos por el tráfico, ¿de acuerdo?

La caricia erizó a Sara. Le cogió el dedo y se lo apretó

con suavidad mientras le miraba con sus ojos azules, tan inocentes, tan perfectos, tan conmovedores en aquella cara límpida de muchacho americano, de joven Robert Redford.

Chip Whitney, el príncipe de buena familia anglosajona.

Sara todavía no se hacía a la idea de que estuviera saliendo con alguien más bello que ella. A veces le acariciaba sus cejas suaves y rubias y le tocaba la cara como si fuera un muñeco. Una cara perfecta, una vida perfecta. Bueno... casi perfecta.

La cicatriz de la barbilla lo convertía en alguien humano. Una pequeña línea blanca de dos centímetros. Él no recordaba cómo se la había hecho. Le subía por la piel bronceada como una segunda sonrisa. A Sara también le gustaba acariciársela.

Y, por supuesto, tenía una nariz muy pequeña. Durante meses Sara había creído que a algún cirujano plástico se le había ido la mano. Pero no, Chip había nacido con esa pequeña protuberancia respingona. Le daba un aspecto relamido. Sara, nada más conocerlo, se había dado cuenta de que en realidad era presumido, pero presumido de una manera simpática y encantadora. Desde el principio siempre se las había arreglado para confundirla. Y ella sentía que cuando estaba con él, al mismo tiempo estaba como estudiándolo de lejos. Pero quizá ése era su problema, no el de Chip.

–Tenemos que pasar por mi casa –dijo Sara. Se volvió hacia el teclado y pulsó algunas teclas para salir del procesador de textos. El marciano de Wisconsin podía esperar hasta la semana siguiente para enterarse de que habían rechazado su vida de extraterrestre–. Tengo que buscar un traje de baño y alguna ropa.

–Podemos comprar allí un traje de baño –insistió él–. Compraremos en el pueblo todo lo que necesites.

–Chip, no puedo comprarme ropa nueva cada vez que voy a alguna parte. Voy muy mal de dinero, hasta traigo la comida al trabajo.

¿Por qué pasaban tanto tiempo hablando de la pobre Sara y el rico Chip? Sara se dio cuenta de que era ella la que sacaba el tema de las diferencias económicas. ¿Pero qué alternativa tenía? Él era el «chico de oro» y ella la de los descubrimientos; descubrir, por ejemplo, cómo era vivir de un sueldo en Nueva York.

Chip bajó los anchos hombros enfundados en un polo blanco. Hizo girar la bola de vidrio en la mano.

–Siempre te las ingenias para encontrar alguna excusa para no ser espontánea.

Vaya. ¿Iba a dejarlo con la última palabra? No.

–Quizá porque «espontánea» para ti significa que haga siempre lo que tú quieres. –«Se la he devuelto. Buen disparo.»

Chip asintió y sonrió. «Una sonrisa fuera de lugar –pensó Sara–. Hablaba en serio, no era una broma. No era una réplica ocurrente.»

Él dejó el pisapapeles de vidrio junto a una pila de manuscritos.

–De acuerdo, pasaremos primero por tu casa para que recojas alguna ropa. Después iremos a cenar y nos iremos a la playa. ¿Te parece mejor?

Sara le dio un beso en la mejilla como respuesta.

Chip se puso de pie. El beso no pareció complacerlo. Consultó su reloj, un viejo Bulova de los años cincuenta que ella le había comprado en una tienda de Columbus Avenue para el aniversario de sus primeros seis meses. No funcionaba bien. Sara sospechaba que él sólo lo usaba cuando estaba con ella.

–¿Vamos? –dijo. Salió al pasillo y miró con impaciencia la larga fila de cubículos.

A Sara no le sorprendió su cambio de humor. Lo había contrariado y Chip nunca reaccionaba bien cuando lo contrariaban. No sólo por salirse con la suya, sino porque era una interrupción en el cómodo transcurso de su vida. Para

Chip, un obstáculo, por pequeño que fuera, era un obstáculo.

Sara se daba cuenta de que no estaba completamente malcriado. Tenía sus principios. Haber crecido en Beverly Hills y la casa de la playa en Malibú, con los viajes a Nueva York y Europa con su padre, el presidente de la cadena, las visitas de las estrellas y los directores de cine y televisión, tomando el sol en la piscina olímpica de su jardín, jugando a tenis en la pista de tierra batida detrás de la casa de dos pisos de invitados... haberse criado con toda esa vida de chico rico no había impedido que Chip se convirtiera en una persona sensible y generosa.

Sólo había aumentado sus expectativas. Esperaba una vida cómoda y eficiente, andar tranquilamente por la vida, que el sol brillara siempre. La frase «que pases un buen día» para él significaba algo. Esperaba de verdad «pasar días buenos». Y esperaba que la gente le dijera que sí. Sí, sí, sí. El «no» era un desengaño terrible, perturbador e inaceptable. Y siempre se lo tomaba muy a pecho.

Sara veía a Chip como una persona dorada y soleada. Le encantaba acariciarle el suave vello rubio del brazo y tironearle el que asomaba por el cuello abierto del polo. El vello se parecía a diminutos rayos de sol que surgían de su piel.

Ella era muy diferente. Tan oscura, toda seriedad, toda tierra... Le gustaba la sombra. A veces, cuando estaba con él, se sentía como uno de esos planetas oscuros que no se ven a simple vista hasta que el sol los ilumina y los convierte en una estrella nocturna.

Sí, sí, sí.

El «no» le oscurecía la luz de sus ojos. Chip tenía tan buen corazón, era tan... dulce. Dulce, sí. Nunca discutían por nada importante, pero los pequeños «no» lo fastidiaban.

«No, no puedo verte hasta las cinco y media.»

«No, no quiero café. Tengo que volver al trabajo.»

«No, no puedo quedarme con el perro. Me gusta, pero en mi edificio no permiten animales.»

Y entonces, ¿quién le oscurecía el sol? Sara no soportaba sus quejas mudas, su cara de pena, como si todo el universo conspirara contra él para destruirlo con un simple «no».

Todavía recordaba la cara pálida de asombro de la camarera del restaurante del Soho. Aún veía aquel pelo rizado pelirrojo y cómo se movían los pendientes largos de plástico mientras sacudía la cabeza con incredulidad. «No, señor, lo siento pero se nos ha acabado el *risotto.*» La cabeza de Chip se había agitado como si le hubieran disparado. Sara creyó que le dolía algo, pero Chip se puso de pie tan bruscamente que casi tiró la mesa de cristal. Sara no tuvo otra alternativa que seguirlo mientras él se dirigía airadamente hacia la puerta. Se volvió antes de salir y vio que la camarera todavía estaba junto a la mesa con el bloc en la mano y los pendientes que se balanceaban como si hubiera un terremoto.

El terremoto se había calmado cuando Sara llegó a la acera. Chip ya estaba estudiando el menú en la ventana del restaurante de al lado. Le sonrió y la cogió del hombro como si nada hubiera pasado, como si el sol no se hubiera ocultado durante un momento, como si de verdad no le hubiera importado ese pequeño «no». Una broma, nada más.

Sara todavía temblaba de vergüenza. Sara, que odiaba todo tipo de escenas, que prefería ocultarse en las sombras. Quería decirle algo, reñirlo, explicarle que el *risotto* no era tan importante. Pero Chip se reiría de ella, ni siquiera la comprendería.

Y ahora veía aquellos largos pendientes sacudirse. Y cada vez que los recordaba, tenía una sensación rara en el estómago, una sensación rara con Chip.

¿Miedo?

Chip la había cogido de la mano y entraron en el restaurante de al lado. La gente estaba en la barra en triple fila y todas las mesas ocupadas. No tenían reserva, pero Chip se las arregló para conseguir una mesa y cenar.

«Es tan fácil para él. *Exige* que sea fácil... Si todo es tan fácil, ¿para qué me necesita?», se preguntó Sara.

Las únicas veces en que parecía necesitar algo era cuando hacían el amor. Entonces necesitaba todo, todo de ella. Necesitaba cubrirla, asfixiarla, devorarla, complacerla, complacerla, complacerla...

Sí, sí, sí.

No duraba mucho.

¿Y ella lo necesitaba? A ella le gustaba mucho... Como una mariposa nocturna que revolotea cada vez más cerca del sol, más y más cerca. Le gustaban las casas coloniales o los pisos de lujo de muebles de cromados y piel, le gustaba la gente frívola que sostiene sus copas de vino con tanta soltura, que se toma infinitas molestias para ir vestida informalmente, personas tan ingeniosas que se hacen reír mutuamente, para quienes el propósito de la vida parece ser tener muy buen aspecto y provocarse risas mutuamente.

También hacían reír a Sara. Ella no se sentía superior, se agarraba a Chip y observaba desde las sombras.

Le gustaba su Porsche. Le gustaba el olor de su loción para después del afeitado. Obsession. Obsession Para Hombres. ¿No le daba vergüenza comprarla? ¿No le daba vergüenza acercarse al mostrador y pronunciar el nombre?

No, le resultaba fácil. Y era algo de él que también le gustaba. ¿Pero necesitaba a Chip? ¿Necesitaba hacerse esa pregunta? No.

Apagó el ordenador, guardó las galeradas en el bolso de lona y se dio prisa para cogerlo del brazo. Pasó entre la fila doble de cubículos de color gris plomo. Pasó delante del despacho de Eliot y le dio las buenas noches. Lo vio inclinado sobre el teléfono, mesándose el cabello gris. Eliot levantó la mirada a tiempo para ver a Chip y la saludó rápidamente con la mano.

En el ascensor, Chip tarareaba. Empezaba a alegrarse después de tener que cambiar sus planes. Era el momento de un beso. Sara soltó el bolso y le bajó la cara con las dos manos hacia la de ella. Era el momento de un beso prolongado y tierno, desde el piso veinticinco hasta la planta baja.

Chip tamborileaba impaciente sobre el volante. Avanzó con el Porsche verde oscuro unos metros y frenó detrás de una furgoneta.

–Tráfico –murmuró. Le apretó a Sara la rodilla y volvió a poner la mano sobre el volante–. Detesto ir a la playa los viernes por la noche.

Sara apoyó las rodillas sobre la guantera oscura de piel.

–Algunos tenemos que trabajar para ganarnos la vida –dijo con sarcasmo– y no podemos marcharnos antes del viernes por la tarde.

–Se sobrestima mucho el trabajo –replicó él.

Los coches avanzaron unos metros más. Sara vio las luces rojas intermitentes detrás de la curva.

–Parece un accidente. El tráfico irá más fluido una vez lo pasemos.

Chip no respondió. Parecía no escucharla. «¿Qué mira?», se preguntó Sara mientras observaba la cara de Chip iluminada por la luz inclemente de una farola. Avanzaron un poco más. Luz y después oscuridad. Luz y oscuridad. Aquel rostro atractivo desaparecía y volvía a brillar, pero los ojos entrecerrados no parpadeaban.

–¿En qué piensas? –le preguntó en voz baja.

–¿Eh? Ah... –¿Por qué lo había sorprendido la pregunta?– En nada. Me he quedado hipnotizado con el tráfico. –Suspiró–. Si tu madre no hubiera llamado, habríamos salido antes.

–Bueno, tenía que hablar con ella. Pobre mamá. Sola en esa casa enorme. Antes nunca me tenía tanto tiempo al teléfono, pero ahora...

–Tendrías que comprarle un perro.

–No puede ocuparse de un perro. Ya sabes, tiene artritis. –Se apartó el flequillo de los ojos–. No me importa hablar con ella, pero siempre llama en mal momento. Además, empieza a repetirse mucho. Me cuenta tres veces la misma historia. Es muy triste.

El coche avanzó unos metros.

–¿Y tus hermanos qué? ¿No hay uno que vive a pocas manzanas de ella?

–Sí, pero mi madre y yo siempre hemos estado muy unidas. Supongo que porque soy la menor. Ya sabes, mi madre tenía cuarenta años cuando nací yo, y... –Sara dejó de hablar cuando se dio cuenta de que Chip no la escuchaba.

El coche que estaba a su lado tenía encendida la luz interior. La conductora, una mujer de cara redonda con rizos de color naranja, estaba inclinada sobre el retrovisor pintándose los labios. En el asiento trasero, dos chiquillos rubios se empujaban y peleaban.

–¿Has hablado con tu padre? –preguntó Sara tratando de que Chip volviera a prestarle atención.

–¿Si he hablado con mi padre? –Chip cambió de marcha y pisó el acelerador. Tomaron la curva. No había ningún accidente, sólo un coche averiado a punto de ser remolcado.

–Ibas a hablar con él antes de que se fuera –continuó Sara con las manos en el regazo–, sobre un trabajo, ¿recuerdas?

Chip asintió. Se mordisqueó el labio inferior. Tenía los ojos fijos en la carretera.

–Ah, sí. He pensado en ello y se me ha ocurrido otra idea.

Sara esperó que continuara mientras lo observaba. Su rostro, a la luz de las farolas, revelaba tensión. La pequeña cicatriz de la barbilla brillaba y se oscurecía. Frunció los ojos como si estuviera concentrado en lo que iba a decir.

–En realidad no quiero trabajar para mi padre –explicó lenta y pensativamente, pronunciando con claridad cada palabra, como si se le estuvieran ocurriendo en aquel momento.

La falta de trabajo de Chip preocupaba a Sara más que al propio Chip. Nunca había conocido a nadie sin ambiciones. La mayoría de los amigos de Chip de Harvard se había trasladado a Los Ángeles para escribir comedias de televisión. Al parecer, eso era lo que hacían en la actualidad los graduados de Harvard. En otra época quizá se convertían en novelistas, periodistas o dramaturgos. Pero los amigos de Chip tenían ambiciones más contemporáneas: querían escribir guiones de veintidós minutos y hacerse ricos.

Después de la graduación –sin honores de ningún tipo, sino como uno más del montón–, Chip había pasado un tiempo en Belice haciendo Dios sabe qué. Al regresar se había instalado en el chalet de su padre en Malibú y se dedicaba a vagar con sus amigos escritores de comedias cuando no trabajaban sobre el teclado, a tomar baños de sol para broncearse la piel ya bronceada y a «ir de fiesta», esa expresión tan californiana.

Cuando Sara lo conoció, en una fiesta del mundillo editorial en el edificio Puck («Puck rima con *luck,* suerte», había pensado Sara mientras trababa conversación con aquel joven bronceado, sonriente y seguro de sí que se le acercaba demasiado mientras ella decidía qué hacer con la mano izquierda, la que no sostenía el vaso de plástico de blanco Chardonay), le dijo que estaba escribiendo una novela. Pero se aburrió pronto. Escribir novelas era demasiado lento e ingrato, le comentó; además, no tenía nada que decir.

Sara escuchaba. A ella tenía mucho que decirle.

Los lugares de los que hablaba, las fiestas a las que la llevaba, los amigos que le presentaba, la obligaban a decirse: «Sara, has recorrido un largo camino desde Indiana». Todo era fino, excitante, romántico. A veces se sentía como si viviera en uno de esos anuncios de perfume vaporosos y ensoñados. Obsession. Obsession Para Hombres. «Y para mí también.» Pero Chip todavía no tenía trabajo. Tenía veinticuatro años y una mensualidad de su padre.

¿Se trataba de la educación que había recibido en Indiana? ¿Todo el mundo tenía que ser algo en esta vida?

Chip giró el volante para entrar en el carril de al lado pero cambió de idea. Suspiró y golpeteó el volante.

–Llegaremos todavía a tiempo para darnos un baño de medianoche.

Sara le acarició el hombro.

–Qué agradable.

Sonaron bocinas alrededor. Una moto pasó rugiendo junto al coche y se escurrió entre los carriles con una chica detrás en chaqueta tejana desteñida y con el pelo negro ondeando al viento, aferrada a un muchacho con ropa de cuero y casco negro.

–¿Qué otra idea se te ocurrió? –Sara bajó las rodillas y se quitó una pelusa de los tejanos mientras miraba por la ventanilla–. Me refiero al trabajo.

Chip vaciló.

–Pues... trabajar para mi padre sería un fastidio. Además, probablemente tampoco querría que trabajase con él. Me mandaría a alguna parte. Ya sabes, me conseguiría algo en una de esas productoras. Y son todos unos lameculos, así que me nombrarían asistente de producción o algo así, lo que significa que tendría que encargarme de que la máquina de café estuviese llena. No hay manera de que me salga nada interesante por ese lado.

–¿Y cuál es tu idea entonces? –insistió Sara.

Chip puso el intermitente y cambió de carril. Un camión cisterna pasó rugiendo. Sara se reclinó en el asiento. Siempre se sentía diminuta, vulnerable y muy abajo en ese pequeño Porsche.

–Mira la matrícula de ese coche. –Chip señaló un Mercedes blanco que iba delante.

Sara frunció los ojos para leer la placa a la luz de los faros: «CÓMEME», y rió.

Chip meneó la cabeza.

–Hay gente que tiene mucha clase, ¿no? ¿Te imaginas poner una matrícula así en un Mercedes de sesenta mil dólares? Qué mal gusto.

–Explícame tu idea –insistió Sara–. El suspense me está matando.

Chip se encogió de hombros e hizo un gesto con la mano derecha mientras conducía con la izquierda.

–Bueno, he pensado que quizá podría montar mi propia productora. Una empresa pequeña. Hacer películas de bajo presupuesto, de menos de cien millones. O tal vez producir programas de televisión, de calidad, polémicos. Cosas que destaquen.

A Sara, de repente, bajo aquella luz parpadeante le pareció un niño. Un niño entusiasmado. «Por eso todavía no tiene trabajo –se dijo–. Hasta ahora no se le había ocurrido cómo empezar desde arriba. No es más que un chiquillo que quiere empezar desde arriba.»

El coche avanzó. Chip pisó el acelerador y se lanzaron veloces por un trecho de autopista despejado. Sara, cuando él le reveló su plan, sintió una especie de pérdida, como si dejara algo detrás en ese tramo de carretera que abandonaban.

Sabía que había dejado atrás parte de lo que sentía por él. Parte de su respeto. Un trozo del dios-sol que la dominaba se había esfumado del coche. Y ahora se encontraba junto a un chiquillo de inocentes ojos azules y naricita respingona. Un chiquillo que se estaba preguntando qué tipo de piruleta quería.

Sara se aclaró la garganta.

–Pero para montar una productora de cine... ¿no hace falta mucho dinero? –La pregunta sonó más estridente de lo que quería.

–Sí... claro. –Soltó una risa desagradable, despectiva–. Voy a necesitar un empujón, claro. Para eso voy a hablar con mi padre cuando vuelva de la costa.

¿Qué piruleta vas a comprarme, papi?

Sara lo miró con dureza y se lo imaginó chupando una larga piruleta de menta.

9

A Sara le gusta hacer el amor con el ruido del mar que entra por la ventana. La sábana húmeda y salada contra la espalda, y Chip tan liviano sobre ella.

Un murmullo suave y luego el rugido de una ola sobre la arena. Un silencio y otra ola. «El ritmo perfecto», piensa con los ojos bien abiertos mientras observa cómo él se desliza sobre ella.

Los ojos bien abiertos tratando de pensar en las olas... Splash... splash... splash... Pero pensar en algo más. Oír... pensar... Splash... splash... deslizarse... «¿Por qué estoy pensando?»

–Ahhhh. –Chip echa atrás la cabeza y lanza su gemido de aviso.

Las olas se elevan y estallan contra la orilla. Sara imagina la espuma blanca golpeando una roca oscura, salpicando el cielo nocturno. Chip cae sobre ella y le besa los hombros, los pechos.

Golpea y se desliza... se desliza... golpea.

Fuera, las olas no paran.

Yace despierta un largo rato, escucha la respiración suave y regular de Chip, observa la luz de la luna plateada detrás de las cortinas onduladas, piensa en el océano que lame la orilla silenciosa y suavemente, que serpentea sobre ella, que se retira, vuelve a elevarse y rompe con gran fuerza sobre la arena, que rompe con una fuerza tan inesperada, como un pensamiento no deseado que irrumpe en la mente.

Desayuno en la terraza. Un sol brumoso que ya estaba alto en el cielo. Bollos de arándano y finas rodajas de sandía de la huerta de North Sea Road.

Chip, con bañador rojo, se rascó el vello rubio del pecho y estiró los brazos por encima de la cabeza.

–Nos hemos despertado tarde.

Sara sonrió y se apartó el pelo de la cara.

–Me siento como si estuviera de vacaciones.

Chip se sirvió otra taza de café de la cafetera blanca y le ofreció una a ella. Sara negó con la cabeza y tapó la taza.

–¿Has dormido?

–Como un tronco –mintió ella.

–Es por el ruido del mar. –Se volvió hacia el agua y apoyó una mano sobre la barandilla de madera–. Aquí siempre duermo como un bebé.

Como un bebé. ¿El bebé quiere esta piruleta? «¿Qué ha pasado? –se preguntó Sara mientras tomaba un trago de café que casi la atragantó–. ¿Por qué no dejo de pensar en esto?» Se acomodó el sostén del bikini azul y se miró con las gafas de sol puestas. «Estoy demasiado pálida. Tengo el color de esas gaviotas.» Observó las dunas. La arena tenía un color azul dorado con el sol brumoso. El cielo parecía terminar en una pared de nubes oscuras que avanzaban sobre el horizonte.

Chip la cogió de la mano y le dio un tirón.

–Ven. ¿Qué tal un baño matinal? –Le brillaban los ojos azules y los dientes blancos.

–Vespertino dirás, la mañana ha pasado. –Tomó el último trago de café y dejó la taza sobre la mesa de la terraza.

–Mejor. –Chip la tironeó con más fuerza y la puso de pie–. El agua estará más caliente.

Sara rió y levantó su mirada parda.

–Sí, claro... seguro que está a treinta y siete grados.

–Pensé que te gustaba el agua fresca –respondió Chip, contrariado.

–Sólo cuando está tibia.

Estas palabras le hicieron pensar en Mary Beth Logan, su compañera de habitación de la universidad. «Es el tipo de frase que diría ella, no yo», pensó Sara, y tomó nota mental de llamarla. Hacía semanas, meses quizá, que no hablaban. Mary Beth... todavía en Moore. Alguna gente no maduraba nunca.

Chip le tiró del brazo y la sacó de la terraza en dirección a las dunas.

Alguna gente no maduraba nunca.

–¡Ay! –Las agujas de pino le pincharon los pies–. ¡Chip, déjame ir a buscar las sandalias!

–No hay tiempo. ¡Corre! Si no, nunca te meterás en el agua.

Sara sabía que tenía razón.

Al pie de la duna la arena estaba seca y caliente. Una gaviota en la orilla inclinó la cabeza y graznó... un graznido ronco. ¿Una advertencia? «No entres porque está helada.»

Las olas verde doradas se movían con suavidad y rompían a lo lejos. La cortina de nubes oscuras se acercaba deprisa. Sara divisó una línea en el agua, donde acababa la chispeante luz del sol. El aire cada vez era más fresco.

En la orilla vaciló. El agua fría le cubría los pies. La resaca le dejó una línea irregular de algas verdes alrededor del tobillo.

Sara tembló. Chip la cogió de la mano.

–¡Vamos! ¡No seas miedica!

El agua le cubría los tobillos. Sara se echó atrás y dio un tirón para soltarse la mano.

–¡No; está demasiado fría!

Chip rió. La cogió en brazos mientras los pies de ella salpicaban arena pataleando en señal de protesta.

–¡Déjame! ¡Suéltame, Chip! ¡Lo digo en serio!

El joven, sonriendo, echó a correr agachando la cabeza para protegerse de Sara que agitaba los brazos. La apretó más fuerte, sorprendentemente fuerte, asombrándola con la desenvoltura con que la cogía.

Entró en el agua y Sara sintió el agua fría que le salpicaba la espalda y las piernas.

–¡Déjame! ¡Déjame! ¡No me tires al agua!

¿Los hombres prehistóricos de las cuevas jugaban el mismo juego tonto en el océano?

Sara empezó a gritar pero el frío que sintió cuando Chip la lanzó al agua le cortó el aliento. Cerró los ojos mientras una ola la hacía rodar; se puso de pie a trompicones, temblando y jadeando. El pelo mojado le caía sobre los ojos. Le lanzó un puñetazo juguetón a Chip, mientras éste metía la cabeza debajo del agua.

–¡Ayyy! ¡Estoy helada! ¡Me las pagarás, Chip!

Chip se metió debajo de una ola pequeña y emergió nadando veloz varios metros más allá, cerca de la rompiente, para que ella lo persiguiera.

–Me voy a... a... congelar. –Le entró agua en la boca, sintió el gusto salado y trató de escupir. Se sacudió el flequillo de los ojos, respiró hondo y empezó a nadar y patalear persiguiéndolo.

Al cabo de unos segundos, Sara levantó la cabeza y lo vio de pie en el agua esperando que ella lo alcanzara. Sintió que el agua la arrastraba hacia él, y no le gustó la sensación. Se dio cuenta de que la corriente era más fuerte de lo que creía. Ella era buena nadadora. Había hecho el curso de socorrista a los catorce años, pero no le gustaba verse arrastrada contra su voluntad, no le gustaba la sensación de no poder dirigirse adonde quería.

–¡Chip... quiero volver! –le gritó mientras se giraba hacia la orilla y veía que estaba más lejos de lo que pensaba. Las nubes rojizas asomaban amenazadoras sobre ellos y proyectaban una sombra amplia y tenebrosa sobre el océano–. Quiero volver. La corriente...

–Aquí se hace pie, Sara –señaló él–. Hay un banco de arena.

Mientras ella nadaba hacia él, Chip estiró el brazo, la cogió de la mano y la atrajo hacia sí. Sara bajó los pies lenta y cuidadosamente y encontró el banco de arena. El agua le llegaba a los hombros.

Chip le sonrió cogiéndola de la mano. Tenía unas algas enganchadas en el pelo. Los dos saltaron para flotar con una ola alta y volvieron a apoyarse sobre el banco de arena.

–Se está bien, ¿no?

–Sí –admitió ella–. Pero la corriente... sentía que me arrastraba.

–No es muy fuerte –replicó Chip mirando mar adentro. Un gran carguero rojo y negro avanzaba por el horizonte brumoso que se oscurecía–. Me pregunto adónde irá ese barco.

Sara flotaba agitando las piernas en el agua. Trató de soltarse la mano, pero Chip no la dejaba. Un escalofrío le recorrió la espalda.

–Tengo frío, Chip. Voy a volver.

Chip parecía no escucharla.

–¿Crees en el romanticismo del océano? –Los ojos seguían fijos en el barco, un rectángulo diminuto allá donde el agua se encontraba con el mar.

–¿Qué? –El agua le salpicó la cara y ella trató de flotar por encima de una ola alta–. Volvamos, no puedo nadar...

Chip la atrajo hacia sí y posó sus ojos azules en ella. Ojos azul cielo. Sara veía las nubes cada vez más oscuras reflejadas en ellos.

–El océano es romántico, ¿no?

¿Qué le pasaba? ¿Por qué se comportaba de esa manera tan rara?

–Sí, claro, por supuesto. –El pie le resbaló del banco de arena, recuperó el equilibrio, hizo fuerza contracorriente y volvió a apoyarlo.

–Quiero decir, es un buen lugar para una propuesta, ¿no? –insistió Chip.

–¿Una qué?

–Una propuesta.

–¿Una propuesta de matrimonio?

Chip asintió sin sonreír, con expresión seria. Flotaron por encima de una ola. Sara se apartó el pelo de la cara. El temblor que tenía no era por el agua fría. La carne de gallina del brazo tampoco era de frío.

–Cásate conmigo, Sara –murmuró él. Tenía nubes negras en los ojos.

«No quiero», se dijo ella mientras temblaba en medio de la fría corriente. Las olas pasaban impulsadas hacia la orilla. Deslizándose sin fin, como el tiempo.

–Chip, nos hemos divertido mucho... –«Pero eres un bebé grande. ¿Lo supe anoche en el coche? ¿O sabía todo el tiempo que no te amaba?»–. De verdad te quiero mucho, pero...

–He pensado en muchas cosas –dijo él quitándose las algas del pelo con la mano libre, la que no cogía a Sara–. Ya sabes, en hablar con mi padre sobre la productora, sobre mi futuro, nuestro futuro.

«No tenemos ninguno, Chip.»

–Lo supe anoche. Hace tiempo que lo sé. Lo pasamos bien en las cenas, nos divertimos en las fiestas, nos llevamos bien en la cama... Disfrutamos el presente.

–Quiero compartirlo contigo, Sara. –Le cogió la otra mano. Se las apretó.

«Qué cursi. Qué frase tan cursi, como de una película mala», pensó Sara. Qué pensamientos tan crueles. «¿Por qué echa a perder el fin de semana?»

A lo lejos sonó un trueno. Sara se volvió hacia el horizonte. El carguero había desaparecido detrás de una cortina de nubes grises.

«Suéltame las manos, Chip. Quiero desaparecer como ese barco. Alejarme. Alejarme en la niebla suave.»

–Cásate conmigo, Sara.

–No puedo, Chip. –Flotó sobre otra ola y vio que la marea subía–. Te quiero mucho y me siento muy halagada. Quizá más adelante...

–No. De veras, hablo en serio –replicó con una voz chillona que se elevó por encima del ruido del mar.

–Lo sé, Chip. No quiero herirte, pero...

–Cásate conmigo, Sara.

–No, por favor. Volvamos, no puedo.

–Cásate conmigo, Sara.

–Basta, Chip. Escúchame. ¡No! ¡No puedo! ¡Ahora no! ¡No!

El joven cerró los ojos. Cuando volvió a abrirlos, Sara se dio cuenta de que al fin la había escuchado, de que al fin había escuchado su «no».

–Cásate conmigo, Sara. –La soltó y le apoyó las manos sobre el cabello.

–Volvamos, estoy congelada.

Sara esperaba algún tipo de caricia, pero Chip la cogió del pelo y dio un tirón brusco.

–¡Cásate conmigo! –exclamó.

–¡No! ¡Suéltame!

–Cásate conmigo, Sara. –La cogió y le hundió la cabeza bajo el agua.

Aquello fue tan inesperado que Sara jadeó, tragó agua y empezó a toser.

–¡Cásate conmigo, Sara! –gritó con voz ronca mientras volvía a hundirla–. ¡Cásate conmigo, Sara!

Sara pataleó, se revolvió y meneó la cabeza, pero no logró soltarse. Las manos la tironearon hacia arriba por el pelo. Sara tosía y escupía esforzándose por respirar.

–Cásate conmigo, Sara.

–¡No! ¡No, por favor...!

–Cásate conmigo, Sara. –Las manos volvieron a empujarla hacia abajo, cada vez más abajo y la mantuvieron allí.

–Cásate conmigo, Sara.

«¡Suéltame! ¡Suéltame» Se revolvía, pataleaba, hacía fuerza para soltarse.

–Vete a la mierda, Sara.

Las manos la tiraron hacia arriba.

–Cásate conmigo, Sara.

Las manos la empujaron hacia abajo.

–Vete a la mierda, Sara.

Hacia arriba.

–Cásate conmigo, Sara.

Hacia abajo.

–Vete a la mierda, Sara.

La mantuvieron debajo. Sumergida. De su boca emergieron las burbujas de su último aliento.

–Cásate conmigo, Sara. Vete a la mierda, Sara.

Fueron las últimas palabras que oyó Sara antes de hundirse por última vez.

10

–¿Y qué pasó? –Mary Beth bajó las manos. Se había estado retorciendo el pelo con mechas y había tenido la boca abierta durante casi todo el relato de Sara.

Sara soltó una risa seca y amarga.

–Bueno, no me ahogué.

Mary Beth entrecerró sus ojos verdes estudiando la cara de su amiga como si la viera por primera vez. Vuelta a nacer. El tercer cigarrillo se había consumido solo sobre la taza que usaba como cenicero.

–Termina la historia, Sara. Cómo escapaste de él.

–No lo hice.

Se secó las palmas sobre los tejanos. Hablar de aquel día todavía la hacía sudar. El estómago se le encogía y le temblaban las piernas.

–Me... sacó del agua –tartamudeó Sara y cambió de postura en el sofá–. Supongo que salió del trance y recuperó la cordura.

Mary Beth sacudió la cabeza.

–Vaya...

Sara bajó la mirada.

–Pensé que iba a morir. Quiero decir que todo me daba vueltas alrededor. No sabía dónde estaba el cielo ni el agua. Sentía que los pulmones iban a estallarme. El pecho me ardía, me quemaba. Jadeaba asfixiada pero no conseguía inspirar suficiente aire.

–¿Y Chip qué hacía?

–Me sostenía. Sólo me sostenía. Y después gritó, con una voz ronca, extraña, y empezó a abrazarme cada vez más fuerte. Yo aún no podía respirar, sólo quería respirar, pero me estrechaba con tanta fuerza que no podía. Pensé que me iba a ahogar fuera del agua.

»Tenía tanto frío y estaba tan asustada... Él no paraba de disculparse, de abrazarme y disculparse. "Lo siento, lo siento, lo siento, lo siento." Una especie de letanía.

–Qué barbaridad –murmuró Mary Beth sacudiendo la cabeza. Estiró el brazo para coger la mano de Sara–. Fue una especie de pesadilla. –Cambió de posición en el suelo, incómoda–. ¿Y nadaste hasta la orilla?

–Chip me ayudó. Me sentía débil y conmocionada, pero él no paraba de disculparse. Me dijo que había perdido la cabeza durante un instante, que no volvería a pasar.

»Pero yo sabía que todo había acabado, sabía que no quería volver a verlo. Chip estaba asustado, fuera de sí. –Sara tenía la mirada fija en la pared detrás de Mary Beth–. Yo siempre lo justificaba. Pensaba que lo comprendía. Fui una estúpida. Siempre decía: "Bueno, es un chico rico malcriado, hijo único de padres divorciados. El padre está obsesionado con el trabajo y él está acostumbrado a conseguir todo lo que quiere. No se ha criado como yo, con tres hermanos mayores. Nunca tuvo que esforzarse para conseguir nada, nunca ha tenido que competir ni perder". Eso es lo que me decía, pero era una idiotez, una idiotez absoluta.

–Está loco, eso es todo –dijo Mary Beth y apagó el cigarrillo.

–Sí, loco –suspiró Sara–. Después quiso quedarse en la playa, como si no hubiera pasado nada. Empezar otra vez. Yo lo obligué a que me llevara de regreso a la ciudad. Me rogó que nos quedáramos, que lo perdonara. Yo me negué y él cayó en una especie de trance. Creo que no podía aceptar que las cosas no hubieran salido como las había planeado.

»Durante todo el viaje de regreso guardamos silencio, ni siquiera nos miramos. Fueron las horas más tensas y horribles de mi vida. –Sara se estremeció.

–¿Y no volviste a verlo?

–¿Bromeas? No me dejaba en paz. No podía aceptar que lo nuestro hubiera terminado. Me telefoneaba diez veces por día, me mandaba flores, regalos. Aparecía en la oficina, en mi casa. Un par de veces me siguió por la calle.

Mary Beth se quedó boquiabierta.

–¿Te perseguía?

–Sí, supongo que era eso. Está loco, Mary Beth, completamente loco. Pensé en llamar a la policía, de veras.

–¿Y después qué pasó?

Sara se encogió de hombros.

–Después me quedé sin trabajo. La fusión se llevó a cabo. Vendieron la editorial Concord y despidieron a la mitad del personal, incluida yo. Me encontré sola en mi apartamento de la calle 84 Este, sin trabajo y con un ex novio psicópata siguiéndome por todas partes. Y... y...

–¡Y entonces llamé yo! –Mary Beth se apoyó contra el futón y sonrió, claramente aliviada de que la larga y desagradable historia de Sara hubiera acabado.

–¡Mary Beth Logan al rescate! –exclamó Sara, satisfecha también de haber concluido la historia de sus desdichas. Sabía que iba a tener que contársela detalladamente a su amiga, y ahora que lo había hecho jamás tendría que volver a hacerlo. Se sentía infinitamente más aliviada. «Ahora puedo cerrar el capítulo, pensó. Cierra ese capítulo y empieza uno nuevo: capítulo ciento veinte: la estudiante de posgrado.»–. Y aquí estoy: otra vez en la universidad –dijo alegremente–. Adiós Nueva York, adiós sofisticado mundo editorial. Hola pequeño pueblo adormilado de Freewood. Hola departamento de psicología. No puedo creer que esté aquí otra vez haciendo un máster.

Mary Beth sonrió.

–De todas formas, siempre estás analizando a todo el mundo gratis. ¿Por qué no terminas de licenciarte de una vez como psicóloga y cobras por ello?

Sara suspiró.

–Estaría bien que me pagaran porque no tengo ni un céntimo. –Levantó la vista y miró a Mary Beth–. Eres muy buena amiga. Es increíble que hayas podido matricularme fuera de la fecha límite.

–Bueno... soy una persona importante, la directora de prensa de la institución, ¿recuerdas? De vez en cuando puedo mover algunos hilos.

–No sé cómo agradecértelo, de veras. Me has salvado la vida, y no es broma.

–Venga... –Mary Beth se ruborizó. Parecía turbada por la gratitud de Sara–. ¿Así que Chip no sabe que estás aquí?

Sara negó con la cabeza.

–No se lo dije y tampoco dejé ninguna dirección. Seguramente estará buscándome por las calles de Manhattan. Bueno, espero que no. Espero que conozca alguna chica y se olvide de mí. Pero...

Mary Beth frunció el entrecejo.

–¿Crees que se imaginará que has vuelto a Freewood, a tu vieja universidad?

Sara empezó a responder, pero en ese momento sonó el timbre y ambas se sobresaltaron. Mary Beth se puso de pie y se arregló el jersey azul marino y los tejanos mientras se dirigía a la puerta.

–¿Quién será? ¿Pedimos alguna pizza?

Sara rió.

–No, pero si el chico que la trae es guapo... ¡invítalo a entrar!

Mary Beth se inclinó sobre la puerta blanca.

–¿Quién es?

Sara oyó una respuesta amortiguada. Una voz de hombre.

–Ah, eres tú. –Mary Beth abrió la puerta.

Entró un chico despeinado con el pelo color zanahoria. Besó a Mary Beth en la mejilla y le apoyó una mano en el hombro. Ésta se apartó de él.

–Hola, Eric. No te esperaba –le dijo y miró a Sara.

El chico se detuvo sorprendido cuando la vio.

–Ah, hola...

–Mi amiga Sara –la presentó Mary Beth mientras cerraba la puerta a sus espaldas–. Éste es Eric.

Sara lo saludó. «Aparenta dieciocho años», pensó.

Eric entró en la sala con torpeza, con las manos metidas en los bolsillos de los tejanos holgados. Llevaba un jersey gris desteñido en el cuello y un pendiente de plata. Las pecas le cubrían la nariz y las mejillas.

«Hablando de bebés... ¡Mary Beth está saliendo con Huck Finn! –pensó Sara con malicia–. Seguramente me dirá que es sólo un amigo, pero esa mano en el hombro lo ha delatado.»

El chico se quedó en medio de la habitación, entre los dos futones, y se volvió hacia Mary Beth, que aún seguía en el pasillo.

–Estaba en el gimnasio haciendo pesas, aquí en la esquina, así que se me ocurrió pasar.

Mary Beth tenía los ojos puestos en Eric, evitando la mirada de Sara.

–¿Cómo estás?

El chico se encogió de hombros.

–Bien, creo. El entrenador dice que todavía tengo que engordar.

Mary Beth hizo una mueca.

–¡Ojalá alguien me dijera que tengo que engordar! –Se dio una palmadita en el estómago y se volvió hacia Sara–. Eric está en el equipo de lucha.

–¡Qué bien! –Una respuesta decididamente tonta, pero no se le ocurría ninguna más. Observó sus hombros anchos y su cuello grueso. Le había sorprendido tanto que fuera tan joven que no había reparado en su complexión atlética, evidente aun con aquel jersey holgado que llevaba.

–Sara acaba de trasladarse de Nueva York –le dijo Mary Beth a Eric.

–Ya lo sé, me lo dijiste. –Se volvió hacia Sara–. Estuve una vez en Nueva York, cuando tenía doce años, creo. Daba un poco de miedo.

Sara asintió.

–Sí, da un poco de miedo aunque uno no tenga doce años.

Mary Beth rió. Eric cambió el peso al otro pie con torpeza.

–Bueno, no quería interrumpir. Si estáis ocupadas...

–No. –Sara se puso de pie ágilmente y dejó la lata de refresco–. Tengo que irme. Mañana he de madrugar para estar en la biblioteca en cuanto abran.

–¿Estás segura? –Mary Beth se cruzó de brazos delante de ella–. Podemos pedir una pizza.

–No, no tengo hambre, de veras. Gracias por la cena, Mary Beth.

Mary Beth elevó los ojos al techo.

–Sí, claro, ensalada de atún... la perdición de los gastrónomos.

–Pero tú le has puesto la medida de mayonesa exacta –sonrió Sara.

Todos rieron.

Sara cogió la rebeca de lana negra y se encaminó a la puerta. «Mary Beth y sus secretos –pensó–. Desde que la conozco siempre tiene algún secreto, alguna sorpresa que se saca de la manga. Por muy amigas que seamos, siempre esconde algo, se reserva algo.» Se detuvo en la entrada y miró a Eric. «Es muy guapo –pensó–. Un estudiantito para jugar en privado. Bueno... ¡Mary Beth dijo que se sentía una colegiala!»

–Encantada de conocerte –le dijo Sara.

–Igualmente. Mary Beth habla mucho de ti –respondió él con las mejillas ruborizadas y una amplia sonrisa–. Pero yo no me creo nada.

Mary Beth le dio un empujón cariñoso.

–¡Cállate, Eric! Te llamo mañana, Sara. Cuídate. Y no cruces por el campus, ¿de acuerdo? Coge el camino más largo, que está más iluminado.

–Bien. No te preocupes.

Sara cruzó la puerta y se dirigió por el estrecho pasillo de baldosas hasta la entrada del edificio Torre del Campus. «¿Cómo es posible llamar torre a un edificio de dos pisos?», pensó.

Soplaba un viento fresco y la media luna todavía brillaba sobre los árboles. Las ramas peladas se agitaban sobre la acera. Un colchón de hojas marchitas se arremolinaba alrededor de los zapatos Doctor Martens de Sara. Cruzó la calle pensando en Eric, el mocoso pecoso de Mary Beth. «Me pregunto si se afeita.»

Sara penetró en un área de oscuridad. Miró la farola y vio que la bombilla estaba quemada. Tuvo un escalofrío y se cambió de hombro el bolso de lona. La cúpula verde del edificio de la administración de la manzana siguiente brillaba sobre la estructura oscura como un platillo volante que bajaba. Sara vaciló un instante y luego entró en el campus por el estrecho sendero que discurría entre los árboles. «No hay peligro. Estoy demasiado cansada para dar toda la vuelta por el camino más largo.»

Tenía los ojos alerta. Debajo de un arbusto redondeado había un par de zapatillas blancas de baloncesto. Las hojas de un periódico de la universidad volaban como cometas sin cuerda.

«Quizá debería de buscarme un apartamento en el mismo lado del campus que Mary Beth –pensó mientras apretaba el paso. Los zapatos resbalaban sobre las hojas húmedas–. ¿O habrá puesto a propósito el campus entre nosotras?»

Una ráfaga de viento aplastó la hierba y las ramas de los árboles crujieron.

«¿Por qué soy tan dura con ella? ¿Porque no me contó lo de Eric? ¿Por qué mantiene deliberadamente en secreto una parte de su vida? Pero ¿desde cuándo me he vuelto tan exigente, tan dependiente? –se preguntó–. Lo que necesito es alguien en quien confiar –se respondió–. Alguien en quien creer, supongo.»

Los edificios de granito y ladrillo donde estaban las aulas y que asomaban en la oscuridad alrededor del Círculo se desvanecían conforme el camino se internaba entre los árboles. Otra ráfaga de viento erizó la nuca de Sara.

Oyó una vibración metálica.

Luego unos rasguños.

Pisadas atronadoras.

Y un aliento cálido y ácido en la cara mientras una oscura criatura saltaba de detrás de los árboles y la cogía con fuerza por la cintura.

11

Sara se echó hacia atrás en el momento en que la criatura la atacó.

Inhaló el aliento ácido y sintió el vapor caliente sobre la cara. Unos ojos rojos brillaron sobre ella mientras aquel ser la apretaba.

–¡Abajo! ¡Baja! –ordenó una voz de hombre furiosa pero clara desde alguna parte de la oscuridad.

–¡*King*... abajo! ¡Ahora!

Las grandes patas del perro se deslizaron por el talle de Sara, que tenía el pecho hinchado y el corazón palpitante. Retrocedió sobre la hierba y recuperó el equilibrio.

–¡*King*... apártate de ella! ¡Abajo!

El perro lanzó un gruñido breve y se volvió hacia su amo, un hombre de mediana edad con chaqueta de cuero marrón y gorra de béisbol con la visera sobre la frente.

–Lo siento. ¿Se ha asustado?

–Eh... sí. –Sara echó una mirada al enorme perro amarillo–. ¿Qué es? ¿Un labrador dorado? –«¿Por qué lo pregunto? ¡Qué me importa!»

–*King* jamás ha hecho algo así. Lo siento mucho. ¿Se encuentra bien?

El hombre la siguió hasta el cono de luz de una farola baja. Era mayor de lo que Sara había pensado en un primer momento. Cincuenta, quizá. Barba blanca y el cuello de la chaqueta levantado.

–¡Me... ha dado un susto de muerte! –suspiró Sara. El miedo daba paso a la ira.

–Lo siento, de veras –El hombre miró al perro que olfateaba la base de un árbol. El animal dio un paso y levantó la pata para descargar la vejiga.

«Qué perro tan encantador», pensó Sara enfadada.

–Debería llevarlo atado; es un perro demasiado grande. Podría haberme roto el brazo.

–Jamás ha hecho algo así, de verdad. *King* es un perro muy bueno. –El hombre bajó la mirada–. ¿La ha manchado de barro? Me gustaría pagarle la tintorería.

–No, no hace falta. Estoy bien.

El corazón había empezado a latirle normalmente, pero ella todavía estaba temblorosa. Aún sentía las pesadas patas golpeándola y empujándola.

El perro volvió al sendero meneando el rabo. El hombre alargó una mano enguantada y acarició la gran cabeza del animal. Se disculpó varias veces más antes de darle las buenas noches y alejarse con el perro trotando pesadamente a su lado.

Sara se dio la vuelta y echó a correr hacia su apartamento. «Mary Beth tenía razón. De ahora en adelante será mejor que no cruce el campus –decidió–. Por lo menos hasta que cojan al asesino.»

«No hay manera de que cojamos a ese cabrón», pensó Garrett.

Cerró los ojos y se los frotó con los dedos. Vio en su mente a la muchacha, casi una niña. Vio el cuerpo destrozado, la cabeza pelada cubierta de sangre, como un huevo roto.

Tres días y ni una pista, ni una miserable huella. Tres días y el estómago todavía se le encogía cuando pensaba en ella. Charlotte Wilson, alguien que en una época había sido un bebé, como Martin. Y ahora estaba muerta y destrozada.

–Jamás he visto algo así. Debió de haberle pasado por encima un camión –musitó con perplejidad el forense de Medford que vino a la mañana siguiente.

Pero no había huellas de neumáticos, le explicó Garrett. Y un camión no puede abrirte el estómago ni arrancarte el cuero cabelludo, ¿no?

–Pero no hay hombres tan fuertes –insistió el forense rascándose el cuello hasta dejárselo rojo. Era un hombre alto y delgado como un palillo; llevaba un traje barato gris y corbata azul marino con el nudo flojo–, a menos que se haya usado alguna herramienta.

–¿Quiere decir para aplastarla así?

–Para quebrarle la columna de esa manera.

–A lo mejor utilizó un cuchillo para cortarle el pelo –sugirió Walter con los codos sobre el escritorio y aguantándose la cabeza pálida y roja con las manos–. Pero no se lo cortaron, le arrancaron el cuero cabelludo. –Se rascó la mejilla.

Garrett se acercó a la ventana. Todos esos hombres rascándose le producían comezón. Había niebla y lloviznaba. Las gotas golpeteaban el cristal sucio.

–¿Ha hecho la autopsia?

–Estoy trabajando en ello. ¿Quiere saber la causa de la muerte? No se ahogó.

«Este tío es un payaso», pensó Garrett.

–Mantuvo una relación sexual una hora antes de la muerte.

Garrett se apartó de la ventana.

–¿Ah, sí? –preguntó Walter levantando la cabeza–. ¿Con el asesino?

El hombre rió disimuladamente.

–Chicos, ¿habéis trabajado alguna vez en un homicidio? Quizá deberíais ir a la biblioteca y estudiar el tema.

Garrett sintió una punzada de ira.

–No nos llame chicos.

La cara afilada del forense se puso roja.

–Eh, no os enfadéis. Esto es un caso serio. Lo más importante es no perder la cabeza. ¿No os parece?

–No somos vigilantes del campus sino policías –insistió Garrett. Se había puesto demasiado a la defensiva. «Te sientes impotente y estúpido y la estás tomando con este desconocido que también se siente impotente y estúpido», se riñó a sí mismo.

–Bueno, tuvo una relación sexual una hora antes. –Se metió el dedo debajo de las gafas gruesas para rascarse el párpado–. Quizá sea una pista, quizá sólo un secreto que tengamos que airear.

Walter sacudió la cabeza, tenía los ojos grises acuosos.

–He tenido que llamar a sus padres. Nunca había escuchado semejantes gritos y llantos. Jamás lo olvidaré. Pobre gente. Gritaban como caballos, sabe, cuando levantan la cabeza y relinchan.

El forense miró a Walter con gesto impasible.

–Mañana os mandaré el informe completo. –Se puso la gabardina gris sobre el cuerpo menudo y se marchó hacia la estación.

–Qué tío tan frío –comentó Walter.

Garrett suspiró.

–¿Y quién que no lo fuera se haría forense?

«Milton R. Cohn. Jefe de estudios.» Sara se detuvo y leyó el rótulo negro pintado a mano sobre el vidrio traslúcido de la puerta. Se quitó la cartera del hombro y la apoyó en el suelo. Tratando de verse en el vidrio, se apartó el pelo hacia atrás y se acomodó la minifalda negra que llevaba sobre unas medias también negras.

Miró atrás, a la larga hilera de despachos. Había dos estudiantes con vaqueros y jerséis sentados en el pasillo de mármol: cigarrillos en la boca, rodillas flexionadas y mochilas entre las piernas. Dos mujeres jóvenes y rubias, probablemente secretarias, con pilas de papeles y carpetas de colores caminaban deprisa, una al lado de la otra, haciendo resonar sus tacones altos.

Sara se volvió hacia la oficina. Acercó la cara al vidrio para ver si había alguien. «Supongo que ya habrá vuelto –se dijo–. Espero que se acuerde de mí, si no me dará apuro.» Se imaginó a sí misma irrumpiendo en la oficina. «Eh... doctor Cohn, le agradezco el empleo que me ofreció. Es justo el trabajo que estoy buscando. Estoy lista para empezar cuando usted quiera.» Y a Milton Cohn que se volvía hacia ella, levantaba la vista y decía fríamente: «¿Nos conocemos?».

Sara pasó el dedo por las letras negras de la puerta. Tenía

la sensación de que se despegarían. «Basta ya de rodeos –se riñó–. Te ha ofrecido un trabajo. ¿Por qué te comportas como una adolescente nerviosa?»

Llamó suavemente al vidrio de la puerta, tan suavemente que casi ni ella lo oyó. Levantó la mano para volver a llamar pero la dejó en el aire cuando vio a dos hombres entrar en el pasillo. Uno llevaba un traje marrón oscuro, el otro unos pantalones holgados, camisa blanca y corbata oscura. Sara se quedó sin aliento cuando pensó que el del traje era Liam. Pero mientras se acercaban, comprobó que se había equivocado.

–¿Y si no hay ningún cargo? –dijo con voz aguda y chillona el de la camisa–. ¿Qué harás?

–Joderme. Yo estoy en la comisión. ¿Tú también quieres estar?

–No, gracias. Ya no puedo formar parte de ninguna comisión más.

–Pues deberías hacerlo. No se reúne nunca, así que no te ocupará mucho tiempo.

La miraron de arriba abajo mientras pasaban por su lado. Sara observó cómo entraban en una oficina unas puertas más allá de donde estaban despatarrados los estudiantes.

Miró el reloj: tres y media de la tarde del martes. El seminario con el profesor Aburrido acababa de terminar. Ella había estado toda la hora distraída, incapaz de concentrarse, pensando en la visita al doctor Cohn. «¿Qué es lo peor que puede pasar? –se preguntó–. ¿Que diga que ha cambiado de idea o que ha contratado a otra persona? ¿Y qué?»

Alguna gente iba por la vida como en uno de esos planeadores que le gustaba pilotar a su hermano Gary, que alzaban vuelo desde la cumbre de una montaña sin saber adónde los llevaría el viento, pero que disfrutaban de la travesía.

Sara no era de ese tipo. Siempre se hacía las cosas un poco difíciles. «Siempre te interpones en tu propio camino», le había dicho Gary cuando se quedó sin trabajo en

Nueva York y le contó que no sabía qué hacer. No era exactamente el consejo que quería oír. Pero las palabras le rondaban por la cabeza.

Pasaba más tiempo pensando en las cosas que haciéndolas. Otra perla de sabiduría de su hermano Gary. Gary, el periodista *freelance,* el viajero, el planeador. «Sí, me gusta pensar muy bien las cosas –se dijo Sara–. Por eso me he especializado en psicología.» Nadie la había acusado nunca de ser espontánea, impulsiva o un espíritu libre. Pero los espíritus libres no necesariamente eran más felices, decidió.

Llamó a la puerta de la oficina de Milton Cohn, un poco más fuerte.

Silencio.

Dentro, las luces estaban encendidas. Sara se aclaró la garganta. Giró el pomo y abrió. Se encontró con un despacho exterior, un escritorio de roble lleno de papeles, un ordenador y una impresora en una mesa más baja detrás, una pared cubierta de libros, la mayoría de tapa dura, un perchero metálico en un rincón, vacío, pero con un paraguas negro en el estante superior, y una hilera de archivadores grises.

No había nadie en el escritorio y el ordenador estaba apagado.

–¿Hola? –dijo Sara con voz aguda.

La calinosa luz de la tarde entraba por la ventana abierta. Sara se internó un poco más en la habitación y cerró la puerta silenciosamente. Echó una mirada fuera y vio las ventanas del edificio del departamento de literatura de al lado que brillaban doradas por el reflejo del sol.

Oyó pasos en el pasillo, una risa. Se apartó de la ventana, se volvió y sus ojos se posaron en una pared verde claro del despacho interior, sobre la que había dos cuchillos cruzados, hoja sobre hoja, como espadas de esgrima. Las hojas plateadas reflejaban la luz. «No son cuchillos de cocina ni de monte –se sorprendió pensando–. Son armas.»

–¿Hola? ¿Doctor Cohn? ¿Hay alguien?

Dio un paso hacia el despacho de dentro. La puerta estaba abierta. Vio una estantería de libros y una alfombra granate.

Y dos zapatos marrones sobre la alfombra.

Dos zapatos marrones apuntando al techo. Calcetines oscuros que salían de los zapatos. Las perneras de unos pantalones marrones.

–Ohhh...

Sara parpadeó varias veces antes de darse cuenta de que era un hombre, en el suelo. Un hombre que yacía inmóvil en el suelo. El doctor Cohn estaba muerto en el suelo de su despacho.

–Oh, Dios mío...

El pánico le aceleró el corazón. Se volvió para marcharse pero se dio cuenta de que no podía. Respiró hondo. Miró fijamente los cuchillos de la pared deseando que su corazón dejara de palpitar de aquella manera. Después se dirigió a la puerta del despacho.

–Ah, hola... Creí que...

Milton Cohn, con la camisa blanca desabrochada estaba en el suelo de su despacho tumbado de espaldas, con una pesa gris en cada mano, flexionando los brazos, arriba, abajo, arriba otra vez.

Gruñó y le sonrió con la cara roja. Tenía unos brazos más musculosos de lo que ella había imaginado. Brazos de boxeador, y aquel estómago enorme. Lo recordaba gordo, pero ahora veía que era fuerte. «Tiene un pecho inmenso y un estómago duro.» El vello gris del pecho brillaba con el sudor.

Milton dejó las pesas y se puso de pie.

–Perdona, no te oí entrar. –Tenía la voz grave y jadeaba. Se inclinó sobre el escritorio de caoba, cogió una toalla blanca del sillón de cuero y se enjugó la frente.

Sara se aclaró la garganta.

–Lamento interrumpir. Llamé, pero... –«¡Cómo pude

pensar que estaba muerto! –se riñó–. ¿Por qué tengo unas ideas tan retorcidas últimamente?»

Milton se secó el cabello canoso. Dejó la toalla en el alféizar de la ventana y ni siquiera intentó arreglarse el pelo, que estaba completamente de punta sobre la cara colorada. Se volvió hacia ella y se abrochó la camisa.

«Está mirándome las tetas otra vez», se dijo Sara mientras volvía a ruborizarse. Se acordó de los ojos del hombre clavados en ella aquella noche en el restaurante.

–Hoy no ha venido Claire. Va a dar a luz el mes que viene y le cuesta mucho andar –sonrió y la miró a los ojos.

–Si vengo en mal momento... –empezó Sara.

Los dedos gruesos de Milton forcejeaban con los botones de la camisa. Tenía un faldón fuera y el otro dentro de los pantalones.

–No, no, sólo aprovechaba la soledad. Trato de hacer ejercicio dos veces por día. Es parte del trabajo. –Retrocedió hacia el escritorio y le indicó con un gesto que se sentara en el sillón verde.

–¿Parte del trabajo?

–Claro, hay que estar en forma para tratar con los estudiantes.

Sara no sabía si bromeaba. Vio que le miraba las piernas mientras se sentaba. Se estiró la minifalda y deseó haberse puesto algo más recatado. Apoyó la cartera sobre la falda.

–Así no se atreven a darme ninguna respuesta insolente –continuó Milton con su voz ronca, como si tuviera que carraspear constantemente, y flexionó los bíceps con una sonrisa.

Sara rió. Estaba bromeando.

–Mantenerme en forma es una de mis obsesiones. –Retrocedió y se sentó en el borde del escritorio de caoba, sobre unas carpetas, y miró las rodillas de Sara–. Tengo muchas obsesiones, ¿y tú? –La miró de reojo, como si acabara de decir algo sugerente.

–No... no soy obsesiva –respondió Sara con torpeza–. No sé si se acuerda de mí... –Se esforzó por continuar, ansiosa de cambiar de tema e ir al grano–. Soy Sara Morgan. Nos conocimos en el restaurante Spinnaker. Yo...

Milton se inclinó y le palmeó la mano. La suya parecía la garra de un animal, peluda y áspera.

–Claro que me acuerdo, Sara...

–Bueno, yo...

–Liam habló de ti el otro día.

–¿Sí? –Se tocó el flequillo. «¿Por qué chillaba como una niña?» Decidió bajar la voz.

–Me preguntó si habías venido a verme por lo del trabajo.

–Pues... ¡aquí estoy! –declaró Sara y cogió la cartera con ambas manos–. Y sigo interesada, doctor Cohn, si usted...

–Milton, por favor, Sara. Llámame Milton, ¿de acuerdo?

–De acuerdo, Milton.

Milton volvió a bajar los ojos hacia sus rodillas. «¿Estoy cometiendo un error? ¿No será un pervertido?», se preguntó ella.

–Sí. Milton es mejor. –Cohn le dio un apretón en el brazo.

Sara se obligó a no dar un respingo. «Es bastante repulsivo –pensó. Y a continuación se corrigió–. No, repulsivo no; demasiado grande.»

–Si me llamas doctor Cohn me siento como un viejo chocho.

Sara emitió una risa incómoda.

–Quiero hacerte algunas preguntas –sonrió Milton. Tenía un diente de oro que brillaba cuando sonreía. Se levantó y rodeó el escritorio. El sillón de cuero crujió cuando se dejó caer sobre él–. ¿Has trabajado de secretaria, Sara?

–Bueno... sí. –Movió la cartera para cruzar las piernas–. Fui asistente editorial en Concord, de Nueva York.

Milton levantó un pisapapeles, una pirámide de metal con la que jugueteó sin apartar la mirada de Sara.

–Parece un trabajo interesante.

–En realidad no era mucho más que una secretaria con la diferencia de que a éstas les pagan mucho mejor que a los asistentes editoriales.

El comentario lo hizo sonreír.

–¿Por qué te fuiste? –le preguntó cambiando la pirámide de mano.

–Concord se fusionó con otra empresa y eliminaron mi puesto de trabajo. Así que...

–No, quiero decir, ¿por qué te marchaste de Nueva York? ¿Escapabas de algún hombre?

«¿Cómo lo sabe? –pensó Sara–. ¿Por qué me hace preguntas tan personales? Pensaba que esto era una entrevista de trabajo.»

–Pues... sí. –La cara volvía a arderle y supo que se había ruborizado.

La respuesta pareció satisfacer a Milton. Se inclinó sobre el escritorio. Sara vio que el sudor le perlaba la frente, gotas grandes como de lluvia debajo de la línea de nacimiento de la cabellera blanca.

–Eres muy guapa, Sara.

–Gracias –respondió ésta, incómoda, con los ojos fijos en los libros de la pared de detrás del escritorio de Milton.

–¿Te gusta ir al cine?

–¿Ir al cine? Sí, a veces. –«Ésta no es exactamente la entrevista que esperaba», pensó revolviéndose en la silla.

Hubo un silencio largo e incómodo.

Milton se aclaró la garganta.

–Claire no está casada, pero va a tener un hijo –explicó mientras miraba por la ventana. Unas nubes pasaron por encima del sol y arrojaron una súbita sombra en el despacho. Sara sintió una ráfaga de aire frío que le refrescó la cara–. Pensaba que era lesbiana, a lo mejor lo es. No lo sé. Últimamente es difícil saber algo, ¿no te parece?

«¿Es una pregunta?»

–Supongo que sí –respondió.

Hizo girar la pirámide en la mano. Las gotas de sudor empezaron el largo viaje por su frente.

–Quiero decir, ¿cómo se sabe si una mujer es lesbiana o no? –preguntó con voz ronca y los ojos fijos en ella.

Sara se encogió de hombros.

–Preguntándoselo, supongo.

Milton rió a carcajadas, como si Sara hubiera hecho un comentario muy gracioso.

«Es un chiflado. Debería levantarme y largarme de aquí –pensó Sara y sujetó la cartera con fuerza–. Pero necesito el dinero. No tengo ni un céntimo y no puedo seguir pidiéndole a mis hermanos. El trabajo es perfecto. Ojalá...»

Por la ventana abierta entró otra ráfaga de aire y tumbó un portarretratos que había sobre el escritorio. Cuando Milton lo levantó, Sara vio la foto de una mujer joven y sonriente de cara redonda y rizos rubios.

–¿Es su esposa?

Milton sonrió y pasó un dedo por la cara de la joven de la foto.

–No. Es Jennifer, mi hija. –La sonrisa se desvaneció–. Ahora no tengo esposa –dijo con tono sombrío y mirada apagada.

Sara bajó la cabeza.

–Comprendo.

«Todo esto es demasiado personal. Quiero ser sólo su secretaria, no su amiga ni su...» No quería pensar en ninguna otra alternativa.

–Dime cuál es tu horario –dijo Milton de repente yendo al grano, como si le hubiera leído el pensamiento–. Veamos cuántas horas puedes trabajar.

Sara echó un vistazo a su horario y Milton sacó un pañuelo del bolsillo de los pantalones y se secó el sudor de la frente. Lo guardó y volvió a coger la pirámide–. ¿Te va bien trabajar los martes por la mañana, y los miércoles y viernes por la tarde?

–Perfecto.

Luego hablaron sobre el salario, por horas, y resultó mejor de lo que Sara esperaba.

–Tengo que dar dos conferencias –le dijo Milton–. Una es para recaudar fondos, ante un grupo de ex alumnos, y la otra para animar a los consejeros estudiantiles. ¿Podrías ayudarme a escribir los discursos?

–Parece interesante. –Sara se puso de pie, ansiosa por marcharse, cogió la cartera con una mano y se bajó la minifalda con la otra.

–¿Has escrito discursos o algo por el estilo?

–Pues en realidad no. En el trabajo de Nueva York lo que más escribía eran cartas, cartas para rechazar manuscritos.

Milton asintió con la cabeza.

–Perfecto. Me alegro de haberte encontrado, Sara. ¿Puedes empezar mañana a las nueve?

–Sí. Hasta mañana. Y gracias, Milton.

Sara empezó a alejarse, pero de pronto oyó un ruido y se volvió. Se quedó mirando el objeto que Milton tenía en la mano: la pirámide de metal. La había aplastado casi completamente.

Milton siguió su mirada y bajó los ojos.

–Eh... lo siento. –Una extraña sonrisa de culpabilidad apareció en su rostro–. A veces no soy consciente de mi propia fuerza.

Sara se encontró con Liam nada más salir del edificio de la administración.

–Eh, hola –se dijeron al unísono.

Ambos rieron.

Liam llevaba el abrigo abierto y debajo un jersey de cuello alto y pantalones negros. Sus ojos marrones reflejaban la luz de la tarde que se iba extinguiendo.

–Ya está bien de encontrarnos tanto –bromeó Liam.

«Me encanta su sonrisa», pensó Sara.

–Acabo de salir de... –empezó ella señalando la puerta con la cabeza.

–Es el destino. Creo que el destino hace que nos encontremos –la interrumpió Liam dejando de sonreír–. ¿Crees en el destino, Sara?

Su seriedad la pilló por sorpresa.

–No... no lo sé. –«Qué respuesta estúpida», se riñó mientras sentía que se ruborizaba. «¿No se te ocurre nada interesante que decir?»

Liam pareció no darse cuenta.

–Yo sí creo –sonrió ligeramente–. Claro, como en todo lo demás.

–¿En todo lo demás? –se extrañó Sara levantando la mirada.

Liam asintió. Al parecer no bromeaba. Sujetó el maletín debajo del brazo, le cogió la mano y le estudió la palma.

–La línea de la vida es buena.

Sara no pudo evitar reírse.

–¡De verdad crees en todo!

Su expresión no cambió. Levantó la vista y la miró a los ojos sin soltarle la mano.

–Tienes una risa preciosa. –Sus ojos se demoraron en su rostro.

Sara desvió la mirada; sentía que el corazón había dejado de latirle. Liam volvió a la mano.

–Estoy intentando ver si hay alguna razón por la que nos encontremos tanto –dijo juguetón–. A veces dos líneas se cruzan y...

–¡Me haces cosquillas! –exclamó ella y retiró la mano.

Liam se disculpó y se echó atrás el espeso cabello sin bajar la mirada.

–¿Te apetece un café, Sara?

«Le gusto de verdad. No está simplemente tonteando

–pensó, pero se corrigió–: Claro que está tonteando. –Volvió a reñirse–: No te lo tomes tan en serio. No lo compliques todo sólo porque te haya invitado a tomar un café.»

–Sí, me... –empezó, pero en ese momento un hombre y una mujer se acercaron deprisa a Liam.

Los dos empezaron a hablar al mismo tiempo sobre una reunión en el departamento de literatura. Sara se enteró de que Liam tenía que asistir y que lo habían estado buscando por todas partes.

Liam se volvió hacia Sara y se encogió de hombros.

–Lo siento. Parece que he dejado a varios colegas esperándome. ¿Otra vez, quizá?

–Sí, fantástico –respondió Sara con demasiado entusiasmo. De nuevo se ruborizó.

Observó cómo se llevaban a Liam, que se volvió y otra vez se encogió de hombros, antes de dejarse conducir al edificio del departamento de literatura. «El destino», pensó Sara. No era una palabra que usara o en la que pensara muy a menudo. Pero ahora la repetía en su mente, como un canto esperanzado.

Mary Beth telefoneó a Sara esa misma noche y le aclaró las cosas.

–¿Te ha encontrado Liam?

–¿De qué hablas?

–Te estaba buscando –respondió Mary Beth, sin reparar en el efecto que sus palabras habían causado en Sara–. Me ha llamado esta tarde a la oficina.

–¿Liam? –preguntó Sara con voz aguda.

–Me ha dicho que te estaba buscando y me ha preguntado por ti. Le he respondido que creía que ibas a ver a Cohn, por lo del trabajo. ¿Te ha encontrado?

–Eh... sí. –Le latían las sienes–. Pero dijo que era el... el destino.

–¿Cómo?

–Fingió que nos encontrábamos por casualidad, ya sabes, como por accidente.

Hubo un silencio.

–¡Muy raro! –dijo al fin Mary Beth.

«¡No es raro! ¡Es maravilloso!», se dijo Sara.

–Muy raro –repitió Mary Beth.

12

Andrea se ocultó entre las sombras del alto seto y miró la ventana con cortinas al otro lado de la calle. La luz tenue del interior ofrecía una promesa. «Liam, ¿estás en casa esta noche? ¿Piensas en mí?» Se subió el cuello del abrigo de pieles, conejo teñido de gris, mientras unos faros la iluminaban. Una furgoneta pasó veloz a su lado con cuatro jóvenes dentro. Todos hablaban y gesticulaban al mismo tiempo.

Se arregló el pelo naranja rojizo y se echó un rizo sobre un ojo. Así era más sensual. En su casa se lo había recogido y peinado hacia atrás, pero después había cambiado de idea y se lo había soltado. Suelto y salvaje. «Para ti, Liam.»

Había pensado en él toda la semana. ¿Obsesionada? Bueno, quizá. ¿Pero en qué otra cosa tenía que pensar? ¿En propiedades? ¿En enseñar casas y apartamentos a esos estudiantes y profesores horteras sin un céntimo? ¿En contar el dinero de los alquileres de las tres casas que le había dejado su padre? En realidad le había dejado cinco casas, pero el asqueroso de Scott había vendido dos para pagar sus deudas antes de escaparse con su secretaria.

Andrea suspiró. Miró al cielo sin estrellas y contuvo las lágrimas. «No te estropees el maquillaje, cariño. La coca no es para llorar, sino para colocar.» Andrea se frotó la nariz. «A lo mejor no tomé bastante...» Sacudió la cabeza, se mordió el labio y sintió el gusto dulce del carmín. «Vaya vida. Esta frase se escribió para mí –pensó amargamente–. Es el título de mi autobiografía. Una vida que yo misma forjé. Un marido que huye con una ramera barata. El otro que se cae muerto durante la cena. Ni siquiera pudo esperar a los postres. Tengo cuarenta y dos años y voy para sesenta. Por lo menos tengo mis amigas. Delia, que recorta recetas como un ama de casa de los años cincuenta pero nunca cocina. Y aun así se las ingenia para pesar más de noventa kilos empapada. ¿Empapada? Vaya idea. Al que quisiera ver empapado es a ti, Liam. Y Esther, la farmacéutica. ¿Qué haría sin Esther?» Andrea se sorbió la nariz. «No, no tomé bastante coca. ¿Qué dirían Delia y Esther si me vieran aquí a punto de lanzarme sobre el guapo profesor? ¿Me importa? No, en absoluto. Además, él también se lanzó sobre mí. Aquel primer día del pasado agosto, cuando le enseñé la casa, me di cuenta de lo que pasaba. Sentí cómo me miraba con esos ojos marrones. Supe lo que estaba pensando. No fue sutil ni nada por el estilo. Me rozó en el pasillo del comedor y después fingió que había sido por casualidad. Sí, por casualidad... casi se me echa encima. Esos ojazos oscuros sobre mi cara y después sobre mis tetas. Esos ojos sentimentales penetrándome... Y después me hablaba en voz baja, con ese acento tan sensual irlandés o lo que sea. Bromeó conmigo, coqueteó y luego, en la cocina, me tocó la mano. Recuerdo todas las veces que me ha tocado, todas. Y después, mientras subíamos por la escalera, tenía los ojos fijos en mí. Sé que disfrutaba de lo que veía. Arriba hacía tanto calor. Pero el calor de verdad... estaba entre nosotros. Lo notaba. Y me di cuenta por su sonrisa que él también lo sentía. Lo acompañé al dormitorio. Ojalá hubiera habido una cama... Y la semana pasada, la noche que pasé por "casualidad", me hizo saber que estábamos en la misma onda. Una atracción mutua. Así lo llamaría un profesor. Él no es como esos otros profesores. Fríos, fofos y asquerosos, con esas muñecas flácidas y cara de tarta. Liam tiene la sangre caliente, como yo... Yo también tengo sangre irlandesa, por el lado materno. Creo que fue lo que me dijo mi madre. Esta noche quiero un poco de Irlanda dentro de mí, Liam. Ay, me haces tener malos pensamientos. Muy malos pensamientos... ¡Me encanta! Caliente y cachonda. Tal vez sería un título mejor para mi libro. Tú también tuviste malos pensamientos toda la semana pasada. Se te notaba, Liam. Se te notaba mucho, pero al mismo tiempo estuviste encantador. La manera en que me miraste a los ojos y me cogiste la mano mientras me acompañabas a la puerta... Recuerdo cada contacto. ¿Tú también los recuerdas? He pensado mucho en ti. Pero esta noche sencillamente no soportaba sentarme sola en casa. Estoy harta de las comedias de televisión, Liam. No me hacen reír. ¿Quién es esa gente del público que se sienta allí y se ríe como idiota? Quiero que me hagas reír tú, Liam. Por eso he decidido vestirme con mi jersey más sexy. Sé que te gusta. Sé que te gusta cómo me marca las tetas. He visto como me las mirabas. Acariciándomelas con los ojos. Y son auténticas, Liam. Andrea no lleva Wonder Bra. Ni hablar. Andrea no lleva sostén. Ya lo verás... Me he vestido para ti, Liam. Desde la semana pasada que lo pienso. No es por la coca. La coca sólo me ha ayudado a aclararme.»

Alguien abrió repentinamente la puerta de la casa de Liam y un rectángulo de luz amarilla se proyectó sobre el porche de cemento. Andrea retrocedió hacia los arbustos y se arrebujó dentro del abrigo de pieles. ¿Iba a salir Liam? No, vio que era su hermana. ¿Cómo se llamaba? No lograba recordarlo. ¿Empezaba con B? ¿Barbara? No.

Mientras la hermana cerraba la puerta, metía las manos en el bolsillo de la trenca, bajaba los tres escalones hasta la acera y echaba a andar deprisa, Andrea sintió que se le aceleraba el corazón.

«¡Perfecto! ¡Gracias!» Cerró los puños en señal de triunfo. El pequeño bolso negro de piel se le cayó sobre la acera.

Al agacharse para recogerlo sintió que se mareaba. «Tranquila, chica. Ahora no eches a perder tu gran oportunidad.» Recogió el bolso, se enderezó y cruzó la calle. «Tu hermana ha sido lo suficientemente considerada como para dejarnos solos, Liam. Mientras esté fuera el gato, jugarán los ratones.»

Pulsó el timbre y lo oyó sonar. Después, unos pasos que se acercaban.

Se echó el pelo sobre los ojos azules y se aclaró la garganta. Se preguntó si tendría el aliento fresco. Ojalá se hubiera puesto un poco más de perfume Poison; le gustaba su aroma denso, y el nombre no le importaba mucho.

–¿Quién es? ¿Margaret, eres tú?

La hermana se llamaba Margaret.

La puerta se abrió antes de que Andrea pudiera responder. Y ahí estaba él, alto, en medio del rectángulo de luz del pasillo. El pelo oscuro peinado hacia atrás, mojado, como si acabara de salir de la ducha. Un jersey de lana blanco sobre unos pantalones de pana. La miró por encima de unas gafas de leer sin montura.

–¿Andrea?

–¿Te sorprende verme? –Trató de pronunciar las palabras con sensualidad, pero una risita tensa escapó de su garganta. La manga del abrigo de pieles rozó el pecho de Liam.

–Andrea, yo... ¿Quieres pasar? –Se quitó las gafas y la observó.

«Sé amable, Liam. Sé agradable conmigo. Muéstrate alegre de verme.» Pero él todavía no había sonreído. Andrea había cometido un error.

Liam retrocedió para dejarla entrar. Ella lo hizo, tropezó con él y el pesado abrigo de pieles lo empujó contra la pared.

–He pensado en ti. –Quería decirlo con aire provocativo pero le salió en serio, con una especie de tono de negocios.

Liam al fin sonrió. Los ojos marrones brillaban a la luz del pasillo.

–¿Ya hay que pagar el alquiler? Estoy seguro de que conseguiré el dinero de alguna parte –rió.

«A ti te lo haré gratis», pensó ella.

–No, no comprendes –insistió Andrea. La luz del pasillo era demasiado fuerte. Sólo le veía la silueta. Las cosas no estaban saliendo como ella había imaginado. Tenía que sentarse y ordenar sus ideas–. ¿Puedo tomar algo?

Liam se apartó de la pared y se encaminó hacia la sala.

–¿Agua?

«¿Agua? ¡No! ¡No es nada romántico! ¿Qué te pasa, Liam?»

–¿No tienes vino? –Lo siguió hasta la sala. Cualquier cosa para escapar de esa luz tan fuerte.

Al lado del sofá había una pila de libros. La lámpara del escritorio proyectaba un cono de luz sobre un libro abierto. Un disco compacto sonaba suavemente en el equipo de música.

–¿Es Van Morrison, Liam? ¿A ti también te gusta Van Morrison?

–Me gustan sus álbumes viejos –asintió Liam–, antes de que se hiciera religioso. –Cruzó la habitación–. Acabo de abrir una botella de Chardonnay. ¿Quieres una copa?

«Eso está mejor, cariño.» Andrea se quitó el abrigo. Tenía tanto calor...

–Sí, gracias. –Dejó el abrigo sobre el único almohadón libre del sofá y se sentó encima.

–¿Es piel auténtica? –Liam cogió la botella de vino de la mesa del comedor.

–Sí, conejo –respondió Andrea con voz de chiquilla.

–Más bien parecen varios conejos –sonrió Liam mientras se acercaba al rincón de la habitación con una copa de vino–. No dejes que *Febe* lo vea.

«¿Febe? Pensaba que su hermana se llamaba Barbara, o algo así.»

Andrea tardó un momento en ver el animal dentro de la jaula.

–¿Tienes un conejo?

Liam dejó de servir vino.

–¿En esta casa no se permiten animales? Lo siento.

Ella sabía que él lo decía en broma, pero sintió una punzada de dolor. «¿Por qué sigue considerándome la casera?»

–Quizá algún día convierta a *Febe* en un abrigo –continuó alegremente–, en un pequeño abrigo para un duende. –Se acercó al sofá por detrás, le tendió la copa de vino y levantó la suya mientras volvía al escritorio–. Salud.

–Salud. –Andrea bebió un buen trago. Un vino suave, con mucho aroma. No era barato, decidió. Otro trago–. ¿Crees en los duendes, Liam?

–¿Por qué? ¿Acaso no cree todo el mundo?

Andrea agitó el cabello y sacó pecho. «¿Por qué no me mira?» Liam estaba de pie en el centro de la habitación, entre el sofá y el escritorio, con los ojos fijos en la copa de vino. Ella tuvo el impulso de palmear el almohadón para que se sentara al lado, pero su frialdad la desanimó.

–Recuerdo que una vez compré un disco que hablaba de duendes. –Levantó la mirada hacia él–. Qué bonito jersey.

–Lana irlandesa de una buena oveja irlandesa –dijo sonriendo y frotándose la manga con la mano libre.

–¿Estabas trabajando? ¿Te he interrumpido?

–Estaba leyendo unos cuentos folclóricos para una conferencia que doy mañana. –Levantó el libro–. Son muy bonitos. Siempre que creo que ya los he leído todos, descubro alguno que me sorprende.

–Fantástico –exclamó Andrea con la mirada fija en la copa casi vacía. Trató de cambiar de tema–. ¿Cuándo vino tu familia a Estados Unidos?

La sorprendió que Liam frunciera el ceño.

–Mi familia no ha venido; he venido yo solo.

–¿Y tu hermana?

–Sí, mi hermana, claro.

Su respuesta fue tan seca que Andrea no pudo evitar un

silbido suave. Liam pareció no darse cuenta, pero su expresión se ablandó poco a poco.

–Creo que este cuento te gustará, Andrea –dijo levantando el libro–. Trata de dinero.

Una nueva punzada de dolor. «Otra vez me trata como su casera. ¿Qué hago aquí? ¿Ponerme en ridículo?»

Pero en aquel momento Liam se sentó a su lado, se inclinó sobre ella y chocó la copa con la suya. Le dedicó la sonrisa que ella esperaba, aquella sonrisa que había imaginado, que tantas veces había recordado desde aquel caluroso día de agosto.

Olía a jabón. Andrea inhaló la fragancia del champú, dulce y con un ligero aroma a coco. «¿Por qué se ducha por la noche?»

Liam dejó la copa en el suelo y recorrió con la mirada las palabras del libro.

–Es un cuento de hadas.

«A mí las hadas me importan un comino, cariño –pensó Andrea poniendo cara de interesada–. ¿Por qué mejor no me metes la lengua en la boca?» Pensó en los dos gays a los que había alquilado el apartamento esa tarde. Sus caras suaves aparecieron en su mente. Hadas. Por lo menos siempre tendrían el apartamento limpio.

Liam dejó el libro y se acercó a ella.

«Ese estúpido cuento lo pone más cachondo que yo. ¿Cómo puede un adulto entusiasmarse con las hadas y los duendes?»

Liam no parecía consciente de la falta de entusiasmo de Andrea. Con los ojos fijos en ella, empezó a contarle el cuento con aquella animación que lo hacía un profesor tan querido.

–Érase una vez un hombre llamado Sean O'Doole que, hace muchos años, vivía en la pequeña aldea de Carrick. Sean era un buen católico y todos los domingos asistía a misa. Pero un domingo, al sentirse mareado, salió de la iglesia y echó a andar por la calle.

»Todavía no se había recobrado cuando se encontró con un anciano caballero vestido de negro.

»–No tienes buen aspecto –le dijo éste.

»–Estaba en misa –respondió Sean señalando la iglesia–, pero me sentí mareado.

»El anciano caballero puso un florín de oro en la palma de Sean.

»–Ve al pub Muldoon y bebe un buen trago de whisky. Le hará bien a tu corazón, muchacho. Pronto volverás a sentirte sano y fuerte.

Andrea bostezó. El vino le daba sueño y el cuento no ayudaba mucho. Cerró los ojos y Liam continuó entusiasmado.

–Sean dio las gracias al hombre, entró en el pub y pidió el mejor whisky de la casa. Bebió un buen trago y lo pagó con el florín de oro que le había dado el hombre. Al cabo de un rato, se sintió mejor.

»Al día siguiente, Sean fue a comprar tabaco a la tienda del pueblo y pidió una bolsita. Cuando fue a pagar, metió la mano en el bolsillo y... ¿qué encontró? ¡Pues el mismo florín de oro que le había dado el hombre!

»Se lo entregó al dependiente y se fue a su barca de pesca. Aquella noche, volvió cansado, dolorido y mojado. Se detuvo en el Muldoon y pidió un whisky para calentarse. Cuando fue a pagar, volvió a encontrarse con el florín de oro en el bolsillo.

»Sean empezó a preguntarse por el anciano que le había dado la moneda. ¿Sería un personaje mágico? ¿Debía seguir usando la moneda? La utilizó durante varios días; siempre la gastaba y después la recuperaba.

»Pero cuanto más la usaba, más le preocupaba. Al final ya no pudo aguantar la tensión que le producía poseerla. Pidió un whisky en el pub de Muldoon, arrojó la moneda sobre el mostrador y gritó:

»–¡Que te lleve el diablo!

»Muldoon echó el florín en la caja y le preguntó a Sean por qué estaba tan irritado. Éste le contó toda la historia.

»–¡Tonto! ¡Más que tonto! –exclamó el tabernero–, guarda la moneda. ¡Eres rico!

»Fue a la caja para devolverle el florín... pero había desaparecido. Nadie más volvió a ver la moneda ni al anciano caballero.

Andrea abrió los ojos y vio que Liam la miraba. ¿Qué esperaba? ¿Tenía que reírse o llorar? La voz de Van Morrison subía y bajaba como si se deslizara sobre las olas del océano.

–La verdad es que no lo entiendo –dijo entrecerrando los ojos. Le costaba concentrarse. ¿Por qué eran tan fuertes las luces? ¿Por qué no ponía la música más alta?

Liam rió.

–Sean es un personaje típicamente irlandés. No soporta que las cosas salgan bien.

–¿Pero por qué se deshizo de la moneda? –preguntó Andrea–. Era pobre, ¿no? Necesitaba el dinero.

–Pero podía ser una maldición, ¿no lo entiendes? –La miraba con el entusiasmo de un profesor con un alumno atrapado en su red–. Sean no sabía quién era el anciano. ¿Era el diablo? ¿Una especie de duende? Hasta el mejor regalo puede convertirse en una maldición si uno no sabe de dónde viene. Habría podido traerle mala suerte. Sean no podía saberlo.

Andrea sacudió la cabeza. El cuento no tenía ningún sentido, decidió. ¿Por qué para Liam resultaba tan extraordinario?

–¿Crees que los irlandeses son más supersticiosos que la mayoría de los pueblos? –preguntó como por casualidad.

Liam reaccionó con asombro. Aparecieron dos círculos rojos en sus mejillas.

–¿Por qué lo preguntas?

–Pues... el personaje del cuento era supersticioso, ¿no? Creía en maldiciones y en la mala suerte.

Liam asintió pensativo.

«Ya estoy hasta el gorro de toda esta idiotez. ¿Vamos al grano o qué, cariño? Ahora o nunca.» Andrea estiró los brazos y le pasó las manos por las mejillas enrojecidas. Tenía la cara caliente. Y con suavidad empezó a atraer su cara hacia ella, al tiempo que cerraba los ojos y abría la boca.

Se oyó una tos detrás del sofá, unos pasos, un carraspeo.

Andrea jadeó. Liam se apartó y se volvió hacia donde venían los ruidos.

–¡Margaret! ¡Ya has vuelto!

Andrea se volvió y vio a la hermana a pocos metros del sofá con expresión desaprobadora, los ojos fijos en Liam y una bolsa de papel debajo del brazo.

–He traído el helado –dijo, mostrando la bolsa–. No sabía que tuviéramos una fiesta.

Andrea se puso de pie y se relamió los labios. El beso. «No nos besamos. Él quería, pero la hermana...» La habitación se movía.

–Pasaba por aquí sólo un momento. De veras. Yo... –¿Por qué le daba explicaciones a la hermana?

Una sonrisa en el rostro de la mujer. Una sonrisa burlona. Divertida. «Me gustaría borrársela de un puñetazo», pensó Andrea.

–Andrea, que alegría verla –dijo al fin Margaret apartando la mirada de Liam y volviéndose hacia ella–. Por favor, no se vaya.

–No, tengo que irme a casa, de veras.

Liam también le sonreía.

Andrea buscó cierta calidez en su sonrisa y sus ojos. ¿Se reía de ella? ¿O sonreía porque ahora compartían algo? Un secreto, una complicidad. «No soy una adolescente amartelada. ¿Por qué me siento como si mi madre acabara de llegar y me hubiera encontrado metiéndome mano con un chico en el sofá?» Le latía la sien derecha. Se la frotó mientras cogía el pesado abrigo y se dirigía al recibidor. Liam la cogió del codo cuando tropezó con el borde de la alfombra oriental.

–Con cuidado –murmuró. Sus ojos miraban fijamente los de ella.

Andrea aún no conseguía descifrar su sonrisa. «Me coge tan tiernamente del brazo... Se preocupa por mí. Tenía razón.»

–Voy a poner el helado en el congelador y subir a mi habitación –dijo la hermana desde el sofá–. Por favor, no os deis prisa por mí.

Pero Andrea ya había llegado a la puerta de entrada. La luz del pasillo era tan brillante como el sol de la mañana. Le hacía doler los ojos y latir las sienes.

–Me alegra que os guste la casa.

«¡Qué comentario tan estúpido! ¿Qué me pasa? ¿Será el vino? El vino y la coca, supongo. Poca coca. Tendría que haber tomado más.»

Liam le abrió la puerta.

–¿Estás bien?

«¿A qué se refiere?»

–¿Podrás llegar a casa, Andrea?

–Es una caminata corta –asintió Andrea–. Sólo tengo que cruzar el campus.

Le cogió el abrigo y la ayudó a ponérselo. Ella se volvió y le sonrió. Liam le devolvió la sonrisa con las manos aún sobre sus hombros.

–Ve con cuidado, ¿de acuerdo?

–Buenas noches, Liam.

Andrea sintió el golpe del aire frío. La puerta se cerró tan deprisa a sus espaldas que casi resbaló por la escalinata de entrada. Mientras acostumbraba los ojos a la oscuridad, volvió a ver la sonrisa de Liam en el umbral, las manos sobre sus hombros. «Ve con cuidado, ¿de acuerdo?», con esa voz suave, dulce como la miel. «Él también me deseaba. Era evidente.»

Llegó hasta la acera apoyándose en la barandilla de hierro. Se metió las manos en los bolsillos del abrigo y se encaminó hacia su casa con los ojos llenos de lágrimas por el viento y el frío.

«Ve con cuidado, ¿de acuerdo?»

«Estuve a punto de saborearlo. La próxima vez lo haré, seguro. Sin esa maldita hermana merodeando. Pero ¿por qué un hombre así vive con la hermana?»

13

Un joven cogió el abrigo y la gorra de Liam y Milton lo acompañó por la sala y por un pasillo cubierto de espejos hasta el estudio. Al otro lado de los ventanales correderos, el sol rojo del atardecer se ocultaba detrás de unos árboles pelados.

–Milton, tienes tu propio bosque –observó Liam mientras se detenía a saludar a dos estudiantes de posgrado con minifalda y leotardos. Las jóvenes sonrieron y levantaron sus copas como si brindaran por él–. Qué detalle de tu parte ofrecer una fiesta sin ningún motivo especial –añadió dirigiéndose a Milton.

–Es una especie de tradición. El jefe de estudios organiza una fiesta todos los otoños y pensé que era mejor celebrarla aquí que en algún salón atestado del edificio de la administración.

Tres estudiantes que hacían de camareros se abrían paso por la casa ofreciendo vasos de plástico con vino blanco y tinto, y canapés de queso fresco.

Milton llevaba a Liam por el codo.

–A veces me quedo horas mirando el bosque, observando cambiar la luz.

–Parece que tienes mucho tiempo libre, Milton –sonrió Liam.

Milton no sonreía. Se acomodó el cuello del jersey granate.

–Estoy muy contento de haber encontrado esta casa. Toda la parte trasera son ventanales. Mi cuarto también da al bosque. Puedo quedarme en la cama y me siento como si estuviera al aire libre.

Liam saludó con la mano a un hombre de mediana edad con bastón que estaba en la otra punta y se volvió hacia Milton.

–Estás un poco lejos del campus. ¿Cómo cruzas esas montañas en invierno? –preguntó.

–Por suerte el invierno pasado, mi primer año, no nevó mucho. Pero tengo un todoterreno cuatro por cuatro. Así que me las arreglo.

Liam se detuvo a admirar un cartel cuya ilustración era un bonito paisaje, clavado en la pared.

–Es de los ferrocarriles británicos, ¿no?

Milton asintió.

–Colecciono carteles de los ferrocarriles británicos. Tengo algunos muy bonitos de los años treinta –suspiró–, pero me faltan paredes para colgarlos. Es uno de los problemas de tener tantas ventanas. Para las otras colecciones también hace falta espacio.

Liam siguió la mirada de Milton hasta la pared del otro extremo. Unas vitrinas colgadas de la pared reflejaban la luz roja del crepúsculo.

–Ah, sí. Me has hablado de tu colección de cuchillos.

–Tengo algunos muy raros –le confió Milton–, de gran valor histórico. Te los enseñaré más tarde.

La música de piano proveniente del equipo estéreo los siguió hasta el estudio. Un camarero asomó su cabeza rubia.

–¿Vino?

–No, todavía no –respondió Liam. El joven se marchó–. Milton, no sabía que eras tan coleccionista.

Milton se ruborizó.

–Amigo, hay muchas cosas que no sabes de mí.

Estudió la indumentaria de Liam, que llevaba una camisa negra sin cuello y unos anchos pantalones negros y brillantes. «Ya sé que se supone que va bien vestido, pero parece un cura –pensó Milton–. Cuando entró y saludó a todo el mundo, esperaba que les diera la bendición.» A Milton siempre le divertía la gente que necesitaba ir bien vestida. ¿No les bastaba con ir simplemente cómodos? «Liam es bien parecido –pensó–. Supongo que la mayoría de las mujeres lo considera muy guapo. ¿Para qué tiene que arreglarse tanto?»

Vio a Liam observar los dos sables cruzados sobre la pared de la chimenea de piedra y después recorrer la librería, la hilera de volúmenes sobre armas antiguas y modernas, el estante de libros sobre crímenes reales. La adicción de Milton. Bueno, una de sus adicciones.

Los ojos de Liam se detuvieron en una calavera humana del extremo de la repisa de la chimenea. Frunció los ojos y se volvió hacia Milton.

–¿Es auténtica?

–Sí, es la de mi abuela. La guardé después del funeral.

Liam vaciló y observó a Milton; se dio cuenta de que bromeaba. Ambos rieron.

–La encontré en un rastro. ¿Qué te parece? La llamo Maurice, en honor a mi antiguo decano de Binghamton.

–Muy bonita. Le da mucho ambiente a la habitación. Ah, por cierto... –dijo Liam y le tendió una caja blanca con un lazo rosa.

–Lamento que Margaret no haya podido venir –comentó Milton–. Qué lástima.

Liam depositó la caja en las manazas de Milton.

–Yo también lo lamento, pero tenía un dolor de cabeza terrible. Una de sus migrañas. Lo único que puede hacer es meterse en la cama y tratar de dormir para que se le pase.

Milton miró la caja del regalo.

–No tendrías que haberte molestado. No es mi cumpleaños, sabes.

Liam sonrió.

–Es una tontería para la casa. Vamos, ábrelo.

De la sala llegaban risas y el ruido de las voces tapaba la música de piano. Milton se dio cuenta de que había llegado más gente. Se preguntó si vendría Leila Schumacher, del departamento de francés. «Me gustaría darle algunas clases de francés», pensó. La última vez que ella se había cruzado con él meneando su culo fabuloso, lo único que había podido hacer para no echársele encima había sido invitarla.

Y antes de la fiesta, había fantaseado con ella para masturbarse en la ducha. Y no era la primera vez. Se la imaginaba allí con él, en la ducha, con el agua caliente cayendo sobre ella, mojándole las piernas, mojándolos a los dos. Ay, Dios, a veces el deseo era sencillamente insoportable. Quizá cuando todos los invitados se marcharan, conseguiría que ella se quedara para mostrarle la vista del bosque desde su cuarto...

–Vamos, Milton, ábrelo...

Milton deshizo con torpeza el lazo rosa. Se dio cuenta de que tenía una erección y se puso detrás del escritorio. Quitó la tapa de la caja, sacó dos capas de papel blanco y... se quedó mirando el trozo de carbón en forma ovalada que había en el fondo de la caja.

–¿Carbón? No comprendo...

Los ojos marrones de Liam brillaron. No sonreía.

–Es algo muy especial, Milton, y quiero que lo conserves. Se cayó de un camión de carbón cuando tenía nueve años.

–¿Qué dices? –Milton sacó el trozo de carbón y dejó la caja en el escritorio–. ¿No se les regala carbón a los niños que se han portado mal?

Liam cogió el trozo de carbón y le pasó la mano por encima.

–Te traerá buena suerte. Es una superstición escocesa. Si un trozo de carbón se cae y tú eres el primero en recogerlo, tienes que tirarlo por encima del hombro derecho. –Se lo devolvió a Milton–. Eso fue lo que me pasó en mi tierra cuando tenía nueve años. Corrí detrás del camión hasta que cogió un bache y se cayó un trozo. Lo recogí y lo lancé por encima de mi hombro derecho. Lo conservo desde entonces y ahora te lo regalo.

Milton lo miró con escepticismo.

–¿Estás seguro de que quieres separarte de este tesoro?

–Nunca entro en una nueva casa sin traer algo que dé buena suerte –respondió Liam seriamente.

Milton gruñó.

–¿De veras crees en todas esas cosas?

Una sonrisa leve se dibujó en los labios de Liam.

–Debo hacerlo. Es mi trabajo.

Milton dejó caer el trozo ovalado en su enorme mano.

–Algunos de tus alumnos creen que las historias que cuentas son bastante raras.

El rostro de Liam expresó cierta sorpresa.

–¿Has hablado con mis alumnos?

Milton rió.

–Debo hacerlo. Es mi trabajo.

–Algunos tienen el descaro de pensar que hoy en día el folclore es algo irrelevante. Trato de cambiar esas ideas durante las primeras semanas, y lo que hago es decirles que...

–Ay, hola.

La puerta del estudio estaba completamente abierta, y entró una mujer joven y bonita, de pelo rizado castaño rojizo, con un desteñido vestido tejano. Llevaba los tres botones de arriba desabrochados, que dejaban a la vista una piel blanca y cremosa.

Milton levantó la vista de los pechos a la cara y la reconoció inmediatamente.

–¡Hola, Devra!

Ésta tenía los ojos puestos en Liam, abiertos de par en par por la sorpresa. Milton se volvió hacia Liam.

–¿Conoces a Devra Brookers? Es instructora de nuestro programa de literatura. –La sorpresa también había congelado la expresión de Liam y de repente se le enrojeció la nuca.

–¡Doctor O'Connor! –exclamó Devra acercándose para darle la mano–. Te marchaste de Chicago tan deprisa que no pude despedirme.

–Pues... adiós y hola –respondió Liam cogiéndole la mano.

«¡Vaya encanto que tiene el cabrón! –pensó Milton con amargura–. ¿Cómo lo consigue? Y ¿de qué conoce a nuestra pequeña instructora? ¿Por qué se turbó tanto al reconocerla? Juraría que se la ha follado en Chicago.»

–Llegué el año pasado a mitad de curso –explicó Devra mientras retiraba la mano y la metía en el bolsillo del vestido–. ¡Qué diferencia con Chicago! Moore es mucho más pequeño, es como trasladarse a un instituto de pueblo o algo así.

–¡Eh! –intervino Milton–. ¡De instituto nada!

–A mí también me resulta bastante extraño –admitió Liam dedicándole una sonrisa–. Me alegra ver una cara conocida. ¿Dónde vives, Devra?

–En un apartamento en Tremont. –Ladeó la cara y sus ojos verdes brillaron–. Tiene dos dormitorios, pero tengo tres compañeras de piso. Por suerte nos llevamos bien.

–¿Y tu perro?

–*Sparky* no ha venido. Está viviendo a cuerpo de rey en casa de mis padres.

Continuaron charlando. Una conversación aburrida, pensó Milton, a pesar de que Liam no apartaba los ojos de ella, como si estuviera hipnotizado por cada detalle de la vida de la chica y ella absorbiera toda su atención.

Milton dejó que sus ojos vagaran por el vestido de Devra.

Tenía un cuerpo firme, bonito, y las tetas no estaban mal. ¡Y esa piel suave... daban ganas de lamerla! «No te haría daño –pensó–. Ya sé que soy muy grande, pero tú podrías ponerte encima, Devra.» Se la imaginó encima de él, follándoselo, follándoselo, con sus ojos verdes abiertos de par en par, y su pelo cobrizo cayéndole sobre la cara, haciéndole cosquillas... Le encantaban las pelirrojas. Se imaginó los dos cuerpos sudados embistiéndose, el culo suave de ella meneándose, meneándose en el aire, despacio, despacio... Oh, Señor, tendría que haberme hecho monje. ¿Por qué elegí un trabajo con todas estas chicas lujuriosas alrededor de mí? ¿Cómo se las arreglan los demás para trabajar con ellas?»

Liam volvió a cogerle la mano. Milton se esforzó por prestar atención a las palabras.

–Me alegro de verte.

–¿Vendrás a verme a clase? Podemos ir a tomar café.

–Sí, fantástico. ¡Qué sorpresa encontrarte aquí! ¿Estarás todo el año?

–Sí, estoy dando un par de clases e investigando para un libro. La biblioteca es muy buena y tiene ordenadores. Puedo acceder a Internet y buscar información en bibliotecas más completas de todo el mundo.

–Sigo sin saber nada de ordenadores –dijo ella frunciendo el ceño–. Supongo que debería aprender.

Liam asintió.

–No es tan difícil como dice la gente. Si yo he podido aprender, todo el mundo puede.

«Qué aburrimiento –pensó Milton con impaciencia–. Es tan guapa y tan aburrida que tendría que taparle la boca antes de follármela.» Se quedó mirándole la boca. Trató de imaginarse los labios húmedos e hinchados.

–Bueno, creo que será mejor que vaya un rato a la fiesta –dijo al fin Liam–. Cuídate, Devra. Hasta pronto. –Saludó a los dos con la cabeza y se dirigió a la bulliciosa sala.

Se oyeron risas en el pasillo, voces y gente que saludaba a Liam.

Devra se volvió hacia Milton otra vez con las manos en los bolsillos.

–Gracias por invitarme, doctor Cohn.

–Por favor, todo el mundo me llama Milton.

–Bueno, voy a buscarme algo para beber. Es un despacho muy bonito. ¿Trabaja aquí?

Milton asintió.

–Es muy cómodo, es como estar en medio del bosque. –Se aclaró la garganta y dio unos pasos hacia ella–. ¿Liam se marchó precipitadamente de Chicago? –preguntó tratando de parecer indiferente.

Devra levantó una mano para acomodarse un rizo del pelo.

–Sí, un día desapareció como uno de sus duendes.

Milton frunció la boca.

–Es un hombre muy interesante. ¿Lo conocía bien?

Devra se ruborizó.

14

Mary Beth entró en el salón repleto de casa de Milton saludando con la mano a alguien que conocía. Sara vaciló en la entrada. «¿Mary Beth va a dejarme sola antes de que entremos? –se preguntó–. Aquí no conozco a nadie, salvo a Milton, claro. ¿Por qué dejé que me convenciera de que viniera? Porque tal vez estuviera Liam», se respondió–. Una oportunidad de hablar con él, de flirtear con él. Una oportunidad de mirar esos dulces ojos pardos, de escuchar su hermosa voz, de disfrutar de su radiante sonrisa... Sara, Sara, no te ilusiones. A lo mejor no ha venido.»

Entró en el ruidoso salón lleno de gente. Vio que Mary Beth, en el centro de la habitación, ya se servía un vaso de vino y un canapé de una bandeja que le ofrecía un joven al que obviamente conocía.

Los ojos de Sara fueron de una cara a otra. «¿Liam? ¿Estás aquí? ¿El destino hará que volvamos a encontrarnos?» Sabía que «destino» era una palabra de Liam. «¿Dónde estará?» Sara estudió cómo iban vestidos los asistentes. «¿Me he arreglado demasiado?» Llevaba una chaqueta de franela negra y recta, suave y con buena caída, sobre un jersey de cuello alto beige de lana fina, y unos pantalones de franela a juego. «¿Demasiado estilo Nueva York? ¿Demasiado refinado para estos estudiantes de posgrado y profesores jóvenes?» Mary Beth iba mucho más informal, con un jersey turquesa grande que le llegaba casi hasta las rodillas sobre unas mallas azul marino.

Una carcajada atrajo su atención hacia la chimenea. Un fuego suave ardía con llamas anaranjadas y azules. «Uno de esos troncos falsos», pensó Sara. El sol se había puesto y el cielo desplegaba todo su esplendor rojizo al otro lado de los ventanales. Una mujer muy delgada vestida con una camiseta negra y tejanos desteñidos mostraba un paso de baile, con las manos en alto y un meneo de caderas. La concurrencia festejó el espectáculo con risas y silbidos.

–A mí me avergüenza que la gente blanca intente bailar –oyó Sara decir a una mujer.

–Eso es un comentario racista –replicó un joven–. ¿Me has visto bailar a mí?

Antes de que Sara escuchara la respuesta, percibió una presencia a su lado. Se volvió y vio a Milton, con su cara roja de siempre, que la miraba de reojo. «No, no debo ser injusta. Sólo me sonríe. ¿Pero por qué parece tan enfadado?»

–Hola, Milton –Ella le devolvió la sonrisa. En realidad se alegraba de verlo–. ¡Qué casa tan bonita!

Milton le estrechó la mano con fuerza.

–Me alegra que hayas venido, Sara. ¿Te ha costado encontrar la casa?

–No. He venido con mi amiga Mary Beth. No sabía que quedara tan lejos del campus.

Milton sonrió sin soltarle la mano.

–¡A veces no es lo suficientemente lejos!

Sara rió demasiado fuerte. Retiró la mano y notó que la cara de Milton estaba un poco más roja.

–A propósito, he encontrado esos expedientes –dijo acercándose a ella para que pudiera oírlo a pesar de la música y las voces. Estaba tan cerca que Sara percibió el olor a vino de su aliento–. Clara los había archivado en un cajón equivocado.

–Ah, qué bien.

«Qué suerte que no he sido yo», pensó. El trabajo en la oficina de Milton era aburrido y sin ningún aliciente. Para colmo, el día anterior se habían traspapelado los expedientes de los alumnos nuevos. Y Milton había estallado por unos instantes, pero Sara pudo ver otro aspecto de él. Cuando perdía los nervios daba miedo. No por los gritos ni por el portazo que había hecho vibrar los ventanales, sino por su tamaño. Parecía un elefante furioso. La ira se había calmado pronto. Después de todo eran sólo unos pocos expedientes. Ahora Sara estaba contenta de que hubieran aparecido, de no haber sido ella la responsable de la pérdida.

Milton la cogió del brazo y la acompañó a la sala.

–Vamos a dar una vuelta y te enseñaré la casa. ¿Conoces a alguien?

–Creo que no. –Recorrió las caras con la mirada. Una morena joven y guapa, sentada en el apoyabrazos del sofá, arrojaba anillos de humo hacia arriba. Un joven sonriente con una gorra de béisbol estaba inclinado sobre el sofá y metía el dedo en el centro de los anillos–. Sólo a mi amiga Mary Beth. –¿Y dónde estaba?

–Estoy leyendo el nuevo Joyce Carol Oates –oyó Sara.

–¿Ah sí? ¿Y de qué se trata el libro de esta semana? –dijo alguien con desdén y se oyeron carcajadas.

El cuerpo de Milton rozaba el de ella mientras la acompañaba hacia las puertas correderas.

–Qué lástima, ya es de noche –comentó–. Quería mostrarte mi bosque.

Sara miró los árboles altos y enmarañados, negros contra el cielo nocturno púrpura. Las caras se reflejaban sobre el vidrio, como si la fiesta también se celebrara fuera.

Sortearon a tres personas sentadas en el suelo con las piernas cruzadas y Milton la condujo por un pasillo largo con espejos a ambos lados, hasta el despacho con la calavera en la repisa de la chimenea. De allí, hasta una cocina estrecha.

–Es la única habitación oscura. No tiene nada de sol. Si decido quedarme, abriré una ventana en aquella pared.

Se lo imaginó practicando un boquete en la pared a golpes de hombro.

–Me gusta cocinar. Las navidades pasadas, mi hija me mandó un *wok,* una sartén china, y me he convertido en un cocinero oriental de primera. Vaya, soy un maestro picando verdura. –Hizo gestos de cortar con la mano libre.

Sara rió.

–Me encanta la comida china. En Nueva York, en todos los restaurantes chinos llevan comida a domicilio. Tres veces por semana encargábamos algo.

Sara vio a Mary Beth al fondo de la cocina, acodada contra la nevera de acero inoxidable, tocándose el cabello y enfrascada en una conversación con un chico flacucho vestido con tejanos y con un tupé castaño en lo alto de una cabeza alargada. A Sara le recordó a Lyle Lovett. «¿Dónde está Eric esta noche? –se preguntó–. Supongo que Mary Beth no lo lleva a las fiestas.» Quizá había alguna regla que impedía a los empleados de la universidad salir con estudiantes. Se preguntó si Mary Beth se vería alguna vez con él en otra parte que no fuera su apartamento, su cuarto. Mary

Beth no vio a su amiga. Milton la llevó al pasillo de atrás. Una mujer canosa salió del baño. Se oyó el ruido de la cadena detrás de ella.

–¡Vaya, el doctor Cohn en persona! –dijo–. Lo estaba buscando. Tengo que hablar con usted.

–¡Póngase en la cola! –bromeó Milton, pero no se detuvo–. Dentro de un rato hablamos, Liz. Ahora le estoy enseñando la casa a Sara. ¿Ha venido Arnold?

–Está en Washington. Lamenta no poder venir y me ha dicho que lo verá en el gimnasio.

La habitación al final del pasillo resultó ser el dormitorio de Milton. Más vistas a los bosques. Puertas correderas de cristal en una de las paredes.

–Aquí termina la visita. Hay otro cuarto donde he metido los abrigos. Y una habitación pequeña que yo llamo «el gimnasio», en la que tengo algunos aparatos.

Sara sabía que Milton hacía gimnasia en cada momento libre que tenía. «Tengo que estar fuerte para tratar con los estudiantes», no paraba de decir. ¿Pero qué significaba exactamente?

Sara casi se echó a reír al ver la cama. Un lecho con dosel de organdí rojo. Se tapó la boca con la mano sin darse cuenta. La idea de aquel rinoceronte enorme durmiendo bajo un dosel de volantes rojos le parecía muy graciosa.

Milton aparentemente no se dio cuenta. Sara miró a un lado y vio unas cortinas de terciopelo rojo a juego sobre la ventana.

Y después sus ojos se detuvieron en los cuchillos.

Las hojas plateadas brillaban bajo la luz del techo. Toda una pared de cuchillos, montados casi del suelo al techo, horizontales, con las hojas hacia la derecha. ¿Cuántos cuchillos había? Su mirada fue de arriba abajo. Por lo menos dos docenas. Largos y cortos, de hoja ancha y fina. Todos lustrados y bruñidos.

–¿Estás admirando mi colección? –preguntó Milton,

resplandeciente como los cuchillos, mientras le apoyaba la mano en el hombro y la acercaba a la pared.

Sara, por alguna razón, se quedó perpleja. «¿Será por tantos cuchillos, tantas armas? ¿O es el contraste con la cama con dosel?»

–Son hermosos, ¿no? –La miraba ansioso, urgiéndola a reaccionar.

Sara asintió.

–¿Hermosos? Sí, es toda una colección. –Tragó y trató de responder satisfactoriamente–. Son todos antiguos, ¿verdad?

Milton estaba radiante como un padre orgulloso.

–Algunos son muy antiguos. –Sacó uno de mango grueso y lo levantó hacia ella. La hoja era pesada y opaca–. Éste es un cuchillo Bowie original. Bueno, uno de los originales. Quizá lo llevó el mismísimo Jim Bowie.

–¿De veras? –«Venga, Sara, hazlo un poco mejor.»

Milton golpeó la hoja contra la palma abierta y le sonrió con una expresión casi de culpabilidad.

¿Los cuchillos le producían una especie de placer culpable?

–Algunos son mucho más antiguos que éste. –Volvió a ponerlo cuidadosamente en la pared–. No hay nada más hermoso que un cuchillo. El diseño es tan limpio, la simetría tan pura... Es una herramienta perfecta, y al mismo tiempo una obra de arte.

Cuando se volvió hacia ella, tenía los ojos muy abiertos. Sara notó que respiraba pesadamente y que su enorme estómago subía y bajaba debajo del jersey.

–Francamente son asombrosos –comentó ella con torpeza mientras retrocedía y chocaba contra la cama.

La mano de Milton acarició un ejemplar de hoja larga y mango de marfil.

–Este sable es una pieza de museo. Mira el brillo perfecto del marfil. ¿Has visto alguna vez algo tan bonito y puro? Y éste... ¡éste!... –jadeó debido la excitación. Cogió un cuchillo de mango largo con una hoja pesada–. Es de Macedonia. ¿Qué te parece? ¿No es precioso, Sara? Mira la perfección de la hoja. Es de doble filo. Y está tan afilado como el día que salió de la forja. Mira.

Lo levantó con ambas manos, echó los brazos hacia atrás con ojos de loco, el estómago hinchado, la boca abierta y... lo dejó caer.

Sara se cubrió el rostro con las manos mientras la hoja cortaba limpia y casi silenciosamente la cortina de terciopelo rojo. La parte inferior de la tela cayó al suelo con un susurro amortiguado.

Milton bajó el cuchillo y miró lo que había hecho, todavía jadeando. Cuando levantó la mirada hacia Sara estaba pálido.

–Lo siento –murmuró quedamente mientras se enjugaba la frente con el dorso de la mano. Lanzó una carcajada seca, casi sorda–. Lo sé, lo sé, me he dejado llevar. –Bajó la cabeza como si ella lo hubiera reñido–. Estoy loco, ¿de acuerdo? Cojo una de estas viejas armas y sencillamente pierdo el control.

–¿Desde cuándo las colecciona, Milton? –preguntó Sara, deseosa de que las cosas volvieran a su cauce, sin poder dejar de ver aquel sablazo feroz y el pequeño rectángulo de tela, como si fuera el cuerpo de un niño sobre la alfombra.

Milton no respondió. Se había dado la vuelta de puntillas y volvía a colocar el cuchillo macedonio en su sitio con cuidado.

–Son muy interesantes –continuó Sara, ansiosa ahora por volver al salón, adonde estaban las risas, las voces alegres. Los cuchillos brillaban sobre ella. Se imaginó en alguna antigua cámara de torturas, en una mazmorra con cortinas de terciopelo rojo, mientras el verdugo elegía el instrumento adecuado para torturarla–. Deben de valer mucho dinero.

Milton le sonrió; el color le había vuelto a la cara.

–Me alegra que te gusten y que los aprecies. Mucha gente no lo comprende. No ven la belleza ni la perfección que poseen.

Sara volvió a ver el sudor que perlaba la línea de nacimiento de su cabellera canosa, el temblor del labio inferior, los ojos grises que se iluminaban excitados. «No me gusta esto. Quiero irme de este cuarto ahora mismo», pensó con un escalofrío de miedo. Y entonces se oyó una voz en la puerta.

–Así que estabais aquí.

Era Liam, que entró en la habitación con una mano en el bolsillo del pantalón negro y una botella ámbar de Coors en la otra.

Milton volvió a enjugarse la frente.

Sara se volvió hacia Liam para ver su sonrisa. «Liam, he estado pensando en ti. Liam, no puedo parar de pensar en ti.» Pero Liam la desilusionó porque primero miró a Milton:

–Todo el mundo está preguntando por ti. –Pero inmediatamente se redimió lanzándole una sonrisa a Sara–, pero ya veo por qué te ocultas.

Milton soltó una risita aguda.

–No me oculto, le estoy mostrando a Sara mi colección –y añadió señalando el trozo de tela en el suelo–: Me temo que me he dejado llevar un poco. ¿Te acuerdas de Sara? Nos conocimos hace unas semanas en el restaurante Spinnaker. Ahora trabaja en mi oficina.

Liam le cogió la mano y agachó la cabeza en una graciosa reverencia. Tenía la mano seca y tibia. Los ojos oscuros ardían fijos en los de ella.

–Claro que me acuerdo. Desde entonces, Sara y yo nos hemos encontrado por casualidad varias veces. Sabes, tenía intenciones de volver al restaurante y probar esas patas de cangrejo. Tenían una pinta fabulosa en tu plato.

Sara se ruborizó.

–Estaban muy buenas, muy tiernas. Tan buenas como las que comí en el Oeste hace unos años. –De repente se sintió tonta. «¿Qué estoy diciendo? Parezco idiota hablando de patas de cangrejo»–. Me alegra verlo, profesor O'Connor. –Podía ser una forma de empezar otra vez.

–Por favor, Liam. El profesor O'Connor es mi padre.

–¿Tu padre también era profesor?

–No, granjero, pero los demás lo llamaban el profesor. ¡Creo que porque sabía leer!

Los tres rieron. Milton recogió el trozo de tela cercenado y lo plegó entre sus manos.

–¿Has nacido en Irlanda? –preguntó Sara.

Liam estaba tan cerca de ella que la joven percibió el aroma de su loción para después del afeitado. No era dulce, tenía cierta fragancia a pino.

–Sí –asintió Liam.

–¿Y cuándo te trasladaste a Estados Unidos?

Los ojos marrones de Liam parecieron apagarse.

–Hace mucho tiempo. –Se aclaró la garganta–. Me alegro de volver a verte, Sara. He... –se interrumpió–. Vaya, no tienes nada de beber. –La cogió de la mano–. Vamos a poner remedio a esa situación inmediatamente.

–Veo que me estoy portando muy mal como anfitrión –murmuró Milton mientras salía de la habitación detrás de ellos–. Voy a ver si queda hielo. He comprado dos bolsas, pero puede que no sea suficiente, ¡especialmente con estos invitados!

Caminaron por el largo pasillo de los espejos. Sara vio su imagen reflejada, y la imagen de la imagen de la imagen. Vio una sucesión infinita de ellos tres, Sara, Liam y Milton, imágenes cada vez más pequeñas y oscuras.

El sonido de las voces aumentó cuando entraron en el salón. Sara vio que había llegado más gente: una mezcla de empleados administrativos, profesores y estudiantes de posgrado. Liam la llevó hacia la mesa de las bebidas. Tuvieron que pasar en medio de un grupo de estudiantes sentados sobre la alfombra con las piernas cruzadas y que discutían acaloradamente de política.

–No hay confianza, nada de confianza –oyó Sara.

–Pero eso es lo bueno –insistió otro.

Alguien había cambiado la música. Sara reconoció a Ella Fitzgerald y Louis Armstrong y recordó que su hermano Frank siempre escuchaba ese disco.

Vio a Mary Beth apoyada contra la ventana, por la que se distinguía un cielo oscuro sin estrellas, agachada con las manos en las rodillas y charlando animadamente con una mujer canosa en silla de ruedas.

Sara casi tropezó con Liam cuando éste se detuvo delante del sofá, le quitó la cerilla encendida a un joven y la apagó. El joven reaccionó con sorpresa y frunció el entrecejo al grupo que lo acompañaba.

–Dar lumbre a tres con la misma cerilla trae mala suerte.

–¡Era mi última cerilla, profesor O'Connor! –protestó el muchacho.

–Creo que tengo un encendedor –dijo una pelirroja mientras rebuscaba en su bolso. Dirigió una mirada divertida a Liam–. ¿Hay alguna superstición para los mecheros de plástico?

Liam fingió pensar.

–No, creo que no hay problema.

Se dirigió a la mesa de bebidas, en la que había botellas de vino, licores fuertes semivacíos, un cubo de hielo casi vacío, limas y limones. A alguien se le había derramado el vaso y el mantel blanco tenía una mancha roja.

–Sara, ¿quieres vino, cerveza?

–Vino tinto, por favor.

Liam le sirvió y terminó la botella. Le tendió la copa y la llevó a un sitio vacío detrás del sofá. Chocó el cuello de su botella de cerveza contra la copa.

–Salud. –Y bebió un trago de cerveza sin apartar los ojos de ella–. ¿Te gusta trabajar con Milton?

–No es muy interesante. –Se encogió de hombros–. Pero me alegra ganar un poco de dinero. –Volvió a ver a Milton en el dormitorio dando aquel sablazo y cortando la cortina–. ¿Cuánto hace que lo conoces?

–No lo conozco. Nos presentaron cuando llegué. Esa noche en el restaurante era la primera vez que hablábamos un poco. –Tomó otro trago de cerveza–. Es un hombre interesante, una vez que uno consigue soportar su rudeza. Y su aspecto. No me gustaría encontrármelo en un callejón oscuro. ¿Y a ti? –Los ojos de Liam chispearon–. Vaya, no es la idea que uno tiene de un jefe de estudios. Pero es una persona sorprendente en varios aspectos. Tiene muchos intereses increíbles. Por ejemplo... –Señaló la vitrina de cuchillos de la pared que tenía detrás.

–¡Me asombra que no haya hecho jirones todas sus cortinas! –bromeó Sara.

Liam rió y la miró con los ojos entrecerrados.

–Sara, ¿en qué mes has nacido?

–¿Cómo? –Soltó una carcajada–. Doctor O'Connor, la verdad es que me está desilusionando. Primero intentaste leerme la mano, ¿y ahora vas a preguntarme de qué signo soy?

Liam sonrió tímidamente.

–¿No me digas que te interesa la astrología?

–Es una superstición como cualquier otra. ¿Tú en qué crees, Sara? –bromeó.

–No sé, en muchas cosas.

–¿Por ejemplo? –Aquellos ojos oscuros, aquellos hermosos ojos oscuros fijos en su cara y dándole escalofríos.

–*In vino veritas* –respondió ella levantando la copa.

Liam rió y volvió a brindar con la botella de cerveza.

Sara empezó a relajarse, y no sólo por el vino sino porque lo había hecho reír. No era difícil hablar con él. Y al parecer, a él le gustaba.

–Contesta mi pregunta.

–Si insistes. Nací en mayo, el doce de mayo.

–Un mes peligroso –replicó Liam en voz baja y súbitamente pensativa.

Sara no sabía si hablaba en serio o en broma. Liam se inclinó sobre ella y le recitó una rima.

–Marzo indagará, abril probará y mayo te dirá si vivirás o morirás.

Sara bebió un trago de vino y levantó la vista.

–Creo que esa rima no me gusta.

–Es muy antigua.

–¿Tienes una rima para cada ocasión, Liam?

–Tengo un millón. –Esbozó aquella sonrisa maravillosa, íntima–. Pero siempre olvido que eres psicóloga, Sara. Sería mejor que mantuviera la boca cerrada porque seguro que esos ojos hermosos me estudian y me clasifican en alguna categoría de conducta aberrante.

Sara le devolvió la sonrisa, sorprendida de que Liam recordara lo que ella estudiaba.

–¿Y eres muy raro?

–Bastante. –Los ojos se le arrugaron pero no rió.

Ella siguió su mirada al otro lado de la habitación. Delante de la chimenea, dos chicas tenían las manos levantadas. Sara tardó en ver que una de ellas tenía una cuerda entrelazada entre los dedos de ambas manos. Jugaba a la cunita. Otras cuatro o cinco personas se agrupaban alrededor y las animaban con entusiasmo. Liam le apoyó el brazo en el hombro.

–Sobre todo, tengo mucha información rara e inútil. ¿Sabías, por ejemplo, que a los niños esquimales no los dejan jugar a la cunita?

Sara sonrió. Sentía el calor del vino.

–No. ¿Por qué no?

–Porque creen que si los niños juegan a la cunita, cuando sean mayores se les enredarán las manos con la cuerda del arpón.

–¡Pues sí que sabes cosas raras e inútiles! –exclamó ella volviéndose hacia él.

Liam lanzó una carcajada alegre, como si ella acabara de decir la cosa más divertida del mundo.

Milton vació la bolsa de hielo, algunos cubitos cayeron en la alfombra y se agachó para recogerlos esforzándose en que no le resbalaran de las manos.

Se enderezó mientras decidía qué hacer con los cubos que se le derretían en las manos y vio agitarse una cabellera rojiza. Devra Brookes se volvió hacia él con una pasta de hojaldre en la mano.

–Hola de nuevo, doctor Cohn. Bonita fiesta.

–Gracias. ¿Te diviertes? ¿Conoces a la gente, Devra? –Tenía una sonrisa encantadora. Qué guapa era, y esa piel tan suave... deliciosa.

–Sí, a alguna. –Se acercó a él y le preguntó medio cuchicheando–: ¿Quién es la chica que está con el doctor O'Connor? Nunca la he visto.

–Sara Morgan –respondió Milton inhalando el perfume de Devra, dulce y floral–. Es una estudiante de posgrado. Trabaja en mi oficina. En realidad acaba de empezar.

Devra estudió a Sara intensamente. Milton observó cómo Liam le apretaba la mano y se acercaba a ella. El hombre trabajaba rápido. «Mira cómo derrama encanto. Si hasta guiña el ojo y todo.»

–La verdad es que han pasado casi toda la noche juntos –murmuró Devra, más para sí que para Milton.

–No pensaba invitarla –reconoció éste–, pero Liam insistió. Me llamó tres veces para asegurarse de que vendría.

Milton observó cómo Devra fruncía los ojos y su piel clara enrojecía.

–¿De veras?

–Tengo un hambre lobuna. ¿Quieres ir a cenar?

Sara parpadeó. ¿Dos vasos de vino la hacían imaginar que Liam la invitaba a cenar? Pero vio que él esperaba una respuesta. «No debería beber en las fiestas», pensó. Tenía calor y estaba un poco mareada. «Mi límite tendría que ser sólo una copa. La segunda siempre lo pone todo borroso, me impide pensar con rapidez.» Creía que tendría que pensar deprisa para estar a su altura, pero la conversación había sido distendida como si fueran viejos amigos. Se sentía cómoda y relajada, y no era sólo por el vino y las risas, ni por la chimenea brillante y oscilante. ¿Había hablado demasiado de sí misma? Él no le había dado otra posibilidad.

Sara había intentado que Liam hablara de su vida personal, de su hermana, de su traslado de Irlanda, de por qué se había interesado tanto en el folclore. Pero él no parecía muy dispuesto a explicar nada. Todo el tiempo cambiaba de tema y volvía a ella, haciéndole una pregunta tras otra, con sus ojos oscuros fijos en los de ella, divertido por las respuestas, fascinado y encantado.

Con entusiasmo le contó un cuento que acababa de descubrir, un viejo cuento irlandés sobre un hombre al que le habían dado una moneda de oro que no paraba de reaparecer en su bolsillo después de que la hubiera gastado. Sara al principio no lo entendió, pero Liam se lo explicó cuidadosamente. Después se metió la mano en el bolsillo y sacó una moneda de oro que depositó en su mano.

–Éste es el florín original –bromeó–. Trata de gastarlo y verás cómo siempre se queda contigo.

–¿Porque es mágico? –preguntó Sara, que de pronto quiso creer en la magia como él.

–¡Porque no vale nada! –exclamó Liam, y ambos rieron.

Rieron juntos.

Juntos.

Sara se guardó la moneda en el bolsillo de la chaqueta.

La gente no paraba de interrumpirlos, quería hablar con

Liam. Sara comprobó que fascinaba a todo el mundo. «Le resulta tan fácil», pensó con una mezcla de envidia y admiración. Y ahora la había invitado a cenar.

–Sí, me encantaría.

Le hubiera gustado gritarlo con todas sus fuerzas: «¡Sí, me encantaría!»

Sus ojos oscuros se iluminaron, al parecer estaba satisfecho.

–¿Milton no se ofenderá si nos vamos? –murmuró Sara. Lo vio delante de la chimenea, tan ancho que casi tapaba toda la luz del fuego, charlando animadamente con una joven de pelo rizado y rojizo.

–La fiesta acabará pronto –respondió Liam–. Por supuesto que todo el mundo nos echará de menos, pero estoy seguro de que con el tiempo lo superarán. –De repente cambió de expresión y arrugó la frente–. Por otra parte, no es que haya estado especialmente sociable, me he pasado toda la noche hablando contigo.

Sara bajó la mirada. El corazón le latía con fuerza.

–Me lo he pasado muy bien, Liam.

–Voy a buscar los abrigos y después iremos a algún lugar donde nos den de comer.

–Tengo que decírselo a mi amiga.

Sara no había cruzado una sola palabra con Mary Beth en toda la fiesta. Un par de veces había visto su aspecto burlón en la otra punta de la habitación. Pero Sara y Liam no se habían movido de detrás del sofá salvo para volver a llenar sus copas.

Sara, entusiasmada y un poco borracha, buscó a su amiga entre la gente. La encontró en el pasillo de espejos hablando con dos hombres de mediana edad.

–Me voy con Liam –le dijo en un aparte–. ¿Te parece bien? Vamos a cenar algo.

Mary Beth le puso las manos en los hombros.

–Vaya... ¿Cuánto vino has tomado?

Sara rió.

–¿Por qué? ¿Parezco un poco achispada? No, pero Liam y yo...

–Ten cuidado de no caer en las redes del encanto irlandés.

–No me mires así, Mary Beth. Sólo vamos a cenar, eso es todo.

–¡Eh! ¡Estoy bromeando! –exclamó Mary Beth apretándole los hombros. Sara soltó un gritito–. ¡Me parece muy bien! Para eso has venido, ¿no?

Los dos hombres sonrieron disimuladamente y Sara se ruborizó.

–¿Por qué nos escuchan?

Mary Beth le dio un abrazo.

–Pásatelo bien.

–Te llamo más tarde, ¿de acuerdo?

Mary Beth le acomodó las solapas de la chaqueta de franela.

–Sí, llámame, quiero saber todos los detalles.

Los dos hombres volvieron a sonreír.

Sara regresó a la sala en busca de Liam. Sus ojos recorrieron por dos veces la habitación: no estaba allí. «Se ha largado. Me estaba tomando el pelo.» Esa idea cruel le atenazó la garganta. La desechó sacudiendo la cabeza. «Es el vino que no me deja pensar con claridad. Seguramente ha ido a buscar los abrigos, ¿pero cómo va a saber cuál es el mío?»

Se dirigió al pasillo y pasó junto a Mary Beth y los dos hombres. Llegó al cuarto de invitados, donde habían dejado los abrigos. Entró y vio a Liam a los pies de la cama.

Parecía desolado. Tenía el rostro contraído. Con una mano se frotaba la mandíbula –¿asustado?– mientras miraba la pila de abrigos. No pareció verla, ni siquiera cuando Sara se acercó a él.

–¿Liam qué sucede? ¿Pasa algo?

–Mi gorra. La han dejado sobre la cama.

15

Andrea DeHaven dio dos vueltas a la cerradura y volvió a asegurarse de que la puerta estaba cerrada.

–Cuidado –dijo–, ese escalón está flojo.

El señor Olsham se apoyó pesadamente sobre la barandilla de hierro. Era cojo y los empinados peldaños de piedra de la escalinata de entrada eran todo un desafío para él. Mientras bajaba cada uno de los escalones se quejaba en voz baja.

Era un hombre mayor, pulcro, con una escasa cabellera blanca, ojos azules claros y bien separados en un rostro que, por lo que Andrea vio, en otros tiempos había sido guapo. Una red de venillas le enrojecía las mejillas. Una pelusa blanca le cubría el hoyuelo profundo de la barbilla. Llevaba un abrigo gris de lana abotonado hasta el cuello, pese a la sorprendente suavidad de esa noche de octubre.

–Soy demasiado terco para ir con bastón –murmuró.

Andrea esperó a que él llegara a la acera antes de empezar a bajar. Llevaba un sombrero rojo de ala ancha porque no había tenido tiempo de lavarse la cabeza. Se había puesto un traje negro para tener un aspecto más de ejecutiva.

–¿Qué le parece la casa, señor Olsham?

–Bastante destartalada, ¿no? –El anciano, por lo que Andrea había visto, podía ser muy directo.

–Destartalada si piensa vivir en ella –coincidió Andrea arreglándose el ala del sombrero–. Pero si la quiere para alquilarla a estudiantes, no hay que hacer demasiadas obras. Los universitarios no son tan exigentes.

El hombre se mordió el labio inferior y levantó la mirada clara hacia la pintura desconchada de la vieja casa.

–Me preocupan esas manchas de humedad de la pared de la despensa. En alguna parte hay una gotera.

–Sí, hay que hacer que lo miren. –Andrea vio que el interés del hombre se desvanecía. La casa necesitaba unos veinte mil dólares de reparaciones de fontanería y albañilería, quizá más. El individuo quería algo que pudiera alquilar enseguida a estudiantes, una casa que le proporcionara beneficios inmediatos–. Es una ganga –comentó con la esperanza de que dejara de mirar el canalón roto inclinado a un lado–. Estoy segura de que si hablo con el dueño accederá a rebajar el precio de la reparación de la despensa.

El anciano chasqueó la lengua varias veces y puso cara de disgusto.

–No lo sé, señora DeHaven. Eh... le agradezco la molestia de acompañarme esta tarde.

Un último intento.

–Yo la compraría; es muy barata. De veras. No me la perdería, y haría las obras poco a poco. Pero ya tengo tres propiedades para alquilar y es suficiente trabajo.

Un amago de sonrisa arrugó el rostro del anciano.

–Apuesto a que le dice lo mismo a todo el mundo. –Le guiñó el ojo.

Disparo certero.

Poco después, Andrea se dirigía a su casa a pie, con una mano en el sombrero para que no se le volara con las ráfagas del viento que repentinamente había empezado a soplar por High Street. El señor Olsham se había ofrecido a llevarla en su BMW negro, pero Andrea había rechazado la invitación. Le gustaba caminar después de tratar de vender una casa. El aire fresco la ayudaba a librarse de toda esa sarta de mentiras.

Las hojas secas bailaban sobre la acera y el cono de luz amarillento de una farola las iluminaba. Unas nubes rosadas cubrían la luna. El cielo estaba rojo. ¿Qué significaba? «Esta noche cielo rojo.» ¿Llovería o no? Antes lo sabía. ¿Por qué ya no se acordaba de las cosas sencillas y elementales?

Se detuvo en la esquina de Yale y vio la casa de Liam. Había luz en el piso de arriba, lo que significaba que la hermana estaba en casa. «Quizá debería pasar y disculparme por haber ido la otra noche. Decirle que no me sentía bien, que había tomado unos medicamentos que siempre me desquician un poco... Quizá no hace falta que me disculpe. A lo mejor Liam estaba tan apenado como yo de que nos interrumpiera su hermana.»

Bajó la vista para mirarse el traje. Se desabrochó el botón de arriba de la chaqueta. Se separó un poco la solapa para que se viera un poco más la línea del pecho.

Cuando levantó la mirada, había una figura oscura delante de ella bloqueándole el paso. ¿De dónde había salido? ¿Cómo se había acercado tan silenciosamente.

–¡Eh...! –gritó Andrea cuando le arrebató el sombrero con brutalidad.

Aturdida, estiró las manos para recuperarlo, pero el sombrero ya estaba en la calle.

–¡Basta!

El hombre respiraba y jadeaba con fuerza, con un aliento repulsivo que olía a carne podrida. Estaba tan oscuro que no se veía nada, salvo sus ojos verdes que brillaban vacíos e inexpresivos.

–¡Llévate el bolso! ¡Coge mi bolso y lárgate!

Un desgarro violento. Andrea sintió que la empujaba y perdió el equilibrio. A continuación, el sujeto le desgarró la chaqueta y se la partió en dos.

–¡Llévate el bolso! ¡Pero por favor... no me hagas daño! ¡Llévatelo to...! –La voz se le quebró cuando sintió un dolor desgarrador en el hombro.

Andrea vio unos dedos gruesos que se hundían en su piel. Sintió el calor de la sangre que manaba por el brazo.

Otro desgarro violento.

El sujeto le arrancó la piel del hombro. Hundió los dedos y la despellejó. Tan fácilmente. Como deshacer una cama. Luego le partió el cuello. Y le metió los dedos por la garganta hasta la nuca.

«¡Todavía estoy viva! ¡Estoy viva!»

Le arrancó la piel de la espalda gruñendo y jadeando de placer.

Despellejarla. Despellejarla completamente.

TERCERA PARTE

16

Sara se puso el auricular entre el hombro y la mejilla. Se recogió el pelo con las manos y se estudió en el espejo.

–Iba a cortarme el pelo, pero quizá me lo deje. A Liam le gusta largo.

Mary Beth chilló al otro lado de la línea.

–No me lo puedo creer.

–Queda bien con una trenza, pero la verdad es que no tengo tiempo de hacérmela. ¿Puedes creer que he vivido todo ese tiempo en Nueva York y nunca me hice un corte especial en la peluquería? Me peinaba hacia atrás y me hacía una coleta como cuando entré en la universidad. Estas greñas parecen salidas de los años cincuenta. La otra noche las vi en una vieja película en la tele.

–Si sigues hablando como alguien que tiene problemas con el pelo me matarás de aburrimiento.

Sara se soltó el cabello y cogió el auricular con la mano.

–¿Problemas con el pelo? ¿Qué quieres decir?

–Quiero decir que yo no puedo peinarme hacia atrás y solucionarlo con una coleta. Si lo hago, parece que tenga una mofeta sentada en la cabeza. Una mofeta rubia, pero mofeta al fin.

–Mary Beth...

–Yo tengo que torturar mi pelo, golpearlo y someterlo. Y aunque lo hago, sigue pareciendo una mofeta aplastada en la carretera. Por eso me lo corto casi al cero.

–Mary Beth...

–Así que no quiero oír quejas de tu pelo. Tienes un cabello precioso, sedoso y brillante. Parece un anuncio de champú. Y si te lo afeitaras y fueras por ahí calva, seguirías siendo guapísima y lo sabes.

Silencio.

–¿Una mofeta en la cabeza? –dijo al fin Sara en voz baja–. ¡Siempre había pensado que era un fox-terrier!

Ambas rieron. Como en sus tiempos de estudiantes, pensó Sara. Mary Beth siempre se quejaba de su apariencia. Pero era la que siempre se las arreglaba para tener algún chico loco por ella.

Mary Beth fue la primera en dejar de reírse.

–¿Qué quieres decir con que a Liam le gusta largo? ¿Has salido con él dos veces y ya te está diciendo cómo tienes que llevar el pelo?

–No, claro que no –protestó Sara.

–¿Sales con el famoso profesor y os sentáis a hablar de tu pelo?

–No. Bueno, sí. Quiero decir que me estaba contando una de esas leyendas irlandesas. Ya sabes, él siempre bromea con esas cosas, y...

–Pues no lo sé; ¿cómo quieres que lo sepa? –la interrumpió Mary Beth.

–Es una vieja superstición, alguna gente creía que si uno se cortaba el pelo se acortaba la vida. Y entonces me...

–A mí me resulta bastante tétrico.

–Mary Beth, si no dejas de interrumpirme...

–Disculpa –dijo, pero la interrumpió a propósito las siguientes tres veces que Sara empezó a hablar.

Sara no recordaba haber sentido semejante vértigo en mucho tiempo. No bien había llegado a su casa, después de la segunda cena con Liam, telefoneó a Mary Beth.

¡La segunda invitación a cenar!

El efecto del vino se le había pasado, pero no el de Liam.

–En fin. La cuestión es que después me tocó el cabello y me dijo que era muy suave. Lustroso, dijo. Es muy romántico, un poco chapado a la antigua. Me refiero a que dice cosas que la mayoría de los hombres no dice. Y se quedó mirándome el cabello con esos ojazos...

–Sara, pareces totalmente colocada.

–No estoy colocada, Mary Beth. Ni siquiera estoy borracha. Pero Liam me parece una persona asombrosa.

Otro silencio. Esta vez más denso.

–Sara, sé que vas a pensar que te digo esto por celos o algo por el estilo...

–¿Qué? ¿Qué vas a decirme? –la interrumpió Sara con cierta ansiedad. «Mary Beth tiene razón», se dijo inspirando profundamente y aguantando la respiración. Cerró los ojos y exhaló despacio.

–Creo que deberías tener cuidado.

–¿Cómo?

–Me has oído muy bien. No quiero que te hagan daño y creo que en este momento eres muy vulnerable, ¿o no?

–Quizá.

–Escucha, observé a Liam cuando hicimos ese vídeo, y coquetea con todo el mundo.

–Esto es diferente –dijo tratando de no ponerse muy a la defensiva. Aunque no sonó tan indiferente como hubiera querido.

–Sara, ¡hasta coqueteó con un setter irlandés que se acercó a nosotros!

Las dos rieron.

–Mary Beth, esto no es un simple coqueteo. Nos gustamos. De verdad, nos llevamos bien. Ya sabes, una se da cuenta cuando está en la misma onda que otra persona. Es...

–Eso es lo que intento decirte –interrumpió Mary Beth con súbita impaciencia–. Tú nunca te das cuenta y eres la peor jueza de hombres que conozco.

–Bueno, no seas tan dura. Me equivoqué un par de veces, pero...

–¿Un par? Apuesto a que puedes mencionar más de un

par. Acuérdate de Chip, y de Steve. ¿Y cómo se llamaba aquel chico de cuando estábamos en primero y nos mudamos al apartamento?

–¿Te refieres a Boris?

–Sí, Boris.

–Mary Beth, hace cuatro años prometiste que no volverías a mencionarme a ese imbécil.

–Por Dios, Sara, hace años que no pienso en Boris. Un tío de mierda. No sólo era el idiota más aburrido del campus, ¡sino que vendió tu equipo de música! ¡Te robó el aparato cuando te fuiste a pasar la Navidad con tu familia y lo vendió!

–Gracias por recordármelo, compañera –gruñó Sara.

–Estoy tratando de hacerte un favor, Sara. Para ti escriben todos esos libros.

–¿Libros? ¿Qué libros?

–Ya sabes, *Hombres malos para buenas chicas*. Todos esos libros sobre lo imbéciles que son algunas mujeres cuando tratan de pescar un hombre.

–Pero bueno... ¿Me has llamado imbécil?

Mary Beth rió.

–No es nada personal. Estoy tratando de recalcar algo. En todos los años que te conozco, nunca... nunca has elegido a nadie que te fuera bien.

–Ésa es tu opinión –protestó Sara. Mary Beth empezaba a cansarla–. Liam es diferente... Oye, que me hayas rescatado de Nueva York y matriculado en la universidad no significa que seas responsable de mí.

–De acuerdo, de acuerdo. –La dureza del tono de Sara debió de convencerla de que tenía que parar–. Como jamás me has escuchado, ahora, hagas lo que hagas, tampoco me escucharás. Yo no sé nada. Estoy aquí sentada dándote consejos, ofreciéndote mi maravillosa sabiduría y mientras tanto me estoy follando a un chico de dieciocho años y... ¡pasándomelo de miedo! –añadió.

Las dos volvieron a reír a carcajadas.

–Vi que no llevaste a Eric a la fiesta de Milton de la semana pasada –bromeó Sara.

–No, tuve que darle el biberón y ponerlo a dormir la siesta.

–Bueno, seis años de diferencia no es tanto.

–En el caso de Eric y yo, sí. Todavía se ríe con los dibujos de la tele.

Sara sonrió.

–Mary Beth, ¿has pensado alguna vez en dedicarte al teatro?

Su amiga reaccionó simulando sentirse ofendida.

–¿De veras piensas que mi vida es una comedia?

Sara echó una ojeada al reloj de la mesilla.

–Sí, y la mía un culebrón sobre una empleadilla que vuelve a la universidad. Será mejor que cuelgue, tengo que preparar algunas cosas para la clase de mañana. Se supone que tengo que escribir un trabajo sobre algo.

–¿Y sobre qué vas a escribir? ¿La psicología de pescar a un profesor visitante de folclore?

–Mary Beth... ¿estás obsesionada con el tema o algo así? ¿No puedes olvidarte de Liam por un rato? Empiezo a pensar que estás celosa.

–Sí, estoy verde de envidia. No, en serio, ¿sobre qué vas a escribir? ¿Freud o Jung?

Sara dudó.

–Quizá sobre el... duelo.

–¿Qué dices?

–Bueno, es algo que me ha estado rondando por la cabeza. Después de la muerte de mi padre, el año pasado, pasé por un período muy malo. Me sorprendió mucho mi reacción. Sabíamos que mi padre iba a morir, y yo pensaba que estaba preparada para ello. Pero fue un golpe, como si se me hubiera caído encima una tonelada de ladrillos. Estaba hecha polvo. –Sara respiró hondo.

–Lo siento –murmuró Mary Beth–. Te mandé una nota cuando supe lo de tu padre, y después no tuve noticias tuyas. Pensé...

–Mi madre insistió en que fuéramos a una terapeuta –continuó Sara–. Me pareció una estupidez, pero fui para ayudarla a ella. La mujer resultó muy inteligente. Nos habló de las cinco etapas del duelo por las que todo el mundo pasa, nos explicó detalladamente todo el proceso: incredulidad, ira, culpabilidad, etcétera. Me ayudó mucho a aclarar las cosas. Así que cuando el doctor Borning nos dijo que escribiéramos un trabajo, me acordé de la terapeuta y pensé que podía hablar de las etapas del duelo.

–¿Estás segura de que no te removerá un montón de sentimientos dolorosos? Ya sabes, recuerdos de lo que has pasado.

–Bueno, no creo... ¡Eh, ya estás otra vez preocupándote por mí! ¿Qué te pasa? ¿Desde cuándo tienes complejo de madre? Siempre fuiste...

Sara oyó una señal en la línea.

–Un minuto, tengo una llamada en espera. –«Quizá sea Liam», pensó y el corazón se le aceleró.

–¿Tienes el servicio de llamada en espera?

–Es gratis, la compañía me lo puso cuando instalaron el teléfono. Es una oferta especial o algo así. ¿Te llamo mañana?

Otra señal.

–De acuerdo. Adiós.

Sara pulsó el botón con ansiedad para atender la otra llamada.

Oyó una voz ronca que hablaba cuchicheando.

–¿Sara?

–Sí, soy yo.

–¿Quieres seguir con vida, Sara? ¿Sí? ¡Aléjate de Liam!

17

A Garrett se le encogió el estómago. Se esforzó para no vomitar. Tragó y cerró los ojos. Otro asesinato. Espantoso, indescriptible.

«He de mirar, no tengo alternativa, es mi trabajo... Abre los ojos, Garrett. Haz tu trabajo.»

–Garrett, ¿puedo ayudarte? –La voz preocupada de Walter a sus espaldas.

Le temblaban las piernas. Volvió a tragar con fuerza, a reprimir ese gusto amargo que le subía por la garganta. «¿Cómo vas a ayudarme, gordo idiota? Han hecho picadillo a esta mujer en medio de la acera, y lo único que quiero hacer es cerrar los ojos. O escapar. ¿Cómo vas a ayudarme?» Respiró hondo y retuvo el aire. Esperó a que el estómago parara de revolverse. «¿Cómo es que Colombo nunca vomita?»

Garrett abrió los ojos y los frunció por el resplandor de la luz roja del coche patrulla. Las sirenas aullaban a lo lejos. Una ambulancia arremetió contra el bordillo y se detuvo con las ruedas delanteras sobre la acera y el motor en marcha a pocos metros del cuerpo.

«No hace falta ninguna ambulancia –pensó Garrett con amargura–, lo que necesitamos es una aspiradora para recoger todo esto.»

Los mirones curioseaban desde las sombras y se agrupaban en silencio, apoyados contra la pared del edificio de apartamentos. ¿Observaban a Garrett, inmóvil por el horror y la impotencia?

–Walter... ¡que se vayan de aquí! Pon una valla. Hagamos de policías. ¡Aléjalos de aquí! ¡Eh! ¡Circulen! ¡Están en la escena del crimen! –Tenía la garganta rígida y dolorida.

Walter se acercó a la gente y agitó sus brazos fofos.

–Atrás, circulen. Aquí no hay nada que ver. ¡Váyanse a casa! No hay nada que ver.

¿Nada que ver?

Garrett parpadeó. Los hombres de bata blanca del Hospital General de Freewood estaban agachados sobre el pavimento, recogían trozos de piel con pinzas quirúrgicas y los metían en tubos estériles. Garrett no confiaba en sus hombres para hacer ese trabajo. Había insistido en que se ocupara el personal del hospital. Algunos trozos de piel eran pequeños como plumas. Otros eran más grandes, parecían tiras de gomaespuma manchadas de sangre, pero secas y curvadas en las puntas.

Garrett había llegado al lugar a los dos minutos de recibir la llamada. Estaba hablando con Angela sobre la oferta de trabajo de su hermano, cuando lo interrumpió la llamada. Una mujer, desquiciada e incoherente, chillaba y decía a gritos el nombre de las calles. Muy cerca del campus. Muy cerca del otro asesinato atroz. Los ojos de Garrett primero habían aterrizado en la carcasa empapada de sangre, las costillas, blancas como la nieve, que asomaban a través de la piel arrancada. Las piernas desnudas, despatarradas en una «V» antinatural. La ropa hecha jirones. Una rodilla levantada a través de la carne desgarrada.

Trató de apartar la mirada, pero vio la cara y aquellos ojos abiertos que lo miraban acusadoramente. ¿Cuánto tiempo había vivido? ¿Estaba viva cuando el asesino le había desgarrado el cuerpo? ¿El asesino había tenido la misericordia de matarla primero? ¿O la mujer había sentido cómo la despellejaban, cómo le arrancaban la piel como si fuera un envoltorio? Este pensamiento lo había obligado a acercarse tambaleante y con los ojos cerrados al bordillo.

Ahora el estómago se le había asentado, pero él todavía se sentía como si nadara en la corriente de luz roja del coche patrulla. Se esforzaba por mantener la cabeza erguida, pero el regusto amargo se demoraba en la garganta y le costaba respirar.

El cuerpo había sido destripado como un pescado. Los órganos yacían sobre la acera. Los intestinos diseminados en High Street. Garrett se obligó a concentrarse en las batas blancas de los hombres del hospital.

–¿Crees que el cabrón es una especie de caníbal? –farfulló Walter a su lado.

Garrett nadaba en la corriente. Quería darle una patada a Walter. «¡Haz algo útil!» Pero no era con Walter con quien estaba enfadado, sino con su propia impotencia. Hasta él lo sabía.

–Una especie de caníbal –repitió Walter sacudiendo la cabeza. Como si eso lo explicara todo.

Garrett oyó el ruido de alguien que vomitaba al otro lado del edificio. Uno de los del hospital.

«¿Cómo se las arreglaban los demás para no vomitar», se preguntó mientras tragaba. Ojalá hubiera alguien al que interrogar, o una pista que seguir, un arma con huellas dactilares... Pero ese asesino no usaba revólver. ¿Qué usaba? ¿Algún tipo de cuchillo? ¿Cortaba y trituraba la piel para arrancarla de los huesos? ¿No habría pasado alguien? ¿Algún coche, quizá? ¿No lo habría visto alguien?

Un testigo.

Garrett levantó la vista hacia el grupo de mirones. Walter se las había arreglado para hacerlos retroceder hasta el siguiente edificio. Estaban todos apiñados bajo la luz amarillenta que iluminaba un jardincillo rectangular.

El criminal siempre vuelve a la escena del crimen. ¿O sólo en las películas? ¿Estaba el asesino de pie entre aquellos espectadores ceñudos? ¿Disfrutaba del espectáculo con las manos aún manchadas de sangre de la víctima?

–Walter, ve a controlar a la gente –dijo Garrett haciendo una seña con la cabeza.

–¿Eh?

–A los curiosos. Ve a ver si alguno tiene manchas de sangre, algo sospechoso.

Walter se quedó boquiabierto. Hubo un destello de animación en su rostro.

–¿Crees que...?
–No, no creo nada. Sólo ve a mirar.
Walter se acercó al jardincillo, con la mano apoyada en la culata del revólver.
«¿Cómo permito que Walter lleve revólver? –la pregunta hizo aflorar el sentido de la responsabilidad en Garrett–. ¿Estoy loco?»
–Hemos encontrado un carnet de identidad, jefe. –Ethan estaba pálido, con el rostro ceñudo mientras apretaba y aflojaba las mandíbulas.
Garrett frunció el entrecejo y miró al agente. La calva de Ethan brillaba bajo la luz roja del coche patrulla. «¿Dónde se ha dejado la gorra del uniforme? ¿La ha perdido?»
–¿Un carnet?
–Sí, en el bolso.
–¿El monedero todavía está allí?
Ethan asintió.
–Por lo que Harvey y yo hemos visto, no falta nada. No ha sido un robo.
No; era un tirón de piel. Garrett suspiró.
–¿Quién es, Ethan? ¿Quién era, quiero decir?
–Apellido: DeHaven. Andrea DeHaven. Vivía al otro lado del campus, en Forrest.
–¿Has puesto el bolso en la bolsa de pruebas?
–Sí, lo he hecho con cuidado, jefe, para que no se borre ninguna huella dactilar... Pero durante mucho tiempo veré esta imagen en sueños –dijo con una súbita emoción que le desencajó el rostro y le sacudió los hombros.
–Yo también, Ethan.
Garrett vio que el médico se acercaba. Trató de recordar su nombre. Lo había visto mil veces y nunca podía recordarlo. Le sonrió para saludarlo.
–¿Qué novedades tiene, doctor?
–La mujer fue despellejada viva y después la destriparon, detective.

«Va directo al grano», pensó Garrett mientras volvía a tragar. Trató de responder pero las palabras se le atascaron en la garganta. Cuando recuperó la voz, hizo una pregunta poco profesional.

–Doctor, ¿qué tipo de persona puede cometer un crimen como éste?

El doctor levantó unos ojos inyectados hacia Garrett.

–Una persona muy fuerte –masculló entre dientes.

18

Un fuerte golpe en la puerta arrancó a Sara de sus pensamientos.

Había estado mirando la misma página del libro que tenía en el regazo –un tratado de Camille Paglia que le habían recomendado en la clase de psicología femenina– durante casi media hora, mientras pensaba en la voz susurrante que la había amenazado por teléfono. Obviamente una broma estúpida, pero... ¿de quién? Probablemente alguien que había estado en la fiesta de Milton la semana anterior, supuso Sara. Alguien que la había visto pasar bastante rato con Liam y después marcharse con él. Quizá alguien que los había visto esa noche en el Spinnaker. ¿Algún colega celoso? Hacía menos de un mes que Liam estaba en Moore. ¿Era suficiente para que alguna mujer del departamento de literatura se hubiera obsesionado con él? ¿Que tuviera unos sentimientos tan fuertes hacia Liam como para hacerle a Sara una amenaza tan desagradable...? ¿Era una mujer? Sara no estaba segura. La comunicación había sido defectuosa, se oían ruidos en la línea y le habían susurrado las palabras en voz demasiado baja y ronca.

Todo aquello le producía escalofríos. Se había puesto un pijama de manga larga, el viejo pijama de Chip, calcetines blancos de lana y una bata de franela. Y había puesto agua para hacerse un té. El viento soplaba y hacía vibrar los cristales de las ventanas; una de las desventajas de los apartamentos que hacen esquina. Sara se frotó los ojos y empezó a pasearse, de la diminuta cocina a la habitación de delante, mientras esperaba que hirviera el agua y trataba de recordar las caras.

Las caras de la fiesta.

Se había acercado tanta gente a saludar a Liam. Y él había sido amable con todos, cordial pero no excesivamente cariñoso ni efusivo con nadie. Sara trató de recordar si alguna de las estudiantes de posgrado o instructoras se había quedado charlando con él. Trató de recordar algún signo de intimidad, de confianza. En alguien que lo mirara de lejos, que no le quitara los ojos de encima... No, nadie.

Las maderas del parquet crujían bajo sus calcetines. Cuando el agua empezó a hervir, estuvo tentada de llamar a Liam, de preguntarle qué pensaba sobre la llamada. Una excusa para hablar con él.

Al echar el agua hirviendo en la taza y sentir el vapor en la cara, empezó a tranquilizarse. Puso una cucharada de miel en la taza y vio cómo el líquido se oscurecía. Se calentó las manos con la taza, la llevó al mullido sillón que tenía al lado de la cama y abrió el libro de Paglia en el capítulo señalado. Era algo sobre el cambio de los apetitos sexuales, y debía de interesarle, pero las palabras se desvanecían como si retrocedieran en la distancia, mientras sus pensamientos volvían a Liam. ¿Acaso sólo coqueteaba con ella? Y si era así, ¿por qué la había elegido a ella? La primera noche en el restaurante se había sentido atraída hacia él, pero ni siquiera esperaba que se acordara de ella.

Y esta última noche, durante la cena, había estado encantador con sus pequeñas y graciosas supersticiones. Conocía tantas, supersticiones de las que Sara jamás había oído hablar. ¿Y qué había sido todo ese jaleo con la servilleta cuando estaban a punto de marcharse? Ah, sí, ella se la había quitado de la falda y empezado a plegarla, pero él había alargado el brazo por encima de la mesa para detenerla. «Plegar una servilleta después de comer significa que estás cerrando la amistad y no volveré a verte», le había dicho haciendo pucheros en broma y con ojos tristes. Ella había arrugado rápidamente la servilleta y la había lanzado sobre la mesa, y los dos habían reído.

Ya antes había insistido en que sirvieran el té juntos, con su mano sobre la de ella. La tibieza de la mano de Liam, la firmeza que sintió sobre el dorso de la suya, le habían producido un cosquilleo eléctrico en todo el brazo, en todo el cuerpo. ¿Pero por qué había insistido en que sostuvieran juntos la pequeña tetera de porcelana? ¿Qué superstición era ésa? Liam se negó a explicarla. Le sonrió con aquella sonrisa complacida de ojos bailarines, como si acabara de hacerle un truco maravilloso.

Sara volvió a bajar la vista para posarla sobre las mismas páginas del libro. El té, ya frío, tenía un poso oscuro en el fondo de la taza. «¿No tenía un libro sobre supersticiones? ¿En alguna de esas cajas de cartón que todavía no he abierto?» Ahora, el fuerte golpe en la puerta le hizo cerrar el libro. Su mirada se desplazó hacia el reloj de la mesilla: era casi medianoche. ¿Quién podía ser a esas horas? ¿Mary Beth? Y luego una idea excitante: ¿Liam? Se puso de pie, se acomodó la bata y se ciñó el cinturón sobre el holgado pijama.

Otro golpe, esta vez más fuerte.

Se arregló el pelo en el espejo y se apresuró hacia la puerta.

–¿Quién es?

Silencio.

–¿Sara? –se escuchó al fin una voz baja.

Abrió la puerta y se sorprendió.

–¡Milton!

Estaba en el umbral, respirando agitado. Un elefante en chándal gris. El sudor le cubría la frente a pesar del frío viento de otoño. La cara roja a la luz del pasillo. La habitual mata de pelo canosa y enmarañada, húmeda.

–¿Milton... qué pasa?

–Nada. Estaba haciendo *footing* y... –murmuró entre jadeos. Su abultado estómago subía y bajaba debajo del jersey gris.

–Vaya, me ha asustado. Pensé que... que... –«Pensé que tenías un ataque al corazón», pensó con malicia–. ¿Está seguro de que se encuentra bien?

Milton respiró hondo y tragó. Se apoyó con ambos brazos contra el marco de la puerta.

–Sí, estoy bien. Tenía trabajo en la oficina y empecé a ponerme nervioso, inquieto, así que salí a correr por el campus. Pasé por tu apartamento y... –Tenía los ojos fijos en ella, en el cuello abierto de su bata.

–Milton, es muy tarde.

–Correr me relaja –explicó encogiendo sus hombros enormes.

¿Por qué había venido a verla? ¿Esperaba que lo invitara a entrar? Era tan grandullón... Sara tuvo la súbita y aterradora imagen de Milton entrando por la fuerza. La miraba fijamente, como si pretendiera algo.

–Lamento molestarte tan tarde. No dormías, ¿no? –La mirada se desplazó a sus hombros y pasó al apartamento. ¿Miraba si había alguien más en la casa? ¿Si Liam estaba allí?–. Sara, he venido a traerte unas llaves. Me ha surgido una cuestión de familia y tengo que irme a Atlanta por unos días, pero me gustaría que siguieras yendo al despacho. Ya sabes, para contestar el teléfono y abrir la correspondencia.

–No hay problema, Milton. Yo...

Le tendió un llavero con tres o cuatro llaves.

–¡Milton... está sangrando!

El doctor Cohn se miró el dorso de la mano y reaccionó con asombro.

–Ah, sí... Bueno, ya está seca.

Sara le cogió la mano y se la examinó.

–Es un corte profundo. ¿Cómo se lo ha hecho?

–No lo sé, me habré cortado con algo. No me acuerdo –respondió con la cara más roja de lo habitual.

Sara le soltó la mano y vio una mancha oscura en los pantalones. ¿Más sangre?

–No puedo creer que ni siquiera se haya dado cuenta. Tiene mucha sangre.

Una extraña sonrisa se dibujó en el rostro del hombre, que la miró fijamente.

–Soy un macho, Sara. Hace falta más que un rasguño para que me entere. –Le dejó las llaves en la mano–. La plateada es la puerta de fuera, y ésta otra del despacho –explicó señalándolas con dedos manchados de sangre–. La pequeña, ésta que es diferente, es del archivador.

Sara se apartó el pelo hacia atrás con la mano libre.

–Seguramente no la necesitaré.

–Te la doy por si acaso.

–¿Y ésta? –preguntó levantando la cuarta llave, una de bronce más brillante que las otras.

Milton entrecerró los ojos. Sara sintió que sus ojos trataban de penetrarle la piel, mirarle el cerebro.

–Es la de mi casa.

–¿Cómo?

–Tal vez quieras pasar en algún momento... –Aquellos ojos brillaban sobre ella como faros. ¿Qué intentaba hacer? ¿Hipnotizarla?–. Ir a visitarme... darme una sorpresa... Quiero decir...

–Milton, creo que no...

–Simplemente guárdala –la interrumpió con brusquedad–, guárdala por si acaso –añadió más suave. Le apretó la mano en la que ella tenía el llavero y, al fin, bajó la mirada hacia el cuello–. Me gustaría tomar una copa. ¿Y a ti? Ya sé que es tarde, pero quizá... –Volvía a respirar agitadamente.

Sara sintió un escalofrío de miedo. «No quiero dejarlo

entrar en mi apartamento. Pero bueno, ¿qué me pasa? Después de todo trabajo para él. ¿Qué puede ocurrir? Sí, ¿qué puede ocurrir?» Pero Sara no quería averiguarlo.

–Lo siento, pero no tengo nada en casa. No he tenido tiempo de... En fin... es muy tarde, Milton. Como ve, estaba a punto de irme a la cama. –«¡Y ya has mirado bastante mi pijama!»

Milton suspiró. Se rascó el pelo enmarañado y se inclinó hacia adelante. «De veras va a entrar por la fuerza –pensó Sara sintiendo que se le encogía el estómago–. Tenía razón.»

Cogió la puerta preparada para cerrar de un portazo. Milton frunció el entrecejo y levantó otra vez la mano manchada de sangre.

–Bueno, me voy a casa a limpiarme la herida, a desinfectármela bien. Queda pendiente lo de la copa. –Soltó una carcajada seca, como si hubiera dicho algo gracioso–. ¿Habéis cenado a gusto Liam y tú esta noche?

Sara sintió otro escalofrío. «¿Por qué me lo pregunta? ¿Me está espiando? ¿Espiándonos a Liam y a mí? ¿Para eso ha venido?»

–Sí, Liam es muy agradable. –«¿Agradable? Qué gran vocabulario, Sara.»

Milton volvía a respirar con fuerza, con un resuello desde el fondo de la garganta. Otra mirada al apartamento. ¿Buscaba a Liam?

–Insistió en que te invitara.

–¿Qué?

–La semana pasada, a mi fiesta. Insistió en que te invitara.

–¿Ah sí? –Sara se sorprendió y sintió que se sonrojaba.

–Por supuesto que yo pensaba invitarte de todos modos. –Los ojos la recorrían de arriba abajo–. Claro, Liam es un hombre muy atractivo. Y muy inteligente, también. Un auténtico don Juan.

Sara soltó una risa incómoda.

–Bueno, tendré cuidado. –«Por favor, vete, Milton, vete.»

–Sí. En fin... –Volvió a mirarse el corte de la mano–. Siento haberte molestado tan tarde, Sara, pero me voy mañana temprano. Volveré el miércoles. ¿Cómo me habré hecho este corte? Parece bastante feo.

–Láveselo muy bien –le recomendó Sara, aliviada de que empezara a alejarse por el pasillo–. Tiene suerte de que no tengan que ponerle puntos.

Cerró la puerta, echó la llave y puso la cadena. Se apoyó contra la puerta y cerró los ojos. Apretó el puño con las llaves dentro. «¿Por qué ha traído la llave de su casa? ¿Qué ha querido decir con eso de que tal vez quisiera sorprenderlo? ¡Qué hombre tan raro! Ni siquiera sabía que tenía toda esa sangre.» Abrió los ojos y pensó en Liam. «Liam insistió en que te invitara.» Eso había dicho Milton.

–¿Qué está pasando, Liam? –murmuró Sara en voz alta.

¿La locura del amor a primera vista? «Cuidado, Sara, cuidado. Haz caso a Mary Beth. Jamás has elegido un hombre que te convenga. Pero... ¿y si es él el que me elige?»

Al pasar por la cocina vio la tetera sobre el fogón y recordó el libro de supersticiones. «¿Lo he traído? Ahora estoy desvelada y no tengo humor para leer a Camille Paglia. Voy a ver si lo encuentro.»

Había traído cuatro cajas de libros, incluyendo sus viejos libros de texto. En las estanterías de la sala habían entrado sólo dos cajas. Las otras dos estaban debajo de la cama.

«Creo recordar que lo he visto», se dijo mientras se arrodillaba para sacar la caja más cercana y le quitaba el polvo que la cubría. Era una especie de diccionario de supersticiones ordenadas alfabéticamente. Lo había usado para un curso de literatura comparada de primer año.

Mientras abría la caja y ponía los libros sobre la alfombra, al lado de la cama, recordó que había sacado un notable. «Qué buena alumna. Quizá debería seguir siendo estudiante durante el resto de mi vida... O casarme con Liam y tener una vida tranquila en diferentes campus universitarios.» No era una perspectiva desagradable.

Encontró el libro en el fondo de la primera caja. Lo hojeó rápidamente; tenía tipografía densa y pequeña.

«Apuesto a que hay miles de supersticiones sobre el té.» Había tres páginas enteras. Su mirada pasó sobre «hojas de té», «infusión de té», «burbujas de té», «movimiento del té», y se detuvo en «servir té». «¡Hay una superstición sobre la forma de servir té! Mira, Liam, pensaste que podías salirte con la tuya, que podías engañar a la pobre Sara, tonta e ignorante. Pero veamos de qué se trata esta superstición.»

Acercó el libro y leyó:

«Romney Marsh, Kent. 1932. Si un hombre y una mujer sirven una taza de té juntos de la misma tetera, tendrán un hijo.»

19

La taza de té de porcelana blanca tintineó sobre el plato. Liam la dejó sobre la mesilla y se volvió mientras Margaret entraba en la sala.

–Bueno, ya estás aquí.

–Sí, aquí estoy. –Se quitó el bombín de terciopelo negro, pero de ala ancha y blanda, y se mesó el pelo. Lanzó el sombrero sobre la silla que había contra la pared y empezó a sacarse los guantes verdes de piel–. Hace frío, parece que va a nevar.

Liam apoyó un brazo sobre el respaldo del sofá y la observó forcejear con los guantes. Tenía manos grandes y los guantes siempre le iban estrechos.

–¿Adónde has ido?

Margaret se quitó uno y lo arrojó sobre el sombrero. El pelo le caía sobre los ojos y se lo apartó.

–Fui en coche a Northport. Hay muchos anticuarios por allí. Muy pintorescos, muy agradables.

Al otro lado de la habitación, en el televisor encendido se veía un anuncio de Coca-Cola. Imágenes cambiantes cada dos segundos: todo el mundo bebía Coca-Cola.

–¿Has comprado algo para la tienda?

–No, sólo di vueltas. Pero quizá vuelva. –Suspiró–. Sé que crees que es una estupidez abrir una tienda en este pueblo tan pequeño. –Se quitó el otro guante y lo arrojó al lado del primero, y se desabrochó el abrigo de lana–. Pero si vendo sólo unas pocas piezas grandes al mes...

Liam no escuchó el resto de la frase. Suspiró, cambió de posición en el sofá y volvió a la televisión.

–¿Quieres té? La tetera todavía está caliente.

Margaret no respondió. Liam oyó que abría la puerta del armario y se imaginó que colgaba el abrigo. Al cabo de unos segundos se sentó a su lado, el frío de fuera todavía se sentía en el jersey y la falda larga. Le dio una palmada en la mano con una mano fría y le sonrió buscando su mirada.

–¿Y tú qué has hecho esta tarde?

–Poca cosa. –Estaba concentrado en la pantalla. Iba a empezar el primer noticiario de la noche.

–¿Has cenado?

–Todavía no.

Margaret dejó la mano en el dorso de la de Liam, calentándosela.

–¿No te has movido de aquí? ¿Te has pasado la tarde aquí sentado?

Él suspiró y apartó la mano. Trató de arrebujarse en su jersey gris de cuello alto.

–Sí, eso parece.

–Qué triste –dijo ella mordiéndose el labio.

–Margaret...

Ella se puso de pie para evitar su severa mirada y se dirigió al otro lado de la mesilla, para bloquearle el televisor.

–¿No has hecho nada en toda la tarde? ¿Has desperdiciado todo un domingo?

Liam no respondió.

–¿Por qué no has llamado a Sara? Podría haberte alegrado un poco.

Liam agitó la mano.

–No me dejas ver las noticias.

Margaret lanzó un bufido impaciente pero se apartó.

–He llamado a Sara –explicó con los ojos fijos en la pantalla–. Hablamos de lo bien que nos lo pasamos anoche.

Margaret lo interrumpió con una risa sarcástica.

–¿Dos cenas con el gran profesor y la pobre chica ya está loca por él?

Los ojos de Liam se iluminaron un poco por primera vez en la tarde.

–Es posible –sonrió.

Margaret le devolvió la sonrisa.

–Eres irresistible, ¿no? Especialmente cuando despliegas todo tu encanto.

–Me sale naturalmente, Margaret. No tengo que esforzarme mucho. –La sonrisa mostró unos dientes perfectos.

–Y qué modesto. Es tu cualidad más encantadora.

–El sarcasmo no te sienta bien, querida –exclamó sin apartar la mirada del televisor. Más anuncios.

–¿Te gusta de veras? –preguntó Margaret con los brazos cruzados y una mirada penetrante.

Liam se frotó las mejillas afeitadas.

–¿Si me gusta? Pues... sí. Es maravillosa.

–Me alegro por ti.

–Quedamos en vernos el domingo por la noche. Estaba encantada. No tenemos ningún otro plan, ¿no?

–No, ningún plan. ¿O no recuerdas que de momento Sara es tu proyecto más importante? –Un tono de reprimenda se filtró en la voz de Margaret, que habitualmente era suave–. Esta vez te tiene que ir bien, Liam.

–Tengo buenos presentimientos –respondió Liam dándole una palmadita en la mano.

Margaret se estremeció y retiró la mano.

–Creo que tomaré una taza de té. No sé por qué no aceptaste esa oferta de la Universidad de California. En Los Ángeles, hoy probablemente estaríamos a veintiséis grados, y...

Liam levantó la mano.

–Shhh. –Se inclinó sobre el borde del sofá y miró la pantalla del televisor.

«Otro brutal asesinato en la zona del campus...»

Imágenes de la bolsa plástica gris con el cadáver. Rostros torvos de los enfermeros que depositaban la bolsa sobre una camilla.

Liam se puso de pie con los puños apretados. Tropezó con la mesilla de café mientras se acercaba al televisor con los ojos fijos en la pantalla.

–¡Liam! –gritó Margaret con rudeza.

–Andrea, la pobre... –murmuró él sacudiendo la cabeza y abriendo y cerrando los puños a pocos centímetros del aparato.

«La víctima ha sido identificada como la propietaria de varios inmuebles de alquiler y agente de propiedad inmobiliaria...»

Margaret tironeó el brazo de Liam.

–Apaga eso. Apártate. Lo digo en serio.

Liam se zafó y siguió mirando las imágenes de las noticias. Luces brillantes en la noche, policías con ceño, hombres de bata blanca dando vueltas por el lugar.

«La policía sigue varias pistas. El detective Montgomery anunció que podría ser inminente una detención.»

–¡Liam, apaga eso! ¡Vamos! –insistió Margaret impaciente mientras volvía a cogerlo del brazo–. ¡No sirve para nada que te tortures!

–Tengo que verlo –replicó él volviéndose hacia ella con ojos llameantes–. ¡Tengo que verlo!

Margaret suspiró.

–Lo hecho, hecho está, Liam. Escúchame: lo hecho, hecho está.

El brillo azulado de la pantalla iluminaba el rostro acongojado de Liam, que cuando terminaron las noticias se dirigió a la jaula del conejo. Se inclinó y empezó a murmurar una y otra vez la misma frase en gaélico, mientras el conejo se sacudía nervioso, a la espera de su ansiada zanahoria.

20

Sara separó las piernas, levantó las rodillas, rodeó con sus brazos la espalda de Liam y cerró los ojos mientras éste la penetraba.

–Ahhh... –un gemido suave, el primer gemido de placer.

Él no se movió durante un rato. Olía a jabón suave.

«¿Está sucediendo de verdad? ¿De verdad está sucediendo tan pronto?» Sí, él ahora le besaba los pechos pequeños. Se mecía sobre ella.

–Ah, ah, ah... Ay, Dios mío.

Sara tenía los ojos apretados como si se aferrara a un sueño.

–Ah, ah, ah...

Liam le besaba frenéticamente los pechos y la embestía muy suavemente. Luego más deprisa.

Ella se agarró con fuerza y se movió con él.

–Ay, Dios...

La cálida mejilla de Liam apretada contra la suya, respirándole al oído. El aliento tibio le hacía cosquillas en la piel. Tan dulce y con ese olor a jabón... Su pelo suave sobre la mejilla de ella.

–Ah, ah, ah, ah...

Un ritmo regular.

«¡Está sucediendo! No puede ser más real. Ni más maravilloso.» Tenía que abrir los ojos y verlo por sí misma.

Él se había incorporado con ambas manos. Sus ojos pardos la miraban con insistencia, sin parpadear, como si trataran de penetrarla. No sonreía. Sus labios eran una tensa línea recta.

Sara sintió una punzada de desilusión. Liam no sonreía. Sólo sus ojos marrones ardían sobre ella, quemándola, quemándola...

Empezó a moverse más rápido, a deslizarse dentro de ella. Bajaba para encontrarse con ella, subía, bajaba otra vez. Los cuerpos húmedos uno sobre otro. Un ritmo rápido al compás de la respiración. Respiraban al unísono.

Y entonces él estalló sin aviso, con un gemido casi inaudible. Se hundió profundamente en ella, la cara entre sus pechos.

Sara se corrió con un suave temblor, delicadamente. Aflojó los brazos, deslizó las manos sobre sus hombros. Suspiró.

Al cabo de unos segundos, Liam levantó la cabeza sonriendo. Al fin sonreía. Sus ojos pardos parecían más suaves. La besó en los labios. La lengua pasó entre sus dientes para apretarse contra la suya. La besaba, todavía dentro de ella. La besaba como si no quisiese que aquello terminara.

«Acabo de hacer el amor con Liam. ¡Oh, me siento tan feliz!»

Todo había empezado con los junquillos, decidió Sara devolviéndole el beso y apartándole el pelo moreno y húmedo. «Sí, con los junquillos.»

Liam había llegado a su apartamento con un ramo de junquillos dorados como el sol de julio.

Sara se llevó las manos a la cara.

–¿De dónde has sacado junquillos en octubre? –chilló. Había respirado hondo antes de abrir la puerta, se había compuesto y adoptado su máscara de sofisticación, pero los junquillos la habían hecho perder el aplomo–. ¿Cómo sabías que eran mis flores favoritas?

–¡Magia! –respondió él con una sonrisa que demostraba cuánto le agradaba la reacción de Sara mientras le tendía el ramo envuelto en papel blanco–. Magia es la respuesta a ambas preguntas.

–Pues no tenía idea de que esta noche iba a cenar con un mago –rió Sara.

Ambos entraron en el apartamento y la mirada de él recorrió la pequeña sala.

–Sí, no tenías ni idea.

–¡Son preciosas! ¿Las ha cultivado usted, señor mago? ¿Agita una varita mágica y salen de una chistera?

Liam rió y se frotó la mejilla.

–Agito una MasterCard mágica y salen, probablemente de alguna parte de Sudamérica. Bonito apartamento, Sara, acogedor.

–Quieres decir minúsculo.

–Sí, minúsculo.

Los dos rieron y él la siguió a la cocina.

–Creo que tengo un florero –dijo ella abriendo un armario–. ¿Dónde lo habré puesto? La mitad de mis cosas todavía está en cajas de cartón. Supongo que me resisto a creer que estoy otra vez aquí.

Liam sonrió y se acercó a ella.

–Hablas como una verdadera experta en psicología.

Sara se volvió para estudiarlo. Llevaba un jersey beige, americana de lana marrón con parches en los codos, tejanos rectos y botas negras tejanas. Muy universitario. Sara se alegraba de no haber decidido arreglarse demasiado. Iba con un jersey de cuello alto gris y pantalones negros. El collar de cuentas negras que le había regalado Chip tintineaba mientras se estiraba para sacar el jarrón del estante de arriba.

Liam, tarareando, empezó a desenvolver las flores.

–Tenemos que encontrar dos capullos que todavía no se hayan abierto –dijo con seriedad.

–¿Para qué? –preguntó Sara volviéndose hacia él.

–Tenemos que ponerlos en un vaso de agua. Es una vieja superstición para decidir si dos personas van a convertirse en amantes.

Sara llenó a medias un vaso con agua del grifo.

–Continúa, ya has despertado mi curiosidad. –De repente sintió que le ardían las mejillas.

–Cogemos dos capullos que aún no se hayan abierto y los ponemos solos en un vaso de agua. Si se vuelven el uno hacia el otro, si se entrelazan, es signo de auténtico amor.

Sara sonrió. Liam tenía una expresión muy solemne.

–¿Y si las flores se apartan?

–¡Entonces tendremos dos flores diferentes! –exclamó con ojos brillantes.

«Creo que le gusto de verdad.» Sara sintió que el corazón se le aceleraba. Levantó los junquillos por los tallos y los preparó para meterlos en el florero. Pero, para su sorpresa, Liam se inclinó y la besó. Casi yerra el blanco y sus labios húmedos y tibios rozaron el labio inferior. Sara, que sentía que perdía el equilibrio, levantó la cabeza y le devolvió el beso. Y los junquillos le resbalaron de la mano y cayeron sobre la encimera. Todas las flores se desparramaron, se mezclaron, se entrelazaron, se enmarañaron en una confusión de verdes y amarillos.

Una mujer joven se acercó a la mesa del restaurante. Liam tenía a Sara cogida de la mano, pero en ese momento se la soltó.

–¡Doctor O'Connor no dejamos de encontrarnos! –exclamó la joven, que se apoyó sobre la mesa y clavó los ojos en Liam como si estuviera solo.

Era muy guapa, con ojos verdes y redondos, pómulos altos y cabello rojizo rizado. Llevaba un vestido de lana verde oscuro sobre unos leotardos también verdes.

–Sara, te presento a Devra Brookers –dijo Liam con indiferencia, sin mostrarse especialmente sorprendido de verla–. Sara Morgan. ¿Os conocisteis en la fiesta de Milton?

Las dos negaron con la cabeza. Devra saludó a Sara e inmediatamente se volvió hacia Liam.

–¿No te parece fabuloso este restaurante? Yo vengo a menudo.

–Acabamos de pedir –respondió Liam dirigiéndole una mirada a Sara–. De momento no tenemos quejas del agua. –Levantó el vaso de agua para brindar por Devra.

Ella rió.

–He venido con unas amigas. –Señaló una mesa junto a la pared en la que había tres mujeres jóvenes–. Sólo quería saludarte. Te he visto entrar. ¿Qué tal te va en Moore?

–Hasta ahora muy bien. He hecho algunas amistades. –Lanzó una sonrisa deliberada en dirección a Sara.

Devra se volvió para mirar hacia su mesa. Un camarero estaba sirviendo bandejas con pollo y chuletas a la brasa.

–Me voy a comer. Llámame algún día, ¿de acuerdo? Hablaremos de los viejos tiempos de Chicago. Ya me entiendes –rió–. Estoy en Tremont –añadió y echó a andar hacia su mesa. Unos pasos más adelante, le hizo una seña a Sara–. Encantada de conocerte. –Y volvió con sus amigas.

Liam las observó durante un rato. Sus ojos se entretuvieron en la espalda de Devra y a continuación miró a Sara, que bebía un trago de agua.

–¿Quién es? –preguntó.

–¿Devra? Una antigua alumna mía de posgrado. De Chicago. Vino aquí el año pasado. Me la encontré en la fiesta de Milton.

–Sabía que su cara me sonaba. Sí, ahora recuerdo que la vi allí. No es fácil olvidar esa cabellera pelirroja. Es bastante espectacular.

–Es simpática –murmuró Liam con una mirada súbitamente distante.

El camarero les sirvió dos margaritas.

–¿Has tenido relaciones con muchas mujeres? –Las palabras salieron de la boca de Sara antes de que pudiera detenerlas.

Algo en la forma en que Devra había mirado a Liam le había hecho plantearse esa pregunta. ¡Pero de ninguna manera tenía intenciones de formularla en voz alta! Contuvo el aliento. Quería retirar la pregunta, borrar las palabras, que se abriera la tierra y la tragara. «¿Cómo he podido preguntarle algo así?» Se obligó a levantar la vista y mirar a Liam, que se inclinó sobre la mesa con una sonrisa divertida, sin signos de sorpresa ni confusión.

–Sara, ¿conoces el viejo dicho irlandés «nunca preguntes a un gato»?

–¿Eh? No. Yo... –Sara estaba bastante confusa.

Liam se acercó aún más con ojos risueños.

–Pues bien, ¿sabes por qué no hay que hacerle ninguna pregunta a un gato? ¡Porque podría contestar!

Esperó a que ella riera, y él también lo hizo.

–Tienes una risa preciosa. Pura música –dijo cogiéndole la mano.

Quizá no había sido con los junquillos. Quizá fue en ese momento en que el tiempo pareció detenerse con su mano entre las suyas. Quizá fue en ese momento cuando ella se enamoró de él.

¿Se enamoró realmente?

Sara dirigió una mirada al restaurante de carnes a la brasa, brillante y repleto, azul y rosa, con mesas de formica años cincuenta y manteles individuales de papel con el nombre del lugar, TEXAS, impreso en letras que formaban el dibujo de un lazo para ganado. Sombreros Stetson de vaqueros en las paredes y cuernos sobre la barra llena de espejos. Música country en la sinfonola de la pared. El olor ahumado del pollo y las chuletas a la brasa saliendo de la cocina abierta del centro del salón.

¿Había algo más hermoso, más romántico?

¿Estaba Liam tan loco por ella como ella por él? Parecía que sí. Brindaron con las copas por «una nueva amistad».

Hablaban y bromeaban con facilidad. Él la hacía sentir tan cómoda... tanto que Sara no dudó en coger las chuletas chorreando salsa con las manos. ¿Qué importaba si se le ensuciaba la barbilla de salsa roja y pringosa?

Tenían mucho de que hablar, mucho que compartir. Liam la hacía reír con un cuento tras otro. ¿Cómo hacía para acordarse de todos?

Del compartimento del rincón llegaban unas risas chillonas. Sara se volvió y vio a tres mujeres de mediana edad que levantaban los vasos de cerveza para brindar. Una de ellas dijo algo, y las tres volvieron a reír.

Una sonrisa divertida cruzó el rostro de Liam.

–Me recuerda un viejo cuento irlandés sobre un zorro –dijo dejando un ala de pollo en el plato y limpiándose las manos con una servilleta–. El zorro tenía tres crías y quería saber cuál de las tres podía sobrevivir en el mundo. Así que las llevó a una casa grande en la entrada del bosque.

»Los zorros se detuvieron al fondo de la casa y prestaron atención. Oyeron voces y risas. El zorro les preguntó a los pequeños quién estaba dentro de la casa. "No sabemos", contestaron dos de ellos. Entonces probó con el tercero: "¿Quién está dentro de la casa?". El cachorro prestó atención a los gritos y risas que venían de dentro y dijo: "O dos mujeres o doce hombres".

»"Te irá bien en el mundo", le dijo entonces el zorro.

Liam le sonrió a Sara, que frunció el entrecejo y le dio una palmada en el dorso de la mano.

–¡Por favor, Liam, es un cuento de lo más machista!

–Lo sé. ¿Te sorprende que el viejo folclore irlandés sea políticamente incorrecto?

–Pues...

–He empezado a tomar notas para un libro sobre el tema –dijo poniéndose serio–. Sobre los papeles sexuales en las leyendas irlandesas y la forma en que reflejaban la sociedad. Seguro que se convierte en un éxito de ventas, ¿no crees?

Sara vio más allá de Liam a Devra y sus amigas ponerse los abrigos para marcharse. Devra se volvió, saludó a Liam y le dijo algo que el ruido y las voces del restaurante ahogaron. Sara no estaba segura de que Liam la hubiera oído, porque la miraba a ella intensamente, casi con devoción.

–Tu amiga te está saludando... –empezó.

Pero Liam estiró el brazo por encima de la mesa y le puso el índice sobre los labios.

–Shhhh.

Sara oyó las campanadas de un reloj. Había un reloj antiguo junto a la barra oscura de roble, una pieza que parecía fuera de lugar en un restaurante de decoración vaquera. Liam le tapó la boca suavemente hasta que se oyeron las nueve campanadas. Las nueve en punto. Tras la campanada final, Liam retiró la mano, acercó su cara a la de ella y la besó en los labios. Un beso suave y breve.

–¿Por qué lo has hecho? –preguntó Sara sin aliento.

–Porque me gustas –le sonrió él.

–No, ¿por qué me has tapado la boca?

–Porque estaban sonando las campanadas. Nunca hay que hablar cuando un reloj da la hora; trae mala suerte.

Algo en la expresión solemne de Liam le dio risa.

–¿Aguantas la respiración cuando pasas por un cementerio?

–Sí, siempre.

–Liam, ¿dónde has aprendido todas esas supersticiones? ¿Cómo las conociste?

–Mi padre... me las trasmitió.

–¿Tu padre? –reaccionó Sara con asombro–. Me dijiste que era un campesino.

–Así es. Cuando vives en el campo hay mucho tiempo para contar cuentos. Mi padre, en muchos aspectos, era un hombre muy sencillo, un hombre muy severo y reservado, pero un contador de cuentos maravilloso. –Bajó la mirada y jugueteó con el cuchillo y el tenedor que había cruzado sobre el plato–. ¿Quieres café?

–¿Eh?

–¿Quieres café o algún postre? Aquí sirven un pastel de queso increíble, contundente como un trozo de cemento.

–¿Por qué no tomamos el café en casa? –Las palabras salieron con cierta ligereza de su boca, y Sara supo, cuando las dijo, que se acostaría con él.

Cuando llegaron al apartamento, ella estiró el brazo para encender la luz, pero Liam le cogió la mano. Se desvistieron el uno al otro en la oscuridad, riéndose por el forcejeo, la torpeza y la ansiedad. Él tropezó con los zapatos cuando ella lo cogió de la mano para llevarlo al cuarto.

Pero toda la torpeza acabó cuando empezó a acariciarla, a besarla, cuando se puso encima y la penetró.

Cuando acabaron, se quedaron abrazados, acariciándose suavemente, como si no creyeran que el otro fuera real. Sara lo besó detrás de la oreja e inhaló el dulce olor de su pelo húmedo.

–¿Todo esto no te recordará a algún cuento sobre un zorro? –murmuró ella.

Liam sonrió. Los ojos le brillaban a la débil luz de la calle.

–En realidad, sí.

–No lo cuentes –dijo ella poniéndole un dedo sobre los labios.

Le acarició la espalda, asombrosamente musculosa, y mientras lo hacía comprobó que había vuelto a excitarlo.

Hicieron el amor por segunda vez. Esta vez Liam cerró los ojos. Los cuerpos, ya húmedos y calientes, se movían juntos lenta y acompasadamente. Ya eran desconocidos conocidos.

Sara se movió debajo, mirándole la cara, las pestañas oscuras que flotaban sobre los ojos cerrados, la boca inmóvil en una media sonrisa de placer. Aquella cara tan bonita sobre ella... Se la cogió con las manos y la atrajo hacia sí en un beso prolongado, húmedo y de lenguas que se encontraban una y otra vez.

Sara no quería que terminara. Pero Liam acabó el beso, ocultó la cara junto a la suya y estalló dentro de ella con un grito ahogado, amortiguado por la sábana.

Se abrazaron sin hablar.

–Nos olvidamos del café –dijo al fin Sara.

Los dos rieron a carcajadas. En realidad no era tan gracioso, pero les dio un ataque de risa que les duró hasta volver al mundo real.

Al cabo de unos minutos, Liam ya estaba vestido y dándole un beso de despedida.

–¿Por qué no te quedas? ¿Te preocupa mi reputación? –bromeó ella.

–Margaret se preocupará por mí.

Sara señaló la sala.

–Llámala, dile que no se preocupe.

–No, es mejor que me vaya. No quiero abusar de la bienvenida.

Tan formal.

Otro beso. Otro. El brazo desnudo de Sara sobre el cuello de él.

Y se marchó. La puerta del apartamento se cerró suavemente tras él.

Sara se reclinó sobre la almohada húmeda. Todavía le temblaban las piernas.

«¿Qué estoy haciendo? ¿Qué he hecho? ¿Cómo ha sucedido tan rápido?» Y luego: «Tienes veinticuatro años, Sara. No ha sucedido tan rápido. Has tardado muchos años en encontrar al hombre apropiado. Liam». Se lamió los labios que todavía sabían a él. Se pasó la mano por el estómago, sintiéndolo.

El teléfono sonó al cabo de unos quince minutos, y la despertó sobresaltada. No se había dado cuenta de que se había quedado dormida.

Una segunda llamada.

Se puso de pie tambaleante, mareada, con las piernas temblorosas de haber hecho el amor. Seguramente era Liam. Entró en la sala a oscuras, iluminada sólo por la luz gris azulada que entraba por las ventanas sin cortinas. Levantó el auricular en mitad de la tercera llamada, lo acercó al oído, ansiosa por oír su voz.

–¿Diga?

–¡Apártate de Liam!

–No era la voz que esperaba, sino el mismo susurro ronco y desagradable de la semana anterior.

–¿Quieres morir? No es broma. Apártate de Liam.

–¿Quién... quién es? –tartamudeó Sara–. ¿Quién es? ¿Quién?

21

Cada vez que Liam pensaba en su casa de Irlanda sentía olor a beicon. Beicon, rodajas de nabo y cebollas friéndose en la amplia cocina, la habitación más espaciosa de la pequeña casa de campo que el abuelo de Liam había levantado con sus propias manos.

En 1970, Liam tenía diez años, Margaret nueve, y la casa era una estructura alargada, marrón y pelada, casi tan desolada como la mirada en blanco de su padre.

«La suerte se ha acabado», le decía Rory O'Connor a su hijo. Aquélla era la única explicación que Liam recibía. A diferencia de los irlandeses de las leyendas que le leía o le contaba su padre, Rory O'Connor era hombre de pocas palabras.

«La suerte se ha acabado.»

Los otros campesinos se habían trasladado poco a poco a

las ciudades, en busca de trabajo, y vendían las granjas a grandes compañías. Pero el padre de Liam se había negado a trasladarse y había seguido viviendo donde casi todas las carreteras asfaltadas se convertían en pistas de tierra y donde los campos rocosos carecían de cercas. Rory había obligado a su familia a seguir con una vida rural desaparecida de Irlanda hacía mucho tiempo.

«Como si nos ocultara –pensó Liam–, como si nos ocultara del mundo moderno.»

–Padre, ¿por qué no crecen las patatas? –preguntó Liam subiéndose los tirantes del mono viejo y holgado. Liam, tan flaco y pálido que parecía perderse dentro de su ropa; serio y moreno, y con unos ojos de muchacho mayor, tan diferente de Margaret, de mejillas sonrosadas y robusta.

–La suerte se nos ha vuelto en contra –dijo Rory sin dejar de mirar la pared.

La suerte se había puesto en contra tanto dentro como fuera de la casa, en el campo. Liam lo notaba en los ojos vidriosos de su padre, lo oía también en sus suspiros fatigados. Sentía el frío de la casa a pesar del fuego de la chimenea de piedra.

Liam aún no había reaccionado a la muerte de su madre. Había muerto hacía seis meses pero él aún no había podido sentir más que una oscura tristeza. Un vacío. Un dolor difuso en la boca del estómago.

La casa sin ella –sin sus rizos rubios, sin su rostro pálido y pecoso, sin sus ojos azules– parecía más oscura.

Las lágrimas de Rory surgían con facilidad. Pero Liam no había podido llorar. Lo había intentado tras el velatorio, después de que los hombres de pueblo de traje oscuro y las esposas de rostro solemne comieran hasta reventar, brindaran por la difunta y ofrecieran sus plegarias y pésames, después de que aquellos zapatos pesados retumbaran sobre el parquet de la casa (Liam sabía que nunca olvidaría el ruido de esos zapatos), después de que se marcharan en aquella noche lóbrega y ventosa, él se había encerrado en su cuarto y tirado en la cama para llorar.

Tensó la cara, apretó cada músculo. Trató de obligar a las lágrimas a que salieran.

Sabía que estaba triste. Sabía que no volvería a ver a su madre, que no volvería a oír su voz dulce y musical, que no volvería a sentir su mano en la nuca acariciándole el pelo.

¿Por qué no podía llorar? Trató de pellizcarse las mejillas, de morderse la lengua. Ni una lágrima. Al otro lado de la puerta oía un sollozo; su padre que lloraba. Liam abrió la boca y trató de imitar el sonido.

Se tumbó de espaldas mirando el dibujo de las grietas del techo. Trató de imaginarse a su madre. Trató de invocar su cara. Quería mirarla a la cara. Marcarla para siempre en su memoria. «¿Me olvidaré? ¿Me olvidaré de tu apariencia, madre? ¿Me olvidaré de tu voz?» Ni siquiera este aterrador pensamiento lo hizo llorar.

Se incorporó sintiéndose más vacío aún. Se preguntó si ella lo estaría viendo desde el cielo, si veía que no podía llorar.

Al cabo de seis meses el dolor se había mitigado. Liam sabía que las lágrimas aparecerían. ¿Pero cuándo?

Después de la muerte de su madre, la mala suerte se había ensañado con la cosecha. Las plantas de patatas se secaron y marchitaron a pesar de que Rory las cuidaba y las regaba.

–En este viejo suelo no queda suerte –le dijo a su hijo pálido y preocupado.

Las cabras estaban flacas y balaban débil y lastimeramente. «No queda suerte en esta granja»; siempre la misma canción de Rory entre murmullos.

Tenía dos velas encendidas junto a una foto enmarcada de su esposa sobre la repisa de la chimenea, el único retrato de ella, tomado por un fotógrafo profesional en su estudio. La cruz de plata con la cadena fina que llevaba en la foto estaba colgada sobre el cuadro, y, al lado, un trébol de cuatro hojas de madera con la pintura verde descascarillándose.

El padre de Liam cada vez pasaba más tiempo delante de la chimenea, mirando con los ojos húmedos y en silencio a la joven del retrato, tan rubia y brillante.

Liam sabía que de no haber sido por Margaret, habría caído en un profundo pozo de desesperación, que su vida se habría convertido en algo más yermo que el campo de patatas.

Margaret, con su risa estridente, los brillantes ojos verdes y el pelo rubio dorado iluminaba los momentos más oscuros y fríos de Liam.

Pasaban todos los días juntos, persiguiéndose mutuamente por los campos áridos, buscando el tesoro enterrado del duende debajo de los árboles, llenando bote tras bote de luciérnagas, los «demonios centelleantes» de Margaret. Ya entonces Liam le había prometido que no se separarían nunca.

Ya entonces.

Incluso cuando Rory hizo planes de abandonar la granja, cambiar de vida, dejar atrás la mala suerte.

–¿De veras nos vamos a América, padre? –preguntó Liam, que acababa de cambiar la voz, asustado y ansioso al mismo tiempo.

Rory levantó la vista del tocino que estaba cortando. Las cebollas ya estaban dorándose en la sartén, chisporroteando y humeando a la luz gris que entraba por la ventana.

–Estoy esperando una carta de tu primo de Illinois.

Illinoise, como pronunciaba el padre de Rory. «¿Qué palabra es ésa? –se preguntó Liam–. ¿Qué idioma hablan?»

–¿Y qué haremos allí? ¿Compraremos una granja?

El padre se encogió de hombros y siguió cortando tocino con movimientos lentos y sordos. Liam observó las manos huesudas y callosas, manos de campesino.

–¿Y por qué no vamos a Dublín?

Rory dejó de cortar y miró a su hijo en el otro extremo de la habitación.

–¿Y qué haremos allí? ¿Mendigar por las calles?

–Los Shea se han marchado a Dublín, y los Reily ahora también viven en la ciudad.

–No es para nosotros, Liam.

A Rory no le gustaba la ciudad. Había nacido en la bahía de Galway, en una diminuta isla verde. Había estado en la ciudad sólo una vez y lo había asustado. «En esas calles no hay sitio para las hadas ni los duendes», le había dicho en una oportunidad.

¿De verdad creía en las hadas y los duendes?

Liam a veces pensaba que sí. Por la noche, Rory les daba vida con los cuentos que contaba. Cuentos sobre personajes mágicos y elfos que vivían detrás de la granja: el duende, el hada plañidera, el trasgo, el espíritu caballo, la sirena, el gnomo que llevaba su cabeza bajo el brazo. (¿Cuántos habían perseguido al pobre Liam en sueños?)

Rory hacía que todas esas extrañas criaturas parecieran reales.

Algunas noches leían libros los tres juntos. Se sentaban delante del fuego con un libro de cuentos irlandeses sobre el regazo, Margaret a los pies, en un taburete al lado del sofá, y las páginas brillaban con el resplandor naranja de la lumbre. A veces Liam no terminaba de entender los cuentos. Pero le gustaba el vocabulario, el humor negro, y le encantaba escuchar a su padre leer, pronunciar frases completas... ¡párrafos enteros! Qué entusiasmo. Era el único momento en que Rory parecía volver a la vida.

Pero ahora se iban, se iban de la granja, de Irlanda.

–Uno no puede quedarse donde la suerte se ha acabado –explicó Rory solemnemente.

¿Irían con ellos los duendes y las hadas?

–¿Y qué haremos en Illinois? –Liam pronunció con mucho cuidado aquel extraño nombre.

–Tú irás a la escuela y te convertirás en un hombre culto. –Rory terminó de cortar y echó el tocino sobre las cebollas doradas. Cogió una cuchara de madera y revolvió.

–Pero los niños norteamericanos son todos ricos. No me aceptarán. Y todo el mundo va en unos coches enormes disparándose.

Rory sonrió.

–Miras demasiada tele. –Los nabos chisporroteaban en la sartén–. Liam, ¿qué quieres comer hoy?

Liam fingió pensar.

–¿Qué tal un poco de tocino?

–Buena idea.

Era uno de sus chistes habituales.

Liam abandonó su infancia una noche, pocas semanas antes de cumplir los doce años.

Era una tibia noche de primavera. La dulce fragancia de los tréboles entraba por la ventana abierta. Liam estaba tumbado boca abajo sobre la gastada alfombra de lana leyendo un libro de viajes espaciales (¿se preparaba para su viaje a América?) a últimas horas de la tarde.

Una sombra cayó sobre el libro. Liam levantó la mirada, esperando ver a Margaret, pero era su padre, con cara severa, ojos cansados y arrugas nuevas en la frente ya de por sí arrugada.

–Liam, ven conmigo –dijo mirándolo pensativamente.

–Quiero terminar este capítulo.

¿Cuántas veces había repetido Liam las mismas palabras? Su padre, siempre que lo veía leyendo, sonreía aprobadoramente. Pero esta vez su expresión siguió fría.

–Ven conmigo, por favor.

«¿He hecho algo malo?» Liam se esforzó por comprender la severidad del rostro de su padre, la urgencia fría de su voz. Cerró el libro, se puso de pie, se estiró el jersey azul claro sobre los tejanos, bajó la escalera detrás de Rory y salieron de la casa por la puerta trasera.

El sol brillaba rojo detrás de los árboles recién florecidos. El campo yermo se extendía rosado al sol del atardecer, como una piel desnuda.

–¿Adónde vamos, padre?

Silencio. Rory caminaba deprisa sobre el polvo a grandes zancadas. Liam se esforzaba por ir a la par.

–¿Vamos al pueblo?

Una especie de pueblo, con una tienda de ultramarinos y una oficina de correos, una gasolinera y dos almacenes en desuso detrás de las vías del tren.

Por lo general salían por la puerta de delante y caminaban junto a la carretera. Si algún vecino pasaba en camioneta, paraba y los llevaba. Pero esa tarde, Rory iba por el camino que llevaba a la granja, una vieja pista de tierra que serpenteaba por los campos. La noche anterior había llovido, una fuerte tormenta de primavera con vientos que azotaban los brotes nuevos de los árboles y que habían obligado a las cabras a guarecerse en el granero. El camino aún estaba embarrado y blando.

–Padre, espere. ¿Vamos al pueblo? ¿Qué ha pasado?

Rory, inclinado hacia delante, con las manos nudosas balanceándose en arcos amplios a los lados del mono de trabajo, el cabello negro flotando alrededor de la cabeza, no aflojó el paso.

Liam supo que pasaba algo raro, algo malo.

Los dos setters trotaban tras ellos, jadeando excitados, cruzándose entre sí, con el pelaje rojizo húmedo y enmarañado. Rory se dio la vuelta enfadado.

–¡A casa! ¡Fuera!

Los dos perros solían no hacer caso, pero algo en el tono les dijo que esta vez era diferente. Se detuvieron meneando el rabo, bajaron la cabeza culpablemente y esperaron.

–¡A casa!

Para sorpresa de Liam, ambos perros se volvieron y emprendieron el camino a casa obedientemente. Un cuervo graznó cerca de allí y empezó una sinfonía de graznidos. Liam vio la mueca de su padre. Sabía que los cuervos traían mala suerte; eran pájaros del color de la muerte.

Caminaron en silencio por los campos pelados. El cielo púrpura iba virando al negro carbón de la noche.

Liam oyó voces cuando se acercaron a la tienda de ultramarinos, una construcción de madera de una planta en el único cruce del pueblo. Voces excitadas, gritos. Dos hombres de traje negro iban presurosos hacia la parte trasera de la tienda.

Cruzaron la calle. Rory aflojó el paso y apoyó una mano pesada en el delgado hombro de su hijo. Se dirigieron a la parte trasera de la tienda por la calle que llevaba a los almacenes. Había dos coches pequeños aparcados junto a la tienda, y una camioneta, con las luces encendidas, en medio de la calle.

Cuando apareció el almacén alargado, Liam vio los coches de policía aparcados en forma de V en la entrada del almacén. A la derecha había una ambulancia con la luz roja encendida en el techo. Liam oyó gritos. Gritos de enfado. El bullicio de una conversación. Rory, sin quitarle la mano del hombro, lo condujo por el lado del almacén de madera hacia la parte trasera.

Había mucha gente en el lugar. A Liam le hizo pensar en una obra de teatro; así se las imaginaba cuando se las leía su padre. Todos parecían interpretar un papel. Los policías de uniforme oscuro, los enfermeros de blanco, una mujer que lloraba a la derecha del escenario mientras dos hombres la consolaban, la gente del pueblo que curioseaba a la izquierda del escenario.

¿Por qué estaban todos allí? ¿Y por qué lo había traído su padre a esa extraña actuación?

Los policías se apiñaban en un círculo estrecho cerca de

la pared del almacén. Rory llevó a Liam más cerca, los zapatos se les hundían en el barro blando por la lluvia.

El círculo de policía se separó y Liam vio al hombre en el suelo. Contuvo el aliento. ¿Estaba herido? Más cerca. La mano de Rory ahora le apretaba el hombro, lo cogía con fuerza, como decidida a impedir que escapara. Más cerca. Lo suficientemente cerca para ver su primer cadáver.

El hombre en el suelo, de lado, la cabeza doblada hacia atrás, los ojos abiertos. No, un ojo abierto. El otro sólo era una cuenca vacía, un agujero negro en el cráneo. Un brazo completamente arrancado, todavía con la manga de la camisa puesta, a pocos metros del cuerpo.

Liam llevó la mano hacia el hombro y cogió la de su padre.

–No, no.

Pero su padre lo empujó para que se acercara más, lo suficiente para que viera el charco de sangre alrededor del cuerpo retorcido, lo suficiente para que viera las moscas, aun con aquella luz difusa, las moscas que caminaban por la cara y se metían en la boca abierta y en la abertura oscura y redonda del ojo que quedaba, que zumbaban más alto que las voces de los curiosos, más alto que los ahogados sollozos de la mujer, las moscas que cubrían todo el cuerpo como una manta, que cubrían el brazo cercenado, arrancado y tirado como un trozo de carne, las moscas que zumbaban sobre la comida.

Liam se apartó y ocultó la cara en la camisa de su padre.

–¿Padre... por qué me enseñas esto? –preguntó con voz temblorosa, ahogada contra la franela.

Liam sintió cómo el estómago de Rory se tensaba, cómo se ponía rígido todo su cuerpo.

–Porque tú eres el responsable, Liam –respondió su padre con voz fría y dura.

CUARTA PARTE

22

–¿Crees en las hadas? –preguntó Liam.

Sara rió y apretó la cara contra su brazo. Acababan de hacer el amor y ella se acurrucó contra su piel tibia; quería estar cerca de él, ser parte de él, seguir tocándolo, que siguieran siendo uno.

–¿Bueno, crees o no? –El aliento tibio le hacía cosquillas en la oreja.

Sara se estremeció, se subió la sábana y la manta hasta la barbilla y se acercó aún más, como para que sus cuerpos se fundieran, húmedos y cálidos.

–Creo en esto –dijo besándolo en la mejilla con labios ya blandos de tanta besar.

Liam le apartó el pelo de la cara.

–Pues te contaré un cuento llamado *La esposa hada.* –Se incorporó, cogió la copa de vino de la mesilla y tomó un trago de Chardonnay.

Dos velas finas oscilaban sobre el tocador, en el otro extremo del dormitorio de Sara, y las llamas se reflejaban en el espejo ovalado detrás de ellos. Liam había insistido en encender dos velas blancas antes de hacer el amor. Ella sabía que se trataba de una de sus supersticiones, pero era tan romántica... como muchas de sus supersticiones. Hasta la propia idea de ser supersticioso en esta época le parecía ingenua y romántica.

Se acomodó junto a él, con la frente sobre el hombro, mientras con una mano le acariciaba el pecho suave y posesivamente.

–Hace tiempo, un joven llamado Lonnie vivía solo en una granja dedicada a la siembra de patatas en Rosses. Una noche, mientras estaba en el umbral de la puerta mirando las estrellas, que en Irlanda son más brillantes que en ninguna otra parte (es un hecho científicamente comprobado, Sara), apareció como por arte de magia una bella mujer. Lonnie abrió los ojos de par en par y el corazón se le aceleró.

»–Entra –la invitó.

»–Esta noche no debo entrar –respondió ella con una sonrisa reservada.

»–A la noche siguiente volvió a aparecer.

»–Entra –le dijo él.

»–Esta noche no debo entrar –repitió ella con la misma sonrisa reservada.

»A la tercera noche, la bella joven volvió a aparecer con unos ojos más brillantes que las estrellas.

»–Entra –la invitó Lonnie.

»–De acuerdo –dijo ella.

»Entró flotando en la casa de Lonnie y a partir de entonces vivió con él como esposa. Un año más tarde, dio a luz un hijo. Lonnie y su familia vivían felices y la granja prosperaba como en las épocas en que la tierra de Irlanda era rica y las hadas y los duendes poblaban los campos.

»Al cabo de un tiempo se celebraba la feria de la cosecha en el pueblo de Glenties.

»–Creo que hoy tengo que ir a la feria –dijo Lonnie–. Mis tíos viven allí y hace más de un año que no los veo. –Y partió por los verdes campos hacia la feria.

»Sus tíos, en lugar de recibirlo amablemente, lo trataron con desaire. Lonnie, herido por la frialdad de la acogida, decidió plantarles cara.

»–¿Qué crimen he cometido? –preguntó–. ¿Por qué no me saludáis, tíos?

»–No podemos recibirte alegres, muchacho –respondió

uno de ellos–. Nos hemos enterado de que te has casado con un hada.

»–¿Por qué no has venido a vernos? –le preguntó otro tío–. Te hubiéramos buscado una novia apropiada.

»–Aquí tienes un cuchillo –dijo el tercer tío–. Debes ir a tu casa y matar a tu esposa hada.

»Lonnie cogió el cuchillo. Sabía que sus tíos decían la verdad, que había hecho algo incorrecto. Pero también sabía que no podía matar a su esposa. Tiró el cuchillo en los campos de trigo y volvió a casa.

»–¿Qué tal la feria? –le preguntó su mujer.

»–Muy agradable –respondió Lonnie.

»–¿Y cómo encontraste a tus tíos?

»–Bien –respondió Lonnie.

»Ella lo miró con severidad.

»–Dime la verdad, ¿no te han dado un cuchillo para matar a tu esposa hada?

»–Sí, así es –confesó Lonnie.

»–¿Y lo tiraste en los campos de trigo?

»–Sí.

»–Has hecho bien porque yo te quiero como una auténtica esposa. Sin embargo, voy a dejarte. Vuelve a ver a tus tíos y deja que te busquen una esposa.

»Así pues, se marchó y se llevó al niño. Y Lonnie hizo lo que le había dicho. Al poco tiempo volvió a casa con su nueva mujer.

»Fue un marido bueno y leal con ella. Pero todas las noches, antes de acostarse, Lonnie bajaba de puntillas a la cocina y dejaba una lámpara encendida y dos platos de comida en la mesa. Y todas las mañanas, encontraba la lámpara apagada y los platos vacíos. Y así siguió hasta que se marchó de la granja al cielo.

Sara se apoyó sobre el codo y se volvió hacia Liam.

–Qué cuento tan extraño. Pero es bonito.

–Sí, así es –sonrió él.

A la luz de las velas, Sara vio su cara reflejada en los ojos oscuros de Liam.

–La verdad es que no lo he entendido, Liam. ¿Tiene algún significado?

–Claro –dijo él con una amplia sonrisa–. ¿Crees que hay algún viejo cuento irlandés sin significado?

Sara apoyó la frente sobre su pecho y el cabello cayó sobre él.

–Bien, profesor, trabaje. Explíqueselo a la alumna.

Liam le levantó suavemente la cabeza con las manos.

–Él le era fiel, Sara –murmuró. Su expresión se había tornado repentinamente solemne en la semipenumbra–. Es un cuento sobre el amor y la fidelidad. Sobre los lazos que no pueden romperse. Sobre la felicidad y la tristeza, porque el amor produce ambos sentimientos.

Sara sintió que su cabeza empezaba a levantarse. Cerró los ojos. Le gustaba sentir las manos de él en la cara.

–¿Pero por qué has decidido contármelo esta noche?

–Porque quiero que te cases conmigo, Sara.

Ella levantó la cabeza de golpe, se incorporó y estiró la sábana con una mano para taparse los pechos.

–¿Qué has dicho?

–Para mí, Sara, eres como esa bella hada que apareció en el umbral de la puerta –le dijo con voz ahogada por la emoción. Se incorporó y le apoyó las manos en los hombros–. Quiero casarme contigo.

–¡Oh, Liam...! –No pudo evitar dejar escapar una exclamación de asombro.

La habitación de pronto se tornó borrosa y ella se dio cuenta de que tenía los ojos llenos de lágrimas. Qué propuesta tan hermosa. Qué cuento tan hermoso. Y qué forma tan romántica e inocente de pedirle que se casara con él. Tan propia de Liam, tan... perfecta.

–¿Qué me respondes, Sara? –preguntó mirándola fijamente con aquellos ojos oscuros, brillantes.

–¡Oh! Sí, Liam, claro que sí. Espero que... que nuestra vida en común sea...

Él la acalló con un beso y la rodeó con los brazos. Al cabo de un instante estaba encima de ella, dentro de ella, embistiéndola con fuerza. Abrazados con fuerza. Hicieron el amor mientras las velas gemelas blancas se consumían y derretían lentamente...

23

Ninguno de los dos pudo dormir. Sara se acurrucó entre sus brazos, con la mejilla apoyada sobre él. La luna iluminaba la cama suave y cálidamente. Sara estaba tan contenta que tenía ganas de saltar, bailar y brincar por la habitación.

–¿Cuándo celebramos la boda? –preguntó Liam acariciándole el pelo–. Me gustaría que fuera lo antes posible. Mañana. ¡Esta noche!

Sara rió.

–No estamos vestidos para la ocasión.

–Hum... es verdad.

–Podríamos casarnos en primavera, en junio. Vendrían mi madre y mis hermanos.

–No; falta demasiado tiempo –objetó Liam.

–Pues... ¿y en mayo?

Dejó de acariciarle el pelo y Sara sintió que el cuerpo se le ponía tenso.

–En mayo, imposible, querida. Traería muy mala suerte. Mayo es el mes en que los romanos honraban a sus muertos.

Sara soltó una risita.

–Bueno, no tenemos por qué invitar a ningún romano, ¿no?

Silencio. Sara esperaba que él riera, pero no lo hizo.

–Las clases terminan a finales de enero, Sara. Casémonos entonces.

–Liam, estamos prácticamente en noviembre. No sé si mis hermanos podrán venir si les avisamos con tan poco tiempo.

La rodeó con los brazos y suspiró.

–He cambiado de idea, no puedo esperar hasta enero. ¿Qué tal para el día de Acción de Gracias? Por favor, no me digas que no. Nos casaremos el día de Acción de Gracias. –Le cogió la barbilla y le volvió la cara hacia él–. Te llevo diez años, Sara, no puedo permitirme la paciencia de la juventud. Quiero disfrutar cada momento contigo.

Se besaron.

«Qué dulce es –pensó ella–. ¿He sido alguna vez tan feliz? ¿Lo he sido?»

La tarde siguiente, Sara estaba tumbada en el sofá con una manta de lana blanca sobre las piernas y un libro de texto en el regazo. No había vuelto la página en varios minutos y no había leído ni un párrafo entero; pensaba en Liam.

El timbre de la puerta la arrancó de su ensueño.

Cerró el libro de golpe, lo dejó en el suelo y se puso de pie. Tropezó con la manta, la apartó de una patada y fue deprisa hacia la puerta.

¿Liam?

No. Se sorprendió al ver a la hermana, Margaret, de pie sobre el felpudo y con un ramo de rosas amarillas en la mano.

–Hola, Sara. ¿Estás ocupada?

–No, adelante, Margaret. ¿Cómo estás?

Pasó rápidamente junto a Sara y entró en el apartamento. Sus ojos recorrieron la sala escasamente amueblada.

–Te he traído esto. Pasé por un puesto de flores en Tremont, y no pude resistirme. ¿No tienen un color precioso?

«Parece tan animada», pensó Sara sonriendo mientras cogía las flores.

–Gracias, Margaret. Son preciosas. –Se las acercó a la cara e inhaló la fragancia–. Mmm... qué bien huelen.

«Qué cambiada está, qué joven», pensó Sara. Las pocas veces que la había visto parecía bastante insulsa, gris.

Margaret se había cortado el pelo muy corto en las sienes y le caía un mechón en la frente; también se lo había teñido, estaba más rubia y sin mechas. Se quitó el abrigo marrón y se quedó con un jersey blanco de angora y unas mallas negras. Tenía una figura bastante bonita, y Sara se preguntó por qué no lo había notado antes. ¿Quizá porque tenía siempre los ojos puestos en Liam? «¿Se ha cambiado el maquillaje o algo? –se preguntó–. ¿Por qué está tan guapa?»

–Sólo tengo un jarrón –le dijo Sara mientras iba a la cocina–. Espero que sea lo suficientemente alto. ¡Me encantan! Qué detalle, Margaret.

Ésta dejó el abrigo en el sofá y la siguió a la cocina.

–Córtales los tallos si son demasiado largos. No tengo mucho tiempo, iba camino a la tienda y decidí pasar un momento. Tengo un día muy ocupado. Liam me ha invitado a una especie de té de profesores. Parece que nunca se cansa de esas cosas.

Sara sonrió.

–Es muy sociable. –Bajó el florero del armario y empezó a desenvolver las rosas.

–A mí también me gusta conversar –dijo Margaret jugueteando con la manga del jersey–. Es una de las cosas bonitas de tener una tienda de antigüedades. Pero cada vez que voy a una de esas reuniones de la facultad, todo el mundo me pregunta por Liam.

«Yo también quiero preguntarle por Liam; quiero saber todo sobre él, todo», pensó Sara mientras llenaba el florero de agua tibia. «¿Sabe que anoche me pidió que me casara con él? Claro que sí. Por eso ha venido a traerme flores, para demostrar que me acepta, que está contenta.»

–Liam es fascinante –continuó Margaret cogiendo una

flor del ramo y acercándosela a la nariz–. Pero a veces me gustaría hablar de otras cosas. ¡De cualquier otra cosa! –Rió–. Lo siento, Sara. Seguro que no te interesan mis problemas sociales, creo que...

–Sí –la interrumpió Sara. De repente se sintió muy torpe–. Quiero decir que... de veras quiero que nos conozcamos. –«¿Por qué parezco tan encorsetada, tan formal?»–. Espero que nos hagamos amigas.

Margaret sonrió y le palmeó la mano.

–Esta mañana, durante el desayuno, Liam me ha dado la buena noticia; por eso he pasado a verte.

–Ah, qué bien... –Sara sintió que se le trababa la lengua y le ardían las mejillas.

Margaret hizo girar la rosa amarilla con los ojos puestos en Sara.

–Me alegro mucho por vosotros. Me alegra que Liam te haya encontrado, Sara. Creo que eres lo que necesita.

–Gracias... –Sara sintió que el pecho se le hinchaba de emoción–. ¡Qué cosas bonitas dices! –Se esforzó por no echarse a llorar. Las palabras de Margaret la habían conmovido de verdad. Dejó las rosas y le dio un abrazo.

Esta vez le tocó a Margaret sentirse turbada. Levantó la rosa amarilla con que había estado jugueteando. Sara le había quebrado el tallo con el abrazo impulsivo.

–Oh... –Sara cogió la flor rota de manos de Margaret y trató de ponerla recta en el florero.

Margaret se acomodó el pelo y se arregló el mechón que le caía sobre el ojo.

–Sólo he venido a decirte esto, de veras. Deberíamos almorzar juntas un día de éstos y tener una larga conversación.

–Fantástico, Margaret. Me encantaría –respondió Sara con entusiasmo.

–Sé que harás muy feliz a Liam. –La expresión de Margaret cambió y se desvaneció la sonrisa–. Haré todo lo posible por no ser un estorbo.

–¿Un estorbo?
–Especialmente cuando llegue el niño.
Sara dejó escapar una risa nerviosa.
–¿El niño? ¿Qué niño?
Margaret consultó su reloj, se acercó al sofá y cogió el abrigo.
–Bueno, ya es tarde. Tengo que ir a la tienda. –Se puso el abrigo y se tiró de las mangas para que pasaran por el jersey de angora–. Estoy segura de que Liam te habrá dicho cuánto desea tener un hijo. –Sin esperar respuesta, Margaret volvió a abrazarla. La envolvió con las mangas del pesado abrigo, al tiempo que le apretaba suavemente la mejilla contra la suya. Sara inhaló una fragancia floral, espesa–. Estoy muy contenta. Bienvenida a nuestra familia. ¡Es una noticia fantástica! nos veremos pronto... ¿de acuerdo? Sólo nosotras dos. Adiós.
Sara mantuvo la puerta del apartamento abierta mientras Margaret salía deprisa.
–Gracias otra vez por las flores.
Se alejó por el pasillo y Sara la vio desaparecer por el recodo. Cerró la puerta, se apoyó de espaldas contra ella y respiró hondo. Qué extraño. Margaret parecía otra persona. Se la veía tan cálida, tan animada, tan feliz... ¿Y qué era eso del niño? ¿De verdad Liam tenía tantas ganas de ser padre? Si era así, ¿por qué no se lo había dicho?

24

Una semana más tarde, Sara cruzaba el campus. Se subió la capucha y agachó la cabeza para protegerse del viento frío y lluvioso. Una ráfaga fuerte le abrió la gabardina y forcejeó con los botones grandes de plástico. Los zapatos se le hundían un poco en el sendero mientras apretaba el paso.
Se estremeció. Todavía sentía la tibieza de Liam sobre su piel, su cara contra la mejilla, su cuerpo encima de ella.

A la derecha, la cúpula verde del edificio de la administración parecía flotar en medio de la bruma oscura. Los árboles del Círculo bailaban al viento, sacudiéndose e inclinándose, como un elegante y silencioso tango.

Sara también tenía ganas de bailar. La fría lluvia le entraba por la capucha, pero casi no sentía las mejillas mojadas. Quería quitarse aquella gabardina pesada, cogerse a una farola y dar vueltas, zapatear y cantar como Gene Kelly bajo la lluvia.

«El verdadero amor te pone como loca», pensó. Un sentimiento nuevo para ella. Liam. Liam. Repetía su nombre como una colegiala, lo escribía una y otra vez en la libreta de apuntes del seminario. Señora de Liam O'Connor. Sara Morgan O'Connor. «¡Soy una colegiala!», se dijo, y la idea la hizo reír como una niña. La colegiala que se casa con el gran profesor.

Había pasado toda la semana anterior con Liam, hablando con él, riendo de sus cuentos y divertidas supersticiones, haciendo el amor apasionadamente, trazando planes.

Mary Beth seguía haciéndole advertencias. «Te comportas como una loca. Mira que meterte en esto tan precipitadamente. Sabes que para ti estas cosas siempre terminan mal, Sara.»

¿Estas cosas?

«No es cualquier cosa. ¡Voy a casarme! Voy a casarme con Liam el día de Acción de Gracias.»

Pobre Mary Beth. No sabía lo que era tener ganas de tirar el abrigo y bailar bajo la lluvia. «Si no le tuviera lástima, me molestarían sus consejos», pensó Sara. Últimamente, esta semana, le daban lástima todos los que no conocían esta sensación de querer explotar, estallar en mil pedazos y volar por el aire fresco y suave. «Podría volar. ¡De verdad que podría volar!»

Las pisadas la devolvieron a la tierra.

Al principio pensó que era la lluvia sobre el sendero.

Pero el ritmo firme, el ruido de un zapato y después el otro, le indicaron que había alguien detrás. Una punzada de miedo la obligó a volver la cabeza y a apretar el paso. La capucha le bloqueaba la vista.

La oscuridad parecía rodearla, deslizarse sobre ella. Los árboles oscuros danzaban al viento. Pisó un charco y sintió el frío del agua helada sobre el tobillo. Se quitó la capucha y echó a correr. Oía las pisadas detrás, muy cerca. «¿Quién es?» Todo estaba oscuro y brumoso.

Era una figura borrosa que corría con gran velocidad con un abrigo oscuro y la cabeza gacha.

«Corre demasiado rápido, más rápido que yo.» Sara entró en el cono de luz de una farola, un triángulo brillante que iluminaba las gotas de lluvia como si fueran perlas, una lluvia de perlas.

Irreal, todo muy irreal, salvo la figura del abrigo oscuro que la alcanzó entre jadeos y con el cuerpo encorvado bajo el peso de la prenda. Alargó los brazos y la cogió, levantó la vista y Sara vio unos ojos enfadados y frenéticos que brillaban en la semipenumbra.

–¡Chip! –gritó Sara, desconcertada. La lluvia le caía por el pelo y la cara–. ¿Qué haces aquí?

Él la agarró con fuerza por los hombros, mirándola fija y acusadoramente a los ojos, como si tuviera que sostenerse hasta recuperar el aliento.

–Hola, Sara... –jadeó al fin, casi tímidamente.

«¿Qué le ocurre? –pensó Sara–. Parece fuera de sí.»

–Te... he seguido. –Todavía la tenía cogida de los hombros. ¿La apretaba tan fuerte a propósito?

Las cejas rubias brillaban a la luz. Y, debajo, los ojos azules parecían desenfocados, erráticos. El aliento le olía a alcohol. ¿Sólo cerveza?

Hacía tan sólo unos meses esa cara le resultaba tan familiar... y ahora tenía la sensación de estar viendo a un desconocido. La naricita respingona, la cicatriz de la barbilla, marcas que en Nueva York eran tan conocidas y ahora resultaban extrañas y desagradables.

–Chip, ¿qué estás haciendo aquí?

–Tenemos que hablar.

–No, no tenemos nada de que hablar. –«Trató de ahogarme. Casi me ahoga, y ahora me sigue hasta aquí. ¿Para qué?»

–Protejámonos de la lluvia, Sara. Vayamos a alguna parte a sentarnos. Quizá...

–No, Chip, por favor. –Intentó desembarazarse de las manos que le sujetaban los hombros y vio su mano derecha. Suspiró–. ¿Cuándo te has hecho eso?

Le rozó con el dedo el pequeño tatuaje del dorso de la mano, de apenas tres centímetros. Una diminuta daga negra con una gota de sangre azul en la punta de la hoja.

Chip bajó la mirada, moviéndose incómodo, como si estuviera confundido, como si lo viera por primera vez.

–¿Esto?

–No puedo creerlo. ¿Para qué te has hecho un tatuaje?

Chip se acercó la mano para mirársela y frunció el ceño.

–Cuando te fuiste, Sara, cuando desapareciste sin decir nada, una noche me emborraché, creo. No lo sé. Estaba con unos amigos y no sabía lo que hacía.

«Así que el tatuaje es culpa mía.» Sara sintió un escalofrío y volvió a ponerse la capucha.

–Chip, no debiste venir. Tú...

–Tengo que hablar contigo, Sara. –La miró con ojos suplicantes, para demostrarle su sinceridad.

¿Cuántas veces había visto esa expresión? En cierta época había estado loca por esa mirada. Pero ahora le parecía demasiado tramposa, demasiado ensayada, superficial, inmadura.

–Tú sabes por qué me marché. Tenía que irme. –La sorprendió la frialdad de su propio tono.

Chip se levantó el cuello del abrigo. También tenía frío.

–¿No podemos guarecernos de la lluvia? Hay un bar... –dijo señalando el bar de Dale Street.

La lluvia brillaba sobre sus cejas rubias como diamantes. «El chico de oro...», pensó, asombrada de lo mucho que le desagradaba ahora y de lo rápido que había surgido su amargura, de lo poderosa que era esa emoción. «Es el chico de oro. Lo tiene todo. Un chico fantástico. Pero no le digas que no.»

–No, Chip, no puedo. Lo digo en serio. No quiero hablar contigo. –Respiró hondo–. Quiero que te vayas. De verdad. –Se le tensaron los músculos del cuello y le palpitaron las sienes.

Sara se volvió rápidamente y se alejó caminando, despacio pero a grandes zancadas.

Chip corrió a su lado. Ella sabía que iba a hacerlo. Alargó el brazo para coger el de ella, pero Sara se soltó de un tirón.

–Sara, por favor...

–Chip, vete. Pórtate como un hombre, vete.

Le había hablado con dureza. ¿Era ella la que había dicho esas palabras? Ella, que había huido para evitar verlo, que se había escapado sin decir nada, deseosa de evitar cualquier clase de enfrentamiento. Y aquí estaba, rechazándolo con valentía.

Chip le cogió el brazo. No la dejaría marchar.

–¡Ese profesor es demasiado viejo para ti! –le gritó.

Sara se volvió y vio que tenía los ojos azules desenfocados y enfurecidos. ¿Era lluvia o sudor lo que le cubría la frente?

–¿Cómo sabes lo de Liam? –le preguntó airada–. ¿Desde cuándo estás en Freewood, Chip? ¿Me has estado espiando?

–Es demasiado viejo para ti. Tú eres mía.

El viento le bajó la capucha y le costaba respirar. La lluvia le corría por la cara y le hacía entrecerrar los ojos, mientras buscaba alguna réplica.

–¿Desde cuándo estás en Freewood? –repitió.

–Desde hace bastante –respondió con súbita timidez. Estaba enfadado y tímido al mismo tiempo–. Estás arruinando tu vida, Sara. Sabes que tu sitio está en Nueva York, conmigo.

–¿Cómo te has enterado de lo de Liam? –Pensaba repetir la pregunta hasta obligarlo a contestar. Pero en aquel momento se le ocurrió otra pregunta más urgente–. ¿Me has estado llamando por las noches?

Las cejas rubias se arquearon mientras entrecerraban los ojos mirándola fijamente.

–¿Qué?

–¿Me has estado llamando a altas horas de la noche? ¿Amenazándome?

–No, de eso nada.

«Está mintiendo –pensó Sara–. Menuda cara de mentiroso. Siempre fue un mentiroso. Tan guapo, tan bonito, tan perfecto... y tan desagradable en el fondo. ¡Todo es mentira!»

–¡Tú has hecho esas llamadas! –Le tembló la boca; de repente tenía la lengua pesada y espesa.

–No, Sara, de verdad. No te he llamado.

«Mentiroso.»

Él la cogió del brazo y acercó su cara a la de ella. Sara sintió su aliento de alcohol y un perfume dulzón, una loción floral que se percibía a pesar del olor a humedad del aire. «Qué asco.» ¿Y qué trataba de hacer? ¿Besarla?

Sí. Los ojos azules la observaban con avidez. La mano le apretaba el brazo cada vez más. El cabello rubio, enmarañado por la lluvia, brillaba bajo la luz. La media sonrisa, los labios que se separaban, y él que la atraía hacia sí...

–¡No! ¡Suéltame!

El grito pareció asustarlo. Dio un respingo y cerró los ojos, pero no le soltó el brazo.

–Vuelve conmigo, Sara. Vuelve a Nueva York. Te necesito, de veras.

–No, Chip...

–¿Te habría seguido hasta aquí si no te necesitara? ¿Me humillaría así ante ti? ¿Te rogaría? ¿Te suplicaría? Sara...

–No, se ha acabado. Es así. ¡Ay! ¡Me haces daño!

–No se ha acabado. Escúchame. Todo va a ser maravilloso. ¿Recuerdas la productora que quería abrir? Pues bien, mi padre me ha dicho que me ayudaría con la inversión inicial. Y voy a cambiarme a un apartamento con unas vistas al río. Tienes que verlo. Te encantará y...

Sara trató de soltarse.

–Suéltame, Chip. Voy a gritar. Llamaré a la policía, te lo advierto.

–No se ha acabado, no. He cambiado, Sara, de veras. Ya verás. Soy una persona diferente. ¡Escúchame! No puedo vivir sin ti. No puedo...

Chip levantó el puño. La diminuta daga con su gota de sangre azul flotaba delante de ella.

«¿Hasta qué punto es peligroso? ¿Hasta qué punto está loco?», se preguntó Sara.

–No se ha acabado –repitió–. ¡No se ha acabado!

–¡Suéltame! ¡Ayyy! ¿Qué haces? ¡Suéltame!

25

El detective Garrett Montgomery hablaba por teléfono con su hermano cuando llegó el aviso del tercer asesinato.

El puesto de la tienda de muebles ya estaba cubierto, había anunciado solemnemente Duane Montgomery con ese tono grave reservado para los funerales. Y había sido la última oportunidad de Garrett.

–Habrá otros trabajos –le dijo Garrett a su hermano–. Alégrate, Duane. Y si hubiera aceptado el empleo, ¿qué? ¡Angela, Martin y yo tendríamos que vivir contigo!

«No te preocupes –se dijo Garrett–, no es ninguna tragedia.» Salvo que había perdido su única vía de escape. Su única posibilidad de escapar de ese pueblucho; de sentarse frente al escritorio de Walter, el devorador de donuts, con la camisa azul del uniforme toda manchada de azúcar en la barriga; de los asesinatos; de los horrores que no tenían por qué suceder en un tranquilo pueblo de jóvenes y de formales académicos.

Horrores que mantenían a Garrett despierto toda la noche. Asesinatos que lo hacían sentir impotente, débil y... que hacían la huida mucho más tentadora. Angela, naturalmente, no quería irse de Atlanta. Y si él trataba de convencerla de que se marcharan, ella probablemente lo acusaría de querer escapar del desafío más importante y duro de su vida.

Y tendría razón.

Pero la investigación no iba a ninguna parte. Todas las horas que él y sus hombres habían invertido, todas las hipótesis, todos los interrogatorios, pesquisas y trabajo no habían dado ningún fruto. Y mientras los días se convertían en semanas, los asesinatos seguían persiguiéndolo. Noche y día.

«En la academia no me prepararon para esto –se dijo–. No me prepararon para ver huesos asomando por la carne desgarrada, para los charcos de sangre... Pero ¿cómo iban a prepararme? ¿Cómo se puede preparar a alguien para ver esos cuerpos descuartizados? La gente no hace esas cosas a otra gente.»

Y ahora Walter lo miraba desde el otro lado de la mesa, con el auricular apretado contra su cara roja, la boca abierta, mandíbulas temblorosas, haciéndole gestos urgentes con la mano libre.

Garrett ya había visto esa expresión antes.

–Tengo que dejarte –le dijo a Duane–. Dale un beso a Barbara de mi parte. –Colgó y se puso de pie–. Walter, ¿qué pasa?

Walter estaba aún más pálido que de costumbre bajo la luz de los fluorescentes.

–Otro.

A la mañana siguiente, Garrett tenía las fotos desparramadas encima del escritorio. «¿Quieres despertarte del todo? –se dijo con amargura–. Pues no te preocupes. Sólo tienes que poner las fotos de los tres asesinatos en el escritorio. Ese muchacho, Anders, es muy buen fotógrafo», pensó mientras tomaba café de un vaso de plástico y sus ojos recorrían las instantáneas más recientes.

Anders todavía iba al instituto, pero era el fotógrafo del periódico local y tomaba fotos para la policía cuando era necesario. La noche anterior, Garrett había visto al desgarbado chico disparar la cámara como si fotografiara a Miss América, y él había tratado de concentrarse en Anders para no ver el objeto de las fotos.

«No es un mal trabajo», pensaba ahora mientras dejaba el vaso en el borde del escritorio y se acercaba para mirar mejor las imágenes, para comprobar si se le había escapado algo. Las fotos en blanco y negro eran un poco granuladas pero habían captado lo esencial. Y las Polaroid en color eran lo suficientemente nítidas como para mantener a una persona despierta para siempre.

Este tercer asesinato era tan monstruoso como los otros dos. Más devastador para Garrett, quizá porque se trataba de una chica muy guapa. Tenía una piel suave y blanca con pecas claras, y un pelo rojizo rizado que le caía casi hasta la cintura.

Cuando él y Walter habían llegado al escenario del crimen, en el campus, a menos de diez metros de donde había tenido lugar el primer asesinato, el cadáver yacía de espaldas con el pelo sobre la cara. Había sido Garrett el que se agachó para apartarle el pelo, y el que había descubierto que le habían arrancado los ojos para metérselos en la boca.

Aquellos dos ojos verdes lo miraban desde la boca abierta.

Garrett se había trastabillado y golpeado contra un árbol, con la respiración entrecortada y el corazón desbocado.

Ahora, inclinado sobre el escritorio de metal, mientras miraba las fotos granuladas pensaba en... nada. Era incapaz de pensar claramente en nada.

¿Salvo en escapar?

Devra Brookes.

La chica se llamaba Devra Brookes. La víctima, nuevamente, no había sido objeto de robo ni de violación. El monedero, el dinero en efectivo, las tarjetas de crédito, el carnet de conducir, todo estaba en el bolso. Devra era ayudante de la universidad, en el departamento de literatura. El jefe de estudios, cuando Garrett lo llamó para pedirle información, pareció muy impresionado. Garrett no lo culpaba. Se trataba del tercer asesinato en el campus o en sus alrededores.

Tres asesinatos terribles e inhumanos.

No hacía mucho que Devra Brookes estaba en Moore, había explicado el jefe de estudios con voz temblorosa. Había llegado de Chicago el año anterior.

«Un mal traslado», pensó Garrett sacudiendo la cabeza ante las fotos del escritorio.

Se había abrazado a Angela con fuerza toda la noche, como si ella pudiera mantenerlo a flote. Ella no había dicho ni una palabra; sabía cómo se sentía. Pero ahora no tenía nada a lo que aferrarse, sólo un vaso de café tan negro y sombrío como sus pensamientos.

–Jefe, aquí tenemos algo –dijo Walter de pronto.

Garrett levantó la mirada lentamente. El pelo rubio de Walter todavía estaba húmedo de la ducha. Tenía crema de afeitar detrás de la oreja y le había manchado el cuello de la camisa del uniforme.

–Hemos recibido las huellas dactilares del laboratorio de Somerville –anunció levantando un sobre marrón.

Garrett suspiró.

–¿Han encontrado alguna nítida?

No tenía muchas esperanzas. En los últimos dos cuerpos no habían encontrado ni una sola huella útil.

Walter se estiró sobre el escritorio para pasarle el sobre a Garrett.

–Tienes un aspecto terrible, jefe. ¿Te has pasado la noche aquí?

–Por favor, no me llames jefe –dijo Garrett–. No he dormido, me he pasado la noche viendo globos oculares –gruñó–. Nunca más volveré a comer un huevo duro.

Palpó el sobre. ¿Por qué lo habían cerrado tan escrupulosamente?

–¿Y bien? ¿Buenas noticias? ¿Qué te dijo O'Brian?

–Que esta vez teníamos algunas –contestó Walter rascándose la nariz–, que teníamos unas huellas claras extraídas de la cara y la ropa. –Walter se puso de pie, tenso, mientras veía a Garrett forcejear con el sobre–. No las he visto, pero eso me dijo O'Brian.

Garrett dio un tirón y desgarró la solapa.

–¿Cree que podemos conseguir una identificación?

Walter se encogió de hombros.

–No me lo dijo.

Garrett sostuvo la película con cuidado y sacó las huellas del sobre. Una prueba de contacto con varias huellas dactilares. «La primera pista –pensó–. Tres asesinatos y al fin tenemos una pista.» Levantó la copia a la luz y entrecerró los ojos para examinarlas.

–Eh, Walter... ¿es una broma? –preguntó con desdén–. ¿O'Brian se está haciendo el listo o qué?

Walter rodeó el escritorio.

–¿Eh? ¿Qué pasa, jefe?

–Estas huellas... no son humanas.

26

Liam apoyó el pulgar en la almohadilla de tinta negra. La secretaria, mascando chicle, le guió la mano hasta la tarjeta y le apretó suavemente el dedo en el recuadro.

Liam miró la mancha.

–¿Tengo que hacerlo con las dos manos?

–Así es –respondió la joven, que tenía un aliento a fruta

ácida, mientras le guiaba el índice hacia la almohadilla–. Creo que usted es el último.

Liam frunció el entrecejo.

–¿El último al que le toman las huellas dactilares?

La secretaria asintió con la cabeza.

–Hasta este año nunca lo habíamos hecho en Moore. Pero creo que ahora es obligatorio. –Le apretó el índice en el recuadro contiguo al del pulgar.

Liam vio a Sara entrar en el pequeño cuarto. Los tacones resonaron sobre el suelo. Debajo del abrigo llevaba un jersey largo de lana azul y unas mallas azul marino. «Aparenta dieciocho años –pensó Liam–. Especialmente con esas trenzas y el pelo peinado hacia atrás.»

Sara sonrió y los ojos le brillaron divertidos.

–Liam, ¿estás detenido?

Él levantó la mano, le enseñó las yemas de los dedos negras y le sonrió.

–Recuérdame llevar guantes esta noche cuando robe el banco.

La secretaria no rió. Bajó la cabeza y se concentró en seguir tomando las huellas.

–En algunas culturas, si te toman las huellas te roban el alma –dijo Liam–. Por suerte yo no tengo alma –añadió y le dedicó un guiño.

Sara se acercó a la mesa y le palmeó la otra mano.

–Pues yo creo que tienes un alma muy grande.

Liam le apretó la mano suavemente.

–Listo, señor –anunció la secretaria–. Tenga. –Sacó un rollo de papel absorbente del cajón del escritorio, arrancó dos trozos y se los tendió para que se quitara la tinta.

Liam le dio las gracias y salió con Sara al pasillo mientras se limpiaba la mano.

–Extraña costumbre la de tomar las huellas dactilares –murmuró. La tinta manchaba el papel pero no se iba–. Me he sentido como un criminal.

Sara silbó.

–¿Conciencia culpable, Liam?

–En realidad las huellas dactilares son cosas del pasado –le dijo mientras atravesaba el largo pasillo del edificio de la administración–. Una cosa muy primitiva. Dentro de poco la universidad nos pedirá una muestra de ADN. Un cabello quizá. O un trocito de piel. Quizá unos tubos de ensayo con sangre, saliva y orina.

–¡Liam, por favor!

–¿Por qué no? –rió él–. ¿Por qué te parece peor que archivar las huellas dactilares?

Sara no respondió, tenía la mente en otra cosa.

–¿Has terminado de hacer las maletas?

Liam se encogió de hombros.

–Casi.

–A mí todavía me faltan algunas cosas. Quiero llevarle a mi madre un chándal de Moore.

Liam sonrió.

–¿Tu madre usa chándales? Me la imaginaba con bata y un delantal de encaje blanco.

Sara le dio un empujón cariñoso.

–Oh, Liam, ¿en qué siglo vives?

Una expresión de fingido dolor se dibujó en su rostro y Sara le dio un beso en la mejilla.

–Me voy a la tienda del campus y después a terminar de hacer las maletas. El avión sale a las cinco. ¿Puedes pasar a recogerme en taxi a las cuatro?

Liam asintió.

–No hay problema, como dicen mis alumnos. –Le cogió el brazo–. ¿Crees que le caeré bien a tu madre?

–Liam, ya está loca por ti. Te he hecho tanta publicidad que probablemente la mitad de los habitantes de Indiana estará en el aeropuerto para darte la bienvenida y...

En el momento en que giraron hacia la salida del edificio, vieron a Milton Cohn en la puerta de su despacho.

–Hola –saludó mirando primero a Sara y después a Liam.

–¿Ya ha regresado? –exclamó Sara sorprendida–. Liam y yo nos vamos de viaje. Pensaba que tardaría en volver de Atlanta, Milton. El despacho...

–No llegué a marcharme, por lo de esa chica –la interrumpió Milton.

Liam notó que tenía los ojos rojos, cansados. Y su mata de pelo blanco en desorden sobre la frente colorada.

–Acabo de hablar con sus padres –dijo Milton temblando y suspirando–. Ha sido muy... duro. –Bajó la mirada–. Están destrozados. Es terrible que unos padres tengan que soportar un dolor tan grande.

Se rascó la cabeza. Liam vio la venda color carne alrededor de la muñeca.

–Milton, ¿se ha vuelto a cortar? –preguntó Sara.

Milton asintió y les mostró el vendaje.

–Con uno de mis cuchillos. Se salió del soporte mientras lo limpiaba. Me hice un buen tajo. –Sacudió la cabeza.

Liam consultó su reloj y cogió a Sara del codo.

–Será mejor que nos vayamos. No tenemos mucho tiempo. –Se volvió hacia Milton–. Cuídate, ¿de acuerdo? Esos cuchillos que tienes...

Milton tragó.

–No puedo dejar de pensar en Devra Brooks. Una chica tan maravillosa...

Liam bajó la mirada.

–Ha sido un golpe.

–Estaba en mi fiesta. ¿Te acuerdas de que te sorprendiste de verla, Liam? No puedo creer que haya estado en mi casa y ahora...

–La vi hace poco –dijo Liam en voz baja mirando a Sara–. Sara y yo estábamos cenando en la parrilla Texas, y Devra se acercó a nuestra mesa.

Sara se asombró.

–¿La pelirroja? ¡Dios mío! No recordaba su nombre.

Liam le apretó el brazo y se lo acarició suavemente.

–Sí, era Devra. Una chica encantadora, y buena alumna. Guapa y muy inteligente.

–No lo sabía –dijo Sara con las manos en la cara–. ¡Qué horror! –Sara miró a Milton–. Esta mañana todo el mundo hablaba de ello. Yo no lo sabía... Todo el mundo en el campus está alterado y asustado.

–Los estudiantes tienen miedo de andar por el campus de noche –dijo Milton estirándose el puño de la camisa por encima del vendaje de la muñeca–. Me llaman los padres y me preguntan qué ha pasado. No sé qué decirles. ¿Qué debo decirles? No sé si la policía está trabajando bien. No está acostumbrada a este tipo de crímenes. Éste es un pueblo pequeño. –Volvió a sacudir la cabeza–. ¿Qué debo decirles?

–Desgraciadamente no podemos hacer nada –murmuró Liam. Se miró los dedos manchados de tinta y frunció el entrecejo.

–Hay un maníaco asesino rondando por aquí –musitó Sara cogida del brazo de Liam–. En la televisión han dicho que no hay conexión entre los tres asesinatos, que las víctimas fueron escogidas al azar. Un psicópata.

–Más tarde tenemos una reunión –dijo Milton– para decidir si el torneo de la semana próxima lo trasladamos de la noche a la tarde. –Suspiró–. ¿Será más seguro así? Quizá deberíamos suspenderlo. No lo sé.

–Tenemos que irnos –anunció Liam cogiendo a Sara del hombro–. El avión sale a las cinco. Hasta el lunes, Milton. Descansa, pareces agotado.

–Cuidaos, ¿de acuerdo? Todavía tengo que hacer algunas llamadas. –Milton se volvió y entró otra vez en su despacho.

Liam salió presuroso con Sara. Era una tarde gris con nubes de tormenta sobre el lejano horizonte, al otro lado del campus. La atmósfera estaba pesada y húmeda. Liam observó el vapor de su aliento. «Parece que va a nevar –pensó–. Ojalá el avión pueda despegar.»

Bajaban por la escalinata de la entrada cuando, para sorpresa de Liam, Sara se puso delante de él, lo abrazó y apretó la mejilla contra la suya.

–Tres mujeres asesinadas en el campus. Oh, Liam. Es... aterrador.

–Sí, lo es. –Le gustaba la tibieza de su mejilla, la sensación de aquellos brazos alrededor de su cuerpo–. No te preocupes, cariño, yo te protegeré –le dijo dándole un beso en la oreja–. Cuidaré de ti.

Sara cerró la maleta y la bajó de la cama. La apoyó en el suelo y cruzó la habitación hasta el tocador. Se miró en el espejo ovalado y se cepilló el pelo otra vez.

«¿Por qué estoy tan nerviosa?» Se quitó una mancha de carmín de la barbilla con el pulgar. «A mi madre le va a encantar Liam. Seguro que cae en las redes de su encanto irlandés. Y a Frank y Laurie también les caerá bien.»

Frank, su hermano mayor. «¿Qué edad tiene ahora?» Tenía que hacer cuentas. Quince años más que ella, o sea, treinta y nueve. Frank ya era un adolescente al nacer Sara. «Nunca mantuvimos estrecho contacto», pensó con añoranza. Siempre había sido más un padre que un hermano. Y su esposa, Laurie, siempre se había mostrado bastante distante.

Miró el reloj de la mesilla. Liam llegaría de un momento a otro. En el momento en que cogía la maleta para llevarla hasta la puerta, sonó el teléfono. «¡Eh! Cálmate, Sara –se dijo–, casi te caes.» Cruzó la habitación y atendió.

–Hola, Mary Beth. Estaba a punto de salir. Ya sabes, tengo que ir al aeropuerto. Nos vamos a Muncie. Y...

–El aeropuerto puede esperar –la interrumpió Mary Beth–. Necesito hablar con alguien.

Sara volvió a mirar el reloj.

–Vaya, no pareces muy contenta que digamos.

–¡Esos asesinatos van a matarme! –se quejó Mary Beth.

Sara separó un centímetro el auricular del oído.

–¿Es un juego de palabras o qué?

–No estoy bromeando –repuso Mary Beth–. El teléfono no para de sonar. He tenido el despacho lleno de fotógrafos, ese cuchitril, ¿te imaginas? Y periodistas de todas partes. Y esta tarde, dos equipos de televisión. Ambos llegaron a la misma hora y ¡empezaron a pelearse por quién había sido el primero en rodar las escenas del asesinato!

–No lo comprendo. ¿Por qué van a verte a ti?

–Porque soy la encargada de prensa de la universidad, ¿recuerdas? ¡Qué locura! Se supone que es un puesto tranquilo y poco importante y que mi trabajo consiste en hacer unos vídeos y folletos que muestren lo fabuloso que es este campus. Pero en cambio tengo periodistas que me atosigan con preguntas acerca del asesino de esas pobres mujeres. Y... y...

–Tranquilízate, Mary Beth. Al menos...

–Creo que tengo que salir y coger una buena trompa. De veras. Estoy agotada, Sara. Farfullo como una idiota y la cabeza me da vueltas. Necesito colocarme. ¿Por qué no aplazas el viaje a Indiana y quedamos en el Pitcher?

–¿Qué? ¿Hablas en serio? Ya conoces a mi madre. Debe de estar en la puerta esperándome. Liam y yo tenemos que...

–También quiero hablarte de Liam. Estoy muy contenta por ti, de veras, pero no sé por qué tienes tanta prisa en...

–Mary Beth, ahora no podemos hablar. Es tarde y...

–Sara, no sabes nada de Liam.

–Lo único que sé es que es un hombre maravilloso y que esta vez no me equivoco. Lo sé. Pero no tengo tiempo para...

–Por eso tengo que coger una trompa. Colocarme y hablar de todo. Sara, no imaginas lo que está pasando en el campus.

–Eh, lo sé, yo también estoy aquí. También oigo a la gente hablar de lo asustada que está, de lo...

–No; me refiero al edificio de la administración. Todo el mundo está aterrorizado. Y los periodistas y la gente de la televisión atacan como... como langostas. Por suerte han decidido desviarle algunos a Milton a partir de mañana. Se dieron cuenta de que yo no podía con todo. Los de la televisión están locos. Son muy pesados, no sé qué se creen. Pero como Milton es el jefe de estudios, van a... –Se paró en seco–. Eh, Sara, tú trabajas para Milton, ¿no? ¿No te ha parecido que es un poco perverso?

Sara rió.

–Sí, bastante. Nunca te mira a la cara, siempre mira...

–Sí, eso. Y tampoco es muy sutil que digamos. Esta mañana me agaché para atarme el zapato y...

–Escucha, Mary Beth, lo siento pero tengo que irme. De veras. ¿Te llamo más tarde? ¿Desde Indiana?

–No, mejor que no. A esa hora espero no estar en condiciones de hablar. Quizá llame a Eric. Él siempre sabe tranquilizarme. ¡Ja ja!

–Mary Beth...

–Ha sido una pesadilla, Sara, una auténtica pesadilla. Pero sigue con lo tuyo. Saluda a tu madre de mi parte y llámame cuando vuelvas, ¿de acuerdo?

–Muy bien, hasta pronto. –Sara colgó y volvió a mirar el reloj.

Sonó el timbre. A pesar de que esperaba la llamada, Sara se sobresaltó. Se dirigió a la puerta. «¡Liam! ¡Ha llegado antes!» Abrió.

–Liam, ¿el taxi está...?

No era Liam.

No había nadie. ¿Alguien le gastaba una broma? Oyó pasos en el pasillo.

Estaba a punto de cerrar la puerta cuando vio la caja sobre el felpudo. Una caja plateada de regalo con cinta y lazo.

«¿Un regalo de Liam? Pero teníamos prisa. No puede ser de Liam... ¿De quién entonces?»

Echó una última mirada al largo pasillo vacío y entró la caja al apartamento. Era grande pero liviana.

Cerró la puerta con la espalda y se dejó caer en el sofá con la caja sobre el regazo. Desató el lazo, levantó la tapa plateada y apartó el papel.

¿Qué era aquello? ¿Cuatro bonitas y suaves borlas de algodón blancas? Cogió una de ellas... estaba tibia.

La acercó para examinarla. Y empezó a gritar.

27

Soltó aquella especie de borla de algodón, que volvió a caer en la caja. Hueso y cartílago asomaban por dentro. Manchas en el papel, manchas de sangre húmedas y tibias.

Su grito terminó en temblores y arrojó la caja sobre la mesa.

Las cuatro patas de conejo chocaron entre sí. Volvió a ver la sangre coagulada y el cartílago amarillento debajo de la piel algodonosa. Se sacudió la mano como para deshacerse de la repulsiva sensación que le había dado la pata.

Todavía tibia.

Todavía estaba tibia. Tragó y se dio cuenta de que la habían arrancado del animal. Al conejo no le habían cortado las patas; se las habían arrancado. Las venas y el cartílago colgaban del pelaje manchado.

Un gemido escapó de su garganta.

–Puajjj... Qué asco.

Y entonces vio el sobre. Un sobre blanco y pequeño, del tamaño de una tarjeta de felicitación, metido entre el papel, a un lado de la caja. «Debería dejarlo donde está –se dijo mirándolo fijamente hasta que se volvió borroso–. Debería dejarlo y llamar a la policía.

Parpadeó. El sobre volvió a su campo visual junto con las cuatro patas peludas. Lo cogió con mano temblorosa y lo apartó de aquel desagradable espectáculo.

En el revés del sobre había una mancha de sangre. Lo abrió y sacó una tarjeta pequeña con un reborde negro. La sostuvo con ambas manos hasta dejar de temblar y leyó las letras escritas con tinta roja: «Si te casas con Liam, vas a necesitar toda la suerte del mundo».

Sara estrujó la nota con una mano que de repente sintió fría y húmeda. Respiró hondo, cerró los ojos y trató de pensar.

«¿Quién la ha mandado? ¿Chip? Las llamadas telefónicas... y ahora este regalo repugnante. ¿Está tan loco como para descuartizar a un animal vivo sólo para asustarme? No, imposible. No es él. Pero...»

Sin darse cuenta, levantó el auricular y se esforzó por enfocar el bloc gris que había junto al aparato, en el que tenía el número de Liam.

«Lo he llamado tantas veces que ya tendría que saberlo de memoria –se riñó–. ¿Está en casa o viene para aquí en taxi? Marcó el número. El corazón le latía veloz. Tan veloz como el corazón de un conejo», pensó. Una arcada le subió por el pecho hasta la garganta.

Tres llamadas.

–¿Diga? –Liam parecía sin aliento.

–Liam, soy yo. Me... me...

–¿Sara, qué pasa? Estaba a punto de salir. No es tarde, ¿verdad?

–No. Liam... me... una cosa espantosa. –Quería describirle la caja y su repugnante contenido, pero le salió otra pregunta con voz tensa y chillona–. Tu conejo, *Febe*... ¿está bien?

Silencio y a continuación un fuerte suspiro.

–Sara, tú has de ser adivina.

–¿Qué quieres decir?

–Pues... *Febe* no está bien.

Sara sintió la conmoción del asombro.

–Le dio una especie de fiebre –continuó Liam–. Ayer por la tarde el veterinario lo sacrificó. Es curioso lo mucho que uno se encariña con los animales. He pensado todo el día en *Febe*.

–Liam... yo... –Sara bajó la mirada hacia la caja de regalo plateada.

–¿Cómo sabías lo de *Febe*? –preguntó él–. No te lo dije porque no quería echar a perder...

–¡Es espantoso! –lo interrumpió Sara con un grito–. Alguien me mandó un paquete, una caja de regalo con cinta, lazo y todo. Dentro había cuatro patas de conejo, Liam, empapadas de sangre. Y... y... –Un sollozo escapó de su garganta.

–¿Cuándo? ¿Hoy?

–Había una nota escrita con tinta roja –continuó Sara–, que me advertía sobre ti.

–Dios mío. ¿Qué decía?

Sara respiró hondo e intentó serenarse.

–Una advertencia. Decía que necesitaría toda la suerte del mundo si me casaba contigo.

Un breve silencio.

–Qué horror, Sara. Lo siento, de veras.

–¿Qué hago, Liam? ¿Llamo a la policía?

–No lo sé. Éste debería ser un momento feliz para nosotros, pero alguien...

–¿Quién? –preguntó ella–. ¿Quién?

–Lo averiguaré, te lo prometo. Y pondré fin a todo esto.

28

Cada vez que Sara volvía a su hogar, la casa blanca le parecía más pequeña. Trozos de nieve gris salpicaban el jardín delantero como icebergs de un océano oscuro.

Se cogió al brazo de Liam y pulsó el timbre. El aliento dibujaba nubecillas de vapor amarillento bajo la luz brillante del porche.

Frank abrió la puerta con una amplia sonrisa y los ojos brillantes detrás de unas gafas sin montura. Sara vio que estaba casi completamente calvo y se obligó a apartar la mirada de aquella frente brillante e interminable.

–¡La hermana pródiga vuelve a casa! –exclamó.

Un abrazo para Sara y un franco apretón de mano para Liam. Sara vio la mueca en la cara de Liam. Frank no solía mostrarse tan exuberante.

Entraron en el vestíbulo y el frío entró con ellos. De la cocina llegaba un aroma delicioso. La casa estaba caliente como un horno, como siempre.

Sara trató de sacudirse el frío. Echó una breve mirada alrededor, satisfecha de que todo siguiese como siempre: las paredes revestidas de madera oscura, el sofá y el sillón de pana verde, el reloj brillante sobre la repisa de la chimenea, reproducciones del período azul de Picasso en las paredes, una foto en blanco y negro de su padre.

Al otro lado de la sala, su madre, que sonreía como Frank, se esforzaba por levantarse del sillón. Laurie, la esposa de Frank, guapa y delgada, se agachó para ayudarla.

–¡Quienquiera que haya inventado las rodillas se confundió! –exclamó la señora Morgan. Una vez de pie, le dio un abrazo a Sara–. ¡Estás helada! Quítate el abrigo. –A Liam también le dio un abrazo–. Bienvenido a la familia. Liam, tú sí que trabajas rápido, ¿eh?

Sara rió, pero Liam se quedó mudo.

–Qué parecida es usted a Sara –dijo éste al fin.

–Ya lo sé. Podría ser su hermana –exclamó la señora Morgan elevando los ojos al techo.

Le presentó a Laurie, que estaba de pie con las manos torpemente en la cintura de una falda negra que llevaba sobre unos leotardos.

–Sara nos ha hablado mucho de ti. Y mi prima fue alumna tuya hace unos años.

–¡Espero no haberla suspendido! –sonrió Liam.

Todos rieron.

Sara vio cómo los ojos de Liam estudiaban a su madre. «Es verdad que nos parecemos mucho», se dio cuenta. La señora Morgan llevaba un holgado jersey azul y unos tejanos desteñidos. Tenía el cabello –idéntico al de Sara pero con algunos mechones grises– peinado hacia atrás y recogido en una coleta juvenil. Se negaba a convertirse en una «vieja». Notó que iba más maquillada de lo habitual y vio la tensión en su rostro al dar unos pasos. La artritis en las rodillas había empeorado desde la muerte de su esposo.

–Siempre me sorprende ver cómo se parecen las hijas a las madres –comentó Liam mientras le daba el abrigo a Frank–. Pero Sara no tiene ese hoyuelo tan bonito. –Le sonrió a la madre, que se tocó la barbilla.

–¿Bonito? Siempre me ha dado vergüenza. Sabes una cosa, cuando una es joven quiere ser como los demás. ¡Siempre quería tapármelo o rellenármelo!

–Hay una vieja rima de Yorkshire –dijo Liam. Cerró los ojos tratando de recordarla–. Hoyuelo en el mentón, te ganas la vida un montón; hoyuelo en la mejilla, te has de buscar la vidilla.

La señora Morgan rió.

–Pues el mío se habrá resbalado o algo así. ¡Todavía me la sigo buscando!

Más risas.

–Por favor, no lo animes –intervino Sara cogiendo a Liam del brazo–. ¡Liam tiene una rima tonta para todo!

Él le dirigió una mirada sorprendida.

–¿Tonta?

–Espero que la eduques un poco –le dijo Frank a Liam–. ¡No hablaba así antes de ir a Nueva York!

Risas de todos menos de Sara.

–¿Cuándo vas a dejar de hacer bromas con Nueva York? Ya era mala antes de ir a Nueva York –le gruñó a Frank.

–Venid a sentaros aquí –ordenó la señora Morgan y se volvió hacia su sillón–. Quería recibiros con un buen fuego, ¡pero no tenemos chimenea!

Liam sonrió a Sara apreciando el humor de su madre, y probablemente un poco sorprendido de que Sara nunca intentara ser graciosa.

–¡La casa está tan caliente que un fuego seguramente la enfriaría! –comentó Laurie.

–Me gusta el calor –repuso la señora Morgan. Dio unos laboriosos pasos hacia el sillón.

–¿Sigues tomando los medicamentos, mamá? –preguntó Sara–. Parece que te duele.

–¡Pero no le impidió ir al concierto de Dead la semana pasada en Indianápolis! –exclamó Frank, que regresaba del armario del recibidor.

–¡Joder! No me lo puedo creer –dijo Sara.

–Te aseguro que no hablaba así antes de ir a Nueva York –le dijo Frank a Liam.

–Grateful Dead una vez y Grateful Dead hasta la muerte –exclamó la señora Morgan–. Jerry García está casi tan viejo como yo.

–Y su música también –gruñó Frank.

–No me hace falta que Laurie y tú vayáis por ahí poniendo etiquetas. Si estáis tan pasados de moda como para no saber apreciarlo... –bromeó la madre.

–Si nos lo pasamos muy bien –intervino Laurie frunciéndole el ceño a Frank–. Fue... ¡impresionante!

La señora Morgan se volvió hacia los recién llegados.

–He leído lo de esos horribles asesinatos en el campus, Sara. Estaba muy preocupada. Todavía no han cogido al asesino, ¿no?

Sara suspiró. ¿Por qué tenía que sacar enseguida el tema de los asesinatos?

–No, no lo han cogido.

–¿Y tú te cuidas? –preguntó la madre.

–Por supuesto.

La madre se quedó mirando pensativamente a la hija.

–¿Tenéis hambre? –dijo de pronto como saliendo de sus sombríos pensamientos–. Espero que no hayáis probado esa comida del avión, ¿eh? Vamos a comer.

Cogió a Sara de la mano y la llevó al comedor.

–Tengo una pequeña sorpresa. He preparado la cena del día de Acción de Gracias.

–¡Mamá! ¿Por qué...? –empezó Sara.

–El día de Acción de Gracias estaremos en tu boda, ¿no? –La madre sonrió a Liam–. Así que pensé que podíamos hacer la cena hoy. Ya sabes, pavo relleno y lo de siempre.

–Me parece perfecto –dijo Liam–. Viajar en avión siempre me da un hambre voraz.

–Estamos acostumbrados a cenar a las seis –explicó la señora Morgan–. Aquí en el Medio Oeste la gente cena temprano.

–Estoy bastante familiarizado con las costumbres del Medio Oeste. Viví en Chicago hasta este otoño.

–¡Me encanta Chicago! –exclamó la señora Morgan–. Dave y yo íbamos siempre que podíamos –suspiró–. Pasamos allí nuestra luna de miel, en un hotel maravilloso con vistas al lago. Quizá Sara y tú...

–No, no tenemos tiempo –la interrumpió Sara–. Después de la boda disponemos sólo de unos días hasta que empiecen las clases otra vez.

–Quizá deberías posponer la boda hasta primavera –sugirió la señora Morgan mirando a su hija–; entonces tendrías tiempo para una luna de miel de verdad. Tendríais todo el verano.

Sara se mordió el labio. «Mamá nunca ha sido la persona más sutil del mundo. Ésta es su manera más delicada de decir que no me precipite.»

–¡Vaya... qué mesa! ¡Es preciosa! ¿Por qué te has molestado tanto? –exclamó Sara para cambiar de tema. Ella también sabía ser «sutil».

–Me ayudaron Laurie y Frank –repuso la señora Morgan. Pero seguía mirando a Sara significativamente.

–La cena ha sido magnífica –exclamó Liam al entrar en la sala. Cogió una silla de respaldo recto y la puso junto al sillón de la señora Morgan. Sara se acomodó en el extremo más cercano al sofá–. ¡Hacía años que no comía tan bien!

–Liam, ¡la adulación te llevará lejos! –sonrió la madre de Sara palmeándole la mano con familiaridad.

–No soy un adulador –protestó Liam–. Pregunte a Sara.

Sara elevó los ojos al techo.

–No creas nada de lo que dice, mamá. No olvides que es un contador de historias.

–Me gustó mucho la que contaste durante la cena –le dijo la señora Morgan–. El lunes iré a la biblioteca a pedir todos tus libros, Liam.

Él se lo agradeció, se inclinó hacia ella y empezaron a cuchichear. La estaba fascinando.

Sara se esforzó por escuchar lo que decían.

–Sara siempre fue la más tranquila –murmuró la señora Morgan–. Era mi pequeña, aunque siempre fue muy adulta para su edad.

Se oía el ruido del agua del grifo de la cocina. Laurie y Frank lavaban los platos. Sara se había ofrecido para hacerlo, pero ellos habían insistido en que se quedara hablando con la madre.

Bostezó, satisfecha y feliz.

–Mami, la casa está tan cálida y acogedora que en cualquier momento me quedaré dormida.

–Ojalá Gary y Rich estuvieran aquí –suspiró la señora Morgan–. Hace semanas que no hablo con tus hermanos. Espero que puedan asistir a tu boda.

–Me alegra que vengan Frank y Laurie –dijo Sara–, porque sé que suelen visitar a la madre de ella por Acción de Gracias.

–Será una boda muy bonita –comentó Liam en voz baja acercándose más a la señora Morgan–. Celebraremos la ceremonia al aire libre, junto a un bosque, detrás de la casa del jefe de estudios.

La madre de Sara reaccionó con asombro.

–¿Al aire libre? ¿A finales de noviembre? ¿No nos congelaremos?

–Será una ceremonia corta –prometió Sara–. Le dije a Liam que estaba loco, pero insistió...

Liam empezó a decir algo pero calló cuando una figura oscura saltó silenciosamente de detrás del sofá hasta su regazo.

–¡Ay! –exclamó asustado.

Sara vio que Liam se apoyaba rígido contra el respaldo de la silla. Miró asombrado y atemorizado el enorme gato negro que tenía sobre las rodillas.

–*Flint*, me preguntaba dónde te habrías escondido –dijo la señora Morgan–. Gato loco, ¿por qué has escogido a Liam?

Liam tenía los ojos abiertos y desorbitados, como en una competición con los ojos amarillos del gato.

–Empújalo –sugirió la madre de Sara–. *Flint* no sabe lo pesado que es. Haz que se baje.

Liam no se movió ni parpadeó.

El gato negro ladeó la cabeza y siguió mirándolo mientras movía suavemente las uñas de una pata sobre la pernera del pantalón. Liam lo miró, con los brazos rígidos a ambos lados del cuerpo.

Sara vio los ojos del gato reflejados en los ojos oscuros de Liam. Percibió el terror en la cara de Liam y vio cómo le temblaba la mandíbula.

–Empújalo, Liam –insistió la madre–. ¿Liam? ¿Qué te pasa?

–Eh... nada, mamá –dijo Sara en voz baja–. Liam es un poco supersticioso.

29

Sara se acomodó el camisón de franela y se cruzó con Liam en el pasillo débilmente iluminado. Contuvo la risa. El amplio pijama rayado de él parecía salido de una película de los años cuarenta.

–¿Quieres entrar primero? –preguntó señalando el cuarto de baño con el cepillo de dientes.

–No hace falta que cuchichees, cariño.

Lo besó en la mejilla y le pasó los labios por la cara hasta que se encontró con su boca.

El parquet crujió bajo los pies descalzos. Sara se asomó por la escalera. La casa estaba a oscuras. La madre se había acostado en el cuarto de abajo pocos minutos después de que Frank y Laurie se marcharan a su casa, a pocas manzanas de distancia.

Acercó los labios al oído de Liam.

–Puedes venir a mi habitación. No hace falta que duermas en ese cuchitril.

Liam meneó la cabeza.

–No creo que sea una buena idea –murmuró.

La abrazó con fuerza y la besó en la boca. Tenía la mejilla ardiendo.

–Mi madre no nos oirá –murmuró Sara–. De veras, Liam. No somos adolescentes. No tenemos que andar escondiéndonos. Ella sabe que nos acostamos juntos.

–Pues no me siento cómodo –reconoció él, y le sonrió con impotencia.

Sara rió y le acarició la cara tiernamente.

–A veces eres tan tímido y tan tonto...

–Eso es lo que te gusta de mí.

–Mmmm. Una de las cosas –dijo besándole el labio superior.

Otro beso prolongado en la boca.

–Siento lo del gato de mi madre.

–Me dio un susto de muerte.

–¿De verdad? Estás como una cabra. –Otro beso–. Si no lo hubiera recogido de tus rodillas, ¿qué habrías hecho?

Él le besó los párpados.

–Me cogió desprevenido, eso es todo. Salió de la nada. Ni siquiera sabía que tu madre tenía un gato.

–Un gato negro –bromeó ella–. No te gustan los gatos negros, ¿verdad?

Liam se apartó de un paso y de repente se puso rígido.

–Buenas noches, Sara, que duermas bien. –Se volvió y echó a andar hacia su habitación. La madera crujía con cada paso.

Ella fue detrás de él y lo cogió por el hombro del pijama.

–¿De veras no vas a venir a mi cuarto? Lo siento, Liam, no quería burlarme de ti ni de tus supersticiones. Sólo que... pues... tienes que admitir que todo eso de los gatos negros es un poco tonto.

–Hasta mañana –murmuró él. Le dio un beso en la frente, entró en el cuarto y cerró la puerta.

–¿Qué he hecho? –susurró Sara con la cara pegada a la puerta–. Dime qué he hecho. ¿Cuál es el problema?

Pero Liam no respondió, y al cabo de un minuto Sara se dio la vuelta y se dirigió al cuarto de baño.

Sara se había prometido no ponerse sentimental por dormir en su antigua habitación. Apagó la luz para no ver los viejos pósters, las fotos del instituto, todas las cosas que su madre había guardado en el «Santo Sepulcro de Sara».

«Ya sé que es normal tener todos estos pensamientos melancólicos y confusos por dormir en la habitación de mi niñez. Después de todo es la última vez que estoy aquí de soltera. Pero estoy demasiado cansada. Y enfadada con Liam y sus supersticiones tontas. Y no quiero empezar a sollozar, a abrazar a mi viejo oso de peluche y a comportarme como si tuviera cinco años... Ojalá papá estuviera aquí –pensó mientras se acomodaba la almohada debajo de la cabeza–. Papá, te echo tanto de menos. Ojalá pudiera hablar contigo. Ojalá pudieras conocer a Liam. Te gustaría, papi. No es como tú, pero te caería bien.» Mientras pensaba en su padre, fue cayendo en un sueño profundo, sin sueños, como una niña.

La despertó un grito, aullidos de miedo.

Se incorporó en la cama estrecha con los ojos abiertos y el corazón palpitante. Los gritos venían de abajo.

–¿Mamá?

Apartó las mantas y salió a trompicones de la cama. Corrió por el pasillo hacia la escalera.

–¿Mamá? ¿Mamá?

Al pasar vio que Liam salía de su cuarto, con el pijama arrugado, el pelo revuelto y frotándose los ojos. Sara echó a correr escaleras abajo y vio el charco oscuro en el suelo, una masa blanda a sus pies, y un ovillo negro al lado. Con ojos aún soñolientos, pensó que a su madre se le había caído un jersey negro. Pero entonces vio las cuatro patas rígidas que asomaban de aquella masa informe. Y se dio cuenta de que el ovillo negro era la cabeza del gato.

–*Fl... Flint* –balbuceaba su madre, señalando la masa negra y peluda. No paraba de parpadear, como si no diese crédito a sus ojos, como si tratara de que desapareciera ese espanto.

–Oh, *Flint*...

Sara sintió que se le doblaban las rodillas y se cogió a la encimera de formica para sostenerse.

La cabeza del gato había sido arrancada limpiamente. El cuerpo negro y peludo estaba empapado en un charco de sangre y una maraña de venas rojas le salía de la garganta abierta.

–*Flint*...

–¿Qué pasa? –preguntó Liam irrumpiendo en la cocina descalzo. Las pisadas retumbaron sobre el linóleo mientras se acercaba a Sara.

–Es el gato. Lo... –respondió Sara cogiéndolo del brazo.

–Alguien ha matado a *Flint* –murmuró la señora Morgan con la vista fija en la cabeza aplastada.

Liam emitió un gemido de asombro. Cruzó la habitación rápidamente y se agachó junto al cadáver. Estudió el cuerpo y siguió con la mirada la huella de sangre hasta la cabeza.

–Un animal –murmuró. Se puso de pie y sacudió la cabeza–. Un mapache, quizá, o un perro grande. Mirad –señaló–, la puerta de atrás está abierta.

La señora Morgan suspiró y se llevó las manos a la cara.

–¿La puerta?

Los tres se quedaron mirando la puerta abierta.

–¿Pero de verdad crees que un animal entró por la puerta, mató a *Flint* y volvió a salir por la puerta? –preguntó la madre volviéndose hacia Liam.

–¿Qué otra explicación hay? –replicó Liam con expresión solemne.

30

Liam entró en el pasillo de espejos para arreglarse la pajarita negra. Oyó risas en la habitación del frente, ruido de abrigos, repiqueteo de tacones en el suelo de madera.

Se acercó al espejo toqueteándose la pajarita y vio el reflejo de Margaret. Llevaba falda beige y blanca, blusa de cuello alto de encaje y chaqueta beige. Estaba de pie nerviosa en la entrada del pasillo; primero metió la mano en el bolsillo de la chaqueta, después la sacó y por último se acomodó el ramillete amarillo y blanco que llevaba prendido a la solapa.

«Margaret, estás aún más nerviosa que el novio –pensó Liam con una fugaz sonrisa–. Yo estoy completamente tranquilo. Y más tranquilo ahora que la ceremonia está a punto de empezar.» Oyó otras voces en la sala. La puerta de entrada que se cerraba. Saludos en voz alta. Voces que no reconocía.

Él hubiera preferido una boda pequeña, con cuatro o cinco personas como máximo, lo suficiente para que fuera legal y romántica a un tiempo. Pero Sara había insistido en una boda de verdad. Tenía que invitar a su familia –su madre, hermanos y primos–, sus compañeros de escuela y universidad.

Había sido idea de Milton celebrarla en su casa. Y Sara aprovechó la oportunidad.

–¡Qué lugar maravilloso! ¡Un sitio hermoso para comenzar nuestra vida en común! ¡Tan romántico!

Romántico.

Liam se tocó el bolsillo de la chaqueta del esmoquin para palpar la hebilla que pensaba regalarle a Sara. El pastor de la capilla del campus había accedido a celebrar un servicio sencillo. Para Sara era suficiente, pero Liam quería añadir algo especial. Se acordó de la conversación telefónica de la noche anterior. Sara parecía tan nerviosa, tan infantil. Con su familia alrededor volvía a ser la pequeña. La había llamado con el pretexto de saber si estaba tranquila y de buen humor, pero el motivo auténtico era asegurarse de que hubiera conseguido objetos viejos, nuevos, prestados y azules, y de que llegara a casa de Milton antes que él, así no la vería antes de la boda.

«Ningún descuido –se prometió a sí mismo–, absolutamente ningún descuido.»

Pero Mary Beth había tenido problemas con el coche y llegó tarde. Había aparecido en casa de Milton, con Sara a su lado, unos segundos después de Liam y Margaret. ¡Vaya amiga!

Liam la había maldecido y evitado sus ojos mientras ella pedía disculpas a gritos y su aliento enviaba señales de humo contra el deslumbrador cielo azul de la tarde. Liam se había dado la vuelta mientras Mary Beth llevaba deprisa a Sara y el vestido de novia al interior de la casa.

Ningún descuido.

Liam echó una ojeada a Margaret en el espejo, todavía absorta, mientras practicaba la sonrisa. «No te preocupes, Margaret, ya casi estamos. Todo saldrá bien... si consigo hacerme el nudo de esta pajarita», pensó.

Una fuerte palmada en el hombro estropeó los esfuerzos de Liam.

–¡Te he estado buscando, Liam! –bramó Milton, sonriente como un padre orgulloso–. ¿Cómo se encuentra el novio?

–Bastante bien. –Liam le devolvió la sonrisa. Milton parecía un personaje de Dickens con su chaqué negro brillante. Liam estuvo tentado de llamarlo «señor terrateniente».

–Déjame ayudarte con eso.

Antes de que pudiera protestar, los dedos gordos de Milton ya estaban enredados en la pajarita.

–Milton, por favor...

–Fuera hace frío –informó Milton sin prestar atención a la incomodidad de Liam–. Todavía estamos a tiempo de celebrar la ceremonia dentro.

–Hace frío pero está precioso –insistió Liam–. El cielo está azul y despejado y el sol ilumina los árboles nevados. Es mucho más romántico.

–De acuerdo, de acuerdo. –Milton terminó de hacer el lazo y se alejó para admirar su obra–. Perfecto. Eres un hombre afortunado, Liam. De verdad te envidio.

«Ya lo sé», pensó Liam con humor.

–Ha sido un gran detalle por tu parte ofrecernos la casa

–dijo–. Es el escenario más bonito que quepa imaginar. Sara también te estará eternamente agradecida –añadió.

Milton sonrió y le sacudió las solapas del esmoquin.

–¿No ha venido tu familia?

–No. Mi madre murió cuando yo tenía doce años –respondió Liam en voz baja–, antes de que Margaret y yo llegáramos a Estados Unidos.

–¿Y tu padre?

–Hace años que no hablo con él. Margaret y yo... de alguna manera huimos de él. Tuvimos que... escaparnos. Vinimos a Estados Unidos y perdimos el contacto con él.

–Lo siento –se disculpó Milton, incómodo. Echó una mirada a su reloj–. Será mejor que salgamos. El trío de cuerdas del departamento de música ya ha llegado y está en el bosque. ¡Si tardamos mucho se les congelará el violoncelo!

Liam se quedó en la silenciosa seguridad del pasillo de espejos. Oyó a Milton animar a los invitados y las voces de la gente. Se preguntó cómo estaría Sara. Ella y Mary Beth se habían instalado en el dormitorio de Milton para preparar la entrada. «Será una novia hermosa», pensó anhelante. Le dio una última inspección a la pajarita, que estaba casi recta, y suspiró mientras se miraba los ojos en el espejo.

Azules.

Sus ojos no eran marrones sino azules.

–¡No... por favor! –suplicó en voz alta–. ¡Por favor!

Parpadeó varias veces rápidamente. Seguían azules.

–¡No! ¡Hoy no! ¡Por favor! –rogó.

Una lengua gorda y roja que le salía de la boca acalló sus propias palabras. Una lengua viperina, desenrollada y púrpura como una medusa. Liam retrocedió a trompicones mientras la lengua, de un metro de largo, gorda como un salami y con surcos y manchas, salía de su boca y se agitaba húmeda sobre el espejo.

–¡No! ¡Por favor! ¡Hoy no! ¡Ahora no!

Se esforzó por respirar.

La lengua se curvaba y retorcía como el tentáculo de un pulpo.

–¡Fuera! ¡Fuera... largo!

Oyó pasos. Se volvió y vio a Milton cruzar la sala para buscarlo.

La pesada lengua púrpura se recogió rápidamente en la boca, ahogando a Liam mientras se encogía. Jadeó horrorizado y sus ojos empezaron a oscurecerse hasta tornarse marrones otra vez.

–¡Liam! –exclamó Milton–. ¿Qué haces en el pasillo? ¿Estás bien?

Liam se encogió de hombros y se obligó a sonreír.

–Supongo que son los nervios.

QUINTA PARTE

31

–No puedo creer que al fin haya encontrado un buen hombre –exclamó Sara–. No, borra eso. ¡Un hombre perfecto! –Giró alegremente dibujando una estela con el velo de encaje a sus espaldas. Parecía una novia feliz.

–¡Sara, estáte quieta! –la riñó Mary Beth–. Tenías el velo perfecto y ahora lo has jodido.

Sara rió como una niña.

–No digas «joder» en el día de mi boda.

Mary Beth abrió la boca.

–¿Por qué no?

–Trae mala suerte. –Los ojos de Sara brillaron debajo del velo blanco.

–Empiezas a parecerte a Liam –gruñó Mary Beth.

Sara se acercó a la ventana.

–Quiero que todo salga perfecto. He tenido mala suerte con los hombres, pero ahora he encontrado a Liam. Es bueno, tierno y tan... brillante. Y se preocupa por mí. Esta vez sé que todo saldrá bien. Y me aseguraré de que así sea. ¡Me aseguraré de que todo resulte perfecto!

Mary Beth aplaudió.

–Ahora que ya has hecho el brindis nupcial, ¿qué te parece si vas a casarte?

–¡Dios mío! –exclamó cubriéndose la cara con las manos mientras miraba por la ventana–. Todo el mundo está fuera esperando.

–Y muriéndose de frío –añadió Mary Beth mientras salía detrás de Sara–. ¡Espera, que no van a empezar sin ti!

El día anterior había nevado sólo unos tres centímetros, lo suficiente para dejar una alfombra blanca y brillante en el campo y los árboles cubiertos de diamantes.

Sara caminó bajo la luz del sol, deslumbrada por el resplandor. Blanco sobre blanco.

Todo estaba tan hermoso y arrebatadoramente maravilloso que se le llenaron los ojos de lágrimas. Y cuando vio a Liam, tan guapo con su esmoquin, la pajarita ligeramente torcida, cuando vio su pelo agitarse al viento, cuando lo vio sonreír y tenderle la mano, quiso echarse a llorar de felicidad por la pura y resplandeciente belleza de aquel momento.

El pastor era un hombre bajo y calvo de mejillas regordetas que le recordó a un muñeco de nieve. Lo único que le faltaba era una pipa y dos ojos de carbón. Llevaba una Biblia en la mano pero no la abrió, y no dejó de sonreír mientras hablaba. El viento se llevaba las palabras.

La nieve en polvo se arremolinaba alrededor de los tobillos de Sara. El frío era intenso. Miró los ojos marrones de Liam en los que se reflejaban los rayos de sol.

Con una amplia sonrisa el pastor terminó su discurso, dio un paso atrás y le hizo un gesto a Liam. ¿Había hablado durante un minuto? ¿Diez? ¿Veinte? Sara no lo sabía.

Pero ahora Liam se había vuelto hacia ella y el aliento formaba una nubecilla blanca de vapor. Sacó algo brillante del bolsillo de la chaqueta y se lo tendió a Sara.

¿Un rayo de sol? ¿Una chispa de sol en su mano? No. Un broche de oro. Una delicada hebilla de oro.

Liam se volvió hacia los invitados que aguardaban junto al bosque. ¿De verdad había gente observándolos? Sara se había olvidado completamente de ellos. Prestó atención y vio a su madre, a sus hermanos, todos apretujados con abrigos sobre la ropa de fiesta, sonrisas, sombras azules a sus pies.

–Sara, esto es para ti –anunció Liam con orgullo. Depositó la hebilla de oro en la palma de ella y le cerró suavemente la mano. La hebilla estaba tibia–. Estas palabras son de Yeats, pero el sentimiento es mío –añadió sonriéndole; luego la cogió de la mano y recitó:

Sujetaos el pelo con una hebilla de oro,
y recogeos cada bucle errante.
He invitado a mi corazón a crear estas modestas rimas,
y en ellas trabajé noche y día
construyendo una acongojada belleza
con mis viejas batallas.

Sólo tenéis que levantar una mano de madreperla,
recogeros el cabello y suspirar;
y a cada hombre el corazón se le saldrá del pecho,
y la espuma acerada sobre la arena oscura,
y las estrellas encaramadas sobre un cielo de rocío
vivirán sólo para veros pasar.

Silencio. Sara sintió el silencio en su corazón. Hasta el viento pareció detenerse. Apretó la hebilla de oro y besó la mano de Liam.

–Os declaro marido y mujer. –Las palabras surgieron como de la nada.

Y después se sorprendió besándolo, besándolo, y los aplausos resonaron por los árboles salpicados de hielo. «Perfecto –pensó Sara–. Es perfecto.» Se volvió y vio a Milton avanzar trabajosamente sobre la nieve y unas sombras azules que se movían deprisa. Vio el revólver en la mano de Milton, el largo cañón plateado y la culata de madera firmemente asida. Vio el revólver y la expresión sombría de Milton. Vio cómo levantaba el arma a la altura del hombro.

No tuvo tiempo de gritar. Ni de agachar la cabeza. Ni de esconderse.

No hubo tiempo.

32

Mientras sonaban los disparos se oyó el graznido penetrante de los pájaros. El eco de las detonaciones retumbó entre los árboles y se desvaneció bajo el batir de las alas.

Nadie se movió.

Milton volvió a disparar. Y disparó una vez más.

Sara sintió que se le doblaban las rodillas y se ahogaba. Todo había sido tan perfecto. Y ahora...

Liam le apretó la mano.

–No te asustes –le susurró.

–Pero ¿qué...?

Otro disparo horadó el aire. El batir de las alas de los pájaros era ahora distante.

–Es una vieja superstición –dijo Liam acercándose a ella, que sintió la tibieza de su aliento en la cara–. Los disparos alejan a los malos espíritus.

Sara exhaló temblorosa y dijo:

–Sobre todo alejan a los pájaros.

–En particular a los cuervos –murmuró él–. En Edimburgo los jóvenes se ocultaban detrás de los setos. Cuando la novia y el novio se acercaban, disparaban los mosquetes al aire. *Feu de joie* se llamaba.

–¡Liam, me has asustado terriblemente! Casi me desmayo. ¿Por qué no me avisaste? –le riñó Sara empujándolo.

–¡Ay! –sonrió Liam–. ¡Nuestra primera pelea!

Sara lo besó y sintió la lengua de Liam deslizarse dentro de su boca. Ella apenas la tocó con la suya e interrumpió el beso abruptamente, apartándose de él.

–¡Liam, nos está mirando todo el mundo!

–¡Me he casado con una chica muy tímida! –se rió Liam con ojos brillantes mientras le rodeaba la cintura.

–No soy tímida –replicó ella juguetona–, sino de Indiana. A la gente del Medio Oeste no les agradan las exhibiciones públicas.

Liam la abrazó y le acercó los labios al oído.

–¿Y qué hay con las privadas?

Sara se volvió y lo besó de nuevo. Evitó la boca pero le rozó la mejilla. «Es el día más feliz de mi vida», se dijo por enésima vez. El corazón le palpitaba debajo del vestido blanco de satén. Se sentía tan ligera como si fuera a elevarse y flotar por la repleta y bulliciosa sala de Milton. Se preguntó si alguna vez descendería.

Mary Beth la interrumpió con una pequeña cámara en la mano y girando alrededor de ella.

–Sólo unas más, Sara. Estás radiante.

Sara abrió la boca en cuanto se apagó el flash.

–¡Mary Beth, ya has hecho cinco carretes!

Otro fogonazo. Sara parpadeó momentáneamente cegada. La gente se movía alrededor entre brillantes globos amarillos. Oyó que Liam, detrás de ella, le contaba los planes de luna de miel a alguien.

–Nos vamos a los Pines. Allí hay un hotel precioso. Sólo unos días. No podemos estar mucho tiempo porque las clases empiezan el lunes.

«Sólo unos días –pensó Sara–, pero serán maravillosos. Los dos solos y ningún conocido. Nadie que nos interrumpa. El paraíso.»

Margaret, como surgida de la nada, apareció en su campo visual y la abrazó. Olía a gardenias; el aroma del perfume era fuerte y penetrante, como si se hubiera puesto demasiado o bañado en él. Sara sintió que las mejillas de su cuñada ardían.

–Estoy muy contenta por los dos. Jamás he visto tan feliz a Liam.

Otro abrazo. Y después la rodeó su familia, abrazos, apretones de mano, alguien que le tocaba el vestido, copas que se levantaban, sonrisas, palabras.

Era maravilloso ser el centro del mundo, e inusual.

No vio a Milton hasta que la arrinconó. Tenía los ojos acuosos, la cara roja y olía a una bebida fuerte. La hizo retroceder hasta la entrada del pasillo de espejos.

–¡Qué novia tan hermosa! –le dijo con una amplia sonrisa.

–Gracias, Milton. –Sara le devolvió la sonrisa–. Fue muy amable de tu parte...

Le apoyó una mano enorme en el hombro.

–Si Liam te da problemas, ven a verme.

Sara rió. Milton estaba bromeando... ¿no?

–No, lo digo en serio. Si te cansas de él, quiero decir, si no sale bien... Bueno, no sé qué estoy diciendo. –Cerró los ojos por un momento. Cuando volvió a abrirlos pareció enfocarlos mejor. Le masajeó el hombro–. Todavía tienes la llave de mi casa, ¿no?

–Milton... –Sara miró detrás del corpulento Milton en busca de Liam. Su madre le estaba sirviendo pastel de bodas.

Una sonrisa maliciosa cruzó el rostro de Milton.

–¿Me he olvidado de besar a la novia?

Y apretó unos labios húmedos y esponjosos contra los de ella. Un beso demasiado fuerte y ansioso.

–Creo que es hora de que Sara y yo montemos en nuestro caballo –la rescató Liam.

Milton retrocedió haciendo eses y en su cara reapareció la sonrisa maliciosa, esta vez dirigida a Liam. Sara aún sentía el sabor de sus labios. Pobre hombre, estaba tan solo... ¿De veras le importaba ella?

En un día como aquél no podía enfadarse con nadie, no podía censurar a nadie. No, ese día no, el día más feliz, el día más ilusionado, el día de sus sueños, el día en que había avanzado sobre la nieve brillante y engalanada para convertirse en la mujer de Liam.

–Si queremos salir hacia los Pines al anochecer es mejor

que nos vayamos –dijo Liam cogiéndola de la mano. Y se volvió hacia Milton–: No sé cómo darte las gracias.

–Eres un hombre afortunado –murmuró Milton. Dijo algo más pero Sara no lo oyó por el ruido de las risas y las conversaciones.

Liam y Milton se estrecharon la mano, y la pareja echó a andar por el pasillo de espejos hacia donde estaban los abrigos.

–¡Ay, me he olvidado de mi madre y mis hermanos! –exclamó Sara–. Tengo que despedirme de ellos. Han venido desde muy lejos.

Abrazos y felicitaciones. Promesas de mantenerse en contacto más a menudo. Saludos a los demás. Otro abrazo de Margaret. Sara buscó a Mary Beth pero no la encontró.

Liam apareció con su abrigo.

–Tengo que cambiarme el vestido –dijo ella–. De lo contrario me congelaré.

–Pondré la calefacción del coche al máximo –prometió él–, y te cambias en el hotel. Vámonos, ¿de acuerdo? No puedo sonreír ni a una sola persona más. Tengo la cara con una sonrisa impresa y no puedo seguir derramando simpatía. Si alguien más me felicita y me dice lo afortunado que soy, ¡te juro que lo muerdo!

Sara rió mientras Liam la ayudaba a ponerse el abrigo.

–¿Antipático tú, Liam? No me lo creo.

La llevó cogida del hombro por el pasillo hacia la puerta principal. Pero Milton surgió de pronto y les cerró el paso. Sara se cogió a Liam. Milton se acercó a ellos tambaleante, apoyándose con una mano en los espejos.

–¡Ehhh! Escapad por esta puerta –les dijo con un susurro ronco–. Por aquí. –Pasó junto a ellos sonriendo y les indicó una puerta lateral. Tenía hipo. Abrió la puerta y se apretó contra la pared para dejarles sitio–. ¡Feliz luna de miel, chicos! –Y volvió a hipar.

Liam le dio una palmada en el hombro al pasar a su lado

y la pareja salió al jardín lateral de la casa. Sara respiró hondo y sintió el aire fresco en sus mejillas ardientes.

–Liam, mira: ha empezado a nevar. ¡Qué maravilla!

Oyó la puerta cerrarse detrás de ellos. Se cogió del brazo de Liam con ambas manos y avanzó hacia la entrada de la casa, donde estaba aparcado el Volvo verde de Liam. Los copos de nieve livianos le caían sobre la frente y el cabello. Sacó la lengua para probar uno.

Estaban casi en la calle cuando sintió que el brazo de Liam se ponía tenso. Todo su cuerpo se había puesto rígido y Liam se detuvo tan bruscamente que ella casi tropezó.

–¿Liam...?

–¡Oh, no! –gimió él–. ¡Oh, no! ¡No!

–Liam, ¿qué pasa? –preguntó Sara apretándole el brazo–. Liam, contéstame. ¿Qué pasa?

33

–¡La puerta! –exclamó Liam al fin.

Sara, sin soltarle el brazo, levantó la vista y lo miró temblando de miedo.

–La puerta... Hemos salido por la puerta lateral. –Tragó con fuerza.

Sara sintió desconcierto. «¿Qué tiene de malo salir por la puerta lateral? ¿Qué ocurre?»

–La puerta lateral –repitió Liam. Se volvió hacia ella y frunció el entrecejo como si de repente hubiera recordado que ella todavía estaba allí–. ¿No lo comprendes? Hay que salir por la misma puerta por la que se ha entrado. No se puede salir por otra.

–Pero Liam... ya hemos salido. ¿Qué diferencia hay?

–Mucha, Sara, mucha –masculló él–. Entramos por la puerta principal y tenemos que salir por la puerta principal.

–Oh, Liam, ¡a veces tus supersticiones son muy extrañas! –exclamó ella cogiéndolo y tratando de restarle importancia, preguntándose cómo era posible que se trastornara tanto y estuviese tan... asustado–. ¿Cuando vivamos juntos tendré que preocuparme por qué puerta entro y por cuál salgo todos los días?

Liam pareció no escucharla. Con la mirada errática y el entrecejo fruncido la cogió y la llevó bajo la nieve de regreso hacia la casa.

–Volveremos a salir –murmuró hablando consigo mismo– y no habrá problemas... Entraremos por la puerta principal y volveremos a salir.

–Aaah... Aaah...

Liam se sentía ligero encima de ella. Sara lo cogía por el cuello mientras él apretaba la cara ardiente contra su pecho.

–Aaah... Aaah...

Era un amante maravilloso. Sara levantó las piernas y las estrechó contra la espalda de él, tratando de apretarlo más contra ella, de hundirlo más profundamente en ella. Quería envolverlo, meterlo dentro, hasta lo más hondo.

Ahora el ritmo era más rápido. Se aferraba a él, lo atraía hacia abajo y se mecía con él. Liam tenía los ojos cerrados. Movía los labios y susurraba algo en un idioma que ella no entendía.

–Aaah...

La llama de las velas oscilaba y derramaba su luz de un lado a otro como si se meciera con ellos. Exactamente dieciséis velas blancas. Liam las había sacado de su bolsa y las había distribuido cuidadosamente por toda la habitación del hotel, una habitación expuesta a las corrientes, oscura y descolorida pero de aspecto confortable con su empapelado verde oscuro, sus pesados muebles de madera y el paisaje de los Alpes nevados tipo calendario sobre la cabecera de la cama.

–¿Por qué dieciséis? –le había preguntado ella, todavía mareada y excitada por la boda, una novia extasiada sin una pizca de fatiga a pesar del largo viaje hasta el hotel por el paisaje nevado. Le miró la cara, aquella expresión reconcentrada, aquellas pobladas cejas oscuras sobre los intensos ojos marrones–. ¿Por qué no cien? ¿Por qué no mil velas?

Liam no había sonreído.

–Dieciséis es un número de poder, Sara. Dieciséis es el cuarto poder.

Ella lo siguió hasta el tocador sobre el que disponía algunos candelabros de plata.

–¿El cuarto poder? ¿Soy tu cuarta esposa? «Venga, Liam. Bromea conmigo. No seas tan serio.»

Pero su cara siguió igual de concentrada y él ignoró su pregunta.

–Los seres humanos tienen dieciséis dientes en cada mandíbula. ¿Crees que es una casualidad?

–Pues...

–Los carpinteros dejan dieciséis pulgadas entre los clavos de una casa.

Ella le acarició el pecho por encima de la camisa.

–Esta noche tú serás mi clavo.

No era exactamente el típico chiste de Sara. Después de decirlo se ruborizó, pero consiguió que él reaccionara. Puso la última vela en un candelabro y levantó la mirada hacia ella.

–Debemos hacer el amor hasta que se consuman las velas.

Ella le dio un beso en la mejilla y sonrió.

–Si tú estás dispuesto, yo estoy preparada.

Liam seguía sin sonreírle. La envolvió entre sus brazos, la atrajo hacia sí y la besó con una avidez sorprendente.

–Quiero un hijo, Sara, ahora mismo –le susurró al oído. Su aliento tibio le hizo cosquillas–. Quiero que tengamos un hijo, un hijo hermoso. ¿Tú también lo deseas? –Apoyó su mejilla ardiente contra la de ella.

Sus palabras no la sorprendieron. Las esperaba, hacía semanas que pensaba en ellas, que deseaba que él las pronunciara. Hacía semanas que pensaba en un hijo, su hijo, el hijo de ambos.

–Liam, deseo lo que deseas tú.

Una exclamación de alegría escapó de labios de Liam, y volvió a besarla intensamente.

Tardó unos minutos en encender las velas y se negó a que Sara lo ayudara. Ella lo observó murmurar algo para sí mientras acercaba la cerilla a cada una de las mechas. ¿Entonaba cánticos?

Hicieron el amor antes de terminar de desnudarse. Se arrojaron uno en brazos del otro con gemidos ahogados y una intensidad que sorprendió a Sara. Habían hecho el amor muchas veces, pero ella se dio cuenta de que nunca había sido tan... físico.

Acabaron rápidamente. Los dieciséis testigos de cera apenas se habían encogido. Liam, aún dentro de ella, se dejó caer y le acercó los labios al oído.

–Soy muy feliz, Sara.

El susurro le produjo escalofríos en todo el cuerpo. En el momento en que ella iba a responderle, él le tapó la boca con frenéticos besos.

Al cabo de un momento hacían nuevamente el amor. Esta vez más serenamente, con una pasión más imponente. Las sombras jugaban sobre el techo alto mientras las llamas de las velas bailaban con ellos. Sara se cogió a Liam y se movió acompasadamente con él, mientras oía el susurro melodioso de las palabras que él murmuraba.

–¿Liam... es gaélico? –le preguntó en voz baja.

Él continuó con su suave cántico moviéndose encima y dentro de ella con los ojos cerrados y los labios sonrientes.

–¿Es gaélico? Qué bonito. ¿Qué cantas, cariño?

Liam parecía no escucharla.

34

Garrett levantó la vista de la página de pasatiempos mientras se abría la puerta del despacho.

LOCNORT. Ésta tenía que ser fácil. Pero le costaba concentrarse. Su mente no paraba de pensar en la discusión que había tenido con Angela esa mañana. ¿Pelea? No. ¿Discusión? Sí. Y, por supuesto, Angela tenía razón. Era lo que más enfadaba a Garrett. Era verdad que no le había dedicado mucho tiempo a Martin y Angela. «Dame un respiro –pensó–. ¿Qué tal si me dejas un poco en paz al ver que tengo tres asesinatos sin resolver? No es que precisamente haya estado de juerga, haciendo el vago, durmiendo a pierna suelta todas las noches, comiendo, pensando claramente o tratando de reflexionar con claridad. No es que haya tenido muchos momentos de sosiego ni... Tranquilo, tío, ya se arreglará. Todo se arreglará.»

LOCNORT. Locnort. Sonaba a comida. «Eso es, Garrett. Tranquilo, no pierdas el control. Control. ¡Ésa es la palabra!»

Cogió el lápiz y escribió las letras en los pequeños círculos, mientras Ethan entraba con la gorra bien calada sobre su calva y con expresión solemne, escoltando a un joven de jersey amarillo brillante.

El muchacho parecía un lápiz, pensó Garrett mientras tamborileaba nervioso sobre el escritorio. Estudió al joven: jersey amarillo, delgado, larguirucho, pelo corto, cuadrado, castaño, y cabeza ovalada. Los ojos preocupados que parpadeaban y se movían de un lado a otro de la habitación no encajaban con la imagen. El chico tendría unos dieciocho años, calculó Garrett. Lo más probable es que fuera estudiante de la universidad. Le examinó las manos: limpias, sin callos. Sí, estudiante universitario. Mala piel. Seguramente había tenido acné en la adolescencia. Un diminuto pendiente de plata le brillaba en la oreja derecha.

El chico carraspeó un par de veces, nervioso.

Garrett apartó la hoja del periódico y se inclinó sobre el escritorio. «Oh, no –pensó al ver que el chico vacilaba antes de seguir a Ethan hacia la mesa–. No, por favor, otra confesión no. Otra falsa confesión, no.» Hasta el momento había habido tres falsos culpables, uno por cada asesinato, y cada uno más penoso y absurdo que el anterior. ¿Qué razón movía a esos idiotas a confesar? ¿Alguna clase de emoción? ¿Una desesperada necesidad de llamar la atención? ¿El impulso de una enfermiza idea de gloria? Garrett había decidido dejar las razones para los *curalocos*. Eran unos psicópatas. Lo único que quería era que se largaran de su comisaría, quitárselos de encima.

–Garrett, aquí tenemos algo –farfulló Ethan.

Acostumbraba hablar de costado, como si mascara tabaco.

Garrett decidió que trataba de hacerse el duro, como los polis que miraba en la televisión. Pero lo único que conseguía era que no lo entendieran muy bien.

El muchacho volvió a aclararse la garganta.

Garrett señaló la silla de madera de respaldo recto que había al otro lado del escritorio. El muchacho se dejó caer en ella y empezó a retorcerse las manos.

–Dice que vio algo la noche del último asesinato –explicó Ethan.

¿Un testigo ocular? Garrett sintió que los músculos se le tensaban y se incorporó en la silla.

–¿Cómo te llamas?

–Craig Kline.

–¿Estudias en la universidad?

El chico asintió y se metió las manos en los bolsillos de los tejanos.

–Primer curso.

–¿Has visto el asesinato?

–¡Qué dice! –exclamó sorprendido.

Garrett continuó pacientemente en voz baja, estudiando

los ojos del chico para saber si decía la verdad o mentía. Todos los que entraban en aquel despacho eran «verdad» o «mentira», y era lo primero que había que discernir.

–Bueno, ¿qué has visto?

–El miércoles por la noche iba andando por el Círculo. Había estado estudiando en la biblioteca.

Obviamente esta parte la había ensayado porque parecía recitarla de memoria. Pero eso no significaba que no fuera verdad.

–Era una noche oscura, con un poco de niebla. Lo recuerdo porque las luces del Círculo parecían opacas y trémulas.

–Muy poético –repuso Garrett secamente–, ¿estudias literatura o algo así?

–Lo siento –se ruborizó Kline.

–Limítate a decirle al detective Montgomery lo que viste –lo apremió Ethan. Se había apoyado contra el perchero que había junto al otro escritorio.

–Bueno, primero oí un grito –dijo Kline y se frotó la nariz.

–¿Un grito de mujer? –preguntó Garrett.

Kline asintió.

–Alto y agudo. Pero no duró mucho. Paró de repente como si lo interrumpieran.

–¿Viste a la chica? –preguntó Garrett.

–No; la busqué. Quiero decir que cuando oí el grito traté de ver de dónde venía, pero estaba demasiado oscuro.

«¿Acaso ha venido para decirme que no vio nada?» La pregunta cruzó por la cabeza de Garrett. Paciencia.

–¿Qué pasó después?

–Vi a un hombre disfrazado. Corría muy rápido junto a una hilera de arbustos, por Weaver Hall.

Garrett sintió que el corazón empezaba a acelerarse. Frunció el entrecejo mirando al muchacho.

–¿Un disfraz? ¿Qué clase de disfraz?

–Un disfraz de monstruo –respondió Kline–. Llevaba

una especie de traje de monstruo. Corría junto a los arbustos; después los cruzó y desapareció.

–Vaya. –Ethan lanzó un silbido. ¿De sorpresa o de incredulidad?–. Suena extraño, ¿no?

Garrett lo ignoró; tenía los ojos fijos en Craig Kline.

–¿Puedes describirme el disfraz del monstruo?

–Parecía peludo, ya sabe, de piel peluda. Creo que iba cubierto por un pelaje negro. Estaba muy oscuro... –La voz del chico se apagó y bajó los ojos.

–Conque un capullo con traje de monstruo –murmuró Ethan meneando la cabeza.

Garrett cerró los ojos pensativo. ¿Había alguna tienda de disfraces en el pueblo? ¿Alguna tienda de chucherías cerca del campus que vendiera disfraces? No recordaba ninguna.

–Ethan, ¿hay alguna tienda de disfraces o de trajes de fiesta? ¿Algún sitio donde vendan máscaras?

Ethan se llevó la mano a la barbilla.

–En algunas tiendas del centro comercial venden disfraces para el día de Acción de Gracias. Creo que en ninguna otra parte, jefe.

–Ve a visitarlas y pasa también por la tienda de la calle 10, donde alquilan trajes para representaciones escolares. –Se volvió hacia Kline–. El asesinato ocurrió hace semanas, ¿por qué has tardado tanto en venir?

Kline se aclaró la garganta y abrió sus ojos azul claro.

–Estaba asustado, supongo.

–¿Asustado?

–Muy asustado. Después de ver la noticia del asesinato por televisión, pues... no sabía muy bien si creerme lo que había visto.

–¿Y por qué has venido ahora? –preguntó Garrett inclinándose más sobre el escritorio, sin soltar al chico del anzuelo, probándolo.

–No podía dejar de pensar en ello. Sabía que era lo que

debía hacer. Quiero decir que lo vi a usted en la televisión, en las noticias, pidiendo la colaboración de cualquiera que tuviera información. Así que...

«Era penoso –pensó Garrett–. Cada vez que aparecía la policía por televisión pidiendo ayuda era penoso. ¿Pero qué otra cosa podía hacer? ¿Me iba a quedar ante las cámaras y una docena de micrófonos y decir "Bueno, muchachos, no tenemos ninguna pista"? Lo único que hemos conseguido es un montón de huellas dactilares que parecen pintadas por Dalí. Eso es todo lo que tenemos después de tres asesinatos espantosos.» Por eso había pedido ayuda. Y dos días después de Acción de Gracias apareció el chico con la historia del hombre disfrazado de monstruo.

Garrett se reclinó en la silla y suspiró.

–Gracias por venir, Kline. –Levantó el lápiz y señaló a Ethan–. Llévalo a la otra habitación y tómale declaración, ¿de acuerdo?

Ethan asintió mientras la nuez le subía y le bajaba.

Kline se puso de pie y se estiró los puños del jersey amarillo. Siguió a Ethan pero al llegar a la puerta se volvió.

–¿Me cree? –preguntó.

–Claro que te creo –asintió Garrett sombríamente mientras hacía girar el lápiz. «¿Cómo no voy a creer en monstruos después de estos tres asesinatos?»

35

Sara levantó una lechuga iceberg del estante del supermercado y la apretó.

«Ojalá fuera tu cabeza, Liam. No, no. ¿Qué estoy pensando? Ya no estoy enfadada.»

Puso la lechuga en la cesta.

«Esta mañana nos peleamos, ¿y qué? Ni siquiera fue una pelea. Cruzamos unas palabras. No es para tanto.»

Cogió dos pimientos amarillos y siguió por el pasillo hacia donde estaban los pepinos.

«Todos los recién casados se pelean. Forma parte del proceso de conocerse.» Se mordió el labio. «Hace dos semanas que estamos casados y sus supersticiones empiezan a volverme loca. No, no digas eso», se riñó.

Pero el incidente de esa mañana no paraba de darle vueltas por la cabeza. ¿Qué tenía de malo que se levantara por el lado izquierdo de la cama o qué si se olvidaba de decir «¡Jesús!» cuando Margaret estornudaba? «¿No podríamos haber peleado por algo más interesante? ¿No tiene nada mejor en qué pensar que el lado de la cama por el que me levanto?»

Éstas eran las mismas preguntas que le había hecho por la mañana. Y su reacción había sido farfullar e irritarse. De acuerdo, era más que un poco supersticioso, y creía en todo eso por algo. Muy bien. Pero había límites. «Lo único que pido es que no me vuelvas loca porque piense que todo eso es una estupidez, Liam.»

Y Margaret. La «hermana Margaret», de pie, observando cómo discutían, con esa expresión afligida en la cara. Silenciosa, tratando de fundirse con el papel de la pared.

Margaret era considerada. Y buena. Y servicial. Intentaba de verdad no interponerse entre ellos. Pasaba casi todo el día en la pequeña tienda de antigüedades que tenía al lado de la panadería. Y cuando no estaba allí se quedaba arriba, en su apartamento, y se dejaba ver sólo a la hora de las comidas o cuando Liam la invitaba a estar con ellos. Muy considerada. Pero Sara sentía los ojos de Margaret en los suyos, su presencia en la casa, la convidada de piedra, una tercera persona en lugar de los dos solos para tener tranquilamente las discusiones de recién casados, sus peleas triviales. Los dos solos, para reconciliarse después de las palabras duras y el enfado.

Decidió dejarlo correr. Después de todo no era tan grave. Pero se sentía culpable por no dejar de darle vueltas al asunto. Culpable por pensar en él con tanta dureza. Liam era su marido, su maravilloso marido.

Decidió prepararle la cena.

Habían estado muy ocupados con sus respectivas clases, que habían empezado nada más regresar de la breve luna de miel de dos días. Todas las últimas noches habían comido pizza y comida china, o ido a algún bar del campus.

Parecía como si no hubieran tenido ni una sola noche, ni un solo momento para ellos. Y la cosa iba para largo. Esa noche asistirían a la función estudiantil de *Macbeth*, y la noche siguiente a la cena que ofrecía Milton para celebrar la boda.

¿No había hecho bastante con ofrecer la casa para el casamiento? No tenía por qué ofrecer también una cena. Pero había insistido y las dudas de Sara parecieron herirlo. «No hubo tiempo de haceros la despedida de solteros –le había anunciado con su voz ronca y la cara roja radiante de alegría–, así que os hago la despedida de solteros después de la boda.» Era un hombre realmente generoso, pensó Sara.

Cogió un bote de aliño para ensalada y volvió a dejarlo. «No, haré una vinagreta. Lo haré todo yo. Será nuestra primera comida casera. No porque me sienta culpable por lo de esta mañana, Liam, sino porque quiero demostrarte que no soy ninguna colegiala. Soy una esposa de verdad... Langostinos, arroz con espinacas y una buena ensalada.»

Había comprado los langostinos en la pescadería de Dale Street, y ahora caminaba por los pasillos del supermercado de la otra manzana para comprar el resto de los ingredientes.

Dejó la cesta en la caja y echó un vistazo al reloj. Casi las cinco y media. Tenía tiempo para preparar la comida y cambiarse para la obra antes de que Liam llegara a casa.

Pagó y salió tarareando con la enorme bolsa marrón entre los brazos. Canturreaba una melodía alegre porque estaba contenta.

«Voy a preparar la cena para mi marido.» Marido. Una palabra extraña y antigua.

Para llegar a casa, tenía una caminata corta por High Street. Un viento frío de diciembre soplaba del norte y agitaba las ramas peladas de los árboles de la entrada al campus. Sara se cambió la bolsa de brazo.

«Primero haré los langostinos y después la ensalada. Me muero por ver la cara de Liam. "Sara... ¿sabes cocinar? ¡Me has hecho la cena!" No, Liam no diría algo tan cursi.»

No lograba imaginarse lo que diría. Liam era uno de los hombres más imprevisibles que había conocido. Imprevisible y brillante, pensó. «Pero seguro que le encantará mi pequeña sorpresa. Eso sí lo puedo predecir.»

Dio vuelta a la esquina y vio su casa. Una ráfaga de viento casi le arrebató la bolsa de las manos. Dos chicas del campus pasaron rápidamente por su lado; iban con bufandas gruesas al cuello, inclinadas por el viento y con las caras enrojecidas.

Sara subió la escalinata de la entrada, dejó la bolsa de la compra en el suelo y rebuscó la llave. Se frotó la nariz, insensibilizada por el frío, hizo girar la cerradura y entró en el recibidor, agradecida por el calor de la calefacción.

Se dirigió directamente a la cocina balanceando la bolsa contra su pecho. Había empezado a dejar las cosas en la encimera cuando vio a Margaret, quien, junto a los fogones, revolvía una cacerola humeante.

–Hola, Sara –la saludó y se volvió sonriente. Pero la sonrisa se le borró en cuanto vio la bolsa de la compra–. ¿Qué has traído?

–Comida –respondió Sara, todavía aterida por el frío de la calle–. Pensé que...

–Como llegué a casa temprano, decidí preparar un buen estofado de ternera para cenar. Es el plato favorito de Liam.

–Pero... –La voz de Sara se ahogó en la garganta.

Margaret miró de nuevo la bolsa de la compra y lo comprendió.

–Oh, Sara... lo siento. ¿Habías pensado preparar la cena? No lo sabía. –Dejó el cucharón a un lado de la cacerola y se acercó a Sara con rostro compungido–. Lo siento –dijo dándole un abrazo–. De veras lo siento, querida. Tendrías que habérmelo dicho.

Mientras Margaret la abrazaba como a una niña tonta y desgraciada, Sara se sintió como si tuviera diez años. «No; es injusto –pensó–. Margaret es buena y cariñosa. No es culpa de ella. No ha hecho nada malo. Y yo la he hecho sentir fatal.»

–No te preocupes –dijo Sara obligándose a sonreír y apartándose de Margaret–. Pondré los langostinos en el congelador y los comeremos el domingo. –Se acercó a la cacerola y añadió–: Qué bien huele el estofado. Perfecto para una noche tan fría.

Oyeron unos pasos acercarse deprisa. Sara se volvió hacia la puerta en el momento en que aparecía Liam quitándose el abrigo.

–Vaya, mis dos mujeres favoritas en casa. ¿Qué hay para cenar?

–Me ha gustado mucho –dijo Margaret por el camino, detrás de Sara–. Es maravilloso poder sentarse tranquilamente y oír los versos de Shakespeare. –Una ráfaga de viento le abrió y agitó el abrigo como una vela. Se cogió los faldones forcejeando para abrochárselo–. ¡Menudo frío!

Liam se había parado a hablar con una alumna, así que eran los últimos en marcharse de Ayers Hall. Sara vio por las puertas abiertas cómo se apagaban lentamente las luces del auditorio. Había asistido bastante público. Y la gente –estudiantes, profesores y algunas personas del pueblo– se retiraba en pequeños grupos por el Círculo camino de los dormitorios, sus casas, restaurantes o bares.

El viento soplaba con fuerza. Sara se levantó el cuello de

la chaqueta. El pelo oscuro se agitaba alrededor de su cara. Liam estaba en la entrada, seguía hablando y gesticulando. La alumna, una chica con un voluminoso abrigo de piel de mapache que debió de pertenecer a sus abuelos, se reía con carcajadas chillonas.

–La lady Macbeth estuvo maravillosa, ¿no? –comentó Margaret acercándose a Sara y guareciéndose del viento. Las ramas peladas de los árboles del Círculo se agitaban y susurraban–. Muy expresiva y muy creíble. Creo que esa chica tiene talento de verdad.

–Sí, desde luego –coincidió Sara con los ojos fijos en Liam–. Me gustó toda esa sangre en sus manos; fue un buen efecto.

–Un poco fuerte –dijo Margaret con una mueca–. Qué lástima que se haya caído el telón de fondo. Distrajo mucho al público. Me dio pena por los pobres chicos que...

–Es una obra gafe –interrumpió Liam que se acercó trotando con las manos en los bolsillos del abrigo negro–. ¿Lo sabías? –Le sonrió a Sara y estiró el brazo para arreglarle el cuello de la chaqueta–. Sobre ella pesa una maldición. ¿Sabéis la historia? Antes de estrenarla por primera vez, encontraron muerto al actor que interpretaba el papel protagonista. No llegó a hacerlo nunca. Y dicen que desde entonces, cada vez que se pone la obra, su espíritu ronda por el lugar. Los actores son muy supersticiosos con respecto a esta obra.

–Los actores son muy supersticiosos y punto –intervino Margaret.

Las luces del auditorio se habían apagado y la acera estaba a oscuras.

–Los actores que la interpretan nunca la mencionan por su nombre –continuó Liam, cogiendo a Sara del brazo–. Siempre que se refieren a ella la llaman «la obra escocesa».

Liam tampoco había pronunciado el nombre, se dio cuenta Sara.

–¿Era eso lo que le contabas a la alumna? –se burló Margaret–. Parecía fascinada.

Liam sonrió.

–Cree que soy fascinante.

Sara le dio un empujón en broma.

–Me parece que todo el mundo cree que eres fascinante, ¿no?

–Pues no puedo negarlo –rió él.

Enfilaron el sendero en dirección a High Street, Liam en el medio dándoles el brazo a ambas. Habían andado sólo unos pasos cuando una figura se cruzó en su camino.

Al principio Sara no lo vio. Se había vuelto hacia Liam para responder a algo que había dicho Margaret. Liam la tiró del brazo para que se apartara y dejara pasar al desconocido.

Sara se volvió y lo reconoció.

–¡Chip! ¿Qué haces aquí?

Sus ojos azules parecían plateados en la semipenumbra, y los entrecerraba para enfocarla a ella. El viento le levantaba el pelo rubio. Llevaba abierta la cazadora de cuero y se le veía una mancha en el jersey de cuello alto.

–Sara...

Se abalanzó sobre ella tambaleante, con una sonrisa extraña y los ojos entrecerrados. La sonrisa desapareció rápidamente.

–Sara...

–¡Chip, por favor!

–¡Sara, míralo! –dijo señalando a Liam y moviendo el brazo de arriba abajo como si no lo controlara–. ¡Es demasiado viejo para ti, Sara!

–Chip...

Sintió que Liam se tensaba a su lado y le apretaba la manga de la chaqueta.

–Sara, ¿lo conoces? –preguntó Liam.

–¡Podría ser tu padre! –exclamó Chip señalando a Liam con el dedo.

–Vete, Chip –dijo Sara en voz baja pero con firmeza–. ¡Vete!

Chip entrecerró los ojos tratanto de mirar a Liam.

–¡Tu pa... padre! –gritó amenazador–. Sara, no quiero crear problemas. He venido a ayudarte... a avisarte. No sabes lo que haces. No...

–Vete, Chip. Has estado bebiendo –mascullό Sara con los dientes apretados y con voz dura. Sentía tensos todos los músculos del cuerpo. «Esto no está pasando. Es imposible.»

Margaret dio un paso atrás y se apartó del sendero con la cara contraída de miedo. ¿O de desaprobación?

–Te estoy di... ciendo que es un vie... viejo –tartamudeó Chip con los ojos acuosos fijos en Liam, mientras el viento le alborotaba el cabello.

–Chip... te lo ruego... –Sara trató de mantener la compostura.

Liam dio un paso adelante.

–Sara no quiere hablar contigo –dijo cogiendo a Chip por la cazadora de cuero.

Chip se apartó violentamente, de una sacudida tan fuerte que casi pierde el equilibrio y se cae.

–¡No me toques! –gritó, y trató de recuperar el equilibrio.

Liam lo cogió por las solapas.

–¿Quieres que te acompañemos a casa? Necesitas dormir la mona.

Chip lanzó un ronco grito de protesta y se apartó. Tenía ojos de loco y la saliva le chorreaba por las comisuras de la boca.

«Jamás me he sentido tan avergonzada. ¿Cómo le voy a explicar todo esto a Liam?», pensó Sara.

–Liam, ten cuidado –le advirtió Margaret, que estaba sobre la hierba a varios pasos de ellos con los brazos cruzados protectoramente.

–¡Liam, cuidado! –le hizo burla Chip y lanzó una aguda carcajada. La sonrisa se le desvaneció en cuanto se enderezó. Se arregló las solapas de la chaqueta y se volvió hacia Sara.

–Chip... vete –insistió ella.

–Sé por qué tu profesor tuvo que marcharse de Chicago.

Liam frunció el ceño y dirigió una mirada a Sara. Dio un paso hacia Chip con los puños apretados.

–¿Quieres saber por qué? –se burló Chip como un niño pequeño–. ¿Quieres saber por qué tu marido tuvo que irse de Chiiiiiicago?

Sara cerró los ojos. Le hubiera gustado taparse los oídos. «Esto no está pasando. Por favor, por favor... que desaparezca.» Pero cuando abrió los ojos Chip seguía allí, inclinado sobre ella.

–¿Quieres saber el verdadero motivo? –preguntó.

Liam se movió rápido. Margaret lanzó un gritito de sorpresa. Liam cogió a Chip por los hombros, lo hizo girar y se lo llevó.

Chip protestó a gritos pero, para alivio de Sara, no opuso resistencia. Tropezó, pero Liam lo sostuvo y lo llevó a la calle con firmeza y determinación.

Margaret se acercó a Sara y la cogió de la mano.

–¿Un ex novio? –murmuró con voz gélida.

Sara asintió.

–Me... me siguió desde Nueva York. No puedo creer que sea tan idiota. Sabe que Liam y yo nos hemos casado. No entiendo por qué sigue aquí.

Liam regresó con las manos en los bolsillos y expresión solemne.

–Un pequeño drama, real como la vida misma –murmuró con los ojos fijos en Sara–, que ni siquiera está a la altura de Shakespeare.

Sara sacudió la cabeza.

–Lo siento, de verdad.

–No es culpa tuya –dijo Liam–. ¿Así que éste es Chip? Encantador, tal como me lo habías descrito.

Sara suspiró.

–Lo siento mucho...

Liam sonrió.

–Me muero de ganas de conocer al resto de tus amigos.

–Déjala en paz –intervino Margaret. Tembló y se arrebujó en el abrigo–. Qué miedo, señor héroe –añadió lanzándole una mirada irónica a su hermano.

Liam se encogió de hombros.

–A veces, cuando tengo una descarga de adrenalina...

–Lo siento muchísimo –repitió Sara cogiéndolo del brazo–. No sé cómo nos encontró ni cómo supo que hoy estaríamos aquí.

Liam le palmeó la mano.

–No te preocupes. Estaba demasiado borracho para hacer daño a nadie. Creo que yo también necesito una copa –dijo y le sonrió.

Anduvieron hasta la avenida Yale. A Sara le temblaban las piernas y no podía dejar de ver la gota de saliva en la comisura de los labios de Chip.

De repente se detuvo y levantó la vista hacia Liam.

–¿De qué hablaba Chip? ¿Por qué te fuiste de Chicago?

La sonrisa de Liam fue instantánea.

–Para conocerte a ti, naturalmente.

Margaret subió a su apartamento y Sara se instaló en el sofá de la sala. Liam sirvió dos copas de oporto, le tendió una y se sentó a su lado cogiéndola por el hombro.

–Eh, querida, estás helada. Bebe un poco que te calentará.

Sara tomó un trago. La sensación de calor en la garganta que le produjo el oscuro líquido fue agradable. Tomó otro trago y apoyó la cabeza en el brazo de Liam, que le habló de la primera obra de Shakespeare que había visto, una versión de *Enrique V* en un pequeño teatro universitario cuando tenía dieciséis años. Le explicó la sorpresa que le había producido oír por primera vez semejante lenguaje, la frustración de comprender y no comprender al mismo tiempo, de querer saberlo y digerirlo todo, cada línea, cada palabra.

Sara lo oía a medias, asintiendo y sonriendo, mientras el oporto la reconfortaba. Tenía a Chip en la mente. No podía superar la vergüenza... ¿o la curiosidad?

Liam bajó la cabeza para besarla, pero ella le puso dos dedos sobre los labios.

–¿Por qué te fuiste de Chicago? –No pudo evitar volver a preguntarlo–. ¿Era sólo una estupidez de Chip o...?

Liam le apartó los dedos con suavidad.

–Ya te lo he dicho.

–No, Liam, en serio. Hay muchas cosas de ti que no sé. ¿Por qué te marchaste de Chicago? –Le sonrió con picardía–. ¿Algún escándalo jugoso?

Los ojos oscuros de Liam parecieron apagarse. Torció la boca y apartó la mirada.

–No quiero fastidiarte con mi pasado desgraciado.

Sara se arrepintió de haberle tomado el pelo.

–¿Pasado desgraciado?

Liam vaciló. La miró pensativo, como si tratara de imaginar la reacción de Sara si le contaba la historia.

–Liam, si no podemos confiar el uno en el otro... –Su voz se apagó.

Liam suspiró.

–Tuve que irme de Chicago. No sé qué averiguó tu amigo... si es que averiguó algo. Y no sé por qué investigó sobre mí.

–De verdad que siento lo de Chip, Liam. Yo...

–Hubo una mujer llamada Angela. Tuve que irme por ella. –Las palabras le salieron de un tirón. Tenía los ojos fijos en ella, estudiaba su reacción.

«¿Por qué está tan preocupado? –se preguntó Sara–. ¿Acaso no sabe que lo amo? ¿Por qué iba a importarme una mujer de su pasado en Chicago?»

–Liam...

–No, déjame terminar. Angela era mi secretaria, en realidad sólo era una mecanógrafa. Pasó en limpio los manuscritos de mis dos últimos libros. Una cosa llevó a la otra... como suele decirse. Era mayor que tú, tenía casi mi edad. Tuvimos una relación. Qué palabras más trilladas. Duró casi dos años, más o menos, y terminó mal.

Sara apoyó la cabeza con ternura sobre su hombro. Parecía muy incómodo. ¿Le importaba esa Angela?, se preguntó. «¿Por eso se comporta de manera tan rara?»

–Decidí romper –continuó Liam–. Comprendí que no íbamos a ninguna parte. Pensé que ella había llegado a la misma conclusión, pero creo que la subestimé. Quiero decir que subestimé la intensidad de sus sentimientos. Tuvo una especie de... crisis nerviosa.

–Oh, lo siento –dijo Sara.

Liam se encogió de hombros.

–Tuvieron que ingresarla en un hospital. Yo no sabía qué hacer. Quiero decir que me sentía muy mal por lo que le pasaba. Y, por supuesto, lleno de culpabilidad. Pero después empecé a pensar que la crisis nerviosa era una especie de maniobra, una forma de retenerme a su lado.

»Para mi sorpresa, me di cuenta de que estaba enfadado con ella. Enfadado de que me hubiera liado de esa forma, de que hubiera llegado tan lejos para demostrarme que era mejor que yo, que tenía más sentimientos. Pensamientos absurdos, por supuesto, todos impulsados por la culpabilidad.

La miró con los ojos entrecerrados y sus labios esbozaron una sonrisa triste que ella nunca le había visto.

–La culpabilidad es la fuerza que dirige mi vida –dijo inexpresivamente.

–¿Qué quieres decir? –Sara sintió un escalofrío. Esa sonrisa la inquietaba, quería borrársela, no, mejor quitársela con un beso–. Liam, ¿qué demonios quieres decir?

Liam no hizo caso de la pregunta.

–No quería seguir haciendo daño a Angela, pero no tenía alternativa. Me vi obligado a marcharme. Cuando me ofrecieron el puesto en Moore, lo acepté. En otra situación lo hubiera rechazado educadamente. Pero llegó en el momento preciso; me pareció la mejor forma de escapar.

La extraña sonrisa al fin desapareció y los ojos marrones recuperaron su brillo habitual. Sara se inclinó sobre él y le acarició la mejilla.

–Angela seguía en el hospital. Me fui sin despedirme, lo reconozco, como si me escapara de la cárcel. –Sacudió la cabeza–. De verdad no quería contártelo.

Sara lo abrazó.

–¡Eh! –exclamó ella de repente–. Espera. ¿Crees que Angela es la responsable?

Liam la miró.

–¿La responsable de qué?

–¿Crees que Angela es la que hizo esas llamadas amenazadoras, la que mandó esas patas sangrientas de conejo?

Liam se frotó la barbilla nervioso y después le acarició el cabello.

–Quizá. No imagino que... –Se calló y se quedó pensativo con la mirada fija en la copa de oporto–. Es posible. Debí suponerlo. Pero nunca pienso en ella. Quiero decir que desde que he llegado aquí no he vuelto a pensar en ella.

«Gracias a Dios», pensó Sara, aliviada de que Liam no siguiera obsesionado con esa mujer. Y aliviada de que tal vez se hubiera resuelto el misterio de las llamadas amenazadoras.

–Quizá haya sido Angela –admitió Liam por fin–. La pobre está muy perturbada. Pero es inofensiva, créeme, completamente inofensiva.

Sara, sintiéndose mejor, lo cogió por el cuello y le atrajo la cabeza.

–¿Y tú? ¿También eres absolutamente inofensivo? –bromeó.

Liam rió. Le brillaban los ojos.

–Cuando tú estás cerca, no. –La besó con ternura. Un beso dulce y prolongado–. Cuando estoy contigo soy realmente peligroso.

36

Liam se apartó de la pila y se acercó al espejo manchado de agua. Se sacó el cuello de la camisa azul fuera del jersey. Después cambió de idea y volvió a remetérselo.

Oyó la cadena del urinario de la pared de azulejos de detrás. Milton se subía la cremallera del pantalón negro del traje y se acercaba al lavabo de al lado.

–No tendrías que haberte puesto tan elegante –bromeó Milton. Se acomodó el nudo torcido de la corbata granate. Señaló burlonamente el jersey de Liam.

–Como cenábamos en Spinnaker pensé que todos iríamos con ropa informal –explicó Liam.

–¿Sabes por qué elegí este restaurante para la despedida de soltero de después de la boda? –preguntó Milton mirándose en el espejo. Se aplastó el pelo blanco y crespo con las dos manos, pero éste volvió a su posición original como si fuera un resorte–. Porque allí os conocisteis.

Liam sonrió.

–Qué sentimental, Milton.

–Y tú qué afortunado –respondió Milton con cierto rencor, y no era la primera vez–. Un hombre afortunado –gruñó–. Sara es una mujer maravillosa. Ojalá la hubiera visto yo antes.

Liam no respondió. Trató de imaginarse a Sara con Milton, y la sola idea le erizó el vello de la nuca.

Milton se inclinó sobre la pila y abrió los dos grifos bruscamente. El agua le salpicó la americana del traje. Soltó un grito, cerró un poco los grifos y empezó a lavarse sus manos enormes.

Liam se peinó, guardó el peine en el bolsillo del pantalón y abrió el grifo con cuidado.

–¿Me dejas el jabón?

Milton terminó de enjabonarse y le pasó la pastilla verde. Liam empezó a enjabonarse distraídamente.

–¡Oh –El jabón se le escurrió entre las manos y cayó en la pila–. Maldición, maldición –se riñó Liam en el espejo.

–¿Qué pasa?

Liam sacudió la cabeza con mal humor.

–Nunca hay que pasarse una pastilla de jabón de mano en mano. –Miró a Milton–. Hay que dejarla apoyada y la otra persona tiene que cogerla.

Milton rió y su papada se agitó debajo del cuello blanco de la camisa.

–Tú y tus supersticiones. Me has asustado. Creí que te pasaba algo.

Liam también rió.

Milton se secó las manos y salió del lavabo de caballeros.

Liam oyó que cerraba la puerta, bajó la vista y miró el jabón verde. Y a continuación abrió la boca, lo máximo que pudo, y soltó un prolongado aullido de dolor.

Levantó las manos bruscamente y empezó a tirarse del pelo con frenesí, a darse golpes en las sienes, a arrancarse el cabello, a pegarse y abofetearse con los ojos cerrados y la cabeza levantada mientras un aullido estallaba en lo más profundo de su ser.

La lengua gorda y púrpura salió serpenteante de la boca y dio un lengüetazo húmedo y sonoro sobre el espejo. Las manos enjabonadas de Liam se cerraron sobre aquella lengua que se retorcía. Y empezaron a empujarla. A empujarla, a meterla, resbalando y forcejeando. Al fin consiguió meterla otra vez en la garganta y apretó los dientes con fuerza.

Al cabo de un instante se acercó a la mesa con el pelo bien peinado y las manos en los bolsillos. Sara lo miró a los ojos y él le dedicó una sonrisa feliz.

37

El aliento de Chip empañó el cristal de la ventana. Lo limpió con una mano enguantada y espió dentro del restaurante. La mesa de Sara estaba al fondo, pero le veía la cara claramente. Veía su sonrisa radiante, cómo cogía la manga del jersey del profesor, echaba la cabeza atrás y reía.

Chip volvió a frotar el cristal. Trató de aguantar la respiración. El viento soplaba con fuerza y el frío le entraba por el abrigo abierto. Absorto en el teatro mudo de dentro, no se molestó en abrochárselo. Le ardía la nuca. Los tragos del bar de enfrente, «etiqueta roja», sabían ácidos, pero era lo que necesitaba... tener la garganta caliente.

Vio por la ventana que el elefante de cara roja se ponía de pie y levantaba la copa de champán para brindar. Chip, repentinamente mareado, apoyó las dos manos enguantadas y apretó la cara contra el cristal. Las copas chocaban en silencio alrededor de la mesa. Chip se imaginó el suave tintineo. Todo el mundo sonreía. Un camarero alto con una coleta rubia le obstruyó la vista. Movió impaciente la mano enguantada para que el camarero se apartara. Unos coches pasaron a su espalda, pero Chip no se volvió, siguió mirando con los ojos entrecerrados a través del vidrio empañado. El camarero por fin bajó la bandeja y se apartó. Chip vio que el profesor se había puesto de pie. Hablaba con una sonrisa incrustada en su cara de comadreja y hacía gestos con la copa de champán. Una mujer rubia de pelo corto –¿la hermana?– le sonreía.

Otra ráfaga de viento le agitó el abrigo abierto. Chip,

mientras miraba el brillo de los ojos y la risa de Sara por lo que el profesor –su Liam– decía, sentía sólo el calor de la ira que el alcohol no había logrado apaciguar.

–Liam –pronunció el nombre con repugnancia.

Desempañó el cristal. «Estoy aquí fuera muriéndome de frío, Sara. Pero lo hago por ti. Sabes que me perteneces.» Se tambaleó y casi se cae contra el vidrio, pero no apartó la mirada. Vio cómo ella levantaba la vista hacia Liam, el rubor de sus mejillas, su sonrisa admirativa y halagadora. «No te quedarás con él, Sara. De ninguna manera te quedarás con ese impostor.»

Todos los de la mesa reían, alegres.

Pero las risas acabarían pronto, predijo Chip, con los ojos fijos en Sara. «Las risas acabarán, Sara, cuando pongas fin a este matrimonio. No más brindis. No más discursos ingeniosos de autofelicitación del gran profesor. Y te aseguro que terminarás con ese matrimonio. Lo abandonarás cuando te diga lo que sé, lo que he descubierto sobre tu brillante profesor.»

–Liam... Liam –murmuró Chip tratando de empañar el cristal–. Liam. Rima con...

No se le ocurría nada.

Dentro, volvieron a entrechocar las copas. Más risas y aplausos. Sara estaba bellamente ruborizada. Dijo algo y todos rieron. Liam la besó en la mejilla.

«No, por favor... no.» Chip decidió que necesitaba otro «etiqueta roja». Quizá dos, para coger coraje. Tenía la garganta seca. Lo necesitaba para estar tranquilo. Tenía que estar relajado cuando le dijera a Sara lo que sabía. Cuando entrara en el restaurante, se acercara a la mesa y... arruinara su matrimonio. «Chin, chin. Un brindis por mí. Un brindis por Sara y por mí. No puedes vivir con el profesor, y yo sé por qué. Voy a salvarte de él. Lo sé todo sobre él. Todo. Tendría que estar enfadado contigo, Sara. Debería castigarte por huir, por haberme obligado a perseguirte, por hacerme pelear por lo que me pertenece. Tengo mi orgullo, ¿sabes? Yo te lo pedí antes, ¿recuerdas? Te pedí que te casaras conmigo. Te acuerdas, ¿no? Bueno, no importa. Eso es agua pasada. Te perdono, ya verás. Me tragaré el orgullo, Sara. Nada de castigos. Nada de rencores. Te llevaré a Nueva York. O quizá nos traslademos a Los Ángeles cuando empiece a funcionar mi productora, y jamás hablaré de esto. Jamás. Te lo prometo. Algún día hasta me reiré del asunto, del error que cometiste.»

Chip miró dentro del restaurante. El camarero estaba sirviendo la comida. Liam tenía una mano apoyada en el hombro de Sara y le acariciaba el cabello. Chip tragó con fuerza. «No es tuya, profesor. Al menos no por mucho tiempo.»

El grandullón de cara roja y cabello blanco empezó a comer en cuanto le pusieron el plato delante. Había unas cuatro o cinco personas más en la mesa. Chip no los conocía. No les había prestado ninguna atención.

Se apartó de la ventana y se sorprendió al ver que respiraba agitadamente. Necesitaba entrar en calor, calmarse antes del gran momento. Decidió que tenía suficiente tiempo para cruzar la calle.

El bar Pitcher tenía una jarra de cerveza de neón en la ventana, macetas grandes de cactus, fachada con revestimiento de imitación madera y puertas de vaivén estilo Far West. Un pobre intento de que el local pareciera un viejo salón de vaqueros. No era el estilo de bar de Chip. No el tipo de lugares que frecuentaba en la Tercera Avenida de Nueva York. Pero a pesar del ambiente extraño, el whisky seguía siendo whisky.

Entró por las puertas de vaivén, avanzó por el salón débilmente iluminado y se dirigió a la barra. La clientela estaba compuesta sobre todo por estudiantes instalados alrededor de pequeñas mesas redondas, con jarras de cerveza espumosa. La camarera, una pelirroja de pelo largo y un pendiente en la nariz, lo miró con familiaridad.

–Un etiqueta roja sin hielo, ¿no?

Chip sonrió.

–¿Adivinas el pensamiento?

La chica hizo una mueca.

–Es que has estado aquí hace quince minutos.

Chip asintió.

–Ya.

Parecía que había pasado mucho más tiempo.

La pelirroja le sirvió medio vaso.

–Llénalo del todo –dijo él–. Sus ojos no terminaban de acostumbrarse a la oscuridad.

El primer trago lo quemó; el segundo lo calentó.

Se apoyó pesadamente en la barra y observó a una pareja iluminada por la luz azul del *jukebox*. Estudiantes universitarios. La chica, con tejanos y una camisa grande de franela, estaba sentada sobre el chico. ¿Chico u hombre? Parecía mayor. ¿O era por la luz azul de neón? Ella lo besaba una y otra vez, en las mejillas, la frente, los ojos, como si estuvieran en privado, como si no los viera nadie.

Chip se enfadó.

Sentía la cabeza a punto de estallar. Se agachó completamente. Tenía las rodillas flexibles y la garganta agarrotada. Todo ese whisky desperdiciado. Arrojó un billete de veinte, y después otro, sobre la barra.

Se acercó a la luz azul. Observó a la chica besar al chico; besos cortos y cariñosos, besos que a Chip le producían escozor en la cara.

Salió a la calle y al frío de la noche. El viento le azotó el rostro. Un cartón aplastado de zumo de naranja volaba sobre la acera. Cruzó la calle para volver a espiar por las ventanas del restaurante. Tropezó con el bordillo pero mantuvo el equilibrio. La luz azul lo siguió por la acera, la luz fría y azul que lo hacía tiritar. Levantó la mirada casi tímidamente, con cuidado de no golpearse la frente contra el cristal, y fijó la atención en la mesa del fondo.

Vacía.

No había nadie. Dos chicos con delantal blanco estaban retirando el servicio.

¡No!

¿Cuánto tiempo había estado en el bar de enfrente? Trató de pensar y miró el reloj, pero la luz azul se lo impedía.

¡No!

¿Cuántos whiskys? ¿Cuánto tiempo? Sin duda demasiado. Pero aún podía alcanzarlos y podía arruinarles la noche, borrarles de la cara esas sonrisas relamidas y pícaras. Podía alcanzar a Sara y decirle lo que sabía.

Se apartó de la ventana y se dirigió tambaleante hacia la esquina. Todavía sentía el frío del cristal en las manos. «Los guantes. ¿Qué he hecho con los guantes?»

Seguía pensando en los guantes cuando sintió el primer pinchazo de dolor en el hombro. La luz azul se intensificó. Tuvo frío en el hombro antes de que el dolor lo hiciera gritar. Vio la hoja, y después una mano con un guante oscuro.

La hoja se deslizó desde el hombro hacia abajo, casi hasta la cintura, desgarrando la tela de la camisa y la piel. Frío. Y después humedad. La sangre tibia –*su* sangre tibia– siseó mientras burbujeaba en contacto con el aire frío.

Chip se tambaleó y bajó los ojos para ver cómo la sangre le salpicaba los zapatos.

Otra cuchillada desgarradora, por el otro lado del pecho. La camisa y la carne se desgarraban al unísono.

Abrió la boca, pero sólo pudo gorgotear. Levantó la mirada de los zapatos y siguió al cuchillo. Pero la luz azul se apagó. Y dejó de sentir frío y dolor.

38

–Sí, lo sé.

El detective Montgomery pasó el dedo por el marco del

retrato de su hijo Martin, mientras se inclinaba sobre el escritorio sosteniendo el auricular con el hombro.

Walter, frente a él, movía los labios como si participara en la conversación. Garrett giró sobre el asiento para no tener que verle la cara.

–Lo sé, señor, lo sé. –Otro suspiro de frustración–. Éste es un cuerpo pequeño –logró decir al fin–. Somos sólo seis hombres y no muy bien equipados, señor. Sería el primero en admitirlo, señor. Y con toda la atención nacional sobre nosotros... todas esas cámaras de televisión y periodistas...

Su voz se apagó. La cuarta víctima había tenido que ser el hijo de un pez gordo de una cadena de televisión. Los periodistas y los equipos de televisión pululaban por Freewood casi alegremente, pensó Garrett. Como las hormigas sobre un mendrugo de pan, daban vueltas por el campus, por los escenarios de los crímenes, daban vueltas y hablaban, conversaban con todo el mundo, todos a la vez, hablaban y hablaban. Una mujer de uno de los llamados «programas informativos» hasta le había ofrecido diez mil dólares si revelaba detalles escabrosos sobre los asesinatos ante la cámara.

Él había rechazado la oferta. Demasiado rápido, quizá. Más tarde, Angela se imaginaba todo lo que habrían podido hacer con diez mil dólares y argumentaba que no era ninguna falta de ética divulgar detalles que todo el mundo conocía. Pero todo el mundo no conocía los detalles. Nadie les había dicho a los periodistas qué espeluznantes, violentos e inhumanos habían sido los crímenes.

Inhumano. Buena palabra, pensó Garrett.

Inhumano. Nadie había hablado de las huellas dactilares con aquellas salvajes espirales zigzagueantes y grietas profundas que no respondían a ningún dibujo humano. El ordenador estatal casi enloqueció al tratar de comparar esas huellas con las que tenía archivadas.

Por supuesto que habían acusado a Garrett y sus agentes

de total incompetencia, de no haber sido capaces de recoger ni una huella dactilar, un elemento policial que existía desde mediados del siglo pasado.

Sí, Garrett sabía que los periodistas de televisión pagarían mucho por enterarse de lo de las huellas, y lo de los cuerpos descuartizados. Trozos de cuerpo despellejados, diseminados por el campus como los artículos de una bolsa de la compra rota. Y se volverían locos por el relato de un testigo ocular, por la historia del chico que vio al asesino escapar disfrazado de monstruo. ¿Cuánto pagarían por ésa? «Si vendo esa noticia, si saco un dólar de todo esto, no podría volver a dormir», le había dicho Garrett a Angela. Pero de todas formas no dormía de noche.

–Muy bien, señor. Comprendo. De acuerdo –dijo Garrett con tono neutro, sin ninguna emoción, y colgó.

–¿Qué pasa? –preguntó Walter inclinándose hacia delante mientras la silla crujía.

El ruido reverberaba en el oído de Garrett. Últimamente todos los ruidos le resultaban exagerados. Se frotó las sienes.

–Van a reemplazarnos. Qué sorpresa, ¿no?

Pero Walter reaccionó con asombro.

–¿Nos apartan de los asesinatos?

Garrett asintió con ceño.

–No lo dijo directamente, pero los federales vendrán a participar del entretenimiento.

¿Por qué de pronto se lo tomaba a pecho? ¿El fracaso le molestaba más de lo que quería admitir? ¿Quería convertirlo en algo gracioso? «Relájate –se riñó–. ¿Soy un psiquiatra o un poli? ¿O ninguna de las dos cosas?»

–Pero... pero... –refunfuñó Walter cogiéndose del borde del escritorio de metal con sus manos regordetas y rosadas.

–No hemos avanzado mucho –replicó Garrett con el entrecejo fruncido–. Básicamente no hemos hecho más que mirar cadáveres y fotos de cadáveres.

Walter se frotó el cuello.

–Estás nervioso por esos jodidos periodistas de televisión.

–¡Tienes razón! –soltó Garrett y lanzó el lápiz contra la pared.

Walter abrió la boca sorprendido. El detective Montgomery nunca perdía el control.

–Cuatro asesinatos –murmuró sacudiendo la cabeza–. Cuatro asesinatos y no hemos podido...

–No estoy seguro de que sean cuatro asesinatos –masculló Garrett mientras seguía frotándose las sienes.

No era dolor de cabeza sino una palpitación difusa que no se le iba.

–¿Qué? –Walter lo miró.

–Quizá sean tres asesinatos y un asesinato –respondió Garrett en voz baja, esforzándose en pensar y preguntándose por qué se lo decía a Walter.

–No comprendo –reconoció Walter. No era la primera vez que le oía ese comentario a Garrett–. Tenemos cuatro cuerpos completamente destrozados, jefe. Cuéntalos: uno, dos, tres, cuatro –enumeró con los dedos.

–Tenemos tres cuerpos destrozados –corrigió Garrett–, y uno rebanado y cortado.

Walter reflexionó un buen rato.

–Quieres decir...

–Quiero decir que no podemos estar seguros de que el cuarto asesinato esté relacionado con los otros tres. Ese chico, Chip Whitney, fue apuñalado. Es verdad que lo cortaron y mutilaron, pero no lo desgarraron.

–¿Quieres decir que tal vez tenemos dos asesinos en el pueblo? –Walter se había puesto más pálido de lo habitual.

Garrett se puso de pie y cruzó la habitación para recoger el lápiz.

–No lo sé. Lo único que sé es que no hay evidencias de ninguna arma en los primeros tres asesinatos. Esos cadáveres eran un jodido amasijo. Me devano los sesos pensando en ellos... –Se agachó para recoger el lápiz–. El cadáver de Whitney también era un amasijo, pero los chicos del laboratorio determinaron que el arma homicida había sido un cuchillo de una hoja de diez centímetros. Eso establece una diferencia con los otros tres.

Walter abrió la boca poco a poco mientras miraba con ojos asombrados a Garrett.

–¿Dos asesinos aquí en Freewood? *¿Dos?*

39

–No... no pue... puedo evitar pensar que es por culpa mía –tartamudeó Sara mientras bajaba los ojos enrojecidos hacia sus manos entrelazadas con fuerza.

Mary Beth alargó el brazo y le cogió las manos.

–¿Cómo puedes decir eso? Sabes que no es verdad.

–Pero Chip no habría estado aquí de no haber sido por mí –sollozó Sara.

Una lágrima le resbaló por la mejilla enrojecida. Sabía que no le quedaban muchas lágrimas. Había llorado toda la noche. Se había abrazado a Liam y llorado, no porque siguiera enamorada de Chip sino porque se sentía culpable.

Ahora estaba sentada al lado de Mary Beth en el sofá, y tenían sendas tazas de café intactas en la mesilla delante de ellas. Mary Beth, con falda y jersey negros, se había apresurado en volver a casa del trabajo cuando su amiga la había llamado.

–Vine directamente de la comisaría –murmuró Sara levantando las manos para echarse el cabello hacia atrás–. Liam no quería que fuese, pero debía decirles que conocía a Chip. Y tuve que decirles por qué estaba Chip en Freewood.

Mary Beth se inclinó y cogió la taza de café.

–¿Liam no quería que fueses?

Sara meneó la cabeza.

–Vio que estaba muy afectada. Anoche se... se portó maravillosamente. Me tuvo toda la noche abrazada y me dejó llorar. Lo único que me decía era que no tenía que sentirme culpable.

–Pues claro, no es culpa tuya –dijo Mary Beth con firmeza. La taza tembló en su mano y el café se derramó por un lado–. Tú no invitaste a Chip a Freewood. Y no tienes nada que ver con... con su muerte.

–Pero es tan extraño... –replicó Sara enjugándose la lágrima de la mejilla–. Es tan extraño que asesinen a alguien que conoces...

Mary Beth asintió. Tomó un sorbo de café y dejó otra vez la taza en la mesilla.

–¿Qué pasó en la comisaría?

Sara suspiró.

–Hablé con un detective. Montgomery, creo que se llamaba. Negro, de voz suave y amable, muy comprensivo. Quería saber cuándo había visto a Chip por última vez. Si conocía a alguien que quisiera matarlo y algunas otras cosas. –Cambió de postura en el sofá y puso la espalda recta–. Vio que estaba muy afectada y no me hizo muchas preguntas. También él parecía muy afectado.

–¿Afectado?

–Sí, me dijo que iban a quitarle el caso a la policía local. Vendrá el FBI o algo así. Dijo que no estaban preparados para atrapar a un maníaco asesino. No sé por qué me dijo todo eso. Supongo que... –Su voz se apagó.

Guardaron silencio durante un rato. Sara oyó vibrar el techo. Alguien caminaba por el apartamento de arriba. Oyó también música procedente de la casa de al lado. La vida continuaba. Para la mayoría de la gente era un día normal.

–Cuando me marchaba de la comisaría, llegó el padre de Chip –le confió a Mary Beth–. Vi una limusina blanca que paraba en el aparcamiento y al padre que salía por la puerta trasera.

–¿Qué le dijiste?

–Pues... nada. No pude enfrentarme a él –confesó Sara evitando la mirada de su amiga–. Caminé hacia el otro lado antes de que me viera. ¿Qué iba a decirle?

–¿Estaban unidos Chip y su padre? –preguntó Mary Beth.

Sara asintió.

Se oyeron más pasos arriba. Pasó una nube por la ventana y oscureció la luz del sol. Unas sombras grises se deslizaron por la pequeña sala de Mary Beth.

Sara volvió a suspirar.

–¿Por qué iban a matar a Chip? Quiero decir, ¿por qué razón alguien, un desconocido, se iba a acercar a él por la calle para matarlo? Es demasiado horrible, Mary Beth, y muy extraño.

–Sara, toma un poco de café. Tienes que dejar de pensar en ello. Tienes que intentar distraerte de alguna manera. Tienes que...

–¿Pero cómo? Han asesinado a alguien que conocía, lo han asesinado brutalmente. Y... ¡Oh, Dios mío! –Se cubrió las mejillas con las manos.

–¿Qué... Sara? –preguntó Mary Beth.

–¡Han asesinado a dos personas que conocía! –exclamó Sara–. Cuatro asesinatos en el campus, y yo conocía a dos. Chip y la instructora de posgrado. La conocí en un restaurante, justo antes de que la mataran. Dios mío, Mary Beth, ¿cómo es posible que conozca a dos personas asesinadas? ¿Cómo?

40

Sara se ajustó el cinturón del albornoz azul mientras se paraba delante de la mesa del desayuno, frente a Liam.

–Grrrrr. Te estoy gruñendo, Liam. –Se apartó el cabello sin peinar con las dos manos.

Liam, que ya estaba vestido a las siete y media de la mañana con unos pantalones holgados, camisa abierta y chaleco de lana marrón, con el pelo mojado de la ducha y peinado, se encogió de hombros y le dedicó una sonrisa conciliadora.

–No puedo comer los huevos. Lo siento de veras. –Empujó el plato hacia el centro de la mesa.

–Grrrr –exclamó ella arqueando los dedos y arañando el aire como una tigresa enfadada.

–Puedes gruñir todo lo que quieras. Te dije que no compraras huevos por la noche. Es una superstición muy antigua, pero...

–¡Sí, una superstición muy antigua! –exclamó Sara, como si el comentario le diera la razón–. ¡Muy antigua y muy tonta!

–Sara, por favor, no te enfades. Siéntate.

Esa mañana no tenía ganas de dejárselo pasar. No había dormido bien. Hacía dos semanas que había muerto Chip, pero todavía lo veía cuando cerraba los ojos. Dos semanas. Y no había disfrutado ni una sola noche de sueño normal. «Chip, ¿por qué me persigues? ¿Te irás alguna vez?»

Y esa mañana, el hecho de ver a Liam salir cuidadosamente por el lado derecho de la cama, dar tres vueltas a la habitación y contar los pasos hasta el cuarto de baño la había sacado de quicio. «Liam, no tenía idea que tuvieras tantas supersticiones», le había dicho enfadada con voz soñolienta. Liam no había respondido.

Sara se levantó a pesar de que no tenía clase hasta las once y le preparó una tortilla francesa y tostadas, que él se negó a comer cuando ella le dijo que había comprado los huevos la noche anterior, después de salir de la biblioteca.

–¡Que un puñado de irlandeses ignorantes tuvieran miedo hace trescientos años de ir a comprar huevos por la noche, no significa que tú no puedas comerte la tortilla! –exclamó y empezó a toser. Se sirvió una taza de café, bebió un trago y se quemó la lengua.

Liam le lanzó aquella sonrisa de chiquillo que sabía que por lo general funcionaba con ella.

–Por favor, no te enfades conmigo.

Sara estaba decidida a no dejarse conquistar tan fácilmente y dejó la taza con fuerza sobre la mesa.

–¿A qué hora se supone que debo comprar huevos? ¿Por qué no me dices las horas en que los huevos traen buena suerte?

Liam frunció el entrecejo ante su sarcasmo y cogió la cafetera.

–No te preocupes por los huevos, querida, será mejor que pienses en tu trabajo de investigación. Deja que Margaret compre los huevos.

Como si Liam le hubiera dado la entrada, Sara oyó los pasos de Margaret, que bajaba por la escalera. Al cabo de unos segundos entró con reticencia en la cocina. Llevaba un jersey de lana beige y unas mallas negras.

–¿Os importa que me incorpore?

–¿Por qué? ¿Estás acostada?

Sara bufó. Era un viejo chiste que Liam había leído en alguna parte. Por algún motivo, le encantaba. Él y Margaret repetían esta rutina casi todas las mañanas. Y todas las mañanas, Sara se reía. Pero aquel día sólo la puso de peor humor.

¿Por qué Margaret no desayunaba arriba?, se preguntó enfadada. «¿Por qué Liam y yo no podemos desayunar ni un solo día solos? ¿Por qué ni siquiera podemos pelearnos sin que Margaret nos observe? Quizá estoy premenstrual –pensó mientras se tomaba el café–. Margaret es muy amable y hace lo posible por no estorbar. Y yo no debería ser tan impaciente con Liam. Se ha portado muy bien, ha sido muy cariñoso y atento. Parece feliz conmigo. Y ha sido muy comprensivo con lo de Chip.»

Margaret se sirvió una taza de café. Se dirigió a la nevera para sacar la leche. Sara se situó detrás de Liam, se agachó y lo abrazó. Respiró hondo para oler su loción para después del afeitado y le besó la nuca.

Él se volvió y la besó en los labios.

–Dos tortolitos –murmuró Margaret desde la nevera y sacudió la cabeza sonriendo.

–Pío, pío –dijo Sara con su mejor cara de pajarillo.

Después de desayunar pasaron a la sala. Margaret descorrió las cortinas para que la suave luz de la mañana entrara en la habitación. Sara miró por la ventana y vio un nublado día de invierno con negros nubarrones más allá de los árboles.

Liam se sentó en el sofá y echó un vistazo a una pila de papeles.

–Notas para la conferencia –respondió a la muda pregunta de Sara.

Margaret entró en la cocina y Sara oyó el agua del grifo del fregadero. «¿Por qué está lavando los platos? –se preguntó impaciente–. Le dije que lo haría yo. ¿Por qué cada vez que no lo hago instantáneamente se apresura a hacerlo ella?»

Sara se acercó al escritorio de Liam y vio la jaula del conejo vacía. ¿Por qué no la tiraba? «Pues lo haré yo cuando él no esté en casa.» Empezó a abrir el cajón de arriba, pero se lo pensó dos veces.

–Liam, ¿dónde guardas las tijeras?

–En el cajón de la derecha, arriba. –No levantó la vista de las notas.

–Hace dos meses que vivo aquí y todavía me siento como si estuviera de visita. No sé dónde está nada –se quejó Sara.

–Necesitas tu propio escritorio –murmuró Liam.

Abrió el cajón. Tijeras, lápices, una regla, paquetes de fichas, todo perfectamente ordenado. Tuvo el impulso de revolverlo todo, de mezclarlo todo con la mano. «Tengo que poner un poco de desorden en la vida de Liam», pensó, pero se riñó por tener ideas tan infantiles. Luego sacó las tijeras.

Liam se puso las notas en las rodillas y le sonrió.

–¿Qué haces?

Sara cerró el cajón con la cadera.

–Tengo las fotos de la boda. Mary Beth al fin las ha hecho revelar. Ya sabes, te las enseñé ayer. Había pensado mandarle algunas a mi madre. Y voy a recortar el anuncio de la boda del periódico del campus y...

Las tijeras se le escurrieron y rebotaron sobre la alfombra. Sara se agachó a recogerlas.

–¡No! –chilló Liam. Se puso de pie de un salto y los papeles se le cayeron al suelo–. ¡No lo hagas!

–¿Qué? –exclamó Sara–. ¿Qué pasa?

Liam se precipitó hacia ella.

–Nunca recojas tus propias tijeras.

–¿Qué dices? –gruñó Sara.

–Si recoges las tijeras que se te han caído, acortas tu vida.

–¡No seas ridículo! –exclamó Sara.

–Alguien las tiene que recoger por ti.

–¡Ni hablar! –replicó Sara.

Liam se agachó por las tijeras, pero Sara estaba más cerca y las recogió.

Liam lanzó un grito, como de dolor.

Margaret se asomó a la puerta.

–¿Qué pasa?

Liam se enderezó. Respiraba agitadamente y miraba con dureza a Sara, que levantaba las tijeras como un trofeo.

–Liam, a veces llevas demasiado lejos tu historia de las supersticiones.

La expresión de Liam se distendió lentamente y volvió a dedicarle su sonrisa de chiquillo.

–Tienes razón. Lo siento. Intentaré enmendarme, lo prometo –dijo dando un paso atrás.

–¿Qué demonios pasa? –preguntó Margaret.

–Nada –respondió Sara con la mirada fija en Liam. Ya estaba arrepentida de haberse comportado de una manera tan desafiante. El pobre parecía bastante incómodo. ¿Por qué no lo había dejado recoger las tijeras si significaba tanto para él?

–Me he pasado un poco –explicó Liam a Margaret. Iba a añadir algo pero en ese momento sonó el timbre. Se volvió hacia Sara y preguntó–: ¿Esperas a alguien?

Sara meneó la cabeza y dejó las tijeras sobre el escritorio. Liam miró hacia la puerta de la calle.

Margaret se acercó a la ventana y echó un vistazo al porche.

–¡Vaya! –exclamó sorprendida–. Es un policía.

41

Garrett volvió a pulsar el timbre y miró el cielo que se iba oscureciendo. Vio que se acercaba una tormenta. ¿Hacía bastante frío como para que nevara?

Se sacó los guantes negros de cuero y los guardó en el bolsillo del abrigo. Llevaba la credencial del departamento con su foto prendida en la tablilla sujetapapeles. Últimamente la gente siempre pedía la credencial; el uniforme no bastaba.

Vio movimientos en la ventana de la fachada. Un chispazo de color. Una mujer semivisible por el reflejo del cielo en el cristal lo miraba. Después oyó pasos en el interior de la casa.

Eran sólo las nueve y ya había recorrido veinte casas. Garrett sabía que era bueno empezar temprano para encontrar a la gente antes de que marchase a trabajar. Pensaba que iba a detestar esta búsqueda casa por casa. ¿Recorrer cada casa y apartamento de la zona del campus? ¿Interrogar a todo el mundo? ¿Qué iba a encontrar?

Sandusky, el jefe del equipo del FBI con cara de bebé, le había dicho que se sorprendería. A Garrett le había molestado la actitud paternal con que Sandusky le había apoyado el brazo en el hombro, como si hablara con un niño de seis años. ¿Y él qué edad tenía? Con su cara lampiña, mejillas pálidas y ojos azules aparentaba unos catorce. ¿Y desde cuándo los del FBI eran tan corteses y delicados? «A lo mejor es gay. Quizá tiene debilidad por los polis negros y corpulentos –pensó Garrett sonriendo–. No; sólo es un hijo de puta paternalista, orgulloso de ser todo un agente federal, no un lastimoso poli de pacotilla de un campus que ni siquiera puede encontrar una huella dactilar en un cadáver hecho pedazos... Pero ahora al menos estoy fuera de la comisaría.» Por eso le alegraba que los hombres del FBI le hubieran encomendado ese recorrido casa por casa. «Por lo menos hago un poco de ejercicio. No estoy sentado en esa habitación asfixiante viendo al gordinflón de Walter comer un donut tras otro. Joder. Sí que me gusta estar al aire libre, yendo de un edificio a otro para nada. Tengo tiempo para pensar en la vida, en los asesinatos.»

Angela no se había reído cuando Garrett le había explicado su teoría: que un monstruo inhumano había cometido los asesinatos. Pero había visto dudas en sus ojos verdes. Dudas y preocupación. ¿Dudas por su salud mental?

Pues... ¿por qué no?

Desde el primer cadáver Garrett no era el mismo. Aquella pobre chica con el cuero cabelludo arrancado, la cabellera tirada en la hierba y las venas desgarradas alrededor del cráneo como serpientes marchitas. Por supuesto que no era el mismo. No podía mirar a la gente de la misma manera. No podía ver a nadie sin pensar en el cráneo, las venas y el aspecto que tendrían si les arrancaran la cabellera de un tirón.

¿Loco? Probablemente.

¿Pero dónde estaba la cordura de esos asesinatos? ¿Cómo no iba a ser un monstruo el asesino?

Oyó que giraban la cerradura y la puerta empezaba a abrirse. Garrett esperaba una mirada de sorpresa, una expresión de temor. La gente tenía miedo de encontrarse con un poli en su puerta, porque seguramente traía malas noticias.

Un hombre de cabello oscuro de entre treinta y cuarenta años, con aspecto de profesor, chaleco marrón y camisa blanca, lo miraba. Garrett advirtió sorpresa en la mirada. ¿Miedo también? No estaba seguro.

–Buenos días, agente. ¿Qué lo trae por aquí? –El hombre tenía una voz suave, agradable, con un ligero acento extranjero.

–¿Profesor O'Connor?

–Sí. –Sus ojos estaban fijos en Garrett.

–Su mujer vino a verme hace unos días por el asesinato de Chip Whitney.

–Sí, lo sé. Sara estaba muy afectada. Yo también, naturalmente.

–¿Lo conocía? –preguntó Garrett cambiando de mano la tablilla sujetapapeles.

–No, yo no. Pero me afectó ver la reacción de Sara. –Se mesó el cabello–. Y, desde luego, todos estamos muy impresionados por los... otros asesinatos. Es algo aterrador.

–Estoy haciendo un recorrido casa por casa, profesor. Le molestaré sólo unos minutos. Conocía a alguna de las otras víctimas, ¿verdad?

El policía no esperó la respuesta. Hojeó los papeles que tenía en la mano y se detuvo en una foto en color de la segunda víctima. La mujer sonreía y llevaba un vestido de verano amarillo limón. El cabello ondeaba ligeramente al viento y detrás se veía una playa.

El profesor miró fijamente la foto y asintió.

–La señora DeHaven. Era nuestra casera, la propietaria de este edificio. Fue un golpe terrible.

–¿Cuándo la vio por última vez? ¿Le habló en alguna ocasión de discusiones o conflictos con alguno de sus inquilinos? ¿Sabe de alguien que hubiera tenido problemas con ella? ¿Inquilinos anteriores? ¿Otros inquilinos del edificio?

El doctor O'Connor contestó las preguntas sin vacilar, con tono suave y reflexivo. No sabía nada, no tenía idea de ningún problema. No conocía a los otros inquilinos. Nunca había oído a la casera quejarse de otros inquilinos. Afirmó haber tenido relaciones de lo «más cordiales» con ella.

«Ninguna ayuda», pensó Garrett. Oyó voces femeninas dentro de la casa. La mujer y la hermana, recordó por su entrevista con la esposa. También tenía que hablar con ellas.

Dos jóvenes, probablemente estudiantes, aparecieron por la esquina haciendo *footing*. Aflojaron el paso al reconocer a Garrett y volvieron la cabeza para ver a quién interrogaba.

–Creo que no le seré de gran ayuda, agente –dijo el doctor O'Connor, mostrando el primer signo de impaciencia.

Garrett cogió la foto de la primera víctima, Charlotte Wilson. Era una foto escolar del último año de instituto. Parecía una niña de doce años.

–Doctor O'Connor, ¿conocía a esta chica, Charlotte Wilson?

El profesor miró la foto con atención.

–Bueno, en realidad...

–¿Sí?

–Apenas la conocía. Era la chica que iba a trabajar de secretaria mía. Pero... fue cuando acabábamos de trasladarnos aquí. Mi hermana y yo estábamos tan ocupados con la mudanza que casi no tenía tiempo de ir a la oficina. Creo que hablé con la pobre chica sólo un par de veces. Y después... cuando la asesinaron...

Garrett tensó los músculos de la nuca. Miró fijamente

al profesor y vio la incomodidad reflejada en sus ojos marrones.

–¿Así que conocía a Charlotte Wilson? ¿Conocía a tres de las víctimas?

O'Connor se ruborizó levemente.

–Pues... sí. Pero no mucho, eran apenas conocidas.

Garrett hizo otras preguntas mientras garabateaba unas notas en la hoja correspondiente a Charlotte Wilson.

–¿Conocía a alguien del círculo de Charlotte Wilson? ¿A algún amigo? ¿A alguien que también la conociera? ¿Le habló alguna vez de sus amigos o conocidos? ¿Se mostró alguna vez asustada o se comportó de manera extraña?

El profesor no pudo ofrecer ninguna ayuda.

Pero Garrett sintió que su corazón se aceleraba. Allí pasaba algo raro. ¿Algo sospechoso? ¿Pura coincidencia? Pero eran tres. Conocía a tres.

«¿Es posible que no sepa nada más?» La pregunta giraba en la mente de Garrett. «No te entusiasmes –se dijo–. Aún no has resuelto el caso. No has descubierto nada... ¿Pero tres de tres? Probemos con la cuarta.»

Una ráfaga de viento agitó los papeles de la tablilla. El cielo se oscureció. Los dos hombres levantaron la vista hacia las nubes. El doctor O'Connor tiritó.

–Discúlpeme, agente, debí invitarlo a pasar. –Consultó su reloj–. Pero ya llego tarde a mi conferencia. La clase...

–Aquí está la cuarta víctima –interrumpió Garrett levantando la foto de Devra Brookes, la instructora de posgrado, muy sexy en el retrato, el pelo rojizo sobre un ojo y una leve sonrisa en su bonita cara. Garrett la había visto cientos de veces, pero aun así sacudió la cabeza. ¿No podían haber buscado una foto mejor?

El profesor miró el retrato. Pareció estudiarlo y luego meneó la cabeza.

–No, lo siento, no la conocía. Nunca la he visto.

Garrett sintió una punzada de desilusión.

–¿Está seguro, profesor? Se llamaba...

Antes de que Garrett terminara, Sara asomó la cabeza por la puerta. Miró al policía y luego la foto.

–¡Devra! –exclamó–. Liam, es Devra.

–Tienes razón... –Unos círculos rojos aparecieron en las mejillas de O'Connor–. Pues sí, claro que la conocía. Me he despistado.

«Cuatro de cuatro.»

42

Sara entró en la casa detrás de Margaret. Suspiró, contenta de estar de vuelta.

–Qué día tan espantoso.

Oyó a Liam cerrar la puerta de la calle. Pasó junto a ella apesadumbrado y ojeroso y dejó el abrigo en el respaldo del sofá.

–Estoy de acuerdo –dijo y se desperezó.

Margaret cogió el abrigo de Liam y lo llevó al armario del recibidor.

–¿No tendríamos que haber llamado a un abogado? ¿No deberíamos haber tenido un abogado en la comisaría, Liam?

Liam se acercó a la ventana y observó cómo nevaba.

–No necesitamos ningún abogado. No hemos hecho nada. Esos hombres del FBI se agarran a cualquier cosa.

Sara se dejó caer en el sofá.

–Todo un día en la comisaría, contestando las mismas preguntas una y otra vez.

–Ha sido por culpa mía –musitó Liam–. No debí mentir sobre Devra. Ni siquiera sé por qué lo hice. Supongo que fue por ese policía que estuvo aquí. Me hizo sentir como si de verdad tuviera algo que ocultar. –Se situó detrás de Sara y empezó a masajearle los hombros con dulzura–. Es sólo una terrible coincidencia. Y los policías... están desesperados. Se agarran a cualquier cosa, hasta a una ridícula coincidencia.

–Hummm, qué agradable –ronroneó Sara–. Tienes unas manos muy delicadas para ser un asesino, Liam.

–Eso no tiene gracia, Sara –repuso dejando de masajearla.

–Voy a preparar té –anunció Margaret mientras se dirigía a la cocina–. ¿Alguien quiere?

–Yo necesito algo más fuerte –respondió Liam.

–Y yo algo fresco –dijo Sara–. En la comisaría hacía un calor terrible.

Margaret entró en la cocina. Sara oyó el agua del grifo y el ruido de la tetera sobre el fogón.

Liam dejó de tocarle los hombros y dio un paso atrás.

–Bueno, les hemos dicho todo lo que sabíamos, que no es mucho. Quizá tengan otra pista y nos dejen tranquilos.

Se quitó el jersey y se lo puso sobre los hombros. Después se acercó al mueble bar y se sirvió un vaso de whisky.

Sara lo miró pensativa. Qué coincidencia horrible. ¿Coincidencia? Claro que era una coincidencia, ¿qué otra cosa podía ser? Sara no se había dado cuenta de que Liam conocía a las cuatro víctimas y él no lo había mencionado. De hecho, ni siquiera le había hablado de los asesinatos, salvo algún comentario sobre lo horribles que eran y lo asustados que estaban sus alumnos. Pero seguramente le habían afectado mucho, pensó Sara. Cuatro asesinatos de personas que Liam conocía por un motivo u otro. «Sí, seguro que le afectaron mucho –decidió Sara–. Especialmente a alguien tan supersticioso como él.» Pobrecillo Liam, tan supersticioso. Y a pesar de todo se había guardado sus sentimientos. ¿Por qué? ¿Por ella? Sí, seguramente.

Sara cruzó la habitación y lo abrazó. Lo cogió por sorpresa y lo hizo derramar un poco de whisky sobre la alfombra.

–Oh, Liam, los conocías a todos.

–En realidad no –murmuró él–. No los conocía mucho.

Pero no hablemos del asunto, Sara, de veras no me apetece... –Se apartó de ella con el vaso levantado en la mano derecha–. Voy a cambiarme. ¿Quieres salir a cenar? ¿O prefieres que nos quedemos en casa? Quizás un paseo bajo la nieve nos despeje la mente. ¿Qué te parece? Todos esos hombres de traje gris con la mirada clavada en nosotros y haciéndonos esas preguntas absurdas... Vayamos a comer bien y a tomar un vino bueno. A lo mejor nos ponemos un poco trompas y nos serenamos. ¿Qué contestas?

Hablaba deprisa, nervioso, con una voz que Sara nunca le había oído, y salió de la sala sin darle tiempo a responder.

Ella se quedó en medio de la habitación con los brazos cruzados, compadeciéndolo. En realidad no quería hablar del tema. Sara miró por la ventana; nevaba más fuerte y la luz de la farola iluminaba los copos. Echó un vistazo a su reloj. Eran poco más de las cinco y ya estaba oscuro como si fuera medianoche.

Sonó el teléfono estrepitosamente en la habitación vacía. Sara se dirigió a la mesilla que había junto al sofá y respondió.

–¿Diga? –Se aclaró la garganta.

–¿Sara O'Connor? ¿La nueva esposa de Liam? –preguntó una voz de mujer, tensa, casi con un susurro.

–Sí. ¿Quién habla? –contestó Sara más duramente de lo que quería.

–Usted no me conoce. Me llamo Kristen Verret. Vivía... vivía con Liam.

–¿Cómo dice?

–Vivía con Liam. Y con Margaret. Tengo que hablar con usted, Sara. Tengo que advertirle de...

A Sara se le encogió el estómago y sintió una punzada de miedo en el pecho.

–¿Quién habla? ¿Qué quiere?

–Escuche, Sara, la he llamado para prevenirla sobre Liam.

–¿Es usted Angela? –Sara apretó el auricular contra la oreja y recordó la historia que le había contado Liam sobre la mujer de Chicago que estaba obsesionada con él.

–¿Angela? No, soy Kristen. ¿Tiene tiempo? ¿Puede reunirse conmigo?

–¿Qué? ¿Está loca? ¿Para qué querría reunirme con usted?

–Tengo que hablarle de Liam. Usted está en peligro. Escúcheme, corre un peligro terrible.

–Angela, sé quién es usted y lo que pretende. Lo siento, pero...

–¿Puede venir a verme ahora? Estoy en el hostal de la universidad, en Fairmont.

–No iré. Oiga, Angela, Kristen o como se llame, no vuelva a llamarme. Lo digo en serio. Si vuelve a molestarme llamaré a la policía.

–Sara, estoy tratando de ayudarla.

–Voy a colgar y no vuelva a llamar. –La voz le temblaba de rabia. Y de miedo.

–Venga mañana por la tarde, por favor. Estaré en mi habitación. No le llevará mucho tiempo. Tengo que hablar con usted. Mañana, Sara, no lo olvide.

Sara tomó aire para contestar, pero la mujer colgó, y al cabo de un instante oyó otro clic.

Corrió escaleras arriba e irrumpió en la habitación. Liam estaba de pie frente al tocador, mirándose al espejo; seguía con los pantalones y la camisa blanca. El vaso de whisky estaba vacío y tenía los ojos acuosos.

–Liam, ¿estabas escuchando por el supletorio? –preguntó mirando el teléfono, como si la mesilla de noche le fuera a contestar la pregunta.

Liam se volvió lentamente con expresión perpleja.

–¿Escuchando? No. ¿Estabas hablando por teléfono?

–Sí, recibí una llamada muy extraña.

Liam se rascó la cabeza y entrecerró los ojos como si tratara de enfocar.

–¿Angela?

–No... no lo sé –balbuceó Sara–. Dijo llamarse Kristen y que había vivido contigo. ¿Vivías con alguna Kristen?

Una sonrisa se dibujó en el rostro de Liam.

–No me suena.

–Liam...

–Es difícil recordar a todas las mujeres –continuó con ojos pícaros. Sara se dio cuenta de que bromeaba–. La verdad es que he tenido diez esposas antes que tú. –Se frotó la barbilla–. ¿O eran once? No estoy seguro. Quería hablarte de ellas, Sara, pero no encontraba el momento oportuno. –Rió–. No te asustes; es un chiste. –Cruzó la habitación, la abrazó y apretó la cara contra la de ella–. No te preocupes por otras mujeres. Tú eres la única, Sara –murmuró con ternura–. Tú eres la única, la única. –Y la besó.

–En serio, Liam –suplicó ella–. Esa mujer me asustó. Me dijo que fuera a verla, que yo estaba en peligro. –Sara se acurrucó contra Liam. Se sentía protegida y segura entre sus brazos.

–Quizá sea la loca de Angela. Si está en la ciudad me ocuparé de hablar con ella –respondió Liam en voz baja, acariciándole el cabello–. Tal vez deberíamos sacar nuestro teléfono de la guía.

–¿De verdad crees que es Angela? ¿Conoces a alguna Kristen?

Él siguió acariciándole el pelo con ternura. Y ella, apretada contra él, oía como le latía el corazón.

–No, no conozco a ninguna Kristen. Tiene que ser Angela. La pobre Angela, tan desequilibrada. –Liam ladeó la cabeza y le sonrió; tenía los ojos cansados y enrojecidos–. Ha sido un día espantoso. Olvidémonos de todo. Salgamos a cenar los dos solos. Y no te preocupes, Sara, no hay nada de que preocuparse.

–Lo sé –respondió ella, obligándose a sonreír–. Lo sé.

43

–Estoy preocupada por Liam –dijo Sara mordiéndose el labio. Se metió las manos en los bolsillos de la chaqueta. Ojalá no hubiera olvidado los guantes.

–¿Qué le pasa?

Mary Beth resbaló sobre el hielo pero enseguida recuperó el equilibrio. La nieve tenía unos pocos centímetros de espesor, pero había llovido encima y la lluvia se había congelado dejando una capa dura y resbaladiza. Ahora el sol de la tarde brillaba a través de unas nubes grises y brumosas.

Cruzaban el Círculo por el sendero central hacia la biblioteca de columnas blancas. Sara oyó gritos. Se volvió y vio a un grupo de estudiantes cerca de los arbustos enzarzados en una batalla de bolas de nieve. Pero la nieve estaba demasiado dura. Unos estudiantes con mochila, agachados por el fuerte viento, avanzaban en grupos de dos o tres por los senderos que se entrecruzaban entre los edificios con los tejados cubiertos de nieve.

Mary Beth se bajó el gorro de lana amarillo y rojo. Hacía pocos minutos que caminaban, pero ya tenían las mejillas rojas y brillantes.

–¡Dios mío! ¿Se ha acabado la luna de miel? ¿Qué le pasa a Liam? ¿Me vas a contar algún problema sexual?

Sara rió.

–No, no es eso.

–Qué lástima –dijo Mary Beth fingiendo pucheros.

El hielo crujía bajo las botas.

–¿La universidad nunca echa sal en estos senderos? –preguntó Sara, cogiéndose del hombro de su amiga para no resbalar.

–Recortes de presupuesto –respondió Mary Beth mientras miraba a un estudiante que simulaba haber quedado encallado en el hielo. De pronto se detuvo. El aliento formaba una nube de vapor sobre el gorro azul de lana–. Además, tenemos que preocuparnos por esos asesinatos y a nadie se le ocurre ir a echar sal por ahí. –Se volvió hacia Sara–. ¿Vas a decirme para qué me has sacado de mi cálida oficina o no?

–Bueno... son muchas cosas.

Sara tenía necesidad de hablar con Mary Beth. Había pensado en ello toda la mañana y preparado todo lo que iba a decirle. Después del seminario, había ido a su oficina y la había sacado a dar un paseo para hablar sin que las interrumpieran. Pero ahora que estaban solas, sus quejas sobre Liam le parecían triviales. Era un hombre maravilloso y se portaba bien con ella. Lo quería tanto que de pronto sintió que confiarse a Mary Beth era una especie de traición.

–Debería estar trabajando en la oficina de Milton –dijo Sara mirando al edificio de la administración con la cúpula verde nevada–. Pero lo llamé para decirle que no me sentía bien. En realidad no me siento muy bien que digamos, después de lo de ayer...

–Lo sé. Ya me contaste lo de ayer –la interrumpió Mary Beth con impaciencia–. Seis horas en la comisaría; habrá sido horrible. ¿Pero de qué me querías hablar? Venga, Sara, suéltalo.

–¡Sus supersticiones me están volviendo loca! –dijo Sara de repente.

Mary Beth frunció el entrecejo.

–¿Cómo dices? ¿Sus supersticiones?

–Al principio me parecían divertidas –confesó Sara sacudiendo la cabeza. Hablaba deprisa, ansiosa, ahora que había empezado, de contarlo todo y acabar de una vez–. Liam pasa mucho tiempo leyendo y hablando de folclore, leyendas y todas esas cosas. Así que me parecía divertido que creyera en las supersticiones de las que hablaba. Quiero decir que no me lo tomaba muy en serio y no creía que él se lo tomara tan en serio.

Se detuvieron en la escalinata de la biblioteca. Mary Beth

cogió a Sara del brazo, se dieron la vuelta y empezaron a desandar lo andado.

–¿Pero qué hace? –le preguntó a Sara mientras se ceñía la bufanda de lana al cuello.

–De todo –se quejó Sara–. Desde que se levanta por la mañana, que tiene que ser por el lado derecho, siempre hay algún rito o superstición que debe respetar. Al principio me parecía interesante, pero después...

Mary Beth tenía los ojos fijos en Sara.

–¿Tan mal está? ¿Crees de veras que es un obsesivo compulsivo?

Sara sintió una punzada de culpabilidad.

–Ay, no lo sé. Quizás estoy exagerando. A lo mejor me molesta porque yo también estoy alterada. Lo amo, Mary Beth, y quiero que todo vaya bien. Pero... en fin... hemos tenido otra mañana muy mala.

–¿Qué ha pasado?

Mary Beth la miraba preocupada. Sara se sintió aliviada de que su amiga la tomara en serio, sin hacer las habituales bromas y comentarios irónicos. Se portaba como una verdadera amiga.

–No te rías, pero olvidé decirle «Jesús» cuando estornudó.

Mary Beth no rió.

–¿Y eso es un crimen?

Sara asintió.

–Se enfadó mucho. No era la primera vez que me olvidaba y ya habíamos tenido una pelea por lo mismo. En fin, le pedí disculpas pero no bastó. Me empezó a explicar que decimos «Jesús» cuando alguien estornuda porque el ruido del estornudo atrae a los malos espíritus. Así que si decimos «Jesús», los mantenemos alejados.

Mary Beth soltó un bufido.

–¿Quieres decir que Liam cree en los malos espíritus?

–¡No, claro que no! –respondió Sara–. Bueno, creo que

no. ¿Cómo podría creer en eso? Es imposible que se lo crea en serio. –Se mordió el labio hasta que sintió gusto a sangre.

–Pero se enfadó porque te olvidaste de decirlo.

Sara suspiró.

–Eso fue sólo el principio.

Dos chicas pasaron corriendo y casi atropellan a Sara y a Mary Beth.

–¡Perdón! –dijo una de ellas con el pelo ondeando al viento.

–Después del desayuno, Liam entró en la casa con un cubo lleno de tierra.

–¿Y de dónde sacó la tierra en un día como hoy? ¿Cavó debajo del hielo?

Sara se encogió de hombros.

–Supongo. Le pregunté para qué traía un cubo de tierra a la sala.

–¿Y?

–Dijo que era una vieja superstición de Sussex o alguna otra parte. Que meter barro en la casa en enero trae buena suerte. Se llama «mantequilla de enero».

–Ja ja –rió Mary Beth torciendo el gesto–. Será mejor que no olvide hacerlo esta noche cuando vuelva a casa.

–No tiene gracia.

–Lo siento, perdona.

–Y hay más. Contratamos a una mujer, la señora Layton, para que hiciera las faenas una vez por semana. En realidad nos la recomendó Milton. Pues bien, esta mañana estaba arriba vistiéndome y oí un alboroto abajo, en la sala. Liam gritaba y protestaba por algo. Así que bajé, ¿y sabes por qué estaba enfadado? Porque la señora Layton había abierto la puerta y barría hacia fuera. –Sara respiró hondo antes de continuar–. Y Liam gritaba: «¡Nos está barriendo toda la buena suerte! ¡Nos está barriendo toda la buena suerte!».

–Vaya –murmuró Mary Beth.

–Liam le arrebató la escoba y empezó a barrer el polvo hacia dentro. Estaba frenético, como un poseso.

–Qué extraño –comentó Mary Beth sacudiendo la cabeza.

–La pobre señora Layton no sabía qué hacer –continuó Sara–. Se echó a llorar y se marchó. Dejó el abrigo y salió corriendo de la casa. Ni siquiera esperó a que le pagara.

–Vaya. ¿Y Liam qué hizo?

–Bueno, después de que la mujer se fue empezó a disculparse. Creo que se sentía muy mal. No paraba de decirme cuánto lo lamentaba. Me pidió que fuera comprensiva y prometió no dejarse llevar otra vez de esa manera.

–A mí me suena como candidato seguro al Prozac.

–¡Mary Beth... por favor!

–A lo mejor lo ayudaría a aclararse.

–No está loco. Está... sólo está...

Ahora se sentía culpable por haberse quejado de Liam a Mary Beth. Tendría que haber supuesto que su amiga no la tomaría en serio. Mary Beth siempre se burlaba de todo.

–Tú eres la experta en psicología. Tal vez alguien de tu departamento podría hablar con él. Ya sabes, una charla informal, amistosa. O quizá podría convencer a Liam de que viera a un psiquiatra.

«No debí contarle todo esto –pensó Sara con tristeza–. Primero se lo tomó a broma y ahora se lo toma demasiado en serio.»

–¿Un psiquiatra? No creo que lograra convencer a Liam de que viese a un psiquiatra –respondió–. Está bien. Supongo que le gustan todas esas supersticiones y leyendas. Y además es totalmente inofensivo... ¿no te parece?

Garrett abrió la puerta y asomó la cabeza en el despacho de recepción. No había nadie en el escritorio. El ordenador estaba encendido y la pantalla emitía una luz azul.

–¿Doctor Cohn?

Garrett oyó una tos y ruidos sordos al otro lado de la mampara.

–¿Doctor Cohn? Soy el detective Montgomery.

Al cabo de unos segundos, Milton Cohn apareció por el fondo arreglándose la corbata azul y secándose el sudor de la frente con un pañuelo. Le tendió una mano cálida y húmeda.

–Estaba haciendo gimnasia –explicó Milton con su gruesa voz de barítono–. Perdón, pero no lo oí entrar. –Iba a secarse la frente de nuevo, pero su manaza se detuvo en el aire y abrió los ojos de par en par–. ¡No me diga que ha habido otro asesinato!

–No, no es eso. –Garrett levantó las dos manos para tranquilizarlo–. Como le he explicado en el mensaje que le dejé, necesito que conteste algunas preguntas.

Milton suspiró de alivio.

–Por un momento me he asustado.

Invitó a Garrett a que se sentara en una silla al otro lado del escritorio, y él hizo lo propio en su sillón. Se inclinó sobre el escritorio. Todavía respiraba agitado por la gimnasia.

–Le agradezco que me reciba tan tarde –dijo Garrett y señaló el cielo crepuscular que se veía por la ventana–. Su cooperación es muy valiosa. –Sacó un bloc pequeño y un lápiz.

–Intento ayudar a su departamento en todo lo que puedo –respondió Milton rígido mientras sus ojos grises estudiaban a Garrett–. No hay nadie tan acongojado como yo por esos asesinatos. A nivel personal y por la universidad. –Carraspeó–. Como le he dicho, conocía a Devra Brookes.

Garrett asintió y simuló comprobarlo en el bloc. Pero no tenía nada escrito en la hoja por la que lo abrió.

–Tengo que hacerle unas preguntas sobre un miembro del personal docente –dijo levantando la mirada hacia Milton.

Los ojos del jefe de estudios brillaron de curiosidad.

–¿Alguien que da clases aquí? No me diga...

–Sólo rutina –precisó Garrett. «Es una pérdida de tiempo –pensó, de repente sintiéndose tonto–. ¿Para qué estoy aquí? ¿Para qué sigo con esto? Los del FBI pensaron que había sido una idiotez que interrogara a ese profesor, a su mujer y su hermana.»

¿Y qué si conocía por casualidad a las cuatro víctimas? ¿Qué? Era imposible que ese hombre apacible y suave fuera un psicópata que destrozaba a la gente con las manos.

«¿Por qué soy tan testarudo con ese maldito profesor?»

–¿Qué puede decirme sobre Liam O'Connor? –le preguntó al jefe de estudios–. Es un profesor visitante, ¿no es cierto?

Milton se incorporó con un gruñido y se puso rígido.

–¿Liam? ¿Por qué está interesado en Liam?

–Ayer, los agentes del FBI y yo tuvimos una pequeña conversación con él –reveló Garrett. No estaba seguro si hacía bien en mencionarlo. «Qué importa. De todas formas es una pérdida de tiempo.»

–Liam es un erudito, un miembro de la comunidad académica muy conocido y bien considerado –dijo Milton pomposamente–. No creo que...

–Conocía a las cuatro víctimas –repuso Garrett. No tenía paciencia para escuchar ningún discurso.

Milton abrió la boca asombrado.

–Pero eso no significa nada, detective. Freewood es un pueblo muy pequeño –replicó tras cavilar un momento.

Garrett asintió.

–Estamos siguiendo cualquier pista, doctor Cohn. Tratamos de encontrar algo. ¿No puede decirme nada sobre el profesor O'Connor?

–Puedo decirle sólo cosas buenas –replicó Milton–. Sólo elogios. Ni siquiera puedo creer que me esté haciendo preguntas sobre él.

«Yo tampoco», pensó Garrett.

–Liam es un erudito de renombre mundial. Sus libros se han publicado en todo el mundo. Es... ¡un maestro! –declaró Milton con la cara cada vez más roja a medida que se animaba–. No es un... un...

Garrett volvió a levantar la mano.

–Lo sé. Como ya le he dicho, estoy confundido y pensé que usted podría...

–No tengo nada que decir sobre Liam –respondió el jefe de estudios–. Su expediente, sus referencias, su reputación... son impecables. La Universidad de Chicago sintió mucho perderlo. Le hicieron prometer que...

–¿Chicago? –Garrett garabateó la palabra en el bloc–. ¿Ha venido de Chicago? ¿Y por qué se marchó de esa universidad?

–No... no estoy seguro –contestó Milton–. Creo que necesitaba una pausa. Me dijo que buscaba un ambiente más tranquilo para concentrarse en su próximo libro. De veras, detective Montgomery, le aseguro que...

Garrett se puso de pie y cerró el bloc.

–Tiene razón, doctor, lo siento. Le he hecho perder el tiempo. Ha sido muy amable en recibirme. Espero que...

–Espero que tenga mejores pistas que perseguir al profesor O'Connor –repuso Milton sacudiendo la cabeza.

–Ojalá –musitó Garrett.

Agradeció al jefe de estudios su colaboración y salió rápidamente del despacho.

Milton se apoyó sobre el escritorio y se sujetó la cabeza con las manos. «La policía, el FBI.. es evidente que no tienen ni una pista –se dijo–. Cuatro asesinatos brutales. Y están dando vueltas en círculo, haciendo preguntas sobre un hombre que se pasa la vida estudiando sobre duendes y elfos. Ese detective no podía ocultar lo tonto que se sentía. ¿Qué esperaba que dijera? ¿Que hacía tiempo que sospechaba que Liam podía ser un psicópata, un asesino en serie? Cuatro asesinatos. Cuatro... Y hace muy poco que Liam está en el pueblo. Se trasladó hace cuatro meses. Cuatro... Un tiempo demasiado corto para conocer a las cuatro víctimas. A las cuatro...»

Milton miró el reloj del escritorio: poco más de las cinco y media. Significaba que en Chicago eran las cuatro y media.

«¿Jimmy Pinckney estará todavía en la oficina? Jimmy se echará a reír de que la policía local sospeche de Liam. Liam pasó cuatro años en el departamento de Jimmy. Al menos cuatro años... Cuatro... Bueno, de todas formas tenía pensado llamar a Jimmy para preguntarle por la operación de su hijo.»

Milton buscó en la agenda y encontró el teléfono del despacho de la universidad. Y marcó el número sin vacilar.

Respondió una secretaria.

–Lo siento, el jefe de estudios Pinckney se ha marchado. Creo que no iba a su casa. Ah... espere un momento que acaba de llegar.

Al cabo de unos segundos se oyó la voz de Pinckney.

–Milton, ¿todavía estás vivo?

–Hace meses que quiero llamarte.

Charlaron durante un rato. Sí, el hijo de Pinckney estaba bien. En Chicago tenían un invierno inclemente. ¿Qué otras novedades había?

–Jimmy, te llamo para contarte algo de Liam.

–¿Liam? ¿Cómo está? ¿Qué tal se adapta?

Milton vaciló.

–Bueno... no estoy seguro. Por aquí estamos atravesando un momento difícil, Jim. Supongo que estás enterado.

–¿El asesinato del hijo del directivo de televisión? ¿Y los otros? Sí. Recibimos las noticias de Pensilvania; especialmente las malas.

–Ha sido muy duro, Jim. Ya sabes...

–Se parece a lo que nos pasó aquí en el campus hace unos años.

–¿De qué hablas?

–¿No sabes de los asesinatos en nuestro campus? Fue horrible. Hubo tres, y quedaron sin resolver. ¿Qué te parece? Tres asesinatos y el muy cabrón logró zafarse. –Una pausa y unos ruidos en la línea–. Qué curioso que menciones a Liam –continuó Pinckney–. La primavera pasada vinieron a verme dos agentes del FBI y preguntaron por él. Parece que conocía a las tres víctimas.

Milton apretó el auricular con tanta fuerza que le dolió la mano. Los números le daban vueltas en la cabeza.

¿Tres?

¿Tres? ¿Cuatro?

¿Tres más cuatro?

La voz de Pinckney se alejó en la línea.

–¿Qué querías decirme de Liam? ¿Milton? Oye, Milton, ¿estás ahí? ¿Milton? Janet, parece que se ha cortado.

Milton se paseaba frenéticamente por el despacho con las manos a la espalda. Aquello era imposible.

¿Siete de siete?

Imposible. Una coincidencia imposible.

La nuca le hormigueaba y el sudor le resbalaba por la frente. Imposible. Pero los conocía a todos. Liam conocía a todos.

«Tengo que hacer algo –se dijo Milton cogiendo el teléfono–. Tengo que avisar a Sara.»

44

Sara cerró la puerta de la calle y corrió para atender el teléfono.

–¿Hay alguien en casa?

¿Por qué no cogía nadie el teléfono? Lo había oído sonar desde la calle, mientras bregaba con las llaves.

–¿Diga? –levantó el auricular agitada.

Oyó el clic y a continuación la señal de tono. Quienquiera que fuese había desistido.

Sus botas habían dejado marcas oscuras en el suelo. Se agachó para quitárselas. Tenía el frío metido en los huesos. Dejó la mochila repleta de libros tiritando.

–¿Hay alguien? –preguntó volviéndose hacia la sala.

Estaba a oscuras. Miró hacia arriba, por la escalera. También estaba a oscuras. Margaret no estaba en casa.

Se sacó el abrigo y lo dejó en el armario del recibidor. Se frotó las mangas del jersey, entró en la sala y encendió la luz. El periódico de la mañana estaba sobre el sofá. El aspirador contra la pared. Una botella amarilla de limpiacristales sobre la mesilla, al lado de un trapo sucio.

La señora Layton. Se había despedido y marchado de la casa sin terminar. Sara volvió a pensar en el drama de la mañana con la señora de la limpieza.

Sintió otra punzada de culpabilidad. ¿Por qué le había contado todo lo de Liam a Mary Beth? Después de todos esos años tendría que haber sabido que no tenía que abrirse tanto con ella. «Mary Beth es una buena amiga, pero no debería pedirle ayuda. Ahora soy una mujer casada, no una colegiala inexperta. Tendría que poder confiarle mis sentimientos a Liam. Menuda tontería. Pasa algo desagradable y voy corriendo a contárselo a Mary Beth como una niña de seis años.» Se dio una palmada en la frente. Ojalá pudiese regresar a la mañana y empezar el día de nuevo.

Volvió a tiritar. No lograba entrar en calor. Fue a ver el termostato de la pared del vestíbulo y luego entró en la cocina a poner agua para un té. Una nota colocada sobre la nevera le llamó la atención. La letra redonda de Margaret informaba a Sara y Liam que no vendría esa noche. Margaret iba a cenar con una mujer que había conocido en la tienda de antigüedades y después asistiría al concierto del cuarteto de cuerda universitario. «Por fin solos, Liam y yo solos esta noche», pensó. Echó un vistazo al reloj. Eran poco más de las seis y no había hecho ningún plan para cenar.

El teléfono volvió a sonar y se le encogió el estómago. «Espero que no sea Liam para decirme que volverá tarde. No me apetece estar sola, tengo ganas de verlo.»

Atendió por el teléfono de la pared. «Si es Mary Beth le pediré que olvide todo lo que le he contado esta mañana.»

–Diga.

–¿Señora O'Connor?

–¿Sí?

«Sí, soy la señora O'Connor.» El nuevo nombre seguía entusiasmándola, pero repentinamente sintió miedo. ¿Era esa mujer que volvía a llamarla? ¿Angela otra vez?

–Lamento molestarla, soy Cathy, la secretaria del profesor O'Connor.

–Hola, Cathy. –Sara soltó un silencioso suspiro de alivio–. ¿Ocurre algo? ¿Está ahí mi marido?

–No, se ha marchado temprano, pero me pidió que confirmara su vuelo a Dallas y me he olvidado. Quiero llamar a la compañía antes de irme, pero necesito el número de vuelo. Si no es molestia, ¿podría buscar el billete de avión?

El vuelo a Dallas. Sara se había olvidado de la conferencia que debía dar Liam la semana siguiente. Había aceptado el compromiso antes de saber que se trasladaría a Moore. Le había comentado que ahora no le apetecía hacerlo, pero que ya había dado su palabra.

–Descuida, Cathy –respondió Sara–, seguramente estará en su escritorio. Espera un momento que voy a buscarlo.

Dejó el auricular y fue a la sala, al escritorio de Liam. Encendió la luz y sus ojos recorrieron la superficie del escritorio. Pilas de papeles, periódicos y revistas especializadas, un libro de folclore y mitos celtas, más papeles, un pisapapeles de vidrio, todo perfectamente ordenado, pero no veía los billetes de avión. Hojeó rápidamente el primer montón de papeles y después el siguiente. Luego echó un vistazo a los periódicos y revistas.

Quizá Liam los había dejado en algún cajón.

Abrió el de arriba. Varios blocs y bolígrafos, un diccionario de bolsillo. No, ahí no los iba a guardar. «Es tan organizado y metódico que estoy segura que los tiene en alguna carpeta con la etiqueta VIAJES.» Abrió el segundo cajón de la derecha. ¿Más papeles? No. Facturas por pagar. Ése era el cajón de facturas de Liam. Abrió el cajón un poco más y vio una caja rectangular blanca de útiles de escritorio. ¿Guardaría papeles de viaje y cosas así ahí dentro?

Sacó la caja, la puso sobre el escritorio y la acercó al haz de luz de la lámpara. Fotografías. Instantáneas. Viejas fotos escolares. «No sabía que Liam guardaba aquí las fotos. ¿Quién es esta gente?» Liam muy joven, unos veinte años, levantando la mano por detrás de la cabeza de un chico rubio para hacerle los cuernos; los dos reían. Liam un poco mayor, con una chaqueta de deporte espantosa, con hombreras enormes, de pie, incómodo, junto a una chica que sonreía. «No tengo tiempo de mirarlas. Además, no debería hacerlo», se riñó Sara. Pero otra instantánea le llamó la atención: una mujer bronceada con un bikini minúsculo, en alguna playa, sonreía afectadamente. «¿Quién es?» Sara sintió curiosidad. La chica se parecía bastante a ella. ¿A quién le sonreía tan provocativamente? ¿A Liam? Sara le dio la vuelta a la foto. Había algo escrito a mano, borrado por el tiempo. Entrecerró los ojos para leer: «Con amor, Kristen».

En la cocina, la tetera empezó a hervir.

45

–¡Liam!

Éste entró sonriendo en la habitación. Llevaba el abrigo

abierto, un ramo de rosas rojas en una mano y una bolsa de plástico en la otra.

Sara acababa de colgar el teléfono. Cathy tendría que esperar a que volviera Liam y buscara los billetes.

Liam depositó las rosas en brazos de Sara, que todavía llevaba la foto de Kristen en la mano.

–Siento lo de esta mañana, cariño.

–Liam, yo...

–Lo sé. Me porté muy mal. Perdí el control. Como dicen mis alumnos, me pasé muchísimo. –Le lanzó una sonrisa más amplia aún–. Prometo que esta noche te trataré como a una reina. –La besó con el ramo entre ambos. Tenía la cara fría pero los labios tibios.

–Liam –dijo Sara apartándolo–, tengo que preguntarte algo.

–He traído algo para cenar –señaló Liam levantando la bolsa de plástico–. Salí temprano y pasé por Szechuan Garden. –Respiró hondo–. Hummm, qué bien huele. He pedido dos porciones de pastel de verduras, tu favorito. –Se acercó para volver a besarla–. Tengamos una noche romántica, Sara, y olvidemos lo de esta mañana.

Sara sintió que el corazón se le aceleraba. La sonrisa de Liam siempre le producía ese efecto. Y aquellos ojos marrones, tiernos y sentimentales que parecían llenos de amor, de adoración por ella... Pero llevaba la foto en la mano. Dejó las flores y levantó la instantánea.

–Liam, he... he encontrado esto –le temblaba la voz pese a que se esforzaba por no perder la calma.

Liam dejó la bolsa de comida china en el suelo y frunció el entrecejo.

–¿Qué es?

–La encontré en una caja, en un cajón de tu escritorio. Estaba buscando los billetes de avión y pensé que podrían estar en la caja. Pero en lugar del billete encontré esta foto.

Liam la cogió y la contempló.

–¿Quién es?

–Es Kristen –respondió Sara sofocada–. Lee lo de detrás. Es Kristen, la mujer que me llamó ayer. Me dijiste que no conocías a ninguna Kristen. Pero aquí está.

Liam continuó mirando la foto. Le dio la vuelta y leyó la dedicatoria. Volvió a darle la vuelta y luego miró a Sara.

–No la he visto en mi vida.

–Pero Liam...

–¿Dónde la encontraste? ¿En una caja? ¿Qué caja?

Sara se dio la vuelta y lo llevó hasta el escritorio. El parquet crujía bajo sus pies. Sara nunca había notado antes ese ruido, pero ahora todos los ruidos parecían amplificados, cada paso, cada respiración, cada vez que tragaba saliva.

La luz del escritorio brillaba como un foco. La caja estaba en el centro de la superficie, donde la había dejado, con la tapa a un lado. El cajón seguía abierto.

–Aquí –señaló.

Liam, con las cejas arqueadas y todas las facciones contraídas en un gesto de sorpresa, levantó la caja y pasó rápidamente las fotos.

Al cabo de unos segundos dejó la caja sobre el escritorio y miró a Sara.

–Estas fotos no son mías.

–¿Qué dices?

–Esta caja no es mía. Es de Margaret. Son viejas fotos de Margaret.

–¿De verdad? –preguntó Sara con tono agudo y chillón, y se llevó una mano al pecho como para calmar el corazón acelerado.

¿Decía la verdad?

Liam miró de nuevo la foto de Kristen y la dejó caer en la caja.

–Los hombres de la mudanza debieron de ponerla en el escritorio equivocado. No conozco a esta Kristen. Y la cara no me suena de nada. Debe de ser una amiga de Margaret. Se lo preguntaremos más tarde.

Sara tragó con dificultad.

–Oh, Liam, lo siento. Cuando vi la foto, pensé...

Liam la besó, primero con ternura y luego con ardor. Cuando se separaron, le dijo:

–Me encanta tener una mujer celosa.

–Me he equivocado –tartamudeó Sara–. No debí sacar conclusiones tan precipitadas.

–Y me gusta especialmente tener una esposa que se pone celosa por una vieja fotografía descolorida –continuó Liam, estrechándola entre sus brazos–. Soy un hombre afortunado, Sara. Muy afortunado.

–La afortunada soy yo –musitó Sara.

Mientras Liam bajaba la cara para besarla de nuevo, los ojos de Sara se posaron otra vez en la fotografía de la chica de la sonrisa provocativa. ¿Liam le decía la verdad?

Claro que sí.

Después de la cena, Liam la llevó arriba, a la habitación.

–Una noche especial –dijo en voz baja. Su aliento tibio le hacía cosquillas en la oreja.

Ella estiró el brazo para encender la luz, pero él retuvo su mano suavemente.

–Esta noche sin luz.

Otro susurro. Los labios le rozaron la mejilla. Las manos bajaron por su espalda y se deslizaron por debajo del jersey, mientras la besaba tiernamente. Tenía las manos cálidas y tersas.

Le quitó el jersey y la besó en la boca. La lengua de Liam apretaba suavemente la suya. Las manos, aquellas manos suaves, la acariciaban mientras ella gemía de placer.

–Desvístete que enseguida vuelvo.

Desapareció en la oscuridad. Una luz azulada entraba en

el dormitorio por la ventana, un reflejo sobre la alfombra, como si estuviera en el aire.

Sara se sentía flotar. Aún tenía el cuerpo hormigueante por las caricias y el sabor de Liam en la boca mientras se quitaba el resto de la ropa, la dejaba sobre la alfombra y se metía en la cama.

«Liam, te deseo. Liam, ¿adónde has ido? Te deseo con locura.»

Reapareció al cabo de unos segundos iluminado por la llama de una vela. Sara vio su sonrisa, el brillo de excitación en sus ojos oscuros. Llevaba una larga vela blanca por delante. Mientras la ponía sobre el tocador, Sara vio la pequeña caja que llevaba en la otra mano, que dejó junto a la vela.

Se volvió hacia Sara; tan guapo en la semipenumbra, todo ojos oscuros y sombras. Demasiado guapo. «Te deseo, Liam. Te deseo ahora, Liam. Por favor, ven a mi lado.»

–Te prometí una noche especial –le susurró. Hablaba rápido, excitado, con los ojos brillando a la luz de la vela–. Una noche muy especial, mi bella Sara.

Levantó la caja y la sostuvo con las dos manos.

–Sé que no vives en el mundo de la magia y la superstición como yo, querida, pero ésta es una antigua ceremonia irlandesa que los recién casados celebran generación tras generación.

Sara se incorporó contra el cabezal y se subió las mantas hasta la barbilla. «¿Qué va a hacer?», se preguntó repentinamente ansiosa. Quería decirle que dejara la caja y viniese a la cama, pero no sabía cómo reaccionaría.

Estaba serio y concentrado, y ella sabía que algo así lo lastimaría terriblemente. «Es mucho más romántico que yo. Bien, le seguiré el juego porque es un hombre maravilloso. Lo amo y me gustan sus supersticiones y ceremonias tontas.»

–Liam, ¿qué hay en esa caja? –preguntó en voz baja.

Quizás un regalo para ella, un regalo especial. Alguna

joya perteneciente a su madre, un anillo que pasaba de generación en generación.

Liam se llevó un dedo a los labios para indicarle que no hablara. Se acercó a través de las sombras oscilantes al aparato de música que había en la estantería junto al armario. Al cabo de unos segundos una música suave empezó a flotar por la habitación. Sara reconoció un concierto para flauta de Bach.

«Qué dulce y romántico», pensó. Lo oyó recitar unas palabras por encima de la música. ¿En gaélico? No lo oía muy bien.

Él volvió a ponerse el dedo en los labios y le sonrió. Entonces, abrió la caja.

«¿Es un collar? ¿Un pendiente antiguo? ¿Una esmeralda?», se preguntó ella.

Liam levantó un objeto de la caja y lo sostuvo a la luz de la vela.

Era una mano humana.

Sara se quedó sin respiración.

–Es de un maniquí –musitó él, y la acercó para que ella la apreciase mejor–. Es la mano de un maniquí pero parece muy real, ¿verdad?

–Sí... muy real –murmuró Sara cubriéndose con las mantas.

–Tiene que ser muy real para que la magia funcione.

«¿La magia? ¿Qué va a hacer?» ¿Ninguna esmeralda? ¿Ninguna joya maravillosa perteneciente a su madre? ¿Para qué necesita una mano muy real? ¿Qué palabras recitaba?» Sara se inclinó hacia delante, tranquilizada por la cálida sonrisa de Liam y por la oscura excitación de sus ojos, arrullada por la musicalidad suave y lírica de aquellas extrañas palabras.

Liam se volvió hacia el tocador, cogió la vela del candelabro y la puso en la mano del maniquí. Levantó el conjunto delante de él y la luz oscilante lo envolvió con un tibio resplandor naranja. Bajó la mano hasta que la llama de la vela brilló delante de su cara y empezó a hablar. Su aliento empequeñecía la llama.

–Deja que duerman los durmientes –recitó–, y que despierten quienes están despiertos.

Al cabo de unos segundos, la mano del maniquí estaba apoyada en el tocador con la vela dentro, y Liam se deslizó en la cama junto a Sara y la atrajo hacia sí con ternura.

La penetró deprisa, casi bruscamente. Ella jadeó, cerró los ojos y arqueó el cuerpo para encontrarse con él.

Hicieron el amor con más pasión que nunca.

La vela ardía lentamente e hilos de cera blanca fluían por la mano de madera cuando Liam finalmente estalló dentro de Sara con un grito de placer.

46

Sara despertó dolorida y tensa, le latían las sienes. Entrecerró los ojos por el brillo de la luz del sol que entraba por la ventana. Estiró el brazo en busca de Liam.

Para su sorpresa, no estaba.

Se incorporó cerrando los ojos y masajeándose las sienes. Le temblaban las piernas, quizá por haber hecho el amor. «Una buena ducha caliente me hará sentir mejor.» Se acercó a acariciar la marca sobre la almohada de Liam. Dulce Liam. Quería que él la abrazara en aquel momento. Volvió a pensar en la noche anterior. Habían hecho el amor apasionadamente, con frenesí y ternura al mismo tiempo.

–Liam, ¿dónde estás? –murmuró; todavía tenía la voz ronca de sueño.

Miró el reloj de la mesilla. ¡Casi las diez! Se había quedado dormida. ¿Por qué no la había despertado? Tenía seminario a las once y había previsto ir a la biblioteca en cuanto abriera para trabajar un poco y organizar sus notas.

Con la cabeza palpitante, salió de la cama y se dirigió hacia el cuarto de baño. Se tropezó con la sábana que tenía enroscada en la pierna y la apartó de un tirón. «Una ducha caliente y una aspirina, y salir a la carrera. Parece que el día no empieza bien», pensó.

Milton dejó que el teléfono sonara seis, siete, ocho veces. «Vamos, Sara, atiende.» Tamborileaba sobre el escritorio y finalmente colgó con fuerza, frustrado.

Había intentado llamarla la noche anterior, pero el teléfono debió de estar descolgado. Ojalá pasara por su despacho.

«¿Qué voy a decirle cuando hable con ella?» La pregunta no paraba de darle vueltas en la cabeza. «Sara, no estás a salvo. Es posible que tu marido sea un psicópata asesino en serie.» ¿Liam? «Sara se reirá en mi cara. ¿Y cómo se me ocurre pensar algo así? Liam parece una persona amable, y culta. No es posible. Sin embargo, parece posible...»

Sabía que eran siete sobre siete.

«Eso es lo que diré a Sara. "También hubo asesinatos en Chicago, asesinatos horribles, inhumanos. Y Liam los conocía a todos, conocía a todas las víctimas..." Debo avisar a Sara. No tengo alternativa. Tengo que convencerla de que corre peligro. No se reirá de mí cuando vea que le hablo muy en serio. No se reirá cuando le hable de las siete víctimas... ¿Y después qué? Puede recoger sus cosas y quedarse en casa hasta que decidamos qué hacer.»

Milton había llamado al policía que lo había ido a ver, pero le habían dicho que estaba trabajando en la calle, que lo llamaría en cuanto volviera.

Sacó el abrigo del perchero, se lo puso y salió de su despacho. «Necesito un poco de aire fresco. Siento como si estuviera ardiendo.»

El día era gris y ventoso, con oscuras nubes de tormenta

que bajaban rápidamente y un cielo que parecía reflejar perfectamente su humor.

Se metió las manos en los bolsillos del abrigo. No se molestó en abotonárselo y se inclinó contra el viento frío. Un copo de nieve húmedo le golpeó la frente y luego otro. Echó a andar por el Círculo a grandes zancadas, sin mirar a los estudiantes que caminaban por los senderos laterales, a la deriva, para que el aire fresco lo tranquilizara.

A mitad de camino de la biblioteca, tropezó con Sara.

Los dos se llamaron al mismo tiempo.

Tenía copos de nieve sobre el cabello negro y ojos asustados, irritados. Milton la cogió por los hombros.

–Sara...

–Lo siento, Milton, pero... tengo mucha prisa. Llego tarde y no me siento bien...

–He tratado de llamarte.

–Lo sé. Siento no haber ido a trabajar ayer. Creo que tengo la gripe o algo así. Creo que hoy tampoco podré ir. Estoy...

Sara reanudó su camino. Estaba pálida a la luz del día nublado.

–Espera. Tengo que hablar contigo.

–No puedo, se me hace tarde.

–Pero Sara... es muy urgente. Tengo que...

–¡El seminario! –Y echó a correr con la mochila a la espalda–. Lo siento, Milton, te llamaré más tarde.

–¡Escucha, Sara! ¡Espera! –Milton corrió tras ella. Su voz se perdía en el viento–. ¡Espera!

Pero no pudo alcanzarla; era como un elefante detrás de una gacela.

–¡Sara, tengo que hablar contigo!

Los chicos gritaban. Se llamaban los unos a los otros en el Círculo. ¿Lo había oído? ¿O los gritos de los chicos habían tapado su voz? ¿Por qué Sara no le había dado ni un segundo?

Milton soltó un gruñido de frustración y sintió que el corazón se le aceleraba. Se metió las manos en los bolsillos, se encorvó bajo la nieve que caía y emprendió el regreso al edificio de la administración. «Quizá llame a ese detective. Tal vez consiga que arresten a Liam, que lo arresten antes de...» No quiso terminar el pensamiento.

Garrett volvió a pulsar el timbre. Escuchó con atención. Silencio. No había nadie. Probablemente todavía estaban en el trabajo. Miró el reloj: casi las cinco y media. Hora de dar por terminada la jornada, acabar con las casas de esa manzana y retirarse.

Bajó del umbral y se desperezó. Le dolía la espalda. «Estoy acostumbrado a pasar el día sentado –se dijo–. Ir de casa en casa con este aire fresco me hará bien... O me matará. Tal vez podría volver a casa un poco más temprano para dar de comer a Martin.»

Se puso debajo de una farola y comprobó la tablilla sujetapapeles. Sus ojos recorrieron la lista de casas y apartamentos. «Hoy he hecho un buen recorrido. Y no ha salido nada. Otro día inútil.»

Nadie había visto ni oído nada. Nadie le proporcionaba ninguna pista.

Pateó un montículo de nieve junto al poste de la farola. Trozos de hielo volaron por la calle. «La semana pasada tuve mi gran día –pensó–, cuando encontré al profesor que conocía a las cuatro víctimas. Fue mi gran momento.» Mientras conducía al profesor, a su mujer y su hermana a la comisaría para que los federales los interrogasen, su cabeza había empezado a fantasear: Garrett Montgomery, el héroe local. Se imaginaba en las noticias de las once..., no, en el noticiario nacional, explicando cómo había atrapado al asesino. «En realidad resultó fácil. No tuve problemas. Fue tan sencillo como sumar dos más dos. Hace tiempo que soy policía y sé cuándo seguir mis pálpitos. No soy un héroe, sólo cumplo con mi trabajo.»

Qué idiota.

El profesor, naturalmente, había salido indemne. ¿Por qué razón un maldito profesor universitario –y uno famoso para colmo, una celebridad invitada por un año a la universidad– iba a empezar a matar gente en el campus? Garrett, cuanto más pensaba en ello, más tonto se sentía. El profesor no parecía un tipo fuerte ni atlético. ¿Cómo iba a destrozar a esas pobres mujeres? No, imposible.

Había hecho perder tiempo a todo el mundo. «Bueno, hago mi trabajo.» Después de todo, era la única pista que había encontrado en semanas de búsqueda. Y el tipo tenía alguna relación con las cuatro víctimas. Además, parecía un poco nervioso por ello. «Pero no me bastó y encima tuve que ir a ver al jefe de estudios de la universidad. ¿Qué esperaba que me dijera? "Ah, sí, sabemos que al profesor le gusta cargarse a alguien de vez en cuando. Pero es muy buen docente, y tiene una sólida reputación, así que decidimos hacer la vista gorda." Debió de pensar que estaba loco. Y debo de estar loco. O estoy loco o soy estúpido. O las dos cosas. Debería volver a la casa de ese profesor y disculparme. Pero los polis de verdad no se disculpan, ¿no es cierto?»

Giró por la esquina y se dirigió al coche. ¿Dónde había aparcado? ¿En Jackson? Ahora nevaba más copiosamente. Casi todas las casas todavía estaban a oscuras. Una camioneta pasó con unos esquíes asomando por la ventanilla trasera. Oyó a lo lejos el chirrido de unos neumáticos. Se imaginó que Walter y algunos otros estarían ocupándose del tráfico, tratando de controlar a todos los que se habían tomado unas copas de más.

Se sorprendió preguntándose cómo estaría Walter. «Eh... no me digas que echas de menos a ese gordo bobo. ¡Ni hablar! Quizá pase mañana a verlo. A menos que él también esté yendo casa por casa como yo.» Garrett rió amargamente para sus adentros. Sabía que el recorrido casa por casa era una tontería: era la forma como los federales se los quitaban de encima.

Cruzó la calle. Las botas resbalaban sobre el suelo húmedo. Los árboles brillaban con el hielo que colgaba de las ramas desnudas.

La criatura saltó sobre Garrett desde un árbol.

Garrett soltó una exclamación e intentó sujetarla por los brazos. Pensó que era un chimpancé grande. Garrett vio unos ojos redondos y amarillos. La criatura estaba cubierta con un pelaje maloliente y espeso, y hedía a carne podrida.

¿Era un mono?

A continuación Garrett, mientras se debatía sintió una punzada de dolor en el lado de la cabeza, un dolor intenso que lo hizo gritar. Por encima de su propio grito oyó el ruido de algo arrancado. Sintió otra punzada y vio su oreja en la boca de la criatura.

«¡La oreja! ¡Me ha arrancado la oreja!»

Los ojos amarillos brillaron y la criatura escupió la oreja como si fuera una patata chip. Luego la cogió con una garra peluda, se la metió en la boca y la masticó ruidosamente enseñando los dientes y unos labios negros que se arquearon en una especie de sonrisa.

–¡Noooo! –gritó Garrett. Sentía la sangre manarle por el lado de la cabeza.

Instintivamente lanzó un puñetazo feroz y frenético, y dio de lleno en la cara de aquel monstruo. Éste abrió la boca completamente en el momento en que la mano de Garrett se estrellaba contra su cara, y el puño penetró por la ancha garganta.

Una garganta caliente y húmeda.

Sus ojos amarillos se desencajaron. La criatura soltó un grito de asombro y ahogo, y levantó los brazos fétidos y peludos. Echó la cabeza hacia atrás para librarse de la mano de Garrett, pero el puño de éste penetró aún más. Tocó algo blando, blando y esponjoso, debajo de la garganta.

El monstruo tuvo arcadas y aulló con voz ronca. Se revolvió con fuerza y volvió a tener arcadas.

Garrett había cogido algo caliente y esponjoso en el interior del monstruo y tiró con todas sus fuerzas. Un aullido estremecedor escapó de aquel ser en el momento en que Garrett arrancó un órgano rojo con forma de salchicha y cubierto por una sustancia gelatinosa y brillante, y lo lanzó a la calle con un grito de repulsión.

El monstruo empezó a gemir y se desplomó sobre la nieve. Se arrastró afanosamente hasta un seto espeso, mientras gemía y resoplaba derrotado. Garrett lo oyó vomitar. Luego bajó los ojos sobre la nieve manchada con su propia sangre. Sentía la sangre caliente correrle por la mejilla y las ardientes pulsaciones de dolor en el sitio donde había estado la oreja. Levantó la mano para cubrirse la herida, pero le dolía demasiado para tocarla.

Cayó de rodillas, sorprendido por la cantidad de sangre que podía manar de una cabeza abierta, sorprendido por lo débil que se sentía de repente, tan débil que ni siquiera podía levantar las manos del charco de sangre en la nieve, sorprendido, en fin, de lo amplificados que oía sus propios gritos de terror.

–¿Liam? ¿Margaret? ¿Hay alguien en casa?

Silencio.

Sara entró en la casa a oscuras y fue encendiendo las luces. Después subió el termostato y se encaminó a la cocina para preparar té.

El aguanieve martilleaba con fuerza la ventana de la cocina y el viento hacía vibrar el cristal. Se había quedado en la biblioteca más tiempo del previsto. Al salir, ya había caído la noche y el cielo estaba negro, continuaba lloviendo aguanieve y las aceras heladas eran traicioneras.

Llenó la tetera y la dejó sobre el fuego. Subió por la escalera para ponerse algo más abrigado y cómodo. Al encender la luz encontró la habitación desordenada, tal como la había dejado por la mañana. La cama sin hacer, las mantas y sábanas revueltas, el camisón tirado sobre la silla, el cepillo de pelo en el suelo, al lado del tocador.

«¿Por qué me sorprendo? ¿Qué esperaba, que los elfos vinieran a hacer la limpieza en mi ausencia?»

Se acercó al tocador, se apoyó sobre la superficie y se agachó para recoger el cepillo. Su mano golpeó algo blando. Se volvió y vio la mano del maniquí con una capa de cera blanca sobre el pulgar y los dedos arqueados.

Sara no pudo evitar una sonrisa al recordar la noche anterior, cuando habían hecho el amor maravillosamente mientras la vela ardía y la cera se escurría por la mano. Pasó los dedos por la capa de cera, que se cuarteó y se deslizó mientras la tocaba. Levantó la mano. No era de madera como había imaginado, sino de una especie de piel dura.

Le dio la vuelta y abrió los dedos rígidos para examinar la palma. Volvió a darle la vuelta. Y en el momento en que la fina capa de cera se rompía y caía, vio el tatuaje: una pequeña daga negra con una diminuta gota de sangre azul en la punta de la hoja.

–Ayyy...

La mano cayó sobre el tocador y los dedos se extendieron lentamente.

Era la mano de Chip.

SEXTA PARTE

47

¿Cuánto tiempo permaneció mirando los dedos correosos y extendidos sobre el tocador, la daga diminuta en el dorso de la mano, la muñeca tan limpiamente cortada y cuidadosamente cosida con hilo negro y grueso?

¿Cuánto? ¿Cuánto?

Hasta que la daga se oscureció detrás de una espesa cortina de lágrimas. Hasta que la mano se borró. Hasta que cerró los ojos y los mantuvo cerrados mientras la habitación giraba alrededor y el suelo se mecía bajo sus pies como la cubierta de un barco en un día de tormenta.

Pánico.

«El pánico me impide respirar, me provoca náuseas, me agarrota los músculos, me produce dolor, me siento a punto de estallar, todo mi cuerpo a punto de estallar... Tengo las piernas tan pesadas que no puedo apartarme, no puedo alejarme de esta... cosa... de esta cosa que solía coger, que solía cogerme a mí, que solía tocarme. Esta mano... la mano de Chip... la mano de Chip que ahora está sobre mi tocador, que sostenía una vela mientras Liam y yo hacíamos el amor... ¿Por qué? Oh, Dios, ¿por qué? ¿Por qué, Liam?»

–Tengo que salir de aquí –dijo con voz tensa, entre dientes.

Se apartó del tocador y se dio la vuelta. Se obligó a respirar y a dar un paso, y después otro.

«Mary Beth. Tengo que ver a Mary Beth. Necesito ayuda, Mary Beth. Tengo que pensar con claridad. Tengo que comprender todo esto. Tiene que tener algún sentido.»

Liam, dulce Liam... Tan bueno, tan brillante, tan maravilloso... Liam la amaba. Pero... la mano de Chip, la mano de Chip... No tenía ningún sentido. Quizá Mary Beth podría ayudarla.

«Tienes que ayudarme, Mary Beth.»

En la sala, Sara se enjugó las lágrimas con las dos manos y abrió el cajón del escritorio. Las manos le temblaban incontroladamente.

No tenía ningún sentido.

Garabateó una nota. No quería garabatearla, ella tenía muy buena caligrafía, las maestras siempre la felicitaban por lo bien que escribía a mano. A mano. Su mano. Escribir a mano. La mano de Chip... ¿Cuántas veces había cogido esa mano, besado esa mano?

«CENA SIN MÍ. VOLVERÉ A CASA MUY TARDE.»

Una nota para Liam. Se dirigió con ella a la nevera, pero volvió al escritorio y añadió: «BESOS. SARA».

«Te amo, Liam, y sé que me amas. Sé que esta vez saldrá bien. Sé que esta vez no me equivoco. Pero... ¿y la mano de Chip? Mary Beth lo sabrá.»

Dejó la nota en la puerta de la nevera, cogió el abrigo y los guantes cayeron del bolsillo a la alfombra. No se detuvo a recogerlos. ¿Y si se encontraba con Liam en la puerta y éste le preguntaba adónde iba? ¿Sería capaz de preguntarle ella por la mano? ¿Podría decirle: «¿Por qué está la mano de Chip en el tocador, Liam?». No, no hasta que controlara el pánico. No hasta que pudiera volver a respirar. No hasta que pudiera volver a parpadear, a cerrar los ojos un instante sin ver esa mano cercenada, los dedos correosos agarrando, agarrando...

«¡Oh, Liam...! ¿Por qué?»

Salió al frío. El aguanieve se había convertido en lluvia helada. Las aceras brillaban como plata opaca bajo una capa de hielo y nieve. Sin hacer caso de lo resbaladizo de la superficie, Sara echó a correr. Sabía que huía y se dijo que corría en busca de ayuda.

«Volveré, Liam. Volveré tarde, pero volveré.»

Cruzó el campus corriendo con las manos metidas en los bolsillos, el cuello del abrigo subido, mientras la lluvia fría le empapaba el pelo. Corrió por el hielo y la nieve tropezando y resbalando por los senderos helados. Cuando llegó al apartamento de Mary Beth respiraba agitada y el vapor del aliento flotaba alrededor de su cara. Le dolía el costado, tenía calambres en el estómago y las sienes le latían.

Mary Beth abrió la puerta y entrecerró sus ojos verdes asombrada. Llevaba el pelo despeinado, unos tejanos desteñidos, rotos en las rodillas, y una sudadera enorme roja y gris de Moore State arremangada.

–¿Sara?

–Tengo que... tengo que hablar.

–Tranquila, recupera el aliento. Estás empapada. ¿Has venido todo el camino corriendo? ¿Qué ocurre? ¿Sara... qué ocurre?

Sara se llevó la mano al pecho esforzándose por recuperar el resuello. Entró en el apartamento detrás de su amiga. Había una caja abierta sobre la mesa con media pizza dentro. Bruce Springsteen sonaba en el equipo de música. Mary Beth lo apagó.

–¿Qué pasa? Sara, dime qué pasa –preguntó volviéndose hacia ella.

Sara ya respiraba más sosegadamente. Echó un vistazo al dormitorio por el quicio de la puerta y vio una maleta abierta encima de la cama.

–¿Te... te vas a alguna parte? –balbuceó.

Mary Beth torció la boca y se rascó el hombro.

–Tengo que ir a casa. Mi padre se ha caído o algo así. Tiene una pierna rota. Y mi madre está histérica, para variar. –Elevó los ojos al techo–. ¿Te imaginas tener que volar en una noche como ésta? Espero que el aeropuerto no esté cerrado. –Cogió el abrigo mojado de Sara y lo dejó en un banco al lado de la puerta–. ¿Quieres tomar algo? ¿Algo caliente?

Sara cerró los ojos y volvió a ver la mano.

–¿Tienes vino?

Mary Beth lo pensó.

–Tinto. ¿Te apetece?

–Perfecto.

Mary Beth sirvió dos vasos de vino tinto y Sara tomó un largo trago. Le quemó la garganta suavemente y la reconfortó. Bebió otro trago.

–Bueno, ¿qué pasa? –Mary Beth se sentó en el sofá, al lado de Sara, en el borde del cojín y se apartó el pelo enmarañado–. Dímelo, Sara.

Sara respiró hondo y tragó. Bebió otro trago. El vaso ya estaba casi vacío.

–Es difícil de explicar. Se trata de Liam.

Mary Beth frunció el entrecejo.

–¿Más supersticiones?

–Sí... No... Quiero decir, sí.

Se esforzó por explicarle a su amiga la ceremonia de la noche anterior. Qué romántico, tierno y cariñoso se había mostrado Liam. Le habló de la caja, de la vela, de la música de flauta, del cántico quedo de Liam en gaélico.

Y después mencionó la mano.

–¿Qué? ¿Puso la vela en la mano? –se asombró Mary Beth apretando el brazo de su amiga.

Sara asintió. Y después, la horrible verdad brotó de sus labios:

–¡Era la mano de Chip!

Como cabía esperar, Mary Beth al principio no se lo creyó.

–Tiene que haber una explicación lógica, Sara. ¡Liam no es un profanador de tumbas!

¿Un profanador de tumbas? Sara lo repitió en su mente como si nunca lo hubiera oído. ¿Un profanador de tumbas?

–Escucha, Sara... que tuviera el mismo tatuaje no significa nada. Las dagas son tatuajes muy comunes, tú lo sabes. Alguien podría haberlo dibujado en la mano del maniquí como... broma.

Sara emitió un sollozo ahogado.

–No era la mano de un maniquí. La toqué, la cogí. No era de madera sino de carne.

Mary Beth le apoyó las manos sobre los hombros.

–Estás temblando, cariño. Te has hecho un lío por nada. Si llamamos a Liam estoy segura de que podrá...

–Esa mujer... –la interrumpió Sara incorporándose con brusquedad– trató de advertirme.

–¿Qué? ¿Qué mujer?

–Angela, o Kristen, o como se llame. Me llamó y dijo que había estado con Liam antes que yo.

–¡Vaya! –Mary Beth abrió los ojos de par en par y soltó un silbido.

–Me dijo que yo estaba en peligro. Por supuesto no la creí y como Liam me aseguró que no la conocía, no fui a verla. Pero y... ¿y si decía la verdad? ¿Y si de veras trataba de advertirme de buena fe?

Mary Beth volvió a hundirse en el sofá y se retorció un rizo con los dedos.

–¿Quieres decir que esa mujer te llamó para decirte que tuvieses cuidado de Liam?

Sara asintió mirando el vaso de vino casi vacío que sujetaba entre las manos.

–Antes también me había llamado, antes de que nos casáramos. Liam me dijo que probablemente se trataba de una ex novia suya que había tenido una crisis nerviosa. Me aconsejó que no le hiciera caso.

–Qué raro –respondió Mary Beth meneando la cabeza.

–Y volvió a llamar hace dos días. Me dijo que se llamaba Kristen y que había vivido con Liam. Me asustó de verdad. Quiero decir que no sabía si creerla o no, y no la creí. No tenía motivos para hacerlo. ¿Pero por qué me llamaba? ¿Por qué?

Mary Beth volvió a llenarle el vaso.

–Bebe un poco más. Acabemos la botella. Respira hondo y serénate, Sara. Buscaremos una solución. No puede ser algo tan terrible. Trata de dominarte, ¿de acuerdo? Mírate, estás temblando como una hoja y empiezas a asustarme.

–¡Pues estoy asustada! –replicó Sara golpeando el vaso sin querer y derramándose un poco de vino encima–. Estoy muy asustada, Mary Beth. No comprendo...

–Quizás esa mujer todavía esté por aquí –repuso Mary Beth, de pie delante del sofá con el vaso en una mano y la botella en la otra–. ¿Te dejó el teléfono o algo? Si hablaras con ella tal vez podrías aclarar todo esto.

Sara inhaló profundamente y se frotó las sienes con la mano libre.

–¿Hablar con ella? ¿Llamarla, dices? Pues...

–Podríamos ir a verla juntas –se ofreció Mary Beth.

Sara no lograba pensar con claridad ni decidir qué hacer.

–Me dijo que se alojaba en el hostal de la universidad. Ya sabes, ese edificio viejo de Fairmont.

Mary Beth dejó la botella de vino.

–¿En el hostal de la universidad? ¿Estás segura?

–Sí, eso me dijo. ¿Por qué?

–Bueno... ya sabes, con todo lo que está pasando allí. –Mary Beth se dirigió al teléfono–. En fin, llamemos a ver si la encontramos. –Cogió el auricular–. ¿Cómo has dicho que se llamaba? ¿Angela?

–No. Kristen. –Se esforzó por recordar el apellido de la mujer–. Verret. Kristen Verret.

Esperaba que Mary Beth marcara el número del hostal, pero ésta se quedó mirándola con expresión de sobresalto.

–¿Mary Beth...?

–Sara, repite el nombre. No puedo creerlo.

–Kristen Verret –dijo Sara y se puso de pie–. ¿Qué pasa, Mary Beth? ¿Por qué me miras así?

–No puede ser Kristen Verret –gimió Mary Beth con un hilo de voz casi inaudible–. Imposible.

–¿Por qué? ¿Qué dices?

–¿Kristen Verret? ¿Estás segura?

–Sí, lo estoy –exclamó Sara impaciente–. ¿Puedes explicarme qué ocurre?

–¿No has oído la radio? Es la mujer que han asesinado esta mañana en el hostal de la universidad. ¿Kristen Verret? La cortaron en pedazos. Lo han dicho por la radio.

48

Sara se cogió el estómago y cerró los ojos para soportar el violento espasmo. Tragó con fuerza tratando de reprimir las náuseas.

–Mary Beth, ¿estás segura?

Su amiga se dejó caer sobre el apoyabrazos del sofá.

–¿No has oído las noticias? Esta mañana era de lo único que hablaban en la radio.

Le hizo otra pregunta pero Sara no la escuchó. Sólo oía la voz de Liam asegurándole que no conocía a ninguna Kristen, explicándole que la chica de la foto era una amiga de Margaret. «No me has mentido, ¿verdad, Liam? No me has mentido. No era una sarta de mentiras, ¿verdad? No.» Pero... ¿y si Kristen Verret decía la verdad? ¿Por qué Kristen Verret la había telefoneado? ¿Por qué Kristen Verret la había telefoneado y después la habían asesinado en su habitación?

¿Por qué conocía Liam a todas las víctimas?

«No, por favor, no. Demasiadas preguntas», pensó Sara apretándose las sienes con las manos. Volvió a cerrar los ojos, tratando de alejar las preguntas de su mente, aquellas preguntas que se arremolinaban como olas oscuras, frías.

«Has mentido, Liam, y yo creí todas tus mentiras. Porque quería creerlas. Quería creerlas desesperadamente. Estoy loca. Me siento fatal... Liam, te necesito.»

Cuando abrió los ojos, Mary Beth estaba inclinada sobre ella, hablando rápida y excitadamente. Sara veía moverse los labios de su amiga pero no comprendía las palabras. Kristen Verret. El nombre que se repetía en los oídos de Sara acallaba la horrible descripción de Mary Beth. Kristen Verret. «Me llamó y después alguien la cortó en pedazos.»

–¡Dios mío! –gimió Sara.

Mary Beth le apoyó suavemente una mano en el hombro tembloroso.

–Tenemos que llamar a la policía y contarles lo de la llamada telefónica.

–No... no me siento bien. –Sara se puso de pie y se dirigió bamboleante al lavabo.

–¿Sara...?

Sara cerró de un portazo, se agachó sobre el inodoro, doblada de dolor, e intentó vomitar.

–¿Sara, estás bien? –La voz preocupada de Mary Beth amortiguada por la puerta del lavabo.

Sara tosió. Tenía la garganta entumecida y unas náuseas terribles. «No puedo creer que esté pasando todo esto. No lo comprendo. Simplemente no lo comprendo.» La cara de Liam aparecía en su mente, su hermosa sonrisa, sus cálidos y cariñosos ojos marrones. «Dios mío, no lo comprendo. Liam, ¿me lo explicarás? ¿Harás que me sienta bien otra vez?»

El dolor y las náuseas remitieron. Sara se irguió y se apartó del inodoro con piernas temblorosas. Se secó la boca con la mano. Cuando salió del lavabo, sabía lo que debía hacer. Mary Beth esperaba nerviosa en el pasillo; sus ojos verdes la estudiaron.

–Tienes un aspecto deprimente, Sara. ¿Cancelo mi viaje? –Consultó su reloj–. Creo que es el último vuelo a Cleveland, pero puedo viajar mañana.

Sara apretó la mano de su amiga. Tenía las manos frías y húmedas como el hielo, en contraste con las de Mary Beth, tibias y secas.

–No, por favor. Coge el avión. Ya me siento mejor. Me... me voy a casa.

–¿A casa? Sara... no. Déjame llamar a la policía. Tienes que contarle la llamada de esa mujer. Tienes que hacerlo antes de ir a casa y hablar con Liam.

Sara sacudió la cabeza con vehemencia. El brusco movimiento le hizo palpitar las sienes.

–No, debo irme a casa y hablar con Liam.

–Pero ¿y si Liam...? –Mary Beth no quiso terminar la frase.

–Tengo que darle una oportunidad –repuso Sara sin intención de que su voz sonara tan chillona y frenética–. Tengo que darle la oportunidad de explicarse –añadió con tono más moderado.

Se dirigió a la sala y su amiga la siguió.

–¿Estás segura de que no quieres que me quede? Podría llevarte a casa. No tienes buen aspecto, de veras. Te llevo en coche a casa y espero fuera por si... –Su voz se apagó y bajó los ojos.

–No te preocupes, estaré bien –dijo Sara con voz temblorosa, esforzándose por contenerse–. De veras. Necesito un poco de aire fresco. Todo esto ha sido un golpe. –Señaló el periódico arrugado en el suelo–. No creo que Liam... bueno... no lo sé. Sólo sé que tengo que darle la oportunidad de explicar lo de la mano, lo de Kristen Verret... todo.

Se dispuso a coger el abrigo, pero Mary Beth se interpuso y, para su sorpresa, le dio un fuerte abrazo y apretó su mejilla caliente contra la de Sara.

«Mary Beth nunca ha sido tan emotiva –pensó–. ¿Será por el vino? ¿O porque su padre está en el hospital? ¿Porque tiene que ir a su pueblo precisamente esta noche? No está preocupada por mí, ¿verdad?»

–Te... te llamaré desde Ohio –dijo Mary Beth emocionada–. Será ya tarde. El avión hace escala en Pittsburgh. ¿Por qué los aviones siempre hacen escala en Pittsburgh?

Sara rió.

–No lo sé, pero es así. –Se puso el abrigo.

Mary Beth se dirigió al armario del vestíbulo.

–Al menos déjame prestarte un paraguas. Mira tu abrigo, todavía está empapado.

Sara miró por la ventana.

–No, no hace falta. Ahora vuelve a nevar. Me gusta la nieve, me tranquiliza. –Se encaminó hacia la puerta.

Mary Beth se mordió el labio.

–Seguro que cancelan el vuelo. Mira, es una tormenta de nieve. –Suspiró y añadió–: Será mejor que me vaya. No termino de creerme todo esto. Te llamaré en cuanto llegue.

–No te preocupes, de veras. Buen viaje y dale saludos a tu padre.

Sara se abrochó el abrigo mientras salía del apartamento. Sus botas resonaron quedamente sobre las baldosas del pasillo. Unas huellas embarradas llevaban hasta la puerta del edificio en medio de pequeños charcos de agua de lluvia. «Qué noche espantosa –pensó mientras se subía el cuello–, en todos los aspectos.»

Salió del edificio, abandonó la seguridad del toldo de lona de la entrada que se agitaba ruidosamente al viento, y se internó en la noche nevada. Habitualmente le gustaba caminar sobre la nieve fresca, pero esa noche nada podía levantarle el ánimo. El fuerte viento le azotaba el rostro con nieve húmeda. La lluvia se había congelado bajo la nieve y había formado una capa de escarcha traicionera y resbaladiza.

Sara vio pasar un coche por la esquina. De pronto dio un patinazo sobre el pavimento helado, pero consiguió detenerse en el semáforo, a pocos metros de la farola. «Espero que Mary Beth llegue al aeropuerto –pensó mientras bajaba la cabeza contra el viento y la nieve, y reanudaba su camino–. En una noche así es más difícil conducir que caminar.»

Cuando divisó su casa, tenía la cara ardiendo y la nariz y las orejas casi insensibles. La luz del umbral hacía brillar los copos de nieve que caían. No había ninguna otra luz en la casa.

«Qué raro –pensó–. Son casi las nueve. Liam debería estar en casa.» Se puso la mano a modo de visera para protegerse de la nieve y miró arriba, hacia las ventanas de Margaret. También estaban a oscuras. «¿Han salido? ¿En una noche así? Qué raro.»

Resbaló en el escalón de abajo y se cogió de la barandilla de hierro para no caerse. Rebuscó la llave en el bolso. Luego abrió la puerta, que empujó con el hombro, pisó con fuerza el felpudo de goma y entró en la tibieza de la casa.

Oscuridad.

–Hola... ¿Hay alguien?

La luz del pasillo de arriba parecía la única encendida en toda la casa. Se frotó las manos para entrar en calor y miró a lo alto de la escalera. ¿Liam estaba arriba? ¿Se había acostado tan temprano?

–¿Hay alguien? –repitió. Tenía la garganta entumecida de frío y la voz le salía en un susurro.

Silencio.

«Por favor, Liam, quiero que estés aquí. Necesito verte, necesito hablar contigo y que me digas que está todo en orden.» Con el abrigo puesto y los copos de nieve que se escurrían por el cuello, se cogió de la barandilla de madera y empezó a subir la escalera. Cuando llegó arriba se le había acelerado el corazón. Respiró hondo y giró hacia la habitación.

«Liam, por favor, ojalá estés aquí. Liam, por favor...» La puerta estaba cerrada. Accionó el pomo de cristal y abrió. La luz del pasillo inundó la habitación, que olía a humedad y sudor.

Entró y vio a Liam en la cama, de espaldas... con el brazo en el hombro de alguien. En la cama había otra persona con la cara oculta por las sombras.

Liam se incorporó bruscamente y parpadeó sorprendido. Apartó el brazo de la otra persona, que también se revolvió y se incorporó.

Una mujer.

Liam estaba en la cama con una mujer.

La mujer se movió y la luz le iluminó la cara.

¡Margaret!

¡Liam estaba en la cama con Margaret! ¡Con su hermana!

Margaret se recostó contra Liam y sus pechos desnudos emergieron de debajo de las mantas. Margaret entrecerró los ojos por la luz, se aclaró la garganta y musitó:

–Oh, Sara... Lo siento.

49

–¡Nooooo! –chilló Sara.

«Liam en la cama con Margaret... Liam está en la cama con su propia hermana.» Miró fijamente los senos de Margaret, apretados contra el pecho desnudo de Liam. Era incapaz de apartar la vista de ellos. ¿Por qué estaba desnuda? ¿Por qué estaba en la cama con Liam?

Liam bajó los pies al suelo. Desnudo también. Los dos estaban completamente desnudos. En la cama. Hermano y hermana. «Mi marido y mi cuñada.» Sintió unas náuseas terribles. «Sólo quería venir a casa. Sólo quería una explicación de Liam. Una explicación. Nada más. Pero ahora...» Sabía que tenía que marcharse, huir de allí. ¿Por qué seguía allí? ¿Por qué sentía los pies como clavados al suelo?

–Sara, escucha...

Liam se puso de pie y extendió los brazos hacia ella.

Margaret se cubrió los pechos con la sábana, pero no intentó levantarse.

«Vete. Vete. Vete.»

–¡Liam, ¿cómo has podido...?! –gritó Sara histérica. Aquello era asqueroso. ¡Asqueroso!

Liam se quedó de pie. Sara vio su cuerpo brillar de sudor a la luz amarillenta del pasillo. Habían hecho el amor. Margaret y Liam. Liam y su propia hermana... ¡habían follado!

Sara parpadeó repetidamente, como si tratara de borrar toda la escena, de borrarlos a los dos. Y se precipitó hacia delante. Sólo por moverse, sólo para que sus piernas funcionaran otra vez. Avanzó por la habitación a trompicones, perdió el equilibrio y el control.

Liam y su propia hermana. Liam y su propia hermana. «Liam, mi marido.»

–¡Sara, espera! –gritó Liam que corría descalzo por el parquet hacia ella–. ¡Espera!

–¡Nooooo! –aulló roncamente Sara.

Y entonces cogió la mano del tocador, la mano de Chip, correosa, dura, rígida... La cogió y dio otro grito, un grito de horror e incredulidad, de vergüenza... y la arrojó contra el espejo. La lanzó con la fuerza de la ira, con furia.

La mano curvada, casi cerrada en puño, golpeó contra el vidrio y lo destrozó.

Sara jadeó. Y oyó un grito detrás de ella, el chillido de protesta de Liam:

–¡No, el espejo no!

Margaret, incorporada en la cama con las manos en el pelo, también lanzó un grito de horror.

Liam se abalanzó sobre Sara y ésta lo golpeó con las dos manos en el pecho. Liam lanzó un gemido de dolor.

–¡Sara, espera! Sara... ¡no lo comprendes!

«Qué tópico lamentable», pensó Sara, sorprendida de conservar cierta ironía. Bajó los escalones de dos en dos, jadeando, sin hacer caso del dolor que sentía.

–¡No lo comprendes! –repitió Liam desde lo alto de la escalera.

¿No comprendía cómo podía follarse a la hermana? ¿Eso era lo que no comprendía? ¿No comprendía por qué Liam se follaba a Margaret? No se volvió. No quería verlo desnudo allí arriba, con el pelo revuelto y el cuerpo sudoroso. El sudor de ella, de su propia hermana.

«Oh, Liam. Dios mío, Liam... ¿Por qué follas con tu hermana? No será una de tus malditas supersticiones, ¿verdad? Oh, Liam, por el amor de Dios, Liam.»

–Te encontraré, Sara –fueron las últimas palabras que oyó antes de abrir la puerta y salir a la calle.

Bajó la escalera helada hacia la acera sin dejar de correr. Los coches pasaban por las calles resbaladizas y plateadas. Las ventanas nevadas tenían carámbanos que colgaban como dagas.

«El mundo entero está helado esta noche», pensó.

Sara cruzó el campus corriendo, los árboles pelados temblaban bajo el manto blanco de nieve. Los oscuros edificios alrededor del Círculo se acurrucaban bajo las nubes de nieve rosadas y grises, como si trataran de mantener el calor.

Frío. Mucho frío.

Sara no sentía el viento ni la nieve. Veía el frío blanco por todas partes, pero no lo sentía. «Estoy completamente insensible. Mi mente y mi cuerpo están muertos e insensibles.»

«Te encontraré», la implacable amenaza de Liam le provocó un escalofrío. Se volvió, como si esperara verlo detrás, corriendo desnudo por el campus, sobre la nieve, gritándole «¡No lo comprendes!». Qué argumento tan pobre para alguien tan brillante. «¡No lo comprendes!» no era la frase del famoso hombre de letras sino de un personaje de comedia de televisión. Un famoso hombre de letras que se acuesta con su propia hermana y después grita: «¡No lo comprendes!».

–No, no lo comprendo –murmuró Sara–. No, Liam, no lo comprendo.

Nevaba copiosamente y los remolinos de viento esparcían la nieve en todas direcciones. Sara se quitó copos de los ojos y las cejas.

El apartamento de Mary Beth apareció al otro lado de la calle. El toldo de la entrada estaba cubierto de nieve. Un hombre de uniforme gris y gorra, de espaldas a la calle, echaba sal de un cubo sobre el camino.

Sara pasó rápidamente por su lado sin que la viera. Las botas chirriaron sobre los granos de sal gorda. Entró jadeando en el edificio y resbaló sobre el suelo húmedo. Tenía el frío adherido a ella, lo arrastraba consigo. Pero no lo sentía.

No sentía nada.

Tocó el timbre de Mary Beth con apremio. Después aporreó la puerta con unas manos insensibles por el frío. Golpeó y golpeó hasta que recordó que Mary Beth se había marchado. Mary Beth estaba en el aeropuerto.

«No está aquí, no está aquí... Claro que no está aquí. ¿Qué me pasa?»

Se apoyó de espaldas contra la puerta, pesadamente, con un suspiro de cansancio. «¿Y ahora qué hago? ¿Adónde voy?»

50

Sara –la huérfana, la sin techo– volvió de nuevo a la noche nevada.

«Tengo que pensar con claridad. Hacerme un plan. Puedo con esto, de verdad. Sólo tengo que dejar de temblar. Pero no puedo dejar de temblar. Tengo tanto frío, tanto frío por dentro y por fuera.»

La nieve caía más pausadamente; unos copos grandes se posaban sobre su cabello y los hombros del abrigo. El viento se había convertido en una brisa. El campus se extendía como una foto oscura. Helado y vacío, inmóvil.

Metió las manos en los bolsillos del abrigo y se arrebujó tratando de calentarse. Salió a Dale Street y vio el pequeño bar en la esquina, con su letrero de neón rosa y verde, la única luz entre todos los comercios cerrados.

¿Estaba abierto?

Sí. Sara, entrecerrando los ojos, vio luces dentro, al otro lado de los ventanales de la fachada.

«Tengo que calentarme. Tengo que dejar de temblar. Tengo que controlarme. Puedo con esto. De veras puedo. Puedo con todo... Ay, Dios mío, Liam, ¿por qué?»

Entró en el pequeño restaurante y se sacudió como un perro mojado. La nieve cayó a sus pies sobre el felpudo negro de goma. Sentía la cara hirviendo. Respiró hondo, inhaló el aroma a café fuerte y a comida. Se quitó la nieve de las cejas y miró la hilera de mesas en los cubículos de vinilo rojo. El restaurante estaba abarrotado de gente. Probablemente porque era uno de los pocos sitios abiertos.

El compartimiento más cercano estaba lleno de estudiantes. Dos hombres mayores de rostro ceñudo tomaban café en la siguiente mesa. Una atractiva pareja, también de estudiantes, con los abrigos húmedos colgados en el respaldo, se cogían la mano sobre la formica blanca de la mesa y se miraban ensoñadoramente; no hacían caso de los platos ni de las Coca-Colas que tenían delante.

Amor joven.

Sara se apartó con amargura, y frío, demasiado frío... Caminó temblando hasta el compartimiento que había debajo del cartel de Budweiser. Mientras avanzaba cogiéndose el cuello del abrigo le pareció que todas las miradas estaban puestas en ella, que las conversaciones habían cesado, que se habían detenido todos los movimientos. Y que todos la miraban, la estudiaban como si fuera un especimen de laboratorio.

Porque lo sabían.

Sabían que su marido se había follado a la hermana y que había usado la mano mutilada de un ex novio de ella para realizar una extraña ceremonia a la luz de las velas. «¿Cómo lo saben? –se preguntó–. ¿Y por qué me miran? ¿Qué quieren de mí?»

Llegó al compartimiento libre y volvió la cabeza. Nadie la miraba. No despertaba el mínimo interés. Se deslizó en el asiento sin poder dominar los violentos escalofríos que sacudían su cuerpo. Recordó que aún llevaba el abrigo puesto. Se lo quitó y lo arrojó en el otro asiento.

La camarera, una chica rubia oxigenada, de pelo corto y aspecto cansino se acercó a ella antes de que Sara volviera a sentarse.

–¿Querrá un menú?

Sara se cogió al respaldo para aguantarse. ¿Por qué no podía parar de temblar? ¿Por qué no lograba entrar en calor?

–No. Café, por favor, nada más. Café solo.

–¿Se encuentra bien, señora? –Unos ojos verdes, preocupados, la escrutaron.

Sara apenas articuló un suspiro. «¿Ha notado que tiemblo? ¿Estoy rara o algo así?»

–No... no me siento muy bien. Hace mucho frío.

–Ahora le traigo el café. ¿Algo más?

–No. Bueno... sí... –Algo para asentar el revoltijo que tenía en el estómago. Algo que la ayudara a sentirse normal. «Soy normal. Sé que soy normal»–. Una tostada, por favor. Sí, una tostada con mantequilla.

La camarera asintió y se alejó. Sara oyó el crepitar de la plancha. Los chicos apretujados en el cubículo de delante reían a carcajadas.

Se dejó caer en el asiento y se acurrucó contra la pared. Se frotó las mangas del jersey, respiró hondo y contuvo el aliento para controlar las sacudidas de frío. «Estoy enferma. Debo de tener gripe o algo así. Estoy enferma y no tengo adónde ir.» Reteniendo el aire en los pulmones, cerró los ojos y trató de concentrarse en los ruidos del restaurante. Ruidos normales, completamente normales. «Soy una persona normal, completamente normal.» El murmullo de las voces interrumpido por risas, el tintineo de los cubiertos sobre los platos, el roce de una silla sobre el suelo de linóleo, todo eso la ayudaba a calmarse.

–Su café. ¿Querrá leche? –La voz de la camarera la hizo abrir los ojos.

–Sí, eh... –«¡Mi bolso! No llevo bolso ni monedero. Salí de la casa sin nada.»

Sintió que la garganta se le encogía y que los temblores empezaban otra vez. Se metió la mano en el bolsillo de los tejanos. Palpó una moneda de veinticinco. «No tengo dinero para pagar el café.»

Sara se puso de pie repentinamente. Cogió el abrigo y echó a correr ante la mirada de la azorada camarera y siguió por el pasillo estrecho junto a la barra, los dos hombres mayores de rostro ceñudo, los estudiantes... y todos, esta vez, levantaron la mirada para ver quién corría tan rápido, tan frenéticamente, con el abrigo que se agitaba detrás.

–¡Eh, señora! ¡El café! –La voz ronca de la camarera sonó ahogada por la puerta que se cerraba a espaldas de Sara.

Sara la huérfana. Sara la sin techo, otra vez en el frío de la noche. Sin un céntimo. «¿Y ahora qué?»

Las botas resbalaron sobre un montículo de nieve sucia. Se cogió al borde de una cabina telefónica para no caerse. «No, no voy a llorar. No voy a llorar hasta que esté a salvo y caliente.» Un voto solemne de fortaleza que le costaría observar.

Se quedó delante de la cabina metálica mirando la campanilla grabada a un lado y supo que tenía que llamarlo. «Necesito mis cosas», se dijo. De repente veía claramente la bruma gris rojiza a pesar de la tupida nevada. De pronto veía todo muy claramente.

«Necesito mi bolso y mi dinero. Tengo que preparar una maleta con un poco de ropa. Liam tiene que dejarme entrar en casa para recoger algunas cosas. No puedo vagar toda la noche en medio de la nieve... Dios mío, Liam... ¿Puedo hablar con él? Sí. Puedo ser una persona muy práctica.»

Empezó a ensayar lo que iba a decirle cuando atendiera el teléfono. Ahora le parecía todo muy claro. «No discutas con él. No permitas que te explique nada. Sólo coge lo que necesitas y vete a un hotel o al hostal de la universidad.» Era amplio y siempre estaba medio vacío. «No, al hostal no. Allí asesinaron a Kristen... ¿Quién es Kristen, Liam?»

Se imaginó su cara, se lo imaginó con el auricular contra el oído, los ojos marrones abiertos de sorpresa, ansiosos de verla y explicárselo, el cabello oscuro despeinado, las facciones intensas. Se imaginó su cara y se dio cuenta de que ahora le producía asco.

Las palabras giraban por su mente mientras preparaba el discurso. «Liam, voy a casa a recoger algunas cosas, pero no quiero verte ni hablar contigo. Tardaré sólo un par de minutos.» Sí, podía decirlo. Y sin llorar.

Apretó con fuerza la moneda de veinticinco. Su única moneda. No quería que se le cayera en la nieve. Le temblaba la mano mientras la insertaba en la ranura y se llevaba el auricular al oído. Repetía mentalmente las palabras que había ensayado mientras oía la señal.

«Ay, Liam, Dios mío. ¿Por qué sucede todo esto?... No, no voy a decirle eso. Sé lo que voy a decirle, pero... ¿cuál es mi número de teléfono? Oh, por Dios, ¿cómo es posible que no recuerde mi propio número?» Lo recordó mientras se esforzaba por contener el pánico y lo marcó lenta y cuidadosamente. «No te equivoques de número, ahora no. Sólo tengo una moneda.»

Oyó un tono de llamada. Dos.

Trató de tragar pero tenía la garganta atascada y la boca

reseca. El auricular estaba frío sobre la oreja. Sintió un escalofrío mientras un copo de nieve le bajaba por el cuello.

Tres tonos. Cuatro.

«Atiende, Liam. No quiero hablar contigo, pero atiende.»

Cinco tonos. Seis. Siete.

Sara repetía su discurso mentalmente. «¿Tiemblo demasiado para decirlo? ¿Tengo demasiado frío para hablar? Moriré de frío aquí mismo. Me encontrarán tiesa, en la cabina con el auricular pegado al oído.»

Ocho tonos. Nueve.

«No está en casa.» Se sentía incapaz de reaccionar, como si la mente y todas las emociones se le hubieran congelado. «No está en casa, y Margaret tampoco.»

Oía el rítmico tono una y otra vez, mientras la amenaza que Liam le había gritado volvía a su mente: «Te encontraré». «Sí, Margaret y él me están buscando. Así que puedo ir a casa y recoger mis cosas tranquilamente... si es que tengo la llave.» Metió la mano en el otro bolsillo de los tejanos. Nunca guardaba las llaves en el bolso por miedo a perderlas. Siempre trataba de llevarlas consigo.

Y allí estaban.

–¡Sí!

Colgó el auricular y se alejó de la cabina. ¿Cuánto tiempo tenía? ¿Cuánto tiempo antes de que Liam regresara a la casa?

Respiró hondo y echó a correr. Con el terror, había olvidado abrocharse el abrigo y ahora flotaba como una capa, mientras ella se precipitaba por la acera, resbalaba y jadeaba, con la nieve azotándole el rostro.

Un coche pasó despacio por su lado con las ventanillas cubiertas de nieve y los neumáticos chirriando sobre la calle helada. La luz de los faros la iluminó como si fuera un potente reflector. Sara se apartó sin aflojar el paso.

«¿Cuánto tiempo tengo? ¿Cuánto?»

Giró precipitadamente en la esquina. La casa se alzaba en la siguiente manzana. La nieve se arremolinaba y lo único que Sara oía era el ruido de las botas que se hundían en la nieve húmeda. Nada más. Era una noche silenciosa.

Metió la mano en el bolsillo para sacar las llaves mientras subía los escalones cubiertos de nieve de la entrada. «¿De verdad vivo aquí? ¿De verdad es mi casa? ¿Mi casa y la de Liam?... Ya no.» Las lágrimas corrían por sus mejillas. Calientes sobre sus mejillas heladas. «¿Por qué lloro ahora?» Se obligó a reprimir el llanto y a dejar de jadear.

Se enjugó los ojos con las palmas. Unas lágrimas tan saladas que le picaban los ojos. Unas lágrimas tan amargas. Dirigió la llave hacia la cerradura, pero se lo pensó mejor y pulsó el timbre. «¿Y si Margaret y Liam han regresado después de mi llamada? Será mejor que me cerciore.»

Dejó el dedo apoyado en el botón y oyó sonar el timbre. Se sintió satisfecha de sí misma, de haber podido ser capaz de pensar con tanta claridad. Pero la sensación no duró mucho. Quitó el dedo del botón y escuchó con atención. ¿Pasos dentro de la casa?

«No. Por favor... no.»

–¡Eh! –gritó alguien.

Sara se sobresaltó y giró tan rápidamente que resbaló y casi cayó de la escalera.

Dos chicos, probablemente estudiantes de Moore, uno con un abrigo largo de piel y el otro con una capucha roja, se perseguían al otro lado de la calle. Voló una bola de nieve. Se oyó una carcajada y echaron a correr otra vez.

Sara se volvió de nuevo hacia la casa con un suspiro. «Alguna gente se divierte esta noche.» Pulsó el botón y dejó que el timbre sonara durante casi un minuto.

«Campo libre. Entra, Sara, y sal lo más rápido que puedas.»

El temblor convulsionó todo su cuerpo. La mano se sacudía tanto que tuvo que ayudarse con la otra para meter la llave en la cerradura.

La hizo girar. Respiró hondo y abrió la puerta.

Y entró en la tibia oscuridad de la casa.

51

El parquet crujió bajo sus pasos livianos.

–¿Hay alguien en casa? –murmuró hacia la escalera.

Prestó atención. Oyó el motor de la nevera que se encendía en la cocina y su propia respiración agitada.

Estiró el brazo para encender la luz, pero se detuvo. «No, nada de luces. Si deciden regresar, ¿para qué voy a anunciarles que estoy aquí?»

Se cogió a la barandilla de la escalera para empezar a subir y levantó la vista hacia el rellano a oscuras. «Deja que duerman los durmientes.» Aquellas palabras recitadas por Liam de pronto volvieron a su mente. Se detuvo, con una bota en cada escalón y se cogió con fuerza a la barandilla de madera. Las palabras habían sonado como si Liam estuviera allí, en lo alto de la escalera, recitándolas de nuevo. «Deja que duerman los durmientes y que despierten quienes están despiertos.» Qué noche tan romántica había sido. La tenue y oscilante luz de la vela, las sombras que se movían, Liam flotando tan ligero sobre ella, dentro de ella, los dos tan juntos, tan cerca como el sonido de las palabras que recitaba y le susurraba al oído...

–¡Puajjj! –Un gemido de asco escapó de la garganta de Sara y el ruido de las botas retumbó mientras se precipitaba escaleras arriba.

No era nada romántico. Era asqueroso.

¿Y qué querían decir esas palabras? Esa noche ella se había dejado llevar, estaba tan feliz, tan estúpidamente frívola... tan ávida de creer en Liam, de tener la certeza de que esta vez todo iba bien, de que todo funcionaría... tan frívola y ávida que en ningún momento había pensado en el significado de esas palabras.

«Deja que duerman los durmientes.»

¿De quién hablaba? ¿Quiénes eran los durmientes? ¿Y quiénes los despiertos? «Ahora no quiero pensar en ello –se dijo al detenerse en el descansillo, temerosa de soltar la barandilla que le proporcionaba una sólida sensación de seguridad–. Hasta que salga de aquí no quiero pensar en ello ni en Liam.»

Cuando la mano soltó finalmente la barandilla de madera, sintió unas náuseas que le subían por el estómago.

«No quiero pensar ni en Liam ni en Margaret... Tengo que volver a entrar en ese dormitorio. ¿Liam y Margaret se reían de mí todo el tiempo? ¿Follaban cada vez que yo salía de casa? Margaret parecía tan buena, tan comprensiva, tan... acogedora. Parecía agradable y normal, tolerante con las peculiaridades y supersticiones de su hermano, dispuesta a mantenerse en su lugar cuando aparecí yo, y a ayudarme, y a ganarse mi cariño y mi confianza... Y todo el tiempo... ¿Cuánto tiempo? –se preguntó Sara de repente, tragando y dando un paso hacia la habitación. Dos pasos. Tres–. ¿Cuánto tiempo hacía que duraba esa relación enfermiza? ¿Toda la vida?»

«Deja que duerman los durmientes.»

Esas palabras no tenían ningún sentido para Sara. Sacudió la cabeza para borrarlas de su mente. Ése no era momento de palabras ni de explicaciones.

«¿Cómo va a hacer para explicar semejante traición? ¿Cómo va a explicar lo de la mano de Chip y el asesinato de Kristen en el hostal de la universidad? ¿Y los otros asesinatos? Todas personas que Liam, de un modo u otro, conocía. ¿Es posible que haya tenido que ver con el asesinato de toda esa gente?... No.»

Era demasiado tierno, demasiado débil, para ser un asesino y un mutilador. Según los periódicos sensacionalistas y la televisión, los cuerpos habían sido destrozados, despedazados como un pollo asado. Triturados y mutilados, o cortados y cercenados hasta que casi no parecían humanos.

No, Liam no podía hacer algo así. Era demasiado amable, sensible... *pedagógico.*

¿Lo era? ¿Ella lo conocía de verdad? ¿Sabía algo de él? Todas esas historias que le había contado aparentemente con tanta inocencia. Todas esas historias y viejos cuentos de hadas, viejos cuentos de hadas sentimentales. No revelaban nada de Liam.

–No te conozco –murmuró.

Estaba tan fascinada por su personalidad romántica que no se había enterado de ningún detalle de su vida. ¿Por qué estaba tan interesado, tan maravillado por los viejos cuentos de hadas y los personajes mágicos? ¿Y por qué era tan supersticioso? Sí, ¿por qué se obsesionaba con cualquier clase de superstición? Con las sencillas supersticiones cotidianas y con otras más complicadas, de las que ella nunca había oído hablar.

«¿Por qué, Liam?»

Ahora era demasiado tarde para hacer preguntas. Probablemente ella nunca sabría las respuestas. Pero ya no quería saberlas.

Se detuvo en la puerta de la habitación. Estaba entreabierta y por la rendija salía una luz tenue. Aguzó el oído. ¿Había alguien? Escuchó con atención, por encima del repiqueteo de su corazón.

Nada. Silencio.

Empujó la puerta y la abrió. Respiró hondo y contuvo el aire. La única luz que había en la habitación era la de la lámpara de la mesilla. La manta color granate estaba a los pies de la cama y la sábana hecha un ovillo a un costado, del lado de Liam. La sábana de abajo todavía tenía las arrugas, las arrugas de los cuerpos... de Liam y Margaret. Las almohadas, una sobre otra, tenían la marca de la cabeza de Margaret. Y Liam encima de ella. Los dos arrugando las sábanas.

Manchándolas.

Sara se acercó a la cama y se quedó perpleja. Olía el sudor y el perfume floral de ella. Podía oler el olor a sexo en las sábanas y en el aire espeso y cálido de la habitación. El olor de los dos flotaba alrededor. Los olía. Los olía.

–Puaj...

¿Había sentido alguna vez un asco tan profundo? «Mi marido y mi cuñada. Mi marido.»

Sin darse cuenta, cogió la sábana de debajo y la arrancó del colchón. Empezó a enrollarla con la de arriba, como para llevarlas a la cesta de la ropa sucia. Las enrollaba frenéticamente, las olía, olía el olor de Liam y Margaret, las enrollaba mientras se le revolvía el estómago y sentía una violenta arcada.

–¡Puaj! ¿Qué estoy haciendo?

Comprendió que había perdido el control. Las manos funcionaban por su cuenta, el estómago se le revolvía. Había perdido el control.

Tiró las sábanas y corrió hacia el cuarto de baño. El cuarto de baño de Liam y ella. Se tapó la boca tratando de aguantar el vómito hasta llegar al inodoro. Con una mano accionó el interruptor de la luz.

Se inclinó sobre el inodoro, levantó la tapa y se agachó. Y oyó un regular *tip tip tip* detrás de ella. ¿Qué era ese ruido? Se volvió hacia la bañera y vio la mancha oscura que bajaba por la cortina abierta.

Tip tip tip.

Entonces olvidó las náuseas y empezó a gritar, un grito breve y ronco que pronto se convirtió en un agudo alarido de terror.

52

Tip tip tip.

Sangre roja y brillante goteaba rítmicamente de la nariz y la boca de Margaret.

Margaret, desnuda. Margaret mirando hacia abajo, a Sara, con expresión de sorpresa, la cabeza inclinada sobre el hombro desnudo. Miraba a Sara. Miraba hacia abajo porque estaba colgada de la pared de azulejos.

Manchas rojas de sangre resbalaban por los azulejos blancos.

¿Y qué era eso que asomaba por el pecho de Margaret?

Sara entrecerró los ojos, incapaz de seguir gritando, de emitir ningún tipo de sonido ni moverse. Tenía las manos apretadas contra los lados de la cara mientras los ojos trataban de descifrar esa escena imposible, de encontrarle una explicación y negarlo al mismo tiempo.

¿Qué era eso que asomaba por el pecho ensangrentado?

Sí. No. Sí.

La roseta de la ducha.

La roseta de la ducha asomaba ensangrentada por su pecho. La carne desgarrada y abierta. La sangre que chorreaba por los pechos y el estómago flácidos.

La habían colgado de la ducha. La roseta de cromo le atravesaba el pecho. El cuerpo estaba incrustado en el soporte de la ducha. Habían colgado a Margaret de la ducha. Colgada como una media res en un gancho, como un cuadro, como un cuadro de sangre. Tenía un brazo arrancado de cuajo que pendía precariamente de un tendón fino. Y la sangre que goteaba y bajaba por los azulejos caía en la bañera y se aglutinaba alrededor del desagüe.

«Margaret... Liam ha matado a Margaret. Ha matado a su propia hermana.»

Sara, tirándose del pelo, se obligó a apartarse de la bañera. Salió del cuarto de baño con piernas temblorosas y débiles y los ojos cerrados. El corazón le palpitaba violentamente con cada gota de sangre que caía en la bañera.

«Ha matado a su propia hermana... ¿Por qué, Liam, por qué?» No había ninguna respuesta sensata, lógica, cuerda. Liam está loco. Es un psicópata. Un maníaco asesino. Ha matado a Margaret, la ha masacrado. Ha asesinado a su propia hermana... Y ahora me está buscando... La policía. Tengo que llamar a la policía. Pero no desde aquí. No hay tiempo. Coge algunas cosas y vete, Sara. Vete.»

Abrió el armario con tanta fuerza que casi lo derribó. Se estiró para buscar a tientas la manija de la maleta en el estante de arriba.

«No hay tiempo de preparar ninguna maleta –se dijo de pronto–. Vete, Sara. Coge tu bolso y huye. ¡Sal de esta casa! Volverá. Llegará de un momento a otro. ¡Tienes que irte ahora mismo!»

Cerró el armario de un portazo, retrocedió un paso y se dio la vuelta.

«Sí, vete. ¡Coge tu bolso y sal de la casa!»

Estaba en medio de la habitación cuando oyó un ruido sordo detrás... y supo que Liam había vuelto.

53

Sara se volvió bruscamente con un grito ahogado. No quería que Liam la pillara de espaldas. Quería mirarlo a la cara, enfrentarse al asesino.

No había nadie.

Se le doblaron las rodillas y se cogió al poste de la cama para sostenerse. «¿Dónde estás? ¿Liam? ¿Estás aquí? ¿Quién ha hecho ese ruido detrás de mí?»

Lanzó una mirada al cuarto de baño y divisó el brazo, el brazo desnudo de Margaret, colgando a un lado de la bañera.

El brazo se había desprendido del cuerpo. Eso explicaba el ruido.

La mano de Margaret colgaba abierta sobre el borde de la bañera, como si quisiera tocar el suelo.

A Sara se le cerró la garganta e hizo esfuerzos por respirar. «Muévete, Sara, no te quedes paralizada.» Obedeciendo esa voz interior, se alejó del baño y salió aprisa de la habitación. Bajó la escalera precipitadamente y cogida a la barandilla, sin dejar de parpadear como para borrar la imagen de aquel brazo sobre el borde de la bañera llena de sangre.

No era una imagen sino algo real. Una Margaret real.

Liam y Margaret.

«La ha matado y ahora quiere matarme a mí.» Cogió el bolso de piel marrón de la mesa del vestíbulo. Lo asió con fuerza y abrió la puerta de entrada... ¿Encontraría a Liam en el umbral esperándola? ¿Esperándola para arrancarle el brazo? ¿Para colgarla de la puerta de entrada?

No.

Miró la noche a través de la amarillenta luz de la entrada. No había nadie. La nieve caía suave y silenciosamente. Sin ningún *tip tip tip*. Suave, silenciosa y blanca como una nube.

«Muévete, Sara. No puedes quedarte aquí.» Otra vez la voz interior. Gracias a Dios aquella voz autoritaria la obligaba a sacar fuerzas de alguna parte. Gracias a Dios que podía contar con esa voz. Sin ella, Sara se habría derrumbado hacía tiempo, presa de las lágrimas y el dolor.

Se habría derrumbado a esperar la muerte.

«¿Por qué, Liam? ¿Por qué tengo que morir? ¿Por qué tenía que morir Margaret? ¿Por qué?... ¡Muévete! Pero... ¿adónde puedo ir?»

Sus botas se hundieron en la capa de nieve cada vez más espesa mientras bajaba trastabillando la escalinata y echaba a correr por la calle vacía y silenciosa.

«¿Quién me salvará? ¿Quién me rescatará de ti, Liam? ¿La policía?»

Llegó jadeante a la cabina de la esquina, cubierta por una alfombra de nieve.

«Sí, la policía. Vendrá la policía, Liam. Me protegerá de ti y te detendrá.»

Quitó la nieve del auricular y se lo llevó al oído.

Silencio.

La línea estaba muerta. Golpeó el disco y apretó el cero una y otra vez.

Silencio.

«Tengo que seguir, tengo que alejarme de ti», se dijo y echó a correr.

Miraba con atención cada portal, cada sombra sobre la nieve, hasta su propia sombra que se deslizaba hacia delante bajo una farola y después se contraía, como sobresaltada de miedo. Creyó verlo muchas veces: asomándose tras un seto cubierto de nieve, saliendo de detrás de una farola con el abrigo ondeando, el cabello oscuro sobre la frente y aquellos ojos marrones brillantes mirándola... ¿con odio?

«¿Me odias, Liam? ¿Por qué quieres matarme? Yo sólo te amaba... Te amaba. Lo digo en pasado: te amaba.» El amor ahora era tan frío como la nieve, tan frío como el cuerpo mutilado de Margaret, colgado de la fría ducha cromada.

Frío. El mundo entero estaba frío. Frío y oscuro.

–¡Oh!

Resbaló sobre la superficie helada y extendió los brazos para sostenerse, pero no había nada a lo que agarrarse. Cayó de rodillas, pesadamente, y se deslizó boca abajo. La cara se le hundió en la nieve húmeda. Levantó la cabeza y escupió. Sintió un dolor agudo en la rodilla derecha y se quitó la nieve de los ojos y las mejillas. Un sollozo escapó de su garganta. Se esforzó por reprimirlo antes de que brotaran las lágrimas.

–¡Maldición!

Se incorporó y vio el bolso caído sobre la nieve. Estaba abierto; el monedero, un pintalabios y un manojo de llaves yacían sobre la nieve. Reprimió otro sollozo y se agachó para recoger las cosas. Volvió a guardarlas con mano temblorosa. Las llaves. Estaban las llaves de la oficina de Milton y la de su casa. La casa de Milton.

«He visto a Milton esta mañana –recordó–. Me paró. Parecía muy preocupado. Quería hablar conmigo. ¡Dios mío! ¿Quería advertirme sobre Liam? ¿Había descubierto a Liam? ¿Por qué no me detuve? ¿Por qué no lo escuché?» Apretó con fuerza la llave de la casa. «Iré a casa de Milton. Es el sitio perfecto para esconderse de Liam. Lejos del campus, en el bosque.»

Miró la llave a través de las lágrimas que le velaban los ojos. La miró como si fuera una moneda de plata de un tesoro. Como si fuera la luz de una estrella. Una estrella que la guiaría.

«Milton me ayudará a pensar con claridad. Me ayudará a dejar de temblar. Me protegerá de Liam. Desde su casa llamaremos a la policía.» Se imaginó a Milton, grande y fuerte... Siempre había querido protegerla, que ella acudiera a él.

«Pues bien, ha llegado el momento. Te necesito, Milton. Sí. En tu casa estaré a salvo.»

54

Se sacudió la nieve de los ojos y se precipitó hacia la cabina de la siguiente esquina. «Ojalá Milton esté en casa, por favor –rogó mientras cogía el auricular frío con la mano sin guante–. Milton, te necesito.» Se llevó el auricular al oído.

Silencio.

«Éste tampoco funciona.» Soltó un grito de enfado y golpeó el aparato. Luego colgó y volvió a levantarlo.

Nada. No había *ninguna* señal de tono. «¿No funciona ninguno?»

Soltó el auricular, que quedó colgado del cable, y se apartó de la cabina con el corazón palpitante. Ya no sentía el frío ni la nieve. Estaba insensible. Lo único que sentía era miedo.

Un coche giró por la esquina y las ruedas patinaron. Una luz blanca iluminó a Sara. Cuando la luz pasó por delante, vio que era un taxi con un solo faro.

¿Un taxi?

Sí. Divisó las palabras del letrero luminoso del techo: «Campus Taxi». Agitó los brazos frenéticamente por encima de la cabeza.

–¡Eh, taxi! ¡Taxi! ¡Eh!

Un Plymouth rojo y blanco cubierto por una capa de nieve se detuvo. Sara se sentó en el asiento trasero. El suelo estaba encharcado por las botas del pasajero anterior. A pesar del letrero de PROHIBIDO FUMAR que había en el respaldo del asiento delantero, el coche olía a tabaco rancio. Sara, temblando, se arrebujó en el asiento.

–¿Podría subir un poco la calefacción?

El conductor, un hombre de rostro sombrío con un gorro de leñador, le echó una mirada por el retrovisor.

–La calefacción está al máximo. Ha tenido suerte, porque me iba a casa.

–Sí, mucha suerte –murmuró Sara con amargura.

–¿Adónde vamos? –preguntó el hombre.

Los limpiaparabrisas chirriaban y dejaban una marca blanca sobre el cristal. El conductor se inclinó sobre el volante y lo cogió con fuerza mientras sus ojos se concentraban en el camino.

El vehículo avanzaba y Sara se volvió para mirar a través de la negrura del cristal trasero. «Liam... ¿estás ahí? ¿Me estás siguiendo?» Sólo vio una densa oscuridad. La ventanilla trasera estaba cubierta de nieve. De alguna manera era tranquilizador. «No puedes verme. No puedes verme.»

El coche se bamboleaba de un lado a otro, como si patinara sobre la nieve: un bandazo a la izquierda, otro a la derecha. Sara limpió la ventanilla empañada y observó las casas que pasaban, los senderos cubiertos de nieve con un resplandor azulado en la semipenumbra de la noche.

La ventanilla volvió a empañarse y el mundo se desvaneció detrás del cristal. Sara deseó que se quedara así, al otro lado del cristal, oscuro, silencioso, distante. «Liam... Liam...»

Imaginó la sorpresa de Milton cuando se la encontrara en la puerta. «Sara, ¿qué pasa? Sara, cuéntame.» Oyó la voz ronca y vio la cara roja de excitación. De preocupación. Se preguntó si creería la historia, si ella podría contársela. Se preguntó hasta dónde llegaría antes de derrumbarse y echarse a llorar. «Me lo estoy aguantando. Lo estoy haciendo muy bien. ¿Pero cuánto tiempo puedo continuar?»

Un ruido súbito le provocó un vuelco del corazón. El taxista giró el volante y maldijo. El coche viró bruscamente para evitar un enorme vehículo quitanieve que retrocedía por la carretera.

«Por favor, no limpien este camino –pensó Sara mientras el taxista volvía a la carretera–. Por favor, no faciliten a Liam el trabajo de encontrarme... No pasará nada –se tranquilizó mientras observaba las paletas metálicas que escarbaban el hielo–. Me estoy alejando y no habrá problemas hasta que llegue la policía. Me protegerán. Mantendrán a Liam lejos de mí. Lo encontrarán, lo detendrán, lo...»

El coche se detuvo de golpe. Sara se golpeó el hombro contra la puerta.

–¿Qué pasa?

El conductor miró el contador y no respondió.

–¿Qué pasa, señor? ¿Por qué paramos?

El hombre se volvió lentamente y unos ojos oscuros la escrutaron por debajo del gorro de lana.

–Son siete pavos, señora –dijo encendiendo la luz.

–Ah. –Sara miró por el parabrisas. ¿Estaban en la casa de Milton? ¿Tan rápido habían llegado?

Bajó la vista y se dio cuenta de que había llevado la llave de la casa apretada en la mano todo el tiempo. La dejó sobre las rodillas para buscar el importe de la carrera en el bolso.

–¿Vive aquí, señora?

Sara rebuscó en el bolso. «Mi monedero, ¿dónde está mi monedero.»

–¿Vive aquí? La casa está muy oscura.

Encontró un billete arrugado en el fondo y lo sacó. Un billete de diez.

–Tenga. Quédese el cambio.

El corazón empezó a palpitarle en el momento en que abrió la portezuela. La llave de Milton se deslizó sobre sus rodillas, pero Sara la cogió. Una ráfaga de viento le arrojó polvo de nieve a la cara. Salió del coche y miró la casa. Todas las ventanas estaban a oscuras. Ni siquiera había luz en el porche.

El taxi retrocedió en cuanto Sara cerró la puerta. Las ruedas crujieron sobre el sendero nevado y el único faro iluminó la fachada de la casa. Sara vio un montón de nieve sobre el canalón y una gruesa capa de hielo sobre la ventana de entrada.

Se puso el bolso bajo el brazo y apretó la llave. Caminó cuidadosamente, paso a paso, por el sendero de entrada, sintiendo la capa resbaladiza de hielo bajo la nieve blanda. Miró las ventanas oscuras y después la puerta. «Oh, Milton, necesito que estés en casa. Necesito que me ayudes, que me protejas...»

Los árboles se agitaron lanzando una lluvia de nieve.

Sara se detuvo. Su mirada se desplazó de un lado de la casa a los árboles altos que parecían estatuas blancas. Un sollozo escapó de su garganta.

«Me casé aquí. Liam y yo nos casamos entre estos árboles. Qué día tan feliz... Y no hace tanto tiempo. Vine para casarme con el hombre al que amaba, y hoy vengo para esconderme de él.»

Otra ráfaga de viento agitó los árboles. Sara se encaminó hacia la puerta con la llave apretada en la mano e inclinada para protegerse de la nieve. «Milton, por favor, ayúdame.»

Le tembló la mano mientras quitaba la nieve del timbre. Pulsó el botón y lo mantuvo apretado, oyendo cómo sonaba, a la espera de que Milton se levantara y fuera a abrirle la puerta.

55

El viento arrojó nieve contra la puerta. Sara sintió el frío en el pelo y la nuca. Quitó el dedo del timbre y aguzó el oído: los árboles se agitaban y el fuerte viento silbaba.

Aparte de eso, nada.

–¡Milton! –gritó. Sara empezaba a derrumbarse, la fuerza que la mantenía se ablandaba, se derretía–. ¡Milton! –llamó con voz frágil y asustada.

Pulsó de nuevo el timbre. Oyó el fuerte timbrazo al otro lado de la puerta. Insistió. Tres prolongados timbrazos, y finalmente uno más largo.

–¡Milton! ¡Milton, por favor, abre!

Golpeó la puerta con los puños y volvió a pulsar el timbre. Silencio. «Quizá no esté en casa.» Cerró los ojos y trató de recordar. «¿Me dijo que se marchaba?»

–Milton, ¿estás en casa? ¿Tienes el sueño pesado? ¿Vas a abrirme?

La nieve que azotaba un lado de la casa cambió con el viento. Sara trató de encajar la llave en la cerradura, y al tercer intento se dio cuenta de que la metía del revés. Giró la llave y la puerta de madera se abrió. Miró en la oscuridad. Sintió la tibieza de la casa en las mejillas.

–¿Milton? –Inclinó la cabeza en medio del silencio.

Se sacudió la nieve de las botas y entró, cerrando la puerta a sus espaldas. Parpadeó para habituarse a la oscuridad.

–¿Milton? ¡Soy yo, Sara! ¿Milton, estás en casa?

Palpó la pared en busca del interruptor, pero no lo encontró. Entró en el vestíbulo, lleno de formas oscuras. Vio el brillo de las hojas de los cuchillos de la pared. La valiosa colección de Milton.

–¡Milton, despierta! ¡Soy Sara!

Silencio.

«Mira en su dormitorio», se ordenó mientras avanzaba por la oscuridad azulada. Recordó el largo pasillo de espejos. La habitación de Milton estaba al fondo, a la izquierda.

–¿Milton?

Todo estaba silencioso y tibio. Respiró hondo y contuvo el aliento. Luego empezó a cruzar la sala con los ojos fijos en el rectángulo negro que debía de ser la entrada al pasillo.

Estaba en medio de la sala cuando tropezó con algo que había en el suelo, algo pesado y blando.

–¡Ahhh! –gritó, y se cayó encima.

El objeto grande cedió debajo de ella. No era una banqueta; demasiado blando para serlo. El objeto se movió bajo su peso. Sara sintió un líquido tibio y pegajoso en las manos.

–Dios mío... –Se puso de rodillas–. ¡Dios mío!

No tenía que verlo para saber qué era. No tenía que verlo para saber que había encontrado a Milton.

La luz del techo se encendió.

Sara parpadeó, se miró las manos ensangrentadas. Y después miró el cuerpo destrozado de Milton. Desgarrado, abierto.

¿Milton?

Desgarrado como un paquete. La carne destrozada sobre los botones del pijama empapado de sangre. El estómago rojo fuera, arrancado del cuerpo. Los intestinos desparramados por el suelo en un charco de sangre. La cabeza inclinada al pie del sofá. La boca y los ojos abiertos en un gesto de terror.

–¡Dios mío! ¡Oh, Dios mío!

Levantó la mirada a los cuchillos de las vitrinas, y se giró rápidamente porque recordó que alguien había encendido las luces.

Y vio a Liam.

A la entrada del pasillo con el abrigo gris desabrochado sobre un jersey, el pelo revuelto, los brazos cruzados. Liam la miraba con crueldad, con una expresión que ella nunca había visto en esa cara que creía conocer, en esa cara que creía haber amado.

«No lo conozco. No sé nada de él. Va a matarme», se dijo y, todavía de rodillas, trató de devolverle la mirada. Pero no quería verlo. No soportaba verlo. Aquella cara ahora le daba asco y la mirada la llenaba de terror, de pánico. «Tantas muertes, Liam. Tantos asesinatos espantosos e inhumanos...»

–Liam... has matado a Milton. –Había sacado la voz de alguna parte y gesticulaba con las manos ensangrentadas–. Tú... tú los has matado... y también has matado a tu hermana.

Liam parpadeó pero su expresión siguió impenetrable, fría.

–¡Has matado a tu propia hermana! –gritó Sara.

–Yo no los he matado, Sara –masculló al fin con los dientes apretados–. Lo has hecho tú.

56

Sara lo miró esforzándose por pensar con claridad. Sus palabras eran demenciales. «Liam está loco –se dijo–. Tendría que haberlo supuesto. Había muchos indicios. Todas esas supersticiones absurdas... ¿Pero cómo iba a saber que era un asesino? ¿Cómo? ¿Cómo iba a saber que se dedica a descuartizar personas?»

Liam seguía inmóvil en la entrada del pasillo, con los brazos cruzados y el rostro ceñudo, observándola.

¿Esperaba que ella reaccionara a su descabellada acusación? Sara se puso de pie y se limpió las manos en el abrigo.

«Piensa, Sara, y hazlo rápido.» Otra vez aquella voz interior, ordenándole que se apartara de él, que no se dejara matar.

¿Pero cómo?

Miró la puerta de entrada. ¿Podía llegar antes que Liam? Probablemente no. Y él bloqueaba la entrada al pasillo, la única otra vía de escape. No había adónde huir. El pánico le atenazó el pecho y oyó sus propios jadeos. «Necesito un arma.» ¿Podía correr hasta las vitrinas y coger uno de los cuchillos de Milton antes de que Liam pudiese impedírselo?

No, imposible.

Sus ojos se detuvieron en la chimenea. El atizador de hierro estaba junto a la cesta de leña. «Sí, el atizador. Quizá logre cogerlo.» Aguantó su terror. La habitación de pronto parecía encogerse. «Esta habitación, en la que Liam y yo hablamos de verdad por primera vez. En la fiesta de Milton pasamos toda la noche hablando. Liam y yo... delante del fuego. Y ahora intentará matarme. Y yo voy a coger el atizador y...»

–Tú los has matado, Sara. –Liam interrumpió sus pensamientos en voz baja y decidida–. Tú lo has hecho. No me crees, ¿verdad?

De repente parecía un hombre sin vida, sin energía, sin nada de lo que ella conocía de él.

–Te creo, Liam –musitó. «Diré cualquier cosa con tal de mantenerlo tranquilo y que no se aparte de ese sitio»–. Te creo, de veras.

–¡Sara! –exclamó él con enfado.

Ella corrió hacia la chimenea y cogió el atizador, que era más pesado de lo que creía. Lo levantó con las dos manos... pero Liam lo sujetó por el otro extremo.

–¡No! ¡Suéltalo!

Forcejearon violentamente por el atizador, los dos tironeando y gritando.

–¡Sara, escúchame! ¡Déjame explicártelo! ¡Tienes que dejar que te lo explique!

–¡No! ¡Suéltalo! ¡Suéltalo! ¡Ahhh!

De pronto Liam cogió el atizador y la empujó, haciéndole perder el equilibrio. Sara trastabilló y él le apretó el atizador contra el pecho, obligándola a retroceder cada vez más hasta que cayó sobre el sofá.

–¡Liam, no! ¡Suéltame! ¡Por favor!

Liam estaba sobre ella, con los ojos encendidos de furia y el pecho tembloroso mientras se esforzaba por recuperar el aliento.

–¡Liam, no!

Sara no podía moverse. Él tenía el atizador y la mantenía contra el sofá. No había escape posible. Ahora iba a matarla. Iba a destrozarla como a los demás. Destrozarla y colgarla de la pared.

–¡Por favor, no lo hagas!

Suplicar era lo único que podía hacer. ¿Liam no tenía sentimientos? ¿Tan loco estaba? ¿No albergaba ningún cariño hacia ella? ¿La había amado alguna vez?... Liam se inclinó sobre ella amenazadoramente, con el rostro encendido.

–Tengo que explicártelo. Deja que te lo explique.

«Sí –pensó Sara–, explícalo. Habla, Liam. Explícalo durante toda la noche si quieres.» Pero en ese momento perdió el control. Se había contenido durante demasiado tiempo. Y ahora, acorralada contra el sofá y aterrorizada, las palabras salieron de su boca en una ráfaga impetuosa antes de que pudiera reprimirlas, morderse la lengua, aguantar la respiración o cualquier otra cosa:

–¡Liam, te has acostado con tu hermana! ¿Cómo puedes explicarlo? ¡Te has acostado con tu hermana y después... y después... la has matado!

–No, te equivocas –respondió Liam–. Margaret no era mi hermana. Era mi mujer.

57

«¿Qué está diciendo?» Sara levantó la mirada y observó sus ojos marrones, aquellos ojos que tanto había amado, pero no lograba descifrar la verdad detrás de esa mirada oscura. «¿Está completamente loco o la loca soy yo? ¿Por qué ha dicho que Margaret era su mujer? ¡Yo soy su mujer! ¿Por qué me dice algo tan absurdo?»

El techo empezó a girar. Sara, mareada, cerró los ojos pero no podía parar de girar, como si toda su confusión, todas sus preguntas y todos sus miedos giraran dentro de su cabeza cada vez más aprisa. No había manera de comprender aquello.

Cuando volvió a abrir los ojos, Liam había retrocedido un paso, pero todavía tenía mirada salvaje y expresión tensa. Sara se incorporó en el sofá. La habitación se inclinaba otra vez, giraba. Lo miró fijamente tratando de concentrarse en él.

–¿Vas a dejar que te lo explique? –musitó–. ¿O vas a atacarme otra vez?

–No... no quería atacarte, sólo quería irme –balbuceó ella.

–¿Dejarás que te lo explique?

–Sí, claro. –¿Qué otra alternativa tenía?

Liam arrojó el atizador al suelo, que rebotó sobre la alfombra y rodó hasta que la mesa lo paró. Estaba rígido, con los brazos tensos a ambos lados del cuerpo, mirándola intensamente. Sara vio que su mirada se tornaba distante y se concentraba como si tratara de decidir por dónde empezar. O de inventar una buena historia, pensó ella con amargura.

«Después de todo es un fabulador. Toda su vida son historias y cuentos de hadas. ¿Vas a contarme un cuento de hadas, Liam?»

Él se cruzó de brazos y empezó vacilante.

–Margaret era mi mujer...

Sara no pudo contenerse.

–Pensaba que tu mujer era yo. –Pero Liam tenía la mirada perdida, distante, y al parecer no oyó sus palabras.

–Margaret era mi amor, mi vida. –Le temblaba la voz–. Siempre estuvimos unidos desde que teníamos cuatro años.

–Liam...

Él levantó la mano para que se callara. ¿Qué era esa expresión en sus ojos? ¿Pena?

–Margaret y yo no éramos hermanos sino vecinos. Su familia vivía en la granja de al lado. Una granja improductiva y abandonada como la de mi padre. Siempre estábamos juntos, siempre. A menudo he pensado que nos manteníamos vivos mutuamente. –Emitió un sollozo quedo.

Sara vio que inspiraba profundamente y contenía el aire.

–Nos marchamos de Irlanda juntos. Huimos de mi padre y de la mala suerte. La mala suerte, siempre la mala suerte... Al menos creíamos que lo hacíamos. Y nos casamos aquí, en cuanto tuvimos edad para hacerlo.

Se interrumpió otra vez para recobrar el aliento. El sudor le hacía brillar el pelo y le bajaba por la frente. El silencio era denso.

Sara quería protestar otra vez, gritar, preguntarle: «¿Estás diciendo que eres bígamo? Si estabas casado con ella, ¿por qué te casaste conmigo? ¿Te casaste conmigo y seguiste viviendo con ella?... –No puede ser verdad. Me está engañando completamente».

Los ojos de Liam buscaron los de Sara.

–¿Recuerdas la historia que te conté la noche que te propuse matrimonio? ¿El cuento de la esposa hada? Pues Margaret era mi esposa hada. Y le he sido fiel todos estos años, todo lo fiel que puede ser un hombre. Pero como en el cuento, tenía que tener una segunda esposa. Y esa esposa eras tú.

–Liam, qué dices...

–¡Escúchame! –La violencia del grito asustó a Sara–. Escúchame, Sara –repitió en voz más baja–. Necesitábamos un hijo. No quería hacer daño a Margaret, pero necesitaba un hijo de otra y tenía que ser legítimo. Por eso Margaret y yo te necesitábamos, para que tuvieras un hijo.

–¡No! –gritó Sara–. No te creo, Liam. ¿Por qué estás inventando esta historia espantosa? ¿Esperas que crea algo tan absurdo... tan absurdo?

–Es la verdad –insistió él con voz más apenada que enfadada–. La amarga verdad.

–Liam, por favor...

–Amaba tanto a Margaret, Sara, tanto que habría hecho cualquier cosa por ella. Era mi vida, mi esposa hada. Margaret y yo necesitábamos un hijo. Yo necesitaba un hijo para librarme de mis demonios. –Un grito de dolor escapó de su pecho–. No sabes cómo ha sido mi vida, Sara. Los demonios... los demonios... Mi padre me los pasó. Toda mi vida he... he... –Tragó con dificultad. Tenía la mirada vidriosa, distante–. Antes de que Margaret y yo huyéramos, mi padre me enseñó a tenerlos controlados y a ser cuidadoso. Y me dijo cómo librarme de ellos: debía tener un hijo legítimo. Era la única manera de librarme. Pero cómo iba a hacerle eso a Margaret. Mi madre murió cuando yo tenía doce años. Estoy seguro de que quería morir, de que se obligó a morir porque sabía la verdad. Sabía lo que me pasaría cuando fuera adulto. Así que no podía hacérselo a Margaret. Yo...

–Liam, basta...

Sara se movió para que él se sentara a su lado. La historia, por lo que veía, le resultaba una auténtica tortura. ¿Era el hecho de relatarla lo que le causaba tanto dolor? ¿El hecho de inventarla? ¿Se daba cuenta de que no tenía ningún sentido, de que eran los delirios de un demente? ¿Se daba cuenta... y por eso parecía tan afligido mientras la contaba?

Liam ignoró sus gestos y se aclaró la garganta.

–Intento que lo comprendas, Sara. Tenía que librarme de los demonios para que Margaret y yo comenzáramos nuestra vida. Pero los demonios...

–Liam... ¿qué demonios? ¿De qué demonios me hablas?

Liam volvió a tragar y respiró hondo.

–Los demonios de la superstición. ¿No te has hecho ninguna pregunta sobre mis supersticiones, Sara? ¿No has pensado por qué era tan estricto, tan cuidadoso en todo momento del día? Pues por los demonios. No tenía alternativa.

–Liam, por favor, siéntate. Puedo ayudarte y...

–El objetivo de todas las supersticiones es mantener alejados a los demonios malignos. Te lo dije, Sara, ¿no lo recuerdas? ¿Por qué decimos «Jesús» cuando alguien estornuda? Para mantener alejados a los malos espíritus.

»¡Pero no puedo! ¡No puedo tener a los demonios alejados! –gritó golpeándose el pecho con los puños–. ¡No puedo mantener a los demonios alejados porque todos ellos... todos los demonios de la superstición... viven dentro de mí!

58

«Necesita ayuda. Tendría que haberme dado cuenta. Era tan compulsivo, tan obsesivo. Observaba cada superstición con tanto esmero...» Mientras Sara miraba a su perturbado marido, la culpabilidad competía con su miedo. «Podía haberlo ayudado. Tendría que haber visto lo asustado que estaba. En cambio me tomé sus supersticiones como algo gracioso y pintoresco. No quise enfrentarme a la verdad. Podía haberlo ayudado antes... antes de que fuera demasiado tarde. Pero... ¿ahora qué?» Pasaron otros pensamientos velozmente por su mente. «¿Y Margaret? ¿Sabía que Liam creía que era su mujer? ¿Lo sabía y le seguía la corriente? ¿Por eso se acostaba con él? Seguramente sabía que Liam estaba profundamente perturbado. ¿Por qué no intentó buscar ayuda? Después de todo era su hermana.»

¿Lo era?

Sara levantó la vista hacia Liam, que había empezado a pasearse por la habitación, y trató de recordar algunos textos de psicología. Había muchos casos de gente que creía estar poseída por demonios. Solía ser algo motivado por sentimientos de culpa, por algún oscuro secreto reprimido, por un acto del que estaban avergonzados. «Pero ahora esto no me ayuda –pensó mientras observaba su frenético pasearse por la habitación–, no me ayuda en absoluto.»

Liam se detuvo delante de ella y volvió a bajar la mirada.

–Tienes que comprenderlo, Sara –continuó con voz temblorosa–. Tienes que comprender por qué intentaba ser tan cuidadoso. Cada vez que me equivoco, cada vez que me olvido de observar alguna superstición, cada vez que alguien cercano a mí viola las reglas de una superstición, los demonios tienen una oportunidad. –Respiró hondo.

–¿Una oportunidad de qué? –preguntó ella en voz baja.

–Una oportunidad de escapar de mí –respondió Liam evitando su mirada–. Una oportunidad de escapar de mi cuerpo, de huir. Cada vez... Cada vez... –Sollozó y cerró los ojos–. Los demonios se escapan de mi cuerpo. Huyen y... matan. Sólo matan a gente que conozco. Viven en... en mi conciencia. Conocen a los que yo conozco. Cuando escapan, matan a alguien. Un amigo, un conocido, alguien al que apenas conozco incluso. Matan y después desaparecen.

Sara empezaba a comprender. Así que éste era el oscuro secreto de Liam. Había matado a...

Se estremeció.

¿Había matado a todas aquellas personas? Las había matado y no podía enfrentarse a la verdad. Por lo tanto había creado los demonios para explicar los asesinatos. Los había inventado. Un chivo expiatorio, alguien que lo ayudara a librarse del sentimiento de culpa que le producían esos horribles crímenes.

Demonios.

Por supuesto que un erudito en temas folclóricos, alguien que vivía en un mundo mágico de hadas y duendes inventaría demonios cada vez que se hallara en problemas graves. «Y estoy segura de que para Liam los demonios son muy reales», pensó Sara.

–Siempre están esperando salir –continuó Liam–. Siempre están allí, en el borde de mi conciencia, esperando su oportunidad para escapar. Hace tiempo que vivo con ellos. Sara, ¿comprendes por qué estaba tan ansioso de pasarlos? ¿Por qué tenía que librarme de ellos?

Se acercó y ella vio que le temblaba la barbilla y las lágrimas le empañaban los ojos.

–Traté de... de advertirte. De veras. A veces los demonios bajan la guardia. Se van a dormir o algo por el estilo. No sucede muy a menudo, pero percibo cuando no están alerta, cuando no están despiertos.

»Fue entonces cuando te llamé. Cuando te advertí que te mantuvieras lejos de mí.

–¿Tú hiciste esas llamadas amenazadoras? –preguntó Sara sobresaltada.

Liam asintió.

–Sí, fui yo. Traté de avisarte de que te alejaras y te mandé las patas del conejo. Pobre *Febe*. Yo las mandé, Sara. Traté de asustarte, de ahuyentarte antes de que fuera demasiado tarde para ti.

Sara se llevó las manos a las mejillas.

–¡Dios mío! –«Está mucho más loco de lo que imaginaba.» Sin apartar la mirada de él, se puso de pie lentamente–. Liam, ahora voy a telefonear –dijo en voz baja, pronunciando cada palabra con cuidado–. Pediré ayuda para ti y todo irá bien.

–No. –Liam le cerró el paso.

Sara sintió un temblor de miedo que trató de ocultar.

–No te preocupes, Liam, todo irá bien. Voy a buscar ayuda.

–Siéntate, Sara.

Miró sus ojos marrones y no vio ningún signo de amabilidad en ellos. Con un suspiro, retrocedió hasta el sofá y se sentó tensa sobre el borde. Echó un vistazo al atizador que yacía a sus pies.

–No seas condescendiente conmigo, Sara. Estoy tratando de explicártelo y necesito que me creas.

–Te creo, Liam, pero...

–¡No, no me crees!

Sara se sobresaltó por la súbita explosión de ira.

–Quiero que sepas con qué he tenido que vivir, cómo ha sido mi vida. –Tenía la cara roja y le temblaba la barbilla–. ¡Una pesadilla! No hay otra palabra para describirla. Margaret y yo... no teníamos alternativa. Teníamos que encontrar una solución. Tenía que librarme para que Margaret y yo pudiésemos vivir la vida. Quiero que lo comprendas, Sara.

–Liam, ya basta...

–Margaret y yo hicimos lo posible para que fueras feliz. Lo intentamos de veras.

Sara volvió a bajar la mirada y vio el atizador.

–Liam, déjame marchar. Llamaré para pedir ayuda. Todo irá bien, querido.

Él volvió a moverse para bloquearle la posibilidad de escape.

–Nos esforzamos para que no perdieras la inocencia, para que no supieras. No queríamos perturbarte. Te queríamos porque ibas a liberarnos. Ibas a tener un hijo, Sara. El hijo heredaría los demonios y me libraría de ellos. Tu hijo se llevaría los demonios. Margaret y yo te queríamos por eso. Éramos una familia, una verdadera familia. Y no queríamos que nada echara a perder nuestra familia. Era muy importante para nosotros. Tú también eras importante. Así que cuando tu ex novio apareció...

–¿Chip?

–Cuando él apareció... y cuando Kristen se entrometió...

–¿Kristen?

–Kristen era mi segunda esposa. Me casé con ella hace dos años en Chicago. Margaret y yo esperábamos que tuviera un hijo, pero nos falló. Así que tuvimos que volver a intentarlo.

–¡Dios mío! –murmuró Sara apretándose las sienes.

–Cuando Chip y Kristen aparecieron para estropear nuestro plan, Margaret insistió en ocuparse de ellos.

–Ella... ¿Los mató ella? –exclamó Sara.

Liam asintió con su rostro sombrío.

–A Margaret no le gustaba matar. Era una persona tranquila, como yo, pero sabía que no teníamos alternativa. No podíamos dejar que esos intrusos estropearan nuestro plan. Teníamos que mantenerte al margen.

–¿Murieron por mi... mi culpa?

Liam volvió a asentir.

La mirada de Sara se dirigió al cuerpo destrozado de Milton, tendido en un charco de sangre con todas las tripas diseminadas por el suelo.

Tanta sangre... tanta muerte... «¿Cómo has podido, Liam? ¿Cómo?»

No podía seguir sentada durante más tiempo. Se levantó de un salto, cogió el atizador y lo levantó con mano temblorosa. Se le cayó, volvió a cogerlo y amenazó a Liam.

–Tú... tú usaste la mano de Chip. Tú...

–Tenía que sosegar a los demonios. Tenía que intentar que se durmieran. –Liam levantó las manos como si se rindiera–. Era lo único que podía hacer.

–¡Ahhhh! –gimió Sara–. No, Liam. No, no. Ya basta. Estás muy enfermo, necesitas ayuda.

Levantó el atizador y se aseguró de que él lo viera.

Liam bajó las manos y dio un paso hacia ella; gotas de sudor le bajaban por las sienes y las mejillas.

–Tratamos de mantenerte al margen. Era muy importante para nosotros. Pero esta noche llegaste a casa más temprano y nos viste. Nos viste y después... mataste a Margaret.

–¡No! –gritó Sara mientras lo amenazaba con el atizador–. ¡No! ¡Deja de decir eso!

–Rompiste el espejo, Sara. Rompiste el espejo del tocador. Al hacerlo ellos lograron salir... los demonios. Salieron de mi cuerpo y mataron a Margaret. No pu... pude hacer nada para sal... salvarla –tartamudeó con voz ahogada–. Oí sus gritos de agonía. No pude soportar verla, sólo podía imaginar lo que le estaban haciendo los demonios. Luego vine aquí cuanto antes, rezando y con la esperanza de que... los demonios no hubieran ido también tras Milton. Pero llegué demasiado tarde... –La voz se le quebró por la emoción–. Milton... –Se cubrió la cara con las manos y se echó a sollozar.

–Liam, escúchame... ¡los demonios no existen!

–¡Tú los has liberado, Sara! –gritó–. Rompiste el espejo y los dejaste salir. ¡Tú lo has hecho! ¡Tú!

Se abalanzó sobre ella con torpeza y falló. Chocó contra el sofá y giró violentamente, jadeando.

Sara se apartó de él con el atizador en alto.

–¡Esto es una locura! –chilló con voz temblorosa–. ¡Es una locura, Liam! ¡Los demonios no existen! ¡No hay demonios! ¡Mira... te lo demostraré!

–¡No! ¡Espera! –gritó él desesperado y se lanzó tambaleante tras ella.

Pero Sara ya estaba en el pasillo. Levantó el atizador como un bate de béisbol.

–¡Mira, Liam, mira! ¡No hay demonios! ¡No hay demonios en ninguna parte!

–¡Sara... por favor!

Ella ignoró sus frenéticos chillidos y descargó el atizador con todas sus fuerzas. La pared de espejos se hizo añicos con estrépito.

59

–¡No hay demonios! –gritó Sara–. ¿Los ves, Liam? ¡No hay demonios!

Volvió a golpear con el atizador y rompió el siguiente panel de espejos.

Y otra vez.

Recorrió todo el pasillo con el pesado atizador y rompiendo espejo tras espejo.

–¡No hay demonios! ¿Lo ves?

El golpe del atizador, el estrépito del vidrio y los fragmentos que caían sobre el suelo de madera eran muy reales.

–¿Lo ves, Liam? ¡No hay demonios!

A su espalda, oía el aterrorizado gimoteo de Liam, como una sirena chillona. Se elevaba por encima del estrépito de los vidrios rotos y de los gritos de Sara. El llanto de Liam, tan aterrorizado, la obligó a parar y volverse. Estaba agachado en la entrada del pasillo, con la cabeza echada hacia atrás, los ojos desorbitados y la boca abierta lanzando un gemido interminable.

–¿Lo ves, Liam? ¡No hay demonios!

Liam cayó de rodillas. Levantó las manos y las juntó como para rezar.

Sara se encaminó hacia él. Las botas crujían sobre los trozos de espejo.

–¡Noooo!

Con las manos juntas, Liam echó atrás la cabeza y lanzó otro gemido de dolor.

–Liam...

Sara se detuvo en el momento en que él interrumpió su gemido bruscamente. Parecía ahogarse. Levantó las manos y se las llevó a la garganta, mientras sacaba la lengua por la boca.

No, no era su lengua... Era algo más grueso que la lengua. Algo púrpura que se desenrollaba de la boca jadeante de Liam. Algo salía por la boca de Liam, se extendía por el pasillo, se retorcía y se agitaba como si tratara de alcanzar a Sara.

–¡Dios mío! ¡Liam!

Él cayó de costado cogiéndose el cuello con las manos y emitiendo unos ruidos espantosos de asfixia. Sara jadeó mientras miraba con incredulidad la monstruosa lengua que se retorcía y salía cada vez más de la boca de Liam.

–¡Dios mío! ¡Dios mío! ¿Qué he hecho? –exclamó ella.

Liam lanzó un gemido de asfixia mientras le salía una espuma amarilla de la boca por detrás de la lengua. No, no era espuma sino una cabeza... una cabeza esponjosa y amarilla.

–¡Ahhhh! –Sara retrocedió hacia la pared, contra un espejo roto.

La repulsiva lengua surgía de la burbujeante cabeza con dos ojos rojos. La cabeza asomó por la boca de Liam mientras éste jadeaba, tosía y agitaba salvajemente las manos. Un olor ácido, fétido y rancio llenó el estrecho pasillo. El aire era cada vez más frío. Sara sintió una humedad fétida sobre sus mejillas que hizo que le ardiera la piel.

Unos hombros amarillos pasaron por los labios de Liam; la carne parecía esponjosa y gelatinosa. La lengua monstruosa se agitaba, los ojos rojos parpadeaban deprisa, fijos en Sara. La piel amarilla de la cabeza parecía blanda e irregular, como huevos revueltos. Un blando revoltillo de huevos que se deslizaba pastoso por los ondulantes hombros amarillos.

Liam yacía de espaldas, despatarrado. Agitaba los brazos desesperadamente, pataleaba y sacudía la cabeza mientras el demonio de ojos rojos con su lengua serpenteante terminaba de salir por la boca con un seco «plop». Unos pies amarillos con forma de garra se adhirieron como ventosas al suelo.

El monstruo, de un tirón violento, sacó una cola amarilla, como de lagartija, de la garganta de Liam, se enderezó, con la lengua enroscándose como una serpiente, y dio un paso pesado y húmedo hacia Sara.

–¡Nooo! –gritó ella con un murmullo ahogado.

El hedor era insoportable. Sara trató de contener la respiración, pero el olor nauseabundo parecía penetrar por todos sus poros.

Los pies en forma de garra hacían ruido de ventosa a medida que avanzaban por el suelo. La criatura estaba erguida y era tan alta como Sara. Levantó unos brazos esponjosos mientras avanzaba pesadamente por el pasillo, dejando una huella de barro húmedo y amarillento.

Un paso, otro, otro... La lengua se agitaba y los ojos rojos eran cada vez más brillantes.

«Es real –pensó ella, atónita–. ¡Dios mío, es real!»

Sara, que miraba horrorizada y perpleja, tardó unos segundos en darse cuenta de que quería atacarla.

60

El olor fétido la envolvía.

Retrocedió tambaleante. Se volvió y trató de huir hacia el otro extremo de la casa, hacia el dormitorio.

Huir.

Demasiado tarde.

Sintió la lengua amarilla, caliente y pegajosa, que le rodeaba el cuello y la atraía. Le apretaba la garganta como una boa constrictor. Y el olor... el olor...

Con un gemido de asco Sara levantó los brazos y cogió la carne resbaladiza y húmeda de la lengua y tironeó para librarse de ella. El cuerpo esponjoso y caliente del demonio se apretó contra su espalda. «No... no puedo respirar. No puedo... respirar.»

Oyó un gruñido detrás de ella. Ruidos de algo que se arrastraba y el crujido de los espejos rotos en el suelo. Se dio la vuelta en el momento en que la lengua se retiró del cuello.

Y vio los brazos de Liam alrededor de la cintura esponjosa y amarilla del demonio. La lengua azotaba el aire con ira, como un látigo. Las garras lanzaban zarpazos al cuerpo de Liam, desgarrando su ropa, su piel.

Pero Liam no le soltó.

«Me lo ha quitado de encima», pensó Sara.

Liam le hizo una zancadilla y lo apartó de ella.

–¡Sara, corre! –gritó Liam.

Ella vaciló y se quedó mirando como Liam sujetaba la carne amarilla y gelatinosa del monstruo.

–¡Corre! ¡Vete! ¡Corre!

Ella se escurrió entre ambos y corrió hasta la sala, donde se volvió, justo a tiempo de ver a la criatura que levantaba a Liam con los brazos y elevaba una rodilla amarilla. Sucedió muy rápido. El demonio levantó a Liam y lo bajó de golpe partiéndole la espalda contra la rodilla. El cuerpo de Liam crujió como una rama, como el caparazón de un cangrejo aplastado. El repugnante *clac* pareció reverberar en el pasillo y en los oídos de Sara.

Liam gimió y se quedó inerte en brazos del monstruo. El pelo oscuro rozó el suelo en el momento en que la cabeza caía hacia atrás, y sus ojos opacos, sin brillo, casi sin vida se posaban en Sara.

–¡Lo... lo siento, Liam! –exclamó–. Me decías la verdad. No puedo creer... no puedo creer que hayas vivido con este horror toda tu vida.

–Pero he hecho algo bueno... te he salvado –susurró Liam casi sin aliento.

La cabeza terminó de caer hacia atrás y los brazos se desplomaron contra el suelo. La criatura arrojó el cuerpo al suelo y a continuación se marchó por el pasillo, siguiendo la huella de lodo amarillo.

Liam yacía de espaldas con el espinazo roto. Sara miró sus ojos, aquellos ojos marrones que tanto había amado, con la mirada en blanco, sin vida, apuntando al techo.

«Liam está muerto. Ha dado la vida por mí... Dios mío. Está muerto y ahora... ahora...»

Liam se movió. Levantó apenas la cabeza.

Sara se sobresaltó y dio un paso.

–¿Liam... estás vivo?

No.

Una piel oscura asomó por la boca abierta de Liam y una cabeza horrible emergió con brusquedad. Tenía rasgos simiescos, ojos verdes y una trompa larga, hileras de dientes puntiagudos y una baba espesa y blanca que le caía de las fauces abiertas. Unos hombros cubiertos de piel salieron de la boca de Liam.

–¡No! ¡Dios mío... no!

Sara retrocedió hacia la pared; le latían las sienes y todo su cuerpo se convulsionó con un violento temblor.

El demonio peludo salió de la cabeza de Liam. Le brillaban los ojos verdes, chasqueaba las mandíbulas y se desperezaba, gruñía y estiraba el cuello.

A continuación, unos brazos brillantes salieron de la boca de Liam; luego un hombro gelatinoso y centelleante, otro brazo, y finalmente una cabeza repugnante, como de lagartija, con desagradables manchas marrones, se irguió con los ojos cerrados y la boca abierta en una lasciva sonrisa. El demonio saltó al suelo y se sostuvo sobre unas piernas finas, como de insecto. Se lamía unos labios plateados con una lengua viperina de serpiente.

Luego, otra cabeza oscura emergió por la boca de Liam y con un rasguido suave se escurrió fuera rápidamente. La criatura parecía esbelta, hasta que desplegó unas alas anchas y opacas que al agitarlas hicieron ruido de papel seco. Meneó su cabeza de cisne y lanzó una aguda risa de hiena, al tiempo que enseñaba dos hileras de dientes afilados.

«Todos los demonios de la superstición estaban dentro de Liam», pensó Sara, paralizada de horror. Era lo que le había dicho él. Estaban en su interior, y ahora todos escapaban, se escurrían, se estiraban y gruñían. Se apiñaban unos contra otros. Golpeaban, batían alas espantosas, enseñaban garras afiladas. Se chupaban unos labios púrpuras con lenguas hinchadas. Llenaban el estrecho pasillo con sus gruñidos y jadeos, y con su olor pestilente.

Todos miraban a Sara.

«Todos se preparan para atacarme», se dio cuenta. ¿Por qué le costaba tanto alejarse de ellos? ¿O era alejarse de Liam lo que le daba miedo? Sabía que debía huir. ¿Pero hasta dónde llegaría antes de que la alcanzaran, la cogieran y la destrozaran?

–Adiós, Liam –musitó.

Y echó a correr por el pasillo, alejándose de los monstruos que se estiraban y gruñían con sus caras abominables. Cada paso le significaba un esfuerzo. Sentía las botas cada vez más pesadas, la cabeza aún le daba vueltas y tenía la mente llena de cuerpos de pesadilla, de caras de demonios espantosamente retorcidas, y sentía las piernas flojas y débiles.

Llegó a la puerta de entrada. La abrió de golpe y salió a la nieve. La nieve fría y blanca con su aroma fresco y tonificante.

Estaba a medio camino por el sendero cercado de árboles que se inclinaban bajo el peso de la nieve, cuando divisó al primer demonio en la puerta. Levantó la cabeza peluda al cielo rojizo, separó unos labios gruesos, lanzó un prolongado aullido animal, y echó a correr a cuatro patas por la nieve, tras ella.

Tras ella.

–Ha ha ha ha ha... –resollaba como una risa cruel.

Una criatura alada posada cerca de la puerta batió las alas negras y levantó las garras para atacar.

–Ha ha ha ha ha...

Sara se obligó a correr aunque las botas se le hundían en la nieve. Ya estaba cerca de la carretera. Vio cómo todas aquellas criaturas infernales se precipitaban, saltaban, volaban tras ella. Rechinaban los dientes y aullaban mientras avanzaban por la nieve.

–Ha ha ha ha ha...

Parecían ávidos, voraces, alegres, y seguros de que la atraparían. La atraparían y la matarían.

«Todos los demonios de la superstición viven dentro de mí», había dicho Liam. Y lo habían matado, y ahora iban a matarla a ella.

–Ha ha ha...

Sara corría por la carretera cubierta de nieve moviendo los brazos, inclinada contra el viento, el cabello negro ondeando tras ella y su aliento formando nubecillas blancas de vapor. De pronto una de sus botas tropezó con algo y Sara se desplomó de bruces sobre la nieve. Extendió los brazos para amortiguar la caída, pero cayó bruscamente sobre el codo izquierdo y sintió una aguda punzada de dolor en el costado.

Entonces todos los monstruos se apiñaron a su alrededor. Zumbaban como moscas, rechinaban los dientes y resollaban.

–Ha ha ha...

La baba caliente derretía la nieve. «Todos los demonios de la superstición», pensó Sara con horror. La rodearon y giraron en torno a ella, cada vez más rápido. La tenían atrapada en medio de su viento ácido, oscurecían la nieve mientras daban vueltas, oscurecían el mundo, su mundo, estrechaban el círculo, danzaban para ella, se acercaban, eran portadores de la más absoluta oscuridad... esos monstruos sombríos y espantosos sobre la nieve blanca, blanca...

61

Cuando Sara abrió los ojos, vio blanco. Parpadeó. Volvió a hacerlo. Sobre ella había una luz blanca y blanda como la nieve.

«Estoy muerta –pensó–. He entrado en el blanco resplandor de la nieve.» Tosió. «Eh, un momento. Los muertos no tosen.»

Trató de levantar la mano, pero le pesaba una tonelada. Vio paredes blancas y una puerta blanca.

–¿Está despierta? –preguntó una voz de hombre, suave y grave.

Una cara apareció sobre ella. Un hombre negro con la cabeza vendada. Sara entrecerró los ojos y lo miró. Lo reconoció: era el detective.

–Venga, por favor, que se está despertando –le dijo a alguien–. Dígame cuándo puedo interrogarla.

El detective desapareció de la visión de Sara. En su lugar apareció una mujer de aspecto agradable, cara redonda, regordeta y pelo corto y cano debajo de la cofia de enfermera. Llevaba uniforme blanco almidonado y un broche con el nombre prendido a la solapa. Sara tenía la vista demasiado borrosa para leerlo.

–¿Estoy en... el hospital? –El sonido de su propia voz la sobresaltó.

La mujer asintió.

–Pero...

Unas manos fuertes la cogieron por los hombros y la empujaron suavemente hacia abajo.

–No intente incorporarse. Tranquilícese.

–Pero... ¿cómo he llegado aquí?

La mujer se encogió de hombros.

–La encontró ese policía y la trajo. Ya estaba aquí cuando empecé mi guardia esta mañana.

Sara volvió a toser; le dolía la garganta. La enfermera, como si le leyera el pensamiento, le tendió un vaso de agua.

–Ha sufrido una terrible conmoción, señora. Al empezar mi guardia he leído su historia clínica. Los médicos ni siquiera saben lo que le ha pasado. «Conmoción traumática indeterminada» es todo lo que dice el informe. ¿Ha tenido un accidente o algo por el estilo?

–No... no lo sé... –empezó Sara–. Tengo que levantarme. Debo irme...

La enfermera volvió a empujarla suavemente.

–Beba un poco de agua, querida, despacio. Se pondrá bien, pero será mejor que por ahora no se levante. Al menos hasta que la visiten los médicos.

–Pero...

–Parece mucho más animada de lo que pensábamos. La veo muy preocupada, pero se pondrá bien. Todo saldrá bien. Y ahora la buena noticia –dijo la enfermera sonriendo a Sara con amabilidad.

–¿Buena noticia?

–Sí. Usted se pondrá bien y... el bebé está bien.

–¿El... bebé?

La enfermera asintió con una amplia sonrisa.

Y Sara empezó a gritar.

[illegible] de [illegible]
Traducc[illegible]
[illegible]da p[illegible]

[illegible]
[illegible] fotos [illegible]

[illegible] de L[illegible]
[illegible] Val[illegible]

[illegible]
[illegible]
[illegible]bida [illegible]
[illegible] perteo[illegible]

[illegible]
[illegible]
[illegible]
[illegible]
[illegible]

Título de la edición original: *Superstitious*
Traducción del inglés: Silvia Komet,
cedida por Plaza & Janés Editores, S.A.
Diseño: Emil Tröger
Ilustración: Luis Barquero
Foto de solapa: © Linn Bottorf

Círculo de Lectores, S.A. (Sociedad Unipersonal)
Valencia, 344, 08009 Barcelona
1 3 5 7 9 7 9 0 2 8 6 4 2

Licencia editorial para Círculo de Lectores
por cortesía de Plaza & Janés Editores, S.A.
Está prohibida la venta de este libro a personas que no
pertenezcan a Círculo de Lectores.

Depósito legal: B. 1340-1997
Fotocomposición: gama, s.l., Barcelona
Impresión y encuadernación: Printer industria gráfica, s.a.
N. II, Cuatro caminos s/n, 08620 Sant Vicenç dels Horts
Barcelona, 1997. Impreso en España
ISBN 84-226-6352-x
N.° 28852